U0126670

文本、史案與實證
明代文學文獻考論

陳廣宏 著

臺灣學生書局 印行

弁　言

一

　　本書以明代文學文獻研究為論域，是我近十年來已發表相關論文的選集。

　　我的專業方向是中國近世文學，範圍應由金末元初迄清末，實則以明代詩文研究為主。1990 年 8 月，在我獲得古代文學博士學位進入古籍所工作後，有相當長一段時間從事《全明詩》的整理與編纂，至今想來，這一經歷實在是極為寶貴的財富。在那尚以手工錄製各類索引卡片，而同事間相互戲稱為「卡族同胞」的日子裏，除了直觀地體會到明代文學文獻的浩瀚，不斷認識以各自方式留下印跡的明代文人士夫，並多少獲取一些大型斷代文獻整理、編纂的經驗，還因集中投入明人別集的校點實踐，習得如何綜合運用文獻學的多種手段與方法，開展文學的基礎研究。至於盡可能窮盡掌握史料對於文學史研究的重要性，亦於是際真正在觀念上有所確立。

　　我的碩士生階段，攻讀的是中國古典文獻學。印象比較深刻的，是修習蔣天樞先生為我們開設的專書研究課。那個學期，先生以 83 歲高齡，講授「《史記》研究」，儘管他闡析的許多精義，當時我們並不能完全理解，然教以從版本、校勘之學入手，卻還記憶猶新。我的碩士學位論文為《鍾惺年譜》，這是業師章培恒先生

所指導一系列明代重要作家年譜中的一種，後收入章先生主編的
「新編明人年譜叢刊」，於 1993 年由復旦大學出版社出版。以編
撰年譜的方式研究人物個案，原是近古以來學者治學的一種途徑，
同時亦可謂師門之傳統。當初章先生從中國古代文學的個案研究起
步，選擇的是編撰《洪昇年譜》，1979 年正式出版後，在學術界
享有很高的聲譽。之所以有這樣的決定，也是為了更好地領會他的
老師蔣天樞先生的治學精神與方法。蔣先生早年撰有《全謝山先生
年譜》四卷，為清華國學研究院就學期間的畢業論文，1932 年由
上海商務印書館出版，聽說曾為陳垣先生所看重。當然，我的習作
難以企及師輩成就之萬一，但這樣的訓練，至少讓我對文學的實證
研究有一定的體認，知道做學問要從文獻考查著手，從史料出發，
從基本的求證做起。

二

說到實證研究，應是傳統學術尤其乾嘉漢學與西方近代史學可
以對話的核心話題。近現代人文學科在我國的建成，以歷史編纂學
最先獲得發展，那個時代的先鋒學者，將清代漢學家的考據學與歐
洲科學的實證主義相對接，形成了系統的史學觀念與史料批評方
法，明清史料的整理與研究亦於稍後獲得第一波的開展。可以說，
確證文獻與考據事實，是現代學術甫一成立即被賦予的基本立場與
要求，也因而構成我們自師輩輾轉傳承的學術史過程。

就文學史研究而言，文字、音韻、訓詁，作為傳統學人通經史
詞章之進階，在中國文學史學術體系構建之初，仍被視為文學的基
本要素，並援作探究中國文學發生之緣由；而利用目錄、版本、校

勘之學研治古代文學，一向是該專業所必備的素養，那是因為，文
獻的發掘與考證，乃就史料以探史實之根本。在西方，當實證主義
的文學學術研究進入朗松（Gustave Lanson）時代，一套更為精細的文
獻審訂與文學研究之法同樣在這些相關領域中展開。朗松在 1910 年
發表的〈文學史方法〉一文中，一方面強調文學史的精神科學屬性，
批判泰納（Hippolyte Adolphe Taine）、布呂納介（Ferdinand Brunetiere）機
械仿效自然科學的方法，認為文學有其獨特性，重視在作品中發現
作家個人的感覺、激情、趣味及美等因素；一方面仍堅持一種遵從
事實的客觀認知，用韋勒克（Réne Wellek）的評價來說，「在探究時
偏重認真核實過的史料」[1]。如為了獲得針對一部文學作品確實而
完整的知識，朗松主張：利用手稿研究、文獻目錄學、年表、傳
記、對文本的評論等輔助科學，以及語言史、語法、哲學史等其他
科學，對文本是否真實，是否純完，文本從成稿至出版的年代，文
本各版作者的修改，文本如何從最初的提綱發展至初版稿本，一直
到文本字面上意義的確定，文學上意義的確定，作品怎樣寫成，作
品取得怎樣的成就與影響，進行全體的考察[2]。這樣的研究方法，
隨著朗松的著述於 20 世紀二三十年代在中國被譯介、傳播[3]，至少

1　〔美〕雷納·韋勒克《近代文學批評史》第四卷，楊自伍譯，上海譯文出
　　版社 1997 年版，第 84 頁。

2　參見中國社會科學院外國文學研究所二十世紀歐美文論叢書編輯委員會編
　　／〔美〕昂利·拜爾編《方法、批評及文學史——朗松文論選》，徐繼曾
　　譯，中國社會科學出版社 1992 年版，第 17-19 頁。

3　如〈法蘭西文學批評與文學史之概略〉，〔法〕巨斯大佛·郎宋著，黃仲
　　蘇譯，《少年中國》第 4 卷第 9 期，1924；〈文學史方法〉，〔法〕巨斯

作為一種被加強的現代科學觀念，亦不斷為我國的文學史家所吸納，在實現本土化的進程中綜合產生其影響。學生時代的我們，即是通過劉大杰先生的《中國文學發展史》，認識這位法國文學史大家的。

　　誠然，由於對歷史認識的進展，相較於一個世紀前的實證主義史學，當今呈多元化發展的史學研究，於文獻處理的目標已有所變化，總體上由追求知識的客觀性，進入將事實視為建構之物，體現主客體之間的互動關係。文本作為作者思想活動的自發存錄，被要求在其生產、傳播或被闡釋的動態過程中究察如何構造意義。文學史研究也被要求在這樣的過程與關係中，發現產生於歷代批評累積層中各種文學的價值，有效解釋作品的形式和意義。這種認識論及相應方法上的進展所帶來學術範式的轉換，至今或尚未真正完成，對我們的影響亦處於進行時中，然在我看來，其意義恰在於進一步開放人類的認知制限，而非否棄對於歷史本質的探索。促發人們思考的，倒是在這種格局下，實證研究究竟該如何作為，在史料的發掘與運用上，如何賦予更加拓展的維度。因為我們看到，無論對於作家寫作過程及作品傳播諸多事件鏈的重建，對於文獻序列等的制訂，或對於文獻內涵的闡釋，以及對於這種闡釋合理性的驗證，都仍然需要實證的支持。從法國「年鑑學派」到由結構主義運動中分

　　大佛·郎宋著，黃仲蘇譯，《少年中國》第 4 卷第 10 期，1924；〈科學精神與文學史的方法〉，〔法〕朗松演講，鄧季宣譯，《東方雜誌》第 26 卷第 4 號，1929；〈文學史方法論〉，〔法〕蘭松，范希衡譯，《文史》第 1 卷第 1 期、第 2 期，1934。

離出來的「文本發生學」，我們也都可以把捉到所受實證主義的影響及其創造性的轉化。若以為實證研究已是過氣的「古董」而可以束之高閣，那當然是太過明顯的偏見，而僅僅視實證為解決具體問題的手段，不再可能具有方法學上的功能，恐亦未免近視。

三

　　像明代文學這樣的文學史斷代研究，是在近現代人文學科成立以來逐漸確定的體制，雖說也有其他的歷史分期法，然以朝代更易作為時段劃分的標準，無疑是常見的一種模式。如欲究其根底，固然可以說受到政治史及其觀念的影響，然越到後來，不過是應對學科分工日益專細的權宜之計。為了搜輯史料及研究上的便利，「斷從朝代」而框定一個範圍，作為專業領域，自有其可操作性，是故相沿至今。重要的是，我們自己須清醒地意識到，這樣的專業分工與文學史敘述中體現文學自身發展階段性的構建，並非同一層面的工作。當然，我們也在嘗試改變這樣的學科狀況，如重新以上古、中世、近世文學這樣相對長時段的劃分，建立專業方向，以期在對中國文學內在特質演變的總體觀照中，與我們的文學史觀念趨於統一。

　　那麼，在既定專業分工的框架內，明代文學研究，特別是詩文方面的研究，至少與之前時段的唐、宋文學研究相比，尚是一個學術積累相對薄弱、亟待進一步開發的領域，儘管近些年來已有相當迅速的進展。回顧百年來明代文學研究的歷程，我們應可看到，大抵有兩個方面的因素制約著該領域研究的發展。首先，是來自價值觀念上的某種局限。其中未嘗沒有傳統批評的潛移默化，以其詩文

領域的成就不如前代之輝煌時期而有所輕忽；更有五四新文學所代表的對於傳統文學價值觀的顛覆，視小說、戲曲等通俗文學樣式為明代文學成就的標誌。所直接導致的後果，使得研究格局呈顯不均衡態勢，小說、戲曲研究佔有相當大的比重（尤以小說研究一支獨大），成績顯著，而詩文研究則處於弱勢，投入力量及基礎研究既不足，探討問題更難以深入展開。隨著學界對 20 世紀中國文學研究經驗得失的反省、總結，應該說，這樣的認識與局面正在翻轉過來。一方面，在對歷史與批評關係的重新審視中，一種歷史主義精神獲得強調，不管明代文學曾經被賦予何種價值判斷，至少它作為研究對象，與任何時代具有同樣的價值[4]。另一方面，研究範式的轉換，開拓了人們的學術視野。針對五四以來文學史家所建構的那種二元對立模式，越來越多的學者覺察到其「矯枉過正」的負面作用，且不說傳統詩文批評中表現出來的相當大的多樣性被簡化甚或遮蔽，即在近世社會由邊緣走向中心的通俗文藝領域，精英文化所曾具有的主導地位亦完全被忽視。而事實上，如果要在明代文學中探求中國文學自身的近世性特徵，作為傳統雅文學堡壘的詩文領域必須獲得正視，這不僅因為此中最能察知這個時代文學擔當主體的存在性格，而且在於可以發現其間最隱微的變化。

其次，是文獻資料的難以窮盡給研究帶來的困擾。眾所周知，

4　章培恒師早在《全明詩》「前言」中已經指出：「在我國歷史上，明代與漢、唐相比較，並不是一個值得驕傲的時代。但作為研究對象，它卻具有與漢、唐同樣的價值。」（上海古籍出版社 1990 年版，第一冊，卷首第 1 頁）雖然這是就整個明代歷史研究而言，但明代文學研究何嘗不是如此。

與前代相比，現存明代的文學文獻及相關史料極為繁富，光文集即在五千種以上，其他如史籍、類書、筆記、方志、碑刻及檔案等更不計其數。如此豐鉅的史料，原本應該為從容而深細地開展明代文學各項研究提供極顯優越的條件，但前提是，須由專門的人力加以系統的整理。在這方面，與已取得突出成績的唐宋各代文學文獻及相關史料的整理相比，有關明代系統的目錄調查與文本整理均顯滯後，諸多大型專類文獻及索引的編纂仍未竟其功。這種滯後，雖說也曾有前述價值觀念上的原因，然數量大、涉及面廣而又缺乏可以憑藉的基礎，給調查、整理、彙纂等工作實際造成莫大的困難，是無可否認的事實。問題可能還不止於此，面對浩瀚的資料，制定如何搜輯、甄辨、排比、考訂並使用的通用規則與指南，顯得尤為重要和迫切，而迄今為止，類似明代文學史料學一類的著述亦尚未問世。這些不利條件，自然限制了明代文學尤其是詩文領域研究整體向縱深推進的速度，但換一個角度來看，那恰恰顯示了明代文學文獻研究的巨大發展空間。不管怎麼說，明代遺存的豐實足徵的文獻資料，較之前代，是得天獨厚的寶藏，將之運用於文學史研究，應該可以更好地實現還原至具體歷史過程及語境的考察任務，包括重新發現其中的不確定性。現今資料利用的環境越來越好，人們也越來越重視資料的整理與發掘，相信隨著更多力量在文獻建設上的持續投入，這樣的不利條件很快可以轉變或有利條件。

四

　　此次編選論文集，固然是作為筆者在某一領域個案研究的一份記錄，卻希望通過檢視曾經所做的工作，多少也能顯示身處的學術

環境與學術史過程，對自己的實踐與思考以及被塑造的語境有所省察，以利於今後的研究確立更為明晰的方向。

以下交代本書的構架及諸文作意大概。論集共由三個部分組成：

「上編」的三篇論文，基本上屬文本的相關考察，儘管其範圍寬狹不同，關注的面向亦各異。〈關於明詩話整理的若干問題〉一文，討論的是專類文學文獻在當代整理、編纂的得失，事關一代基本文獻的文本面貌，所涉面相對較廣。近年來，學界在明代詩文研究的進展，加上信息科學與技術應用的日益發達，對明代詩學文獻的可靠、全備、準確提出了更高的要求。於已有的整理研究作適時的總結，也是為了更好地適應當今學術發展的需求，因為無論歷史分析的方法如何轉進，作為實體存在的歷史文獻仍然是所要處理的對象，其自身外在的客觀性仍須得到保證。需要說明的是，該文由博士生侯榮川君與我合作完成，現徵得他的同意，收入本集。我們所做的工作也只是初步的，然就願望而言，還希望藉此推動明代文學文獻學的建設。〈早稻田大學圖書館藏朝鮮版裝《空際格致》版本及其價值初探〉一文，是一部專書的版本及其價值探考，首先當然需要運用傳統的目錄、版本、校勘學等手段，對該本的文本形態作出鑒定。更為重要的，或在於將之視為獨一無二的「文物」，據此本大致的遞藏情況，重建文獻背後的過去，由其在傳播過程中先後流入朝鮮與日本的特殊經歷，觀照晚明已出現的漢譯西教、西學著作在東亞各國曲折的受容歷程，揭示其體現前近代東西方交流歷史命運的文化價值。因此，這篇論文也可以說是將文化研究植入文本考證的一項嘗試。至於〈《列朝詩集》閏集「香奩」撰集考〉一

文，旨在通過對一部詩歌總集編纂過程及相關環節的考原，探尋該
文本在女性文學批評方面呈現的「作者意圖」。其中撰集始末與材
源考，試圖以某種外部證據，構擬編纂者的編纂環境與文獻來源，
以及可能受到的影響。而有關編選體例與標準，又涉及文本的內在
結構。鑑於總集的特性，不僅是一種相對原始的文學文獻，而且是
具體而微的文學史、文學批評史著作，在文本的內在結構中，蘊涵
著豐富的文體流別及價值識鑒，據其編纂形式究明編纂者的批評意
旨與尺規，無疑是文獻學與文學研究有機結合的理想切入點。

　　「中編」的四篇論文，是文學史案研究，分別涉及元明之際東
南地域的閩北山林詩人群體、明代前期的臺閣體、明代中後期的唐
宋派、竟陵派等重要流派，應該說，還只是階段性的研究成果，然
就時間跨度以及這些個案的代表性而言，可以從中窺測整個明代文
學演變的某些基質及其走向。這些流派在不同程度上皆曾為傳統文
學批評所關注，近現代以來，也大都成為文學史敘述的對象。問題
在於，如何突破原有的格局，特別是改變那種僅僅依據前人批評抽
繹出簡單結論的做法。我想，借助現存明代充足的史料，細緻梳理
所涉文學事象，將對作家、流派有關詩學理論、創作風格等層面的
考察，還原到具體的生態過程中去，應是一種行之有效的方法。如
〈元明之際宗唐詩風傳播的一個側面：以「二藍」師法淵源為中
心〉一文，不僅在清理其師承關係的同時，復原了一段幾乎為人所
遺忘、由邊緣作家構成的文學史；而且通過文學空間形態的視角，
將宗唐詩學觀念與詩風在此際的形成與流布予以重新推考，目的主
要還不在於修正傳統批評的認識，而在於充分展現這一時期諸地域
文學的互動作用。〈明初閩詩派與臺閣文學〉一文，集中以「閩中

十子」詩派在永樂間聚集於京師的文學活動為考察對象，一者試圖在人們已關注的江西士人在臺閣的作為外，抉發閩派詩人對於「臺閣體」詩風形成所起的重要作用；一者欲揭示，這種地方與中央文壇的互動，實質上是國家權力下意識形態的構建，令地域文學自行瓦解。至於〈王慎中與閩學傳統〉一文，討論的是這位所謂「唐宋派」作家的文學思想，學界比較關注其受新興陽明心學影響的問題，本文則從地域文化及學術傳統出發，通過諸多事實論證，認為須充分估計到其作為閩人在傳承與維護福建朱子學正脈方面的特點，因而作為其文學思想主導傾向的，仍是程朱理學而非陽明良知之學的理念。關於〈竟陵派文學的發端及其早期文學思想趨向〉一文，針對既有研究較少關注鍾、譚早年在家鄉的文學經歷，由此著手，於交遊、論詩、創作編集等具體事件的歷時性梳理中，復現他們在這一階段形成的文學立場、文學思想及趨向，並探究與以後各階段文學觀念與主張的內在聯繫，證實其某種程度的定型作用。

「下編」的〈譚元春年譜簡編〉，也還是一種文學史案研究，只不過採用編年體傳記的形式，以其篇幅較大，體制有別，故另為一編。這是我開展竟陵派研究的副產品。當初碩士論文選題，曾計畫編撰《鍾惺譚元春合譜》，儘管最終選擇的是鍾惺，然譚元春的資料亦有積存，重加考訂，輯成一簡譜，原為參考之用。鑒於年譜的優長，恰在以一種時間序列，通過排比大量細節（當然不是無所擇別），構建「人的專史」，那麼，就文學研究來說，這種形式於我們前面所說的，在文獻足徵的條件下，對相關作家進行還原至具體歷史過程及語境的考察，自然是相當合用的。希望本譜的編制，能夠達到這樣的目標與效應。

五

　　這是筆者首次在臺灣出版學術著作，借此機會，我要感謝中正大學毛文芳教授的推薦，感謝學生書局編委會的接納和支持；也要感謝書局編輯高效、周致的工作，特別是陳蕙文女史，對本書的編輯和出版可謂傾其心力；而文芳教授同樣為本書的製作付以精心與策劃。作為素孚盛譽的專業學術出版機構，學生書局出版過許多經典的文史哲研究專著和其他重要著作，拙著亦能躋身其中，深感榮幸，期待在臺師長、同道和廣大讀者的批評指正。

文本、史案與實證
明代文學文獻考論

目　次

中　編

元明之際宗唐詩風傳播的一個側面：
　　以「二藍」師法淵源爲中心………………………… 103

上　編

關於明詩話整理的若干問題

一、引論

　　作為一代詩學文獻的叢編集成，明詩話的彙纂、整理至少要遲於清詩話。我們知道，其實在明代中期已發展出專門集刊獨立成書之詩話著作以存原貌的「詩話叢書」形式，如楊成於成化間所纂《詩話》，是十種宋人詩話的彙輯（若推及詩法著作的彙編，則時代更早）。其後如清何文煥《歷代詩話》、民國丁福保《歷代詩話續編》、《清詩話》等，是此類「詩話叢書」中收輯種類較多，且具一定代表性，編纂態度尚屬嚴謹的有影響之作[1]，至今仍為研究者所利用。當然，日本明治時期近藤元粹彙纂的《螢雪軒叢書》，收錄歷代詩話 59 種，亦在中國學界產生一定的影響[2]。然客觀地說，這樣的叢書畢竟只是一種選輯。相形之下，現代學者郭紹虞先生在宋詩話與清詩話整理與研究方面的成就，才真正稱得上於斷代詩學

---

[1]　明崇禎間嵇留山樵編《古今詩話》亦為規模龐大的詩話叢書，計收唐宋至明詩話 79 種，然體例不精，頗有卷帙不全、隨意摘錄者。

[2]　所收以宋詩話居多，如郭紹虞、羅根澤等先生在輯考宋詩話時皆曾利用過此著。

文獻的全面搜輯、整理有開創之功。在宋詩話方面，因時代稍早，亡佚嚴重，本身數量亦相對有限，所存則頗有前人編纂的基礎，據郭先生《宋詩話考》，現尚流傳者有 42 種；部分流傳，或本無其書而由他人纂輯成之者 46 種；有其名而無其書，或知其目而佚其文，又或有佚文而未及輯者 51 種；再加上其中附及的數種，總數約在 140 種。基於這種情況，主要著力開展的是輯佚方面的工作，郭先生《宋詩話輯佚》因此輯出 36 種宋人詩話著作共 1450 餘條（羅根澤先生《兩宋詩話輯校敘錄》亦輯出已佚詩話 21 種[3]），其搜輯之富，考核之精，為學界樹立了典範，況又有現代「文學批評」觀念的自覺；後來的學者也還不斷有糾補其錯訛遺漏者，令該項工作更趨完備[4]。吳文治先生主編《宋詩話全編》，通過輯錄別集、隨筆、類書、史書等史料，增廣編列 562 家，其中收錄原已成書的詩話 170 餘種，然就輯錄已佚詩話部分，則基本依據郭著。在清詩話方面，郭先生不僅在 20 世紀 60 年代為出版丁福保《清詩話》所作〈前言〉中，於丁氏所錄 43 種著述，從學術的角度撰寫了提要，試圖彌補其版本選擇等方面的疏失；且於 80 年代初出版《清詩話續

3　有關郭、羅二位先生幾乎同時開展同樣的工作及其體例內容的異同，可參看郭紹虞〈宋代殘佚的詩話〉，《文學雜誌》1937 年第 1 卷第 2 期。

4　參見陳尚君〈《宋詩話輯佚》匡補〉，蔣寅、張伯偉主編《中國詩學》第四輯，南京大學出版社，1995 年；李裕民〈《宋詩話輯佚》補遺〉，《文獻》2001 年第 2 期；岳珍〈宋詩話輯補〉，《天中學刊》2003 年第 2 期；馬強才〈《宋詩話輯佚》拾遺初編〉，《古籍整理研究學刊》2008 年第 2 期等。另如鄧國軍《宋詩話考論》（四川大學 2003 年博士學位論文）及鍾振振有關《宋詩話輯佚》若干詩話校議的系列論文等，亦皆有所訂正。

編》，增錄重要或流傳絕少者 34 種，在「平生搜集清人詩話不遺餘力」的基礎上，作出了清詩話總數「約有三四百種」的估計[5]。這一估計在吳宏一先生 1973 年完成的臺灣大學博士學位論文《清代詩學研究》中可以得到印證，其附錄《清代詩話知見錄》所錄為 346 種。90 年代中期以來，清詩話或清代詩學文獻的輯錄不斷有新的推進，如蔡鎮楚《清代詩話考略》（載《石竹山房詩話論稿》）（1995）、張寅彭《清代詩學書目輯考》（1995）、蔣寅《清代詩學著作簡目》（1995），著錄該領域著作皆在七百種以上；而至吳宏一《清代詩話知見錄》（2002）、《清代詩話考述》（2007）、張寅彭《新訂清人詩學書目》（2003）、蔣寅《清詩話考》（2007）等，所錄又增至近千種至千數百種不等。當然，這當中還是有各人對詩話標準、範圍的不同理解，然鑒於清代詩學文獻的數量巨大、情況複雜，先在目錄學上予以考察、釐清，尤有必要。據悉，由張寅彭教授主編的《清詩話三編》將由上海古籍出版社出版，在前賢二編之外，收錄清人詩話著作 120 餘種。

與宋詩話、清詩話相比，現存明詩話著作的數量居中，然從其對宋人詩話有較大發展來看，複雜的局面已然呈現；而前人彙輯、整理明詩話的基礎又較為薄弱，如孫小力教授已指出：「只有何文煥《歷代詩話》選錄四種，丁福保《歷代詩話續編》選錄九種，王雲五《叢書集成初編》選錄十一種，加上解放後出版的整理本，總

5　見〈清詩話續編序〉，《清詩話續編》第 1 冊，上海古籍出版社 1983 年版，第 1 頁。

共不過二十幾種，遠遠不能反映明代詩話的全貌。」[6]因此，在這種情形下，先後有周維德、吳文治先生纂輯《全明詩話》、《明詩話全編》並出版，實為有明一代詩話的彙纂、整理提供了一個很高的標杆。兩部全編著作的編纂體例不同，周著以書立目，專收獨立成書的詩話著作，出版時計 91 種，原稿實有 123 種；吳著則以人立目，在收錄獨立成書的詩話著作外，尚輯錄詩文別集、隨筆、史書、類書等諸書中論詩之語，題作「某某詩話」，計 722 家，其中獨立成書的詩話，據其〈前言〉所述，有 120 餘種，而我們統計得出 118 種，那是因為其中有的詩話在吳著中被作為兩種看待，如田藝蘅《詩談初編》、《詩談二編》，為方便比較，我們僅視作一種。經初步比對，吳、周二著同收的獨立成書之詩話計有 75 種，其中黃子肅《詩法》、趙與虤《娛書堂詩話》當屬未考明作者情況而誤收。吳著獨有的，計 43 種，其中較為重要的如曹安《讕言長語》、王嗣奭《杜臆》、俞憲《山樵暇語》、葉廷秀《續詩譚》、胡應麟《藝林學山》、黃省曾《名家詩法》、王昌會《詩話類編》等。但也有誤收者，如《風騷要式》、《詩要格律》，宋人書目已經著錄；又如張次仲《㶑堂夕話》，論詩僅數條，可視為文話。周著獨有者 16 種，其中較為重要的如王樵《詩法指南》、冒愈昌《詩學雜言》、朱奠培《松石軒詩評》、田藝蘅《陽關三疊圖

6　孫小力〈半生辛苦一部書——評周維德先生《全明詩話》〉，蔣寅、張伯偉主編《中國詩學》第九輯，人民文學出版社，2004 年。值得注意的還有臺灣廣文書局影印發行的《古今詩話叢編》、《古今詩話續編》，多珍本、善本，前者收錄明詩話 11 種，後者計 15 種，吳文治先生主編的《明詩話全編》即採用了其中 12 種。

譜》、汪彪《全相萬家詩法》等，有不少珍稀版本[7]。當然，這兩種體例皆可在前代的詩話編纂中找到依據，然依我們一孔之見，在目前的基礎與條件下，似應以先集中精力彙集、整理獨立成書的明人詩話著作為急務。在這方面，無論如周著，在郭先生的直接影響下，以一人之力，積十數年之功，專力於單獨成書的明詩話搜輯、彙纂，還是如吳著，集眾人之力，得以有較廣的搜求渠道與來源，其實皆主要受當時檢索、搜輯資料總體環境與條件不便的局限，而仍未能完全[8]。

當今我們獲取與使用資料的條件已遠非昔日可比，如四庫系列以及筆記、方志、目錄等專題大型叢書的影印或整理出版，電子資料庫的開發以及多種檢索手段日益發揮作用，國際學術交流的愈加頻密，這些都為窮盡性搜輯、整理某一專題或一代文獻提供了便捷、開放的門徑。而或許更為重要的是，隨著人們對近現代以來學術史的回顧與反省，有關史料之於學問的重要性，尤其是新材料、新方法的發現與拓展對於推進學術發展的重要性，這樣的觀念已重新獲得確立。就有關詩學文獻而言，多年來學界在不同程度上皆已將關注的視野擴展至域外漢籍的整理與研究。面對這樣的形勢，一方面我們固然應該不斷拓辟學術的新疆界，就獲取的新材料治新學問，但在另一方面，是否也應該在這樣一種新視野下，對已經整理

7　又可參看上引孫小力〈半生辛苦一部書——評周維德先生《全明詩話》〉中有關該著所收不見於《明詩話全編》的統計與評述。

8　詳參以下具體分析、論述。另可參看孫小力〈《明詩話全編》遺漏書目提要〉，蔣寅、張伯偉主編《中國詩學》第六輯，南京大學出版社，1999年。

的某一專題或一代文獻本身，包括其排比、考訂、編纂的方法進行
重新檢視，看看在新的歷史條件下，有無可能於原先在各種條件限
制下取得的重大成果再有所推進。正是抱持這樣的想法，我們嘗試
對已有明詩話彙纂、整理的情況作一粗淺的檢討，特別是對在整
理、研究單獨成書的明詩話方面具有代表性成就的《全明詩話》作
重點考察，將遇到的一些問題提出來，希望能引起同好的關注，大
家群策群力，共同將這一事業引向深入。

二、現存明詩話的總量

單獨成書的明人詩話究竟有多少種？這恐怕是力圖窮盡性彙
纂、整理一代詩學文獻首先要碰到的問題，也可以說是最為重要的
一個問題。這方面的目錄整理研究其實一直為研究者所關注。較早
時期臺灣學者宋隆發在《書目季刊》第十六卷第三、四期上發表的
〈中國歷代詩話總目彙編〉，收錄明詩話 90 種[9]；蔡鎮楚《石竹山
房詩話論稿》中〈明代詩話考略〉收錄 170 部；臺灣學者連文萍在
吳宏一教授的指導下，於 1998 年完成博士學位論文《明代詩話考
述》，對明詩話作了全面而深細的考察，包括對上述宋、蔡兩種目
錄有所辨正，獲得的結論是現存者 144 種，已佚者 137 種，由後人
纂輯者 37 種。《明詩話全編》與《全明詩話》收錄的情況已如前

9　連文萍《明代詩話考述》記宋隆發書目所收明詩話為 105 種，或據其標準
　　統計。見臺灣東吳大學中國文學研究所博士學位論文，1998 年，未刊，
　　第 15 頁。

述，朱易安〈明代的詩學文獻〉著錄的是 136 種[10]，孫小力〈明代詩學書目彙考〉錄為 163 種[11]，而劉德重、張寅彭《詩話概說》增訂版附錄〈歷代詩話書目〉，著錄明代詩話 177 種[12]。

這裏面涉及的關鍵有二：一是如何把握搜輯的範圍，二是如何明確對詩話標準的認識，兩者之間又有著密切的關聯。就前者來說，研究者一般皆從明清以來各公、私藏書目、相關方志著錄以及各種叢書的調查、搜輯出發，然這本身是相當浩繁的工程，內中情形又相當複雜，尤其是方志著錄，要想窮盡，殊為不易。我們一方面還是要就上述調查、搜輯範圍對已有的明詩話或詩學文獻編目重新作細緻的校核，看看有無遺漏或誤收，尤其是鑒於詩話特殊的性質，應在明代以來各種藏書目多有新創部類的情形下，特別注意在「文史」或「詩文評」類之外的「子部」、「史部」或「史雜」、「子雜」、「雜家」等相應類目及「類書」或「類編」中搜剔，而在「文史」或「詩文評」類中，則須注意詩話與文話著作往往在「詩評」、「詩法」與「文評」、「文式」等類中互有錯出。諸如此類的問題，學者們在研究實踐中其實多少已有關注，且經過這麼多年持續的探查、積累，可拓展的空間或已不大。所以，更進一步的工作，恐怕還要將獨立成書的範圍拓展至那些單獨成卷的明詩話，而由於單獨成卷的詩話著述除非經後人纂輯，一般並不在書目中顯示，有些著作的性質亦須驗證其具體內容而定，這就需要開展

10　《南京師範大學文學院學報》，2003 年第 1 期。
11　《中國詩學》第九輯，人民文學出版社，2004 年。
12　安徽教育出版社 2009 年版，第 335-340 頁。

實際翻檢所存明代文獻的普查。

這樣的工作量自然十分浩大，我們目前只是有針對性地作了一些試驗，其中同樣要特別注意子部乃至史部文獻。如徐𤊹《筆精》，《四庫全書》收於子部，然其八卷中，卷二詩原、詩詁、詩訂、詩砭，卷三詩評一（魏、唐）、詩評二（宋）、詩評三（元），卷四詩評四（明），卷五詩評五（方外、宮閨、妓女、外夷、詩搜遺），卷六詩話、詞品、文訂、字正解、事物解，主要部分均屬詩話[13]。至於徐𤊹《榕陰新檢》，《續修四庫全書》收於史部，其中亦有《詩話》一卷。收入《續修四庫全書》子部者，如陳全之《蓬窗日錄‧詩談》二卷，李春熙《道聽錄》四卷，方弘靜《千一錄‧詩釋》四卷，郎瑛《七修類稿‧詩文類》十一卷、《續稿‧詩文類》一卷，王同軌《耳談類增‧詩芹》一卷。收入《四庫存目叢書》子部者，如陳師《禪寄筆談‧詩談》一卷等。又如劉仲達《劉氏鴻書》卷七十一「詩話」、卷七十二「士詩」、卷七十三「女詩」，朱國禎《湧幢小品》卷二十二除數條外均為詩話。此外，就集部而言，在人們普遍注重的「詩文評」、「總集」類外，要特別注意別集類文獻。一些作者會將詩話附錄於卷尾或置於其中的某些卷次，如陳霆《渚山堂詩話》三卷，《千頃堂書目》、《四庫全書總目》等有著錄，然現今各圖書館均無此書的收藏，屬於已經亡佚的詩話。但我們在正德刊十九卷本《水南稿》中，卻發現其卷十八、十九即是詩話；在楊春先《詩話隨抄八卷附集一卷》中又有 17 則「水南詩

13　按，此處目錄用明崇禎五年邵捷春、黃居中刻本，中國國家圖書館等藏。《四庫全書》本《筆精》在分卷及內容上均與此不同，可參看。

話」，基本上可恢復《渚山堂詩話》的原貌。又如《胡維霖集·墨池浪語》收《詩譜》一卷、《詩評》二卷，駱問禮《續羊棗集》卷二除後面數條論文外均是詩話。根據初步所做上述檢核、搜剔工作，目前已可在前人的基礎上增補 40 餘種，則所得明詩話增至200 餘種，然我們深知，這樣的搜輯仍未完備。

鑒於當今搜輯海外所藏漢籍的條件相對成熟，盡力搜討存於海外的明詩話孤本、善本，是進一步擴充該領域文本的一大資源。不少學者其實已陸續在開展此方面的工作，如王水照先生所編《歷代文話》，收曾鼎《文式》一種之日本內閣文庫藏舊抄本，張健《珍本明詩話五種》收日本內閣文庫藏雷燮《南谷詩話》、謝肇淛《小草齋詩話》等；又如題朱之蕃評《詩法要標》三卷，今藏韓國，趙鍾業教授已錄入《韓國詩話叢編》第十二卷，蔡鎮楚教授《中國詩話珍本叢書》據之影印。此外還有今藏日本內閣文庫的吳默編《翰林詩法》，藏韓國中央圖書館及延世大學的鄭瑄《昨非庵詩話》等，國內均無藏本。不過，真要開展全面的搜輯，僅普查一項，工程已巨，故尚任重而道遠。

在另一方面，有關佚目的搜輯，也要利用現在已有的條件，盡可能予以補充並檢核。連文萍博士在佚目的搜輯方面做了辛苦而繁難的工作，翻檢了大量明清公私書目及方志，獲得 130 餘種已佚或疑佚的明代詩話。但其中也存在一些問題，如《詩林辯體》條云：「不著卷數，作者不詳，疑佚。是書見《晁氏寶文堂書目》上卷『詩詞類』著錄，僅存書名。」[14]實際上此書又見錄於《國史經籍

14　連文萍《明代詩話考述》，第 362 頁。

志》卷五、《千頃堂書目》卷三一、《百川書志》卷十九、萬斯同《明史》（清抄本）卷一三七等，其作者為潘援（《千頃堂書目》誤為「潘授」），雍正《浙江通志》卷一八二有傳。而且此書實未亡佚，檢《中國古籍善本書目》，著錄此書有明刻本十六卷，藏安徽省圖書館，存八卷（又查得首都圖書館藏此書正德七年刻本，存七卷）。另外，一些目錄或方志雖經查檢，然尚有遺漏。如光緒《江西通志》卷一百十二所著錄王經《唐詩評》、晏若川《佚老亭詩話》等，連目已收入，而同卷楊廉《風雅源流》、廖道稷《詩話》八卷、周鼎《古樂府後語》等則未收入。在其他書志文獻中，我們又補充了能斷定為明代詩話的佚目 30 餘種。

有關「詩話」標準，研究者已有比較多的探討、界定，雖有不同意見，但我們認為，基本上還是能達成共識的。鑒於南宋以來，尤其有明一代，「詩話」的性質、定義皆有了很大的發展，回到狹義的「詩話」已沒有多大意義。人們常常引述的南宋初許顗在《彥周詩話》小序所說的「詩話者，辨句法，備古今，記盛德，錄異事，正訛誤也」[15]，是當時理解的詩話內涵，雖可以看作是對歐陽修等「集以資閒談」的具體化落實，卻亦意味著為詩話範疇的進一步拓展預備了空間。由蔡絛的《西清詩話》與《詩評》當為二書[16]，或許仍反映出北宋宣和間人對「詩話」的特定認識，然從另一面來看，司馬光《續詩話》31 則中有 20 餘則為當朝及唐代詩人品

15　何文煥《歷代詩話》，中華書局 1981 年版，第 378 頁。

16　可參看張伯偉編校《稀見本宋人詩話四種》「前言」的相關考察，江蘇古籍出版社 2002 年版，第 13 頁。

第，當然合乎「辨句法，備古今」之例，卻多少也預示了其後的詩話由「記事」向「論評」發展的必然趨向。隨著人們將「詩話」的源頭不斷上溯，也就意味著其外延的不斷擴大。我們從當在北宋後期成書、宋代最早的彙輯詩話《唐宋名賢詩話》中，可以看到引唐人筆記如《唐摭言》、《本事詩》等十餘種[17]，據此可知其並不局限於歐陽修以來創立「詩話」名目者。如果說，這僅僅是小說家「記事」一類的上溯、擴展，那麼，南宋初任舟輯《古今類總詩話》，前三卷曰詩體、詩論、詩評，應該已體現出詩話格局的變化，郭先生以為「開《詩人玉屑》之先聲者」[18]。與《詩話總龜》、《苕溪漁隱叢話》相比較，《詩人玉屑》明顯由「稗官野史之類」的記事為主向論詩、品評為主轉變，其構架又受到嚴羽詩論很大的影響，卷一列「詩辨」、「詩法」，卷二列「詩評」、「詩體」，卷十一列「考證」等，當即取自嚴羽五篇詩論的題名，並將其所論悉數收入而重加編次，可見嚴羽詩論在所有被「博觀約取」的詩話、評論中的地位與分量，尤其前二卷顯然具總綱性質，是亦可見嚴羽詩論方式產生的背景；而至明中期嚴羽詩論被正式冠以「詩話」之名刊行，至少反映了明人有所發展的「詩話」觀念原有所本。從鄭樵《通志・藝文略》於「文類」中的「文史」外又專門析出「詩評」，計收 44 部與論詩相關的著作，主要是唐人詩格、

17　可參看張伯偉編校《稀見本宋人詩話四種》所刊朝鮮版《唐宋分門名賢詩話》二十卷及在郭紹虞先生基礎上考出的每條材料的出處，第 234-399 頁。

18　見郭紹虞《宋詩話考》下卷「古今類總詩話」條，中華書局 1979 年版，第 199 頁。

詩式、詩例、詩句圖之類，也有 9 部宋人詩話，則可看到在「詩評」的大類下，唐人詩格、詩式一類的著作與宋人詩話之間似乎已具有某種關聯，後來胡應麟將李嗣真《詩品》、王昌齡《詩格》、皎然《詩式》、《詩評》等 20 種唐人詩格、詩式著作視作「唐人詩話，入宋可見者」，並謂「近人見宋世詩評最盛，以為唐無詩話者，非也」[19]，顯然亦非無稽之談。如此，自明初以來，承元人好習詩法、詩格之風氣，詩法彙編著作往往與詩話彙編著作並興甚或相混，亦好理解；而如趙琦美《脈望館書目》所立「詩話」目收錄《詩學權輿》、《名家詩法》、《詩法》等，董其昌《玄賞齋書目》所立「詩話」目收錄《冰川詩式》等，皆是明人有所拓展的詩話觀念之體現。至於明宗室朱奠培於正統間撰《松石軒詩評》，開始令明初以來承襲北宋詩話「集以資閒談」（如瞿佑《歸田詩話》），或承襲元人風習纂輯詩法、詩格著作的格局有所改變，也是因為他將詩評的典範上溯至鍾嶸《詩品》，如其成化十年（1474）撰《詩評後敘》所言：「詩之有評也，鍾嶸三品之前，蓋未之聞焉。後之評詩，可嗣其美者，張芸叟而已。」[20]而如上舉《脈望館書目》、《玄賞齋書目》等所立「詩話」目，皆收錄《松石軒詩評》。這種對於鍾嶸《詩品》的標舉，以及越來越多的明人對嚴羽詩論的推許[21]，在後來又構成復古派日益強調論詩理論性與體系化的一種譜

19　《詩藪》「雜編」卷二〈遺佚中・載籍〉，上海古籍出版社 1979 年版，第 272 頁。

20　周維德《全明詩話》，齊魯書社 2005 年版，第 1 冊，第 473 頁。

21　如李東陽《懷麓堂詩話》云：「詩法多出宋，而宋人於詩無所得……惟嚴滄浪所論，超離塵俗，真若有所自得，反復譬說，未嘗有失。」都穆《南

系，如屠本畯編《詩言五至》十卷，即收鍾嶸《詩品》、嚴羽《滄浪詩話》、徐禎卿《談藝錄》、皇甫汸《解頤新語》、王世貞《藝苑巵言》五種；王世懋為胡應麟作《詩測序》，亦謂「自鍾嶸《詩品》以來，譚藝者亡慮數百十家，前則嚴滄浪、徐迪功二錄，近則余兄《藝苑巵言》最稱篤論」，而若論「集諸家之長，窮眾體之變」，還數胡應麟此著[22]。因此，近代以來，學者往往將詩話的概念實際拓展至目錄學「詩文評」類目中的論詩部分[23]，應該說還是可以找到明清以來詩話觀念發展的脈絡並以為依據的，核之《四庫全書》「詩文評」小序概括的五種體例：溯源流、評工拙，置品

濠詩話》云：「嚴滄浪謂：『論詩如論禪，禪道惟在妙悟，詩道亦在妙悟。學者須從最上乘，具正法眼，悟第一義。』此最為的論。」王世貞《藝苑巵言》卷二云：「吾覽鍾記室《詩品》，折衷情文，裁量事代，可謂允矣，詞亦奕奕發之。」又〈藝苑巵言序〉云：「手宋人陳編，輒自引寐。獨嚴氏一書，差不悖旨。」胡應麟《詩藪》外編四云：「宋以來評詩不下數十家，皆哮囈語耳。剗除荊棘，獨揭上乘者一人，嚴儀卿氏。」顯示出鍾、嚴詩論在明代所受到的推崇。尤應注意的是，這一推崇，常常是與批評宋人詩話一併提出，故其不再是簡單的對前代詩話價值的品第，而是體現了明人藉由樹立詩話經典範式來實現文體變革的意識。

22　王世懋《王奉常集》卷八，《四庫存目叢書》集部第 133 冊，齊魯書社 1997 年版，第 295 頁上-下。

23　如民國四年李詳為丁福保作〈歷代詩話續編序〉，首述詩話源流，以鍾嶸《詩品》判流別為正始：「自宋以還，此體大備。譬之變風變雅，稍乖本始，其於知人論世則一也。《四庫》總論所標五例，雖不能外，優者為之，輒自殊出。其他直如屠沽市儈計簿中語，猶有一節可取者，以其略著本事，可以考見當時風會得失，亦有不可廢者。」《歷代詩話續編》卷首，中華書局 1983 年版，第 1 頁。

第、溯師承，備陳法律，旁采故實，體兼說部，於詩話而言，似皆有跡可尋。所須謹慎的，倒是屬於經部的《詩經》學論著，以及集部「楚辭」類、「總集」類等詩學著作，因為這些類目部次已久，自成傳統，各有相當可觀的數量，牽一髮而動全身，除非歷代目錄相沿冠以詩話之名或列入詩文評者，否則還是另作獨立研究為宜。之所以仍要探討對詩話標準的理解，是因為它實際構成在明清以來各公、私藏書目、相關方志著錄及各種叢書等範圍內檢核、搜剔明詩話的操作原則。

三、明詩話整理的版本與校勘

在文獻整理過程中，首要的一個環節，是版本選擇。為使該文獻的原貌得以呈現，要儘量使用刊刻時代早的足本，精校精刊本，以及今人花費很大心血的高品質整理本，這作為常識人們都瞭解。只是在大型文獻的編纂中，這樣的講求不易做到，更何況迫於當時搜求資料的困難條件，如《全明詩話》的彙纂、整理，比較多的還是依據各種彙編的雜纂類叢書，以及類編中「詩文評」類的叢書等所收明詩話著手進行的。其便利之處，在於可利用《中國叢書綜錄》集中查檢，且因叢書編纂在清中葉後始盛，本子相對易得；然由於叢書規模一般皆比較大，編刊品質頗有參差，用途亦各不相同，存在的問題不少。試舉數例：

《蘭莊詩話》一卷。《全明詩話》提要：「閔文振撰。文振字道充，浮梁（今江西景德鎮）人。生平未詳。有弘治九年（1496）序刊本、明抄本、《說郛》本。」（第 1 冊，第 25 頁）按：周著僅收 4

則，係據《說郛》本。而國圖所藏明鈔本，計 46 則，前有小序。
是當以明鈔本為底本[24]。

《詩文浪談》一卷。《全明詩話》提要：「林希恩撰。希恩字
懋勳，號龍江，莆中（今福建莆田）人。生平未詳。有《說郛》本、
《古今圖書集成》本。」（第 26 頁）按：此處撰者當即林兆恩，以
下再辨。周著據《說郛續》本所收計 13 則（其中第 1 則，《林子全
集》作兩則），而《四庫存目叢書》子部第 91 冊《林子全集》（崇禎
刻本）所收《詩文浪談》，計 27 則。則顯然前者不宜作底本[25]。

游潛《夢蕉詩話》一卷。《全明詩話》提要著錄：「有《夢蕉
三種》本、《學海類編》本。」（第 28 頁）按：《夢蕉三種》為游
氏《夢蕉存稿》、《夢蕉詩話》、《博物志補》之合刊，有嘉靖戊
申（1548）豐城游氏家刻萬曆及清康熙間遞修本，臺灣故宮博物院
圖書館等藏，其中《夢蕉詩話》為二卷，《千頃堂書目》「文史
類」亦著錄為二卷。而《學海類編》本所收為一卷，知周著實據
《學海類編》本。《四庫存目叢書》集部第 416 冊所收《夢蕉三
種》，即明刻清康熙遞修本，將其中《夢蕉詩話》與周著所據《學
海類編》本比勘，後者僅收上卷 65 則，而前者二卷合計有 143

24　乾隆《福建通志》卷三十二「名宦」有閔氏小傳，曰「嘉靖十二年，寧德
　　訓導」；又，曾燠《江西詩徵》卷五十九其小傳載：「嘉靖間貢于鄉，教
　　授嚴州。有《詩話》、《文話》等書五十餘種。」（嘉慶九年刻本）知主
　　要生活於嘉靖前後，其《蘭莊詩話》中亦有正德、嘉靖之紀事，而周著所
　　記弘治九年序刊本未見相關目錄著錄，疑誤。
25　孫小力〈明代詩學書目彙考〉該詩話條下記其有 40 則，所舉有《詩法統
　　宗》本、《說郛續》本，當再檢核《詩法統宗》本。

則。是當以《夢蕉三種》本為底本。

　　田藝蘅《香宇詩談》一卷。《全明詩話》提要著錄：「有《說郛》本。」（第 33 頁）按：該著明清各公、私藏書目皆未見著錄，周著所據《說郛續》本，實摘自田氏《留青日札》之《詩談》，計 34 則。然據《澹生堂書目》「詩評」類著錄，為「《日札詩談》二卷」，當即其《留青日札》卷五、六之《詩談初編》、《詩談二編》。《留青日札》三十九卷，有隆慶六年（1572）錢塘田氏刻本（臺灣故宮博物院圖書館等藏），《四庫存目叢書》子部第 105 冊所收係浙江省圖書館藏萬曆三十七年（1609）徐懋升重刻本。又，上海古籍出版社 1992 年出版的「明清筆記叢書」《留青日札》，亦係以謝國楨家藏萬曆己酉（1609）重刻本為底本，與萬曆甲申（1584）刻本對校而整理、標點，其中《詩談初編》計 63 則，《詩談二編》計 78 則。雖說如四庫館臣指出，此二卷與其他幾種著述「皆以所著別行之書編入，以足卷帙」[26]，孫小力〈明代詩學書目彙考〉注意到「《留青日札》卷首總目于《詩談初編》之下，有小字注曰『自為十卷』，疑其《詩談》原為十卷」[27]。然畢竟較《說郛續》本所摘錄者為全備，次序亦不同，不如全收此二卷，題作《日札詩談》。

　　相比較之下，《明詩話全編》因為要從作者個人相關著述中輯錄其詩話，所本便不至於局限在通行詩話叢編本。如《游潛詩

26　《四庫全書總目》卷一二八子部「雜家類」存目五《留青日札》條，中華書局 1965 年版，第 1101 頁中。

27　《中國詩學》第九輯，第 42 頁。

話》，即據《夢蕉三種》本錄其《夢蕉詩話》二卷，又從《夢蕉存稿》中輯出 2 則；《田藝蘅詩話》，據上海古籍出版社影印瓜蒂庵藏《留青日札》收卷五《詩談初編》、卷六《詩談二編》，另從他卷輯錄其詩話 22 則。不過，若該作者未見有其他個人著述留存，則很可能仍取通行詩話叢編本。如《閔文振詩話》，還是據《說郛》本，僅 4 則。

又，即便是利用如《歷代詩話》、《歷代詩話續編》這樣在以前的詩話叢書中算是比較好的著作，如郭紹虞先生指出的，也還是有版本問題[28]，須慎重擇用。此外，尚有更為複雜的情況，試看如下二例：

楊慎《升庵詩話》十四卷。《全明詩話》提要僅著錄《歷代詩話續編》本，知用此本。據丁福保〈重編升庵詩話弁言〉：「《升庵詩話》，自明以來無善本。有刻入升庵文集者，凡八卷（自五十四卷至六十一卷）；有刻入升庵外集者，凡十二卷（自六十七卷至七十八卷）；有刻入《丹鉛總錄》者，凡四卷（自十八卷至二十一卷）；《函海》又載其十二卷及補遺三卷。此詳彼略，此有彼無，前後異次，卷帙異數。」有鑒於此，「爰搜集各本，詳加校訂，訛者正之，複者刪之，缺者補之。至其偽撰之句，則原之以存其真，據其題中第一字之筆劃數，改編一十四卷，自謂較各本為善矣。」經過丁氏的重新編訂，終於歸併成一個完足之本，他也因此頗為自信：「割裂

28　郭紹虞先生在《清詩話》「前言」中，論及丁福保自編《歷代詩話續編》、《清詩話》：「但由於他在很大程度上存在牟利性質而急於成書，故其自編二種詩話所據版本往往不加選擇，校勘亦多疏漏……」上海古籍出版社 1983 年版，第 3 頁。

古人書，世所詬病，若《升庵詩話》之散如盤沙，不割裂無以得善本……」[29]然缺陷亦很明顯，丁氏以條目首字筆劃次序重新排列，徹底打亂楊氏原有次序，諸本原貌既不得保存，於楊氏詩學文獻之編例及詩學思想之沿革變化過程亦便不復顯現。又《歷代詩話續編》本既已據《函海》編錄楊慎《升庵詩話》的《補遺》三卷，而《全明詩話》於丁氏此重編《升庵詩話》外，另再收入《詩話補遺》，實為重複。

俞弁《逸老堂詩話》二卷。《全明詩話》提要亦僅著錄《歷代詩話續編》本，知用此本。《明詩話全編》同。然是書有乾隆四十二年（1777）盧文弨抄本，國圖藏，末附黃丕烈、盧文弨、繆朝荃、趙詒琛、丁福保諸人跋，述傳抄經過，至丁福保跋，撰者始得確考，應即丁氏所據之本。然未知何故，此鈔本末條記「近吳中有鄉宦，于國賦每後期不納，致里催，歲受其累。太學吳拱雲岫作〈冤苦吟〉以告，云……鄉宦得詩大慚，不日完納。其詩亦備盡催情苦，故全錄以為士大夫勸」，丁氏卻並未錄入，因而有缺。

《全明詩話》的編者其實已經非常注意孤本、善本的搜求，然在當時的條件下，其辛苦和無奈，正如孫小力教授在所撰書評中描述的，非如今日所能想像。故即使是找到比叢書本更好的本子，或許仍會有不同程度的局限。如：

朱奠培《松石軒詩評》一卷。《全明詩話》提要著錄：「有成化甲午刻本，首有觀詩錄序和敘，俱殘缺，末有後序。」（第 23

---

29 丁福保《歷代詩話續編》中冊，上海古籍出版社 1983 年版，第 634-635 頁。

頁）該著為明前期詩話中比較重要的一種，眾多書目皆有著錄，亦
屢被此後詩話著作所稱引，然諸叢書多未收，周著據成化本錄入，
實為其重要的貢獻。據連文萍博士所述，周先生當年靠手抄錄其全
帙[30]，尤為不易。惜其所據之本，卷首〈觀詩錄序〉和〈敘〉俱殘
缺。此本一藏北京大學圖書館，一藏天一閣。後張健《珍本明詩話
五種》據北大藏本整理出版，兩文均不缺，知周著所據當是天一閣
所藏本。

姜南《蓉塘詩話》二十卷。《澹生堂藏書目》「詩話」類、
《玄賞齋書目》「詩話」類、《千頃堂書目》「文史」類等著錄該
書皆為二十卷，故《全明詩話》提要亦照錄，並著錄「有嘉靖洪楩
刻本」，然實際所據，是其亦予著錄的明抄本六卷、《說郛》本一
卷：「今據明抄本，附以《說郛》本，成七卷。」（第 27 頁）洪楩
刻本，係嘉靖二十六年（1547）刻本，國圖等藏，為二十卷本。該
著另有嘉靖二十二年（1543）張國鎮刻本，天一閣藏，收入《續修
四庫全書》集部第 1695、1696 冊；又有舊抄本二十卷，復旦大學
圖書館藏。唯以後兩本比勘，其中差異較大，除卷十、十六、十七
相同外，其他各卷抄本較嘉靖本多出計 110 條，當屬不同的版本系
統，顯示即便是足本，情況亦比較複雜。據其二十卷本各卷列目，
實為諸種雜著之彙編[31]，如傅增湘〈蓉塘詩話跋〉已指出：「此書

30　連文萍《明代詩話考述》，第 56 頁。
31　其實，《說郛續》本除收專門摘錄的《蓉塘詩話》一卷外，亦收姜南《抱
　　璞簡記》一卷、《投甕隨筆》一卷、《洗硯新錄》一卷、《大賓辱語》一
　　卷、《醜莊日記》一卷、《輅築記》一卷，皆其二十卷本中之內容。

雖名詩話，……實說部也。卷為一書，凡二十種。」「各編中詩話居十之四，述事論人者十之四，考古者十之二……」[32]即便如此，恐亦當錄其二十卷全帙。

其次一個環節便是校勘。如所周知，古籍在刊刻、傳抄中，常常會出現訛誤、脫衍及擅改等問題，這就需要我們盡可能廣收異本，加以比勘校正，庶幾能得到較為接近書籍原貌甚或作者原意的文本。這樣，校記就顯得非常重要。周維德先生纂輯《全明詩話》，在當時查詢、搜求資料諸多條件皆不便利的環境下，不僅覓得不少善本、孤本，且做了數十萬字的集校校記，結果與被刪卻的 32 種明詩話出於同樣的出版條件的限制，而未能入編，實在是太大的憾事。如今我們的資料條件與出版條件雖仍有不如人意處，然與之前的時代相比，應該可以不再受這樣的局限，理應做得更好些。以下二例可說明校勘的重要性：

李東陽《麓堂詩話》一卷，《全明詩話》用《歷代詩話續編》本。而丁福保所據，乃鮑廷博《知不足齋叢書》本，已屬不錯的本子。當然，該詩話今天已有李慶立教授的整理研究力作《懷麓堂詩話校釋》（人民文學出版社 2009 年）。以周、李二本相較，其中不止有字句的差異，尤其是某些條目反映出詩話在清代所遭纂改的情形。如周本：「本朝定都北方，乃為一統之盛，歷百有餘年之久。」[33]此條李本作：「本朝定都北方，乃六代、五季所不能有；

---

32 傅增湘《藏園群書題記》卷二〇，集部十，上海古籍出版社 1989 年版，第 1007 頁。

33 周維德《全明詩話》，第 484 頁。

而又移風易俗，為一統之盛，歷百有餘年之久。」又校記云：「知不足本作「乃□□□□所不能有，而又用□□□為一統之盛」。[34] 馬雲駿〈李東陽《麓堂詩話》考論〉指出：「四庫本前闕四字作『六代五季』，後『用□□□』竟改為『移風易俗』，而詩話本與嶽麓本則全刪兩句，以首尾逕接。實則前四字固不能臆必，後三字當為『夏變夷』無疑。」[35]

謝肇淛《小草齋詩話》五卷，《全明詩話》於內篇、外篇三卷用讀耕齋刻本，雜篇二卷則據清抄本補入。按：此書又有清刻本、明刻本及日本抄本等，張健《珍本明詩話五種》即據明刊及日本鈔本五卷本。將二書比勘，除周本較張本多卷首林燫序外，字句不同者有十四條，互有優劣。如周本「元何正初薦」條，張本作「何世」，檢《全浙詩話》有「何正」條（卷二十五），則周本是。又如，周本「余季孟安陽人」條，張本作「金李孟」。按，李賢《明一統志》卷二十八李志方傳：「李志方，初名益，安陽人，金宣宗時補為戶部令史。」據此，則當為「金李益」。

像詩話這樣的文獻，一些有聲望的作者在創作、編纂過程中，往往會隨作隨刊，多次刊佈的文本有增刪、有重複、有異文，而在流傳過程中，同時代或後人的纂輯，也往往會有刪並、改易乃至增衍，在這種情形下，除了選用一個合適的善本為底本外，尚須搜集有代表性的異本相校，目的除一般保證錄文準確、完足外，最好還

---

34 李慶立《懷麓堂詩話校釋》，人民文學出版社 2009 年版，第 116 頁。
35 馬雲駿〈李東陽《麓堂詩話》考論〉，《北京大學學報》2005 年第 6 期。

能體現作者詩學思想發展、變化的脈絡，體現原作與流傳諸文本的異同及關係。這樣的要求，對於大型文獻的整理來說，當然也不易做到，但至少應該出校那些重要的異文，而同一作者有較大篇幅內容重複的前後之作，亦儘量能通過校記的形式，反映於一個文本上，避免重收。

如王世貞《藝苑卮言》八卷，《全明詩話》著錄《談藝珠叢》本、《歷代詩話續編》本。然而王世貞從嘉靖三十六年（1557）開始著手寫作《藝苑卮言》，於嘉靖四十四年（1565）初刊，隆慶六年（1572）增補二卷，萬曆五年（1577）世經堂《弇州四部稿》本已至十二卷，萬曆十七年（1589）武林樵雲書舍新安程榮刊《新刻增補藝苑卮言》則為十六卷，顯示出動態的發展過程，當然，另有各種抄本等，情況相當複雜，各本文字及編排次序差異較大。如能將這一變化藉由版本的校勘顯示出來，對於研究王世貞詩學思想的發展無疑具有重要的價值。如果這一整理工作做得充分，那麼，如後人從中摘錄刊行的王氏《全唐詩說》、《國朝詩評》之類，或亦未必再重複收錄，在提要或校記中加以說明即可。

又如胡應麟《詩藪》，其生前已自刊，又有程百二萬曆刻本、張養正萬曆三十七年（1609）刻本、江湛然萬曆四十六年（1618）刻本、黃衍相萬曆刻本、崇禎間吳國琦刻本及朝鮮刻本、高麗銅活字本、日本貞享三年（1686）刻本等十餘種。1958 年中華書局據日本貞享本為底本，校以廣雅書局本；1979 年上海古籍出版社又在此本基礎上，用上圖藏萬曆十八年（1590）胡氏少室山房原刊本殘卷、朝鮮舊刊本校補，已是較為完備而成熟的文本。由文字及條目的異同看，《全明詩話》所用或即上古本。不過，上古整理本所用

底本和校本，基本上屬於程百二本系統，最為重要的江湛然本系統未參校（廣雅本雖屬江本系統，然其缺外編卷五、卷六及續編兩卷，並非完本）；該著既參校了上圖藏萬曆十八年原刊本殘卷（現上圖已不可得），卻亦未見用以校正的痕跡，諸本異同及關係未能通過校勘充分顯示出來。如上古整理本外編卷四「正聲于初唐不取王、楊四子」條下為「正聲不取四傑」、「嚴羽卿之詩品」、「沈雲卿〈龍池篇〉」、「花卿蓋歌伎之姓」、「杜〈諸將〉詩」、「沈雲卿有〈答魑魅〉詩」、「客衣筒布細」、「杜『拭淚沾襟血』」、「陳子昂〈懷古〉詩」（第 192-193 頁），江湛然系統諸本則為「杜〈諸將〉詩」、「沈雲卿有〈答魑魅〉詩」、「客衣筒布細」、「杜『拭淚沾襟血』」、「陳子昂〈懷古〉詩」、「正聲不取四傑」、「嚴羽卿之詩品」、「沈雲卿〈龍池篇〉」、「花卿蓋歌伎之姓」等。又如上古本內編卷二終於「詩至五言古」條（第 40 頁），而吳國琦本此後多「古樂府『步出白門冬』」、「步出白門東」、「打起黃鶯兒」三條，為諸本所無。據我們統計，各本間文字異同、條目有無及條目次序三個方面的差異多達百餘條，其中既有傳抄刊刻中造成的訛誤，亦有胡應麟不同時期對《詩藪》所作的修訂，據此是可以對其詩學及理論體系的完善進行更為深入而有益的研究的。

　　馮復京《說詩補遺》八卷，《全明詩話》與《明詩話全編》均用復旦大學圖書館藏舊抄本，然二者有較大差異，幾似兩種版本。如周本卷一：

　　或曰：「詩惡乎學？」予應之曰：「學古而已。」曰：「然則上皇以降，其無詩乎？」予曰：「此天地之元聲，假人以

宣之也。自史皇觀鳥，文意顯附。伶倫聽鳳，宮徵暗和。《虞書》曰：『歌永言，聲依永，律和聲。』其論已密於後世矣。裔是而降，夏歌浩衍，商頌沈沉，國風優柔，雅頌典則，有不循軌度者，無有哉。古者，詩三千餘篇，孔子刪之為三百，其所刪去十九，必皆言之無文，行之不遠者也。」（第5冊，第3833頁）

吳本則云：

或曰：「詩惡乎學？」予應之曰：「學古而已。」曰：「然則混沌開闢之初，無詩乎？」予曰：「混沌之詩，此天地之元聲，假人以宣之也。自史皇觀鳥，文意顯附。伶倫聽鳳，宮徵暗和。琢句選聲，法肪於此。《虞書》曰：『歌永言，聲依永，律和聲。』其論詩之法，已密於後世矣。裔是而降，夏歌浩衍，商頌沈沉，國風優柔，雅頌典則，有不循軌度者無有哉。古者，詩三千餘篇，孔子刪之為三百，其所刪去十九，必皆淫靡膚陋，怨誹絞訐，言之無文，行之不遠者也。」（第7冊，第7164頁）

究其原因，乃是原本中多有勾塗、刪改，吳本全用原文，不理會改動之處；周本則全用改後文字。像這種情況，宜以校記說明而呈現其全貌。若是作者自改，則更為珍貴。

　　為使更為廣大的讀者能夠利用、閱讀相關的詩話文獻，對之施加現代標點，也是文獻整理所必需的重要環節，然要做好此項工

作，並非簡易之事，其中有許多複雜的情況，甘苦自知。尤其像大型文獻的彙集整理，工程浩大，要關注的方面很多，整理中出現斷句等錯誤，很難避免。《明詩話全編》中這方面的問題，如王毅〈從《明詩話全編》說起〉一文已有論及[36]，茲不贅述。《全明詩話》這樣的問題也不少，其主要原因，既有誤解文意所致，又有所據版本本有缺字、訛字或抄錄錯誤而造成。如周本《松石軒詩評》「陶潛之作」條云：「雖弗嬰籠，終可與其潔。」（第 1 冊，第 459 頁）張健《珍本明詩話五種》所據本此條「終」作「絡」，則是句當斷為「雖弗嬰籠絡，可與其潔」；又，周本「杜審言之作」條云：「質篤而有容飾，而弗侈者也。」（第 461 頁）張本作「質焉而有容，飾焉而弗侈者也」，張本是。這方面的舉證論述會比較瑣碎，限於篇幅，此處從略。不管怎麼說，現在若要進一步開展相關整理，於標點亦應付之全力，並儘量利用前人成果，勉力使這方面的錯誤率降至最低。

四、相關作者的傳記資料考訂

作者及其生平的考訂，不僅關係到相關詩話創作的必要資訊，而且鑒於彙纂一代文獻或某專題文獻的體例，一般皆按作者生卒年先後排序，生卒年不可考者，則參照諸如成書年代、科第或初仕年分、交遊及其他活動情況斟定，尤要求盡力搜討且著錄準確。然對於全編性質的明詩話纂輯來說，要做好這項工作殊為不易，特別是

36　《湖北大學學報》1999 年第 4 期。

在資料及檢索條件受到相當大限制的環境下，已獲得的成就讓人充滿敬意，有失檢的資料或些許錯誤，在所難免，那也正是後來者應該繼續努力推進的。事實上，周、吳二著編就或出版後，連文萍、孫小力教授等即已對明代詩話作者生平的有關問題作了不少補正的工作，成績斐然。我們在搜檢各種文獻資料的基礎上，也對近 30 位作者的生平史實予以正訛補遺。以下略分三個方面舉述發現的一些問題。

其一，詩話作者姓名、字號等的誤書、錯植及缺載。姓名、字號是最基礎的資訊，如果每一種詩話不能準確地將其作者予以標示，那麼後續研究工作的展開將極為困難。造成上述問題的原因，既有因襲所用資料的錯誤，也有將同名者錯植的情況。

如前及《詩法》一卷的作者黃子肅，實即元人黃清老（1290-1348），字子肅，號樵水，邵武人，傳詳蘇天爵《滋溪文稿》卷十三〈元故奉訓大夫湖廣等處儒學提舉黃公墓誌銘〉。諸家之誤，乃是由於《中國叢書綜錄》將《詩法》收入明代，題著者為「黃省曾（子肅）」，連文萍已辨其時代與黃省曾不符[37]，且「子肅」並非黃省曾字。

前亦述及，《詩文浪談》一卷，《全明詩話》提要：「林希恩撰。希恩字懋勳，號龍江，莆中（今福建莆田）人。生平未詳。」此作者名的著錄，承自《說郛續》本。《明詩話全編》提要略同，其他明詩話或明代詩學文獻編目收入該著者，亦大抵如此著錄。按：林希恩實為林兆恩，《三一教主夏午尼林子本行實錄》：「教主林

---

37 《明代詩話考述》，第 117-118 頁。

姓，諱兆恩，字懋勳，別號龍江，道號子谷子，晚年證果後自稱曰混盧氏，曰夏午尼。」[38]又云：「嘉靖四十三年冬十一月，著《詩文浪談》。」[39]《澹生堂藏書目》「詩話」類即著錄為林兆恩。作為「三一教」的創始人，林兆恩在當時朝野有很大的影響，傳記資料並不匱乏，如何喬遠《名山藏》、《閩書》，陳鳴鶴《東越文苑》等皆有傳，又有其弟林兆珂編《林子年譜》[40]。據此年譜與《本行實錄》，兆恩生於正德十二年（1517）七月十六日，卒於萬曆二十六年（1598）正月十四日。

　　《文式》一卷的作者，研究者一般皆據楊士奇〈孝子曾先生改葬志銘〉或《明史》卷二九六，著錄作：曾鼎（1321-1378），字元友，更字有實，泰和人。然舊抄本作者自序云「暨官嶺表，得餘姚趙氏撝謙所編《學範》，內備載其說，遂取以相參訂」[41]，則是書編纂在《學範》之後。據王惠序，知《學範》為趙氏典教瓊山時所編撰，當在洪武二十二年（1389）後，此時曾鼎（字元友）已逝。且楊士奇所作墓誌銘既未著錄是書，亦無曾鼎「官嶺表」的仕履經歷，可知其非《文式》編撰者。今由方志及明人別集，可以考知編撰《文式》之曾鼎，字復鉉，江西永豐縣人，為曾棨從弟。永樂十

38　《北京圖書館藏珍本年譜叢刊》第 49 冊，第 551 頁。此錄由林兆恩嫡傳
　　弟子莆田盧文輝首創而未成，再傳弟子清陳衷瑜在盧氏遺稿的基礎上刪補
　　而成。

39　同上書，第 581 頁。

40　有萬曆三十八年郭泰喬三山宗孔堂刊本，日本蓬左文庫藏；清光緒十九年
　　長盛堂刊本作《林兆恩先生年譜》，福建省圖書館等藏。

41　王水照《歷代文話》第 2 冊，復旦大學出版社 2007 年版，第 1535 頁。

年（1412）進士，宣德六年（1431）官廣東按察使僉事，《文式》即編於任上。

《詩談》一卷，《全明詩話》提要：「徐泰撰。泰（1429-1479）字子元，浙江海鹽人。弘治十七年（1504）舉人，官福建光澤縣知縣。」（第 30 頁）按，此處徐泰卒年與其中舉之年顯然矛盾，連文萍、孫小力的編目皆已發現疑點，故均未再標生卒年。檢《明人傳記資料索引》：「徐泰（1429-1479），字士亨，更字大同，號白生，江陰人。景泰七年順天鄉試第一，選授羅田令……擢知荊門州。」[42]知此生卒年乃據上述同名者而來，《明詩話全編》「徐泰詩話」提要即據《明人傳記資料索引》著錄其小傳[43]。然此徐泰實非著《詩談》者。今檢索曾任光澤知縣之徐泰的相關資訊，有兩條材料可資利用：清錢載《蘀石齋文集》（乾隆刻本）卷十五有〈小瀛洲社會圖跋〉，云：「明嘉靖王寅（1542），襄陽守徐咸東濱修社會於其小瀛洲，自為記，而圖之者陳詢。今此圖萬曆丙申徐俊所仿，蓋有溯先哲之流風，撫遺蹤而欲見者，其去王寅已五十四年也。圖之會者十老，布衣朱樸西村，年七十八；臨江守錢琦東畬，先太常叔父也，年七十五；光澤令徐泰豐厓，七十四。」據此，則徐泰當生於成化五年（1469）。又，清盛楓《嘉禾徵獻錄》徐泰小傳：「徐泰，字子元，號豐峄，海鹽人。弘治甲子舉人，授桐城教諭。落托不得志，為〈悲世賦〉以自廣。正德癸酉（1513），主試江西。補蓬州學正，升光澤知縣。告歸，林居四十年，吟誦不輟。

42　《明人傳記資料索引》，臺北：文史哲出版社 1978 年版，第 468 頁。
43　吳文治《明詩話全編》，江蘇古籍出版社 1997 年版，第 1389 頁。

著《玉池稿》、《玉池談屑》、《春秋鄙見》、《皇明風雅》、《詩談》等書。……卒年九十。」[44]則知徐泰卒於嘉靖三十七年（1558）。

　　《獨鑒錄》一卷，《全明詩話》提要：「觳齋主人撰。觳齋主人，撰者之號，生平未詳。」（第 38 頁）《明詩話全編》等亦同。連文萍考出作者相關資訊：「黃甲，字首卿，號鳳岩，上元人（今屬江蘇）。嘉靖二十九年庚戌（1550）進士，除吏部主事，謫泰州運判，遷東郡監州，旋罷歸。」[45]今據國圖藏《鳳岩山房文草》卷首自序，知黃甲又號「酒庵老人」，《上元縣志》、顧起元《客座贅語》有傳。其子黃祖儒《囈覺草後集》卷十三〈志慟，六月廿三日〉云：「大人生坎壈，追慟十五年。」[46]《囈覺草後集》為編年稿，此卷端大題下標「丙申」，則當作於萬曆二十二年（1596）。據此詩，知黃甲卒於萬曆九年（1581）。

　　其二，詩話作者生卒年的考辨有誤或缺考。明代傳世文獻頗豐，利用日益進展的檢索手段，已相對可以較為便利地考出作者的生卒年。然而需要注意的是，一些文獻資料本身存在的問題或傳寫過程中出現的問題，可能導致錯誤的結論；又，所存多種資料或互相矛盾，而研究者僅使用其中一種，未作深辨，易造成各為其說的局面，使人無所適從。

44　盛楓《嘉禾獻徵錄》卷三十五，《續修四庫全書》史部第 544 冊，第 649 頁上-下。

45　連文萍《明代詩話考述》，第 135 頁。

46　黃祖儒《囈覺草》前集十二卷後集十三卷，明刻本，復旦大學古籍所藏膠卷。

《唐詩品》一卷，《全明詩話》提要：「徐獻忠撰，獻忠
（1493-1569）字伯臣，上海松江人。嘉靖舉人，官奉化縣令。」（第
31 頁）《明詩話全編》提要：「徐獻忠（1469-1545），字伯臣，號長
谷，又號九霞山人。松江華亭（今上海松江）人。嘉靖舉人。任奉化
知縣，後棄官寓居吳興。」[47] 又檢《明人傳記資料索引》：「徐獻
忠（1483-1559），字伯臣，號長谷，松江華亭人。嘉靖四年舉人，
官奉化令，有政績。」[48] 所據乃王世貞為徐氏所撰墓誌銘，《弇州
山人四部稿》及《國朝獻徵錄》皆見收錄[49]。按：諸說皆本於此，
而說法各不相同，原因在於墓誌銘的表述本身有誤，連文萍已有辨
析：「據《國朝獻徵錄》卷八五王世貞所著〈徐先生獻忠墓誌
銘〉，謂其卒於『嘉靖己巳秋』，享年七十有七，此說有所失誤，
蓋『己巳』為隆慶三年（1569）矣，而徐獻忠之生年則為弘治六年
（1493）。」[50] 是同周著，然未作具體舉證。檢《中國歷史紀年
表》，嘉靖起壬午，終丙寅，並無「己巳」紀年。因此，這裏的
「嘉靖己巳」，或為嘉靖乙巳（1545）之訛，吳著取此；或為嘉靖
己未（1559）之訛，《明人傳記資料索引》取此；或為隆慶己巳
（1569）之誤，周著與連文萍取此。據徐獻忠集中〈王子六十誕辰

47　吳文治《明詩話全編》，第 3008 頁。

48　《明人傳記資料索引》，第 473 頁。

49　見《弇州四部稿》卷八十九，題作〈文林郎知奉化縣事貞憲徐先生墓誌
　　銘〉，臺北：偉文圖書出版公司 1976 年版；《國朝獻徵錄》卷八十五，
　　題作〈徐先生獻忠墓誌銘〉，《四庫存目叢書》史部第 104 冊，第 615 頁
　　下-616 頁下。

50　連文萍《明代詩話考述》，第 104 頁。

二首〉[51]，獲知嘉靖壬子（1552）徐氏年六十，則其當生於弘治六年（1493），至隆慶三年（1569）己巳恰年七十七，亦可知「嘉靖己巳」確係「隆慶己巳」之誤，周、連說是。

《詩體明辯》一卷，《全明詩話》提要：「徐師曾撰。師曾（1517-1580）字伯魯，號魯庵，江蘇吳江人。嘉靖三十二年（1553）進士，官至吏科給事中。」（第 32-33 頁）連文萍同。孫小力云：「徐師曾（1517?-1580?），字伯魯，號魯庵，吳江（今屬江蘇）人……生平見王世懋〈徐魯庵先生墓表〉。」[52]其實，三人均據王世懋〈徐魯庵先生墓表〉。此〈墓表〉在《王奉常集》中作：「嘉靖庚午，先生年二十四矣。」[53]鑒於〈墓表〉僅稱徐氏卒年六十四，未明確記載其生卒之年，則此為文中可以考知徐師曾生年的唯一線索，然而嘉靖並無庚午紀年。若為庚子（嘉靖十九年，1540）之誤，則徐師曾當生於正德十二年（1517）。連文萍所取《國朝獻徵錄》卷八十王世懋〈徐魯庵先生師曾墓表〉，「庚午」已改作「庚子」，故不疑；孫小力僅見《王奉常集》本，故加「？」以示慎重。另，《明詩話全編》提要：「徐師曾（1530-1593），字伯魯，號魯庵，江蘇吳江人」[54]，未知所據。今檢徐師曾《湖上集》，卷一有〈丙子六月作〉，詩云：「一月脫兩齒，吾衰難具陳。……三

51　徐獻忠《長谷集》卷三，《四庫存目叢書》集部第 86 冊，第 195 頁下。

52　〈明代詩學書目彙考〉，《中國詩學》第九輯，第 46 頁。

53　王世懋《王奉常集》卷二十，《四庫存目叢書》集部第 133 冊，第 413 頁下。

54　吳文治《明詩話全編》，第 3888 頁。

立未能一，虛度年六旬。」[55]丙子當為萬曆四年（1576），此年徐師曾六十，則當生於 1517，可證王世懋所云「嘉靖庚午」確為「庚子」之誤。

　　與此類似者，還有皇甫汸，其生卒年有 1498-1583、1497-1546 等六種說法，汪惠民《皇甫四傑研究》對此有詳細考證，認為皇甫汸當生於弘治十七年（1504）八月，卒於萬曆十一年（1583），年八十[56]。其說是，當從。

　　還有一些詩話作者，雖云生平事蹟不詳，而實際上生卒年還是可以查考的。如《玉笥詩談》二卷續一卷，《全明詩話》提要：「朱孟震撰。孟震字秉器，江西新淦人。隆慶二年（1568）進士，官至右副都御史。」（第 39 頁）諸家亦同。《全明詞補編》已進一步考出其生於嘉靖十三年（1534）[57]，所據乃是《明代進士登科錄彙編》隆慶二年進士錄，然此屬官年，與真實年齡或有出入。我們考得的結果是，朱氏生於嘉靖九年（1530）十一月初二日，卒於萬曆二十一年（1593）。

　　《詩的》一卷，《全明詩話》提要：「王文祿撰。文祿字世廉，浙江海鹽人。嘉靖十年（1531）舉人。」（第 34 頁）《明詩話全編》提要則有「約一五八四年前後在世」的說明。按：王水照先生編《歷代文話》所收《文脈》三卷提要云：「據其自撰〈蟄存坯戶記〉，王文祿生於弘治十六年（1503）……《橋李詩系》稱他『年

55　徐師曾《湖上集》卷一，《續修四庫全書》集部第 1351 冊，第 90 頁上。

56　上海師範大學 2010 年碩士學位論文，第 25-29 頁。

57　周明初、葉曄《全明詞補編》，浙江大學出版社 2007 年版，第 503 頁。

八十餘，吟誦不止』。」[58]於王氏生卒年考證有了進一步的進展[59]。又，徐象梅《兩浙名賢錄》有王士祿小傳，於詳述其卒之日事後，概言「文祿生平樂善，尤喜成就後生。有所聞見，輒諄復相告，八十九年如一日」[60]，則王氏似當卒於萬曆十九年（1591）。復檢得張鳳翼有〈挽王世廉〉一詩，收入《處實堂集》續集卷九「壬癸稿」（萬曆刻本），為壬辰、癸巳（萬曆二十、二十一年）之作。是其卒年大抵可定。

《詩學雜言》二卷，《全明詩話》提要：「冒愈昌撰。愈昌（?-1633）字伯麟，江蘇如皋人。萬曆諸生，為博士弟子員。」（第42頁）連文萍同，孫小力云其萬曆間在世。今檢冒愈昌《綠蕉館集》，卷一有〈五先生詩〉，其三〈高明府子登〉云：「夫子為如皋，我生之十八。文才數篇奏，目已一朝刮。牛刀未竟施，鷥翮旋膺鍛。楚越兩相投，高情勞响沫。」按：嘉慶《如皋縣志》卷十二「職官·縣令」載：「萬曆八年，高瀛，浙江鄞縣人，舉人，改新城教諭。」可知冒愈昌生於嘉靖四十二年（1563）。

《香宇詩談》一卷，《全明詩話》提要：「田藝蘅撰。藝蘅字子藝，錢塘（今浙江杭州）人。以歲貢生為徽州訓導，罷歸。」（第33頁）《明詩話全編》提要云其約 1570 年前後在世。王甯《田藝

58　《歷代文話》第 2 冊，第 1689 頁。

59　王文祿〈蟄存坯戶記〉曰：「沂陽王生文祿，字世廉，父諱佐，母陸氏。弘治癸亥夏五二十九日亥時生。七齡就傳，弱冠受詩，正德庚辰遊海鹽邑庠，嘉靖辛卯中浙試式，壬辰遵養，乙未始計偕。戊戌、癸卯連罹內外艱。」《明文海》卷三百八十四，涵芬樓鈔本。

60　徐象梅〈文定先生王世廉文祿〉，《兩浙名賢錄》卷二，天啟刻本。

薇研究》中已考證得出其生年為嘉靖三年（1524）三月初九日[61]。田氏卒年尚不確知，然浙江省圖書館藏萬曆三十七年（1609）徐懋升重刊本《留青日札》，卷首黃汝亨所作〈重刻留青日札序〉云：「聞子藝翛然辭世之日，戒兒女子輩勿哭」[62]，則當卒於此年之前。

其三，明詩話作者身分及科舉功名、仕履等的缺漏或疏失。

如《詩家一指》一卷，《全明詩話》提要：「釋懷悅編。悅字用和，嘉禾（今浙江嘉興）人。詩僧。」（第 22 頁）《明詩話全編》亦作「釋懷悅」。按：《四庫全書總目·士林詩選》：「明懷悅編。悅字用和，嘉興人。永樂中以納粟官通判。」[63]錢謙益《列朝詩集小傳》亦同，未言懷悅入釋。陳尚君教授〈司空圖《二十四詩品》辨偽〉（與汪湧豪合作）有關於懷悅被誤作僧人的考證，云：「《中國叢書綜錄》收錄《格致叢書》本《詩家一指》，謂作者為『明釋懷悅』，誤。前引諸書均無其出家之記載。懷為吳中古姓，《廣韻》卷一載：『懷……又姓，《吳志·顧雍傳》有尚書郎懷敘。』」[64]。

《西園詩麈》一卷，《全明詩話》提要：「張蔚然撰。武林（今浙江杭州）人，生平未詳。」（第 40 頁）《明詩話全編》及諸家同。按：萬曆《福寧州志》卷八「福安縣知縣」：「張蔚然，仁和

61　王甯《田藝薇研究》，浙江大學 2007 年碩士論文，第 58-62 頁。

62　田藝蘅《留青日札》卷首，《續修四庫全書》子部第 1129 冊，第 1 頁上。

63　《四庫全書總目》卷一九一集部「總集類」存目一，第 1740 頁中。

64　《陳尚君自選集》，廣西師範大學出版社 2000 年版，第 42 頁。

人，舉人，（萬曆）四十四年任。」天啟《平湖縣志》卷一一「教諭」：「張蔚然，浙江仁和人，號維誠，舉人，于（萬曆）三十九年任。張賡，四十一年任。」又，光緒《福安縣志》卷十八：「張蔚然，仁和人，丁酉（萬曆二十五年，1597）順天解元，萬曆四十四年知縣，有政績，建三賢祠。」光緒《平湖縣志》卷一二：「張蔚然，字維誠（注：一作成），號青林，仁和人，舉人，萬曆間教諭。博極群書，與士子講學不輟，邑令縉紳咸就教。」清杜臻《閩粵巡視紀略》卷下：「白石巡檢司，在邑南一百二十里。……泰昌元年，邑令張蔚然刊木辟磴，求得勝地，置亭其上，名之曰『青林洞』。青林者，令別號也。令錢塘人，錢塘嘗有青林洞。」（清康熙三十八年刻本）以上檢索所得資訊，皆可補其履歷，亦可獲其字號。

五、結語

與其他大型文獻的編纂一樣，明詩話的彙輯、整理是一項艱巨、長遠的工作，需要一代又一代人的持續努力來不斷推進。而明詩話作為中國近世文學批評之重要一環，其特色與價值，須在全面清理的基礎上才能獲得充分的闡揚。當今的明代文學研究已有很大的發展，尤其在詩文領域，這就對相關的文獻整理與研究提出了更高的要求。因此，鑒於上述種種原因，這方面的任務其實非常緊迫。我們真誠地希望，有更多的研究者關心並投入到這樣的事業中，為現代學術的發展、更新夯實基礎，同時亦藉此推動明代文學文獻學的建設。

早稻田大學圖書館藏朝鮮版裝
《空際格致》版本及其價值初探

一、版本著錄

　　《空際格致》二卷，〔明〕高一志撰，早稻田大學圖書館貴重書庫藏有一刻本，其著錄如下：

請求記号：ニ 07 02288

出版書写事項：[出版年不明]，[出版者不明]，[出版地不明]

形態：2 冊；26cm

　　訂：韓雲　閱：陳所性　卷下の訂：畢方済，伏若望　卷下の

准：陽瑪諾

蟲損あり

唐裝

印記：蕉霽亭，和久正辰

〔書影一〕

案：所謂「唐裝」，或與「和裝」相區別而言，此本實非原裝，而是朝鮮版裝。〔書影一〕較詳細的資訊，可作如下描述：

半葉九行，每行二十字，四周單邊，白口，無魚尾。字體近萬曆刻本橫輕豎重之宋體，亦有字體稍長者（尤見卷下）。〔書影二〕

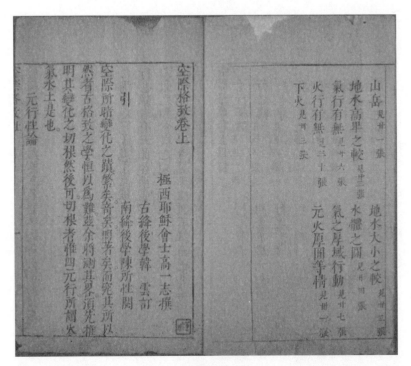

〔書影二〕

上冊（封面顏體楷書「空際格致 乾」）（再參〔書影一〕）目錄首頁右上角有「早稻田大學圖書」陽文方印，封面空白頁左下角有「昭和二七年四月二八日購求」長方登記印（其中數字為墨書填入）。

正文首頁「空際格致卷上」標題下署：

　　　　　　　　　極西耶穌會士高一志撰

　　　　　　　　　　古絳後學韓　雲訂

　　　　　　　　　南絳後學陳所性閱

右下角有小方陽文印「蕉霽亭」；（再參〔書影二〕）

卷末附「四行情圖」；

封底有「和久正辰」半陽半陰圓印。〔書影三〕

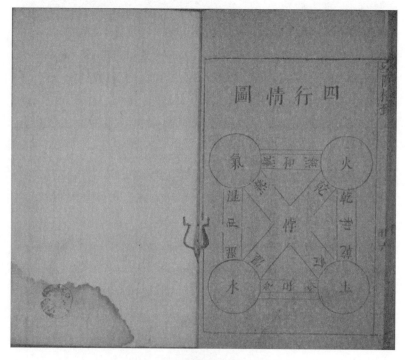

〔書影三〕

下冊（封面顏體楷書「空際格致　坤」）目錄首頁右上角有「早稻田大學圖書」陽文方印，封面空白頁左下角有「昭和二七年四月二八日購求」長方登記印（其中數字為墨書填入）。

目錄後一頁題：

 遵教規凡譯經典諸書必三次看詳方允付梓茲並

  鐫訂閱姓氏於後

 耶穌會中同學 畢方濟   共訂

      伏若望

   值會 陽瑪諾   准

正文首頁「空際格致卷下」標題下署：

        極西耶穌會士高一志撰

        古絳後學韓 雲訂

        南絳後學陳所性閱

右下角有小方陽文印「蕉霽亭」；

封底有「和久正辰」半陽半陰圓印。

二、作者生平、著述及 《空際格致》刊刻時間

  高一志（Alfonso Vagnoni），字則聖。原名王豐肅，字一元，又字泰穩。義大利傳教士。1566 年出生於都靈教區中之特羅法雷洛。1584 年入耶穌會。修道後教授古典及修辭學五年，後在米蘭教授哲學三年。1603 年偕數神甫同舟東渡。1605 年派往南京傳教。初入中國之四年，精研中國語言文字。1611 年 5 月在南京建第一教堂。1616 年 5 月，南禮部侍郎沈㴶上疏請逐教士，雖經徐光啟、李之藻、楊廷筠、孫元化等疏救，仍被投之獄中。次年被遣送至澳門。1624 年至山西絳州傳教，改名高一志，與韓雲兄弟及

段衰等交往密切，並獲襄助。後又至蒲州傳教。安居時則編撰漢文書籍。1640 年 4 月 19 日卒於絳州[1]。

其著述最早見載於韓霖、張賡《聖教信證》（1647）[2]，計《西學修身》（十卷）、《西學齊家》（五卷）、《西學治平》、《四末論》（四卷）、《聖母行實》（三卷）、《聖人行實》（七卷）、《則聖十篇》、《十慰》、《斐錄彙答》（二卷）、《勵學古言》、《童幼教育》（二卷）、《譬學》、《空際格致》（二卷）、《寰宇始末》（二卷）、《教要解略》（二卷）15 種。同治間胡璜《道學家傳》二（1865）[3]所載亦計 15 種，無《勵學古言》，而有《神鬼正記》。費賴之《在華耶穌會士列傳及書目》（1868-1875），列高一志遺作凡 23 種，其中除《一六一六年中國年報》、1624 年及 1606-1607 年信札及其在利瑪竇《教義綱領》中附加四注等外，合上述 16 種，另有《終末之記甚利於精修》（凡六頁，附於柏應理神甫《四末真論》後）、《達道紀言》一卷、《推驗正道論》一卷[4]。

1　生平及著述參詳〔法〕費賴之《在華耶穌會士列傳及書目》，馮承鈞譯，
　　中華書局 1995 年版，第 88-97 頁。關於南京教難王豐肅等送廣東，《萬
　　曆野獲編》卷三十「大西洋」、《國榷》卷八十一「庚戌萬曆三十八年四
　　月壬寅」條、《明史·沈㴶傳》、《明史·外國傳七》「義大利亞」等皆
　　有記載。會審文件見《破邪集》卷一。

2　卷首有韓霖順治四年序，收入吳相湘編《天主教東傳文獻三編》第一冊，
　　臺北：臺灣學生書局 1984 年版。

3　收入鍾鳴旦等編《徐家匯藏書樓明清天主教文獻》第三冊，臺北：方濟出
　　版社 1996 年版。

4　有關高一志著述的最近考察，見金文兵〈高一志譯著考略〉，《江南大學
　　學報》2011 年第 2 期。其中推測《終末之記甚利於精修》當為《四末

　　高一志的這些著述，大多刊刻於其在山西傳教時期。據上引費賴之記載，如《教要解略》，1626 年初刻於絳州；《聖母行實》，1631 年刻於絳州；《聖人行實》，1629 年刻於絳州[5]；《則聖十篇》，1626 年後刻於福州；《十慰》，刻於絳州；《西學修身》，1630 年刻於絳州[6]；《童幼教育》，1620 年刻本[7]；《神鬼正紀》，1633 年頃刻於絳州等[8]。他如《勵學古言》有刊語「明崇禎五年夏至譯完，立秋刻完」[9]，知為 1632 年刻本；《達道紀言》有韓雲崇禎九年（1636）序[10]，《譬學》有韓霖崇禎癸酉（1633）序[11]，亦當各刊於此際。

　　論》刻本之部分內容，故對照現已面世的原始文獻，總計可確定之著作為 18 種。

5　徐宗澤《明清間耶穌會士譯著提要》著錄為崇禎二年（1629）刻於武林，上海書店出版社 2006 年版，第 32 頁。又，謝國楨《江浙訪書錄記》著錄「明崇禎二年，武林超性堂刻本」，北京：三聯書店 1985 年版，第 68 頁。轉引自金文兵〈高一志譯著考略〉。

6　金文兵據黃一農有關參與《鐸書》刊刻人倪光薦的資料，推斷該著可能完成於 1637 年；並且推測同一系列的《西學齊家》、《西學治平》或亦完成於 1637 年後。同上引。

7　有學者據卷首韓霖序中「西儒高則聖先生居東雍八年」，糾為刻於 1632 年，見〔法〕梅謙立〈理論哲學和修辭哲學的兩個不同對話模式〉。金文兵認為，若考慮共訂人之一鄧玉函的卒年（1630），則完成時間不晚於 1630 年。同上引。

8　《在華耶穌會士列傳及書目》，第 92-96 頁。

9　收入鍾鳴旦等編《法國國家圖書館明清天主教文獻》第四冊，臺北：利氏學社 2009 年版。

10　收入吳相湘編《天主教東傳文獻三編》第二冊。

11　同上。

　　《空際格致》一書，主要講述的是亞里士多德的四元素說。據方豪《中國天主教史人物傳》，亞里士多德的學說，由葡萄牙高因勃拉（Coimbra）耶穌會大學講義譯成漢文的，有以下諸種：1624 年畢方濟譯《靈言蠡勺》，1628 年傅汎際與李之藻合譯《寰有詮》，1631 年傅汎際與李之藻合譯《名理探》，1631-1640 年高一志譯《修身西學》，即分別為《論靈魂》、《論天》、《邏輯學》與《尼各馬可倫理學》之評注本[12]。而據裴化行考訂，高一志的《空際格致》，亦據高因勃拉大學講亞里士多德論自然的拉丁文著作編譯而成[13]，當即《天象學》評注本。高因勃拉大學的亞里士多德哲學課程講義，反映了歐洲耶穌會內部神學體系變革的一種策略和進程，然亦正是以此為契機，使得來華傳教士在傳播神學教理的同時，也將古希臘的諸科知識與理念傳入。

　　該著刊刻時間，徐宗澤推測，當亦在奉派至絳州傳教期間，「故此書刊印在一六二四年後也」[14]。而《李儼、錢寶琮科學史全集》第 7 卷〈明清之際西算輸入中國年表〉，將高一志《寰宇始末》二卷、《空際格致》二卷之譯成，繫於崇禎二年己巳（1629）[15]。《徐家匯藏書樓天主教文獻目錄》記其刊行年為 1633[16]。鑒於

12　參見中華書局 1988 年版，第 155 頁。

13　〈西籍漢譯之適應化〉（Henri Bernard: "Les Adaptations Chinoises d'auvrages européens"），《華裔學志》第十卷（*Monumenta Serica*, Vol. X）。轉引自張子高、楊根〈鴉片戰爭前西方化學傳入我國的情況〉，《清華大學學報》1964 年第 2 期。

14　《明清間耶穌會士譯著提要》卷四，第 171 頁。

15　遼寧教育出版社 1988 版，第 35 頁。

高氏其他諸著的刊刻情況及諸多訂閱人的相互關聯，這是很有可能的，更何況韓霖序於順治四年的《聖教信證》已著錄此書。

我們先來看該著的訂閱人。韓雲，字景伯，絳縣人。萬曆壬子科中第七名。仕徐州知州，改漢中府推官，再起葭州知州。所著有《武德內外編》、《勞人草農書》等。傳詳康熙《絳州志》卷二。韓雲及弟韓霖等與西教、西學淵源頗深[17]，於高一志在絳州傳教、著述尤鼎力相助。除《空際格致》外，高氏《達道紀言》即由韓雲纂述並作序，《寰宇始末》亦由韓雲等「同修潤」。而其《童幼教育》則由韓霖與另一絳州士人段袞閱，韓霖並撰序；同樣，《神鬼正紀》亦由段袞、韓霖同校；《西學修身》為衛斗樞、段袞、韓霖校；《譬學》則由段袞、韓垣、韓霖閱，韓霖撰序。而據康熙《絳州志》「韓霖」傳，他還曾「學銃法於高則聖」[18]。陳所性，絳縣人。崇禎元年恩選貢。順治《絳縣志》五卷，即署趙士弘修，陳所性等纂（順治十六年刻本）。其父、弟皆有傳[19]。據羅雅谷《籌算》（崇禎元年刻本），署「修政曆法極西耶穌會士羅雅谷撰 湯若望訂」，「門人朱國壽、陳所性、黃宏憲、孫嗣烈、焦應旭受法」，

16　Adrian Dudink, "The Zikawei (徐家匯) Collection in the Jesuit Theologate Library at Fujen (輔仁) University (Taiwan): Background and Draft Catalogue", *Sino-Western Cultural Relations Journal*, XVIII (1996)。

17　詳參黃一農《兩頭蛇：明末清初的第一代天主教徒》第六章「鼎革世變中的天主教徒韓霖」，上海古籍出版社 2006 年版，第 229-237 頁。

18　劉顯第等纂（康熙）《絳州志》卷二，第 57 頁。

19　胡延纂（光緒）《絳縣志》卷八，第 28 頁；卷九，第 11 頁；卷十九，第 6 頁。見黃一農《兩頭蛇：明末清初的第一代天主教徒》第三章「『泰西儒士』與中國士大夫的對話」，第 103 頁。

知亦通西教、西學。除《空際格致》外，高氏《天主聖教四末論》有「南絳居士陳所性閱」、《勵學古言》有「南絳後學陳所性仝較」。據此，《空際格致》亦很有可能即刻於絳州。

又，其耶穌會中同學，據費賴之所記，畢方濟（François Sambiasi, 1582-1649），字今梁，義大利耶穌會士。1610 年抵澳門。1613 年被召至北京。1616 年南京教難，被逐南還。1622 年至上海。1628 年在松江得疾，諸道長遣之赴山西。道經河南開封，在開封傳教數年。旋赴山東，復至南京。1638 年由南京赴淮安。1641 年在南京建教堂。迄 1644 年，傳教揚州、蘇州、寧波諸府。清兵入據北京，為弘光帝使臣赴澳門。隆武帝立福州，召至。桂王時，在廣州建教堂並傳教，迄於 1649 年歿。遺作有《靈言蠡勺》二卷、《睡畫二答》等。伏若望（Jean Froes, 1590-1638），字定源，葡萄牙耶穌會士。1624 年偕羅雅谷入中國。初派至杭州肄習語言。似幾在杭州終其生，惟屢赴江南、浙江兩省諸城鎮傳教而已。遺作有《助善終經》、《五傷經禮規程》、《苦難禱文》等。陽瑪諾（Emmanuel Diaz Junior, 1574-1659），字演西，葡萄牙耶穌會士。1610 年入華，1611 年與費奇規共至韶州傳教。1616 年南京教難，謫居澳門。1621 年被派至北京。1623 年被任命為中國教區副區長。1626 年與黎寧石同在南京。1627 年被逐，避居松江。旋避杭州，已而發展寧波教務。1634 年在南昌，1638 年在福州，1639 年重返寧波。其後重還福州。1659 年歿於杭州。遺作有《聖經直解》、《天主聖教十誡直詮》二卷、《代疑編》一卷、《景教碑詮》一卷、《聖若瑟行實》一卷、《聖若瑟禱文》、《天神禱文》、《輕世全書》、

《默想書考》、《避罪指南》一卷、《天問略》一卷等[20]。據伏若望之卒年，則可斷《空際格致》一書的刊刻時間，當在 1624 年後，1638 年前。又排比高一志與畢方濟、陽瑪諾同處時期，似惟在南京教難及謫居澳門時，三人皆有在澳門聖保祿學院執教的經歷，或其時出於授課所需，已開始相關譯書工作。

再來看《空際格致》本身的版本情況。早稻田大學圖書館貴重書庫所藏此刻本，雖無序跋、牌記等直接證據可以確定其刊刻年月，然綜合其字體（橫輕豎重的長宋體）、版式（白口及卷端署列訂閱人等）、行款（半葉九行，每行二十字）乃至紙張（微黃）等數項，都還符合晚明刻本的基本特徵[21]。最關鍵的是避諱，茲舉一例：此本卷下「雷之奇驗」一節葉 10a-b，述雷擊時，「大率物之剛硬者毀，柔虛者存」，舉雷擊酒桶為例，「一雷下時，或值酒在桶，焚爐其桶，而凝結其酒，不使渙泄」，那是因為「雷值眾液，不能透入其內而化乾之，亦可結其外面，致成厚皮，使簡持內液，不至泄散」。此「簡持內液」之「簡」字，原當作「檢」，封緘之意，乃避崇禎帝朱由檢之名諱而改。以此與《四庫存目叢書》所收南京圖書館藏清鈔本對校，則抄者或未察此，或音近而誤，改「簡持」作「堅持」。又，卷下葉 40a 有「月既主乎潮，則江河胡不發潮乎」一句，於「胡」並不避忌，相反，上述清鈔本則改「胡」作

---

20 以上分別參見《在華耶穌會士列傳及書目》第 142-148、191-192、110-115 頁。

21 承蒙本所陳正宏教授幫助鑒察此本在早稻田大學圖書館網頁上公佈的圖像資料，特此鳴謝。

「何」。有鑑於此，則此本應可斷為崇禎刻本，亦即刻於 1628-
1638 年間。

三、崇禎本《空際格致》之校勘價值

查檢《中國古籍善本書目》等相關書目，《空際格致》的崇禎
刻本在中國國內已不存；日本全國漢籍データベース亦未見。現存
通行本主要是上述《四庫存目叢書》「子部」第 93 冊所收南京圖
書館藏清鈔本，以及民國上海聚珍仿宋印書局鉛印本《空際格致》
二卷附《地震解》一卷[22]（經比對，此本係據清鈔本排印）。其他版本經
初步檢索，尚有濟寧李氏礪墨亭叢書六十三種二百七卷〔清李冬涵編
稿本〕所收《空際格致》二卷，中山大學圖書館藏（詳情見下）；鄞
縣張壽鏞鈔本《空際格致》二卷〔義大利高一志（Vagnoni A.）撰，清韓
雲訂〕，附《地震解》一卷〔義大利龍華民（Longobardi, N.）撰〕，民國
33 年（1944），線裝一冊[23]。不過，吳相湘《天主教東傳文獻三
編》（臺灣學生書局，1984 年 10 月版）收錄該書一刻本，係據梵蒂岡教

---

22 據袁英光、劉寅生編著《王國維年譜長編》「1919 年（民國八年己未）
   43 歲」引王國維 3 月 16 日致羅振玉信：「《空際格致》樣前已寄公，後
   維睹宋本《孟子音義敘篇》一頁雙行，乃加一直線，其式甚佳，因憶及明
   無錫銅活字本皆雙行一直線，即仿為之，改為半葉二十行，比直線太密者
   較為好看。惟標題及署款覺不雅觀，此種姑用（雙行一線）此式，請公擇
   之，以後再改之也。」（天津人民出版社 1996 年版，第 263-264 頁）可
   知此本版式設計者及大致梓行時間。

23 參詳張壽鏞《約園雜著三編》卷三「《空際格致》二卷附《地震解》」
   條，葉 9A，民國排印本。

廷圖書館所藏印行。經初步比對字體、行款、版式等，與早大圖書
館所藏當屬同一版刻。

因此，若就此刻本的價值而言，首先當然是校勘價值，可據以
作整理之底本。《四庫存目叢書》所收南京圖書館藏清鈔本，除無
目次、無附圖及訂閱者資訊不全外，文字脫、訛、倒、衍等處甚
多，茲舉例如下。

其脫漏如：清鈔本卷上葉 4a「兩敵體以相反之性，不能相
近，以生成物」，據明刻本，「相近」前奪「相適」二字；葉 8a
「山峙谷水乃流而盈科」，據明刻本，「谷」下奪一「降」字；葉
9b「此徑一圍三，應作二十二之七為准」，據明刻本，「徑一圍
三」下奪一「法」字；葉 11a-b「蓋趨於重物之本位，謂之真
上」，據明刻本，「蓋趨於重物之本位，謂之真下；趨於輕物之本
位，謂之真上」，抄漏「謂之真下趨於輕物之本位」十一字，文義
不通，故上海聚珍仿宋印書局鉛印本僅改「上」為「下」；葉 12a
「先曰動類，捴有二，曰純曰雜。體有二種」，據明刻本，「體」
前奪一「純」字；葉 15a「則依徑一圍三法，必有二萬八千六百三
十六里三十六丈之厚矣」，明刻本此下有雙行小字注：「周天約有
三百六十度，每度定取地面二百五十里，捴筭必得其數。然天上每
度定取地面二百五十里，又何驗之？凡從南北行二百五十里，必見
北極昂一度，南極低一度，北南既然，東西亦皆然，以天地皆圓故
也。」清鈔本未抄；葉 16a「其甚者，人必居山內洞窟以避之」，
據明刻本，「甚」下奪一「熱」字；葉 17b「必驗之於天」，據明
刻本，「驗」下奪一「地」字；葉 23a「諸國所紀」，明刻本作
「諸國典籍所記」，奪「典籍」二字；葉 28a「而就地之體以成球

矣」，明刻本此下有雙行小字注：「諸他関水之論，見下卷屬水象之篇。」清鈔本未抄；葉 29a「夫外目所不及者，有理之內目可及也」，明刻本此下尚有「如上篇已詳之矣」，清鈔本未抄；葉 32a「無不帶原而傳於空中之氣也」，據明刻本，「原」下奪一「情」字；葉 34b「下火係居本所之外」，據明刻本，此下抄漏「恒須薪料以養其燃，故其體有清濁輕重之不同」句；葉 37a「非得新氣而逐散之」，據明刻本，「新氣」下奪「時入」二字；清鈔本卷下葉 1b「其象甚繁而大且顯者，約十有四：為火熛，為火烽，為狂火，為羊躍，……」，據明刻本，「羊躍」下奪一「火」字；葉 5a「及其所至，而不分其由行之漸」，據明刻本，「漸」下奪一「次」字；葉 5b「忽爆出而有光」，據明刻本，此下抄漏「有聲如銃爆然」句；同葉「乾熱以漸出，但殷雷而已」，其下雙行小字注：「殷雷，聲之小者」；據明刻本，「漸」下奪一「透」字，雙行小字注作「殷雷，聲之小也，與轟雷相似」，則亦有抄漏；葉 6a「凡二大厚相擊，亦可成雷」，據明刻本，「厚」下奪一「雲」字；葉 16a「若係空際如彗字，則與彗字之運必同，無大異也」，據明刻本，「運」下奪一「動」字；葉 17b「凡光照空際之體甚厚，其所生必深而黑」，據明刻本，「生」下奪一「色」字；葉 19a「又使一方併有二可虹之雲」，據明刻本，「可」下奪一「成」字；葉 25a「即依性理正論，先曰風本質乃地所發乾熱之氣，有多端」，據明刻本，「多端」下奪「可証」二字；葉 35b「日照土水，恒攝其濕氣，或承所攝之力大，即升高結而為中域之象」，據明刻本，「結」下奪「雲之類」三字；葉 38b「然是諸說皆無實」，據明刻本，「實」下奪一「據」字；葉 39b「然此動在

滄海尚微，而地中海之中，更大於墨阿納湖」，據明刻本，「尚微」後奪「而地中海更大」一句，另「墨阿納湖」，明刻本作「墨阿的湖」（案：可參看南懷仁《坤輿圖說》卷下「歐邏巴州」）；葉 40a「即欲究其所以然」，據明刻本，此下抄漏「須另後論」句；葉 41a「夫潮長退之異勢，與日旋轉之勢」，據明刻本，「旋轉之勢」下奪「無關」二字；葉 43b「惟海所以通泉井之隱渠，或寬而直，或窄而曲，故難通及而遲」，據明刻本，「或寬而直」下抄漏「故易通及而速」句。

　　另清鈔本因辨識不清而有缺字，明刻本則俱全，如：清鈔本卷上葉 30b「假如上域□熱者」，此缺字明刻本為「太」；卷下葉 11a「乃以日□濕，氣之乾，猶可凝結不流」，此缺字明刻本為「之」，另，「濕」，明刻本作「熅」；葉 12b「而彗孛高□山頂尤遠」，此缺字明刻本為「去」；葉 20b「而接日光愈□」，此缺字明刻本為「淺」；葉 36a「霜以所□之冷氣」，此缺字明刻本為「寒」。

　　訛誤如：清鈔本卷上葉 2b「古有於四元行中，正立一行以為萬物母者」，「正」，明刻本作「止」（該本將「止」錯抄為「正」處實有不少）；葉 4b「故復需氣水二行又居兩體之間而調和之」，「又」，明刻本作「入」；葉 7a「三曰見訊，蓋四行之序，目前易試也」，「訊」，明刻本作「試」；葉 13b「故上不得著水，水不得著火，火不得著土」，「上」，明刻本作「土」（該本將「土」錯抄為「上」處亦有不少）；葉 15a「又加二州，曰亞墨利加，曰墨加辣尼加，以成五大洲矣」，「辣」，明刻本作「辣」（案：墨加辣尼加（Magellanica），指 15-18 世紀歐洲地圖上標示的未知的南方大陸，或即據參哲

倫命名。艾儒略《職方外紀》卷四譯作「墨瓦蠟尼加」）；葉15b「古者多疑
赤道及北南二極下之地皆無人居，以甚苦甚寒故也」，「苦」，明
刻本作「暑」；葉 16a「由是可知赤道不及其左右一帶無不可居
也」，前一「不」，明刻本作「下」；葉 20b-21a「曰綫本曲也，
其見直者，惟邃視之故」，「邃」，明刻本作「遠」；葉 22a「天
下域之近且輕浮者，胡能動天地之遠且重實者乎」，「天」，明刻
本均作「夫」（該本將「夫」錯抄為「天」處亦有不少）；同上葉「或曰
地有深根，下至無窮。夫地圓而人環居，即屬有根，何致無窮之根
乎」，「即屬有根」之「根」，明刻本作「限」；葉 24a「或又問
曰：地之德，不外乾冷二情，草木及生活之物，宜貴於地矣，何反
由地生乎」，「及」，明刻本作「乃」；葉 26a「或問曰：地既高
於海，乃巡濱而漂海者何視池如卑下乎」，「池」，明刻本作
「地」；葉 32b「此論火者，上已概舉，此宜畧詳之」，「火
者」，明刻本作「大旨」；葉 38b「由是亦知借他負形之物，於火
內必不能永存」，「借」，明刻本作「諸」；卷下葉 3b「燥氣不
拘，下厚且濁，上薄且清」，「拘」，明刻本作「均」；葉 4a
「雙者是氣既分為二，乃消散之先」，「先」，明刻本作「兆」；
葉 4b「或問曰：二種流星行時，似遺明跡，或一大線，或一火
路」，「或一大線」，明刻本作「成一火線」（該本將「或」與
「成」、「火」與「大」相互錯抄處亦有不少）；葉 5a「地出之氣，不甚
熱燥察厚」，「察」，明刻本作「密」；葉 6a「然雷聲亦有不必
光燃而後鳴者」，「光」，明刻本作「先」；葉 6b「又知轟雲約
有二種」，「雲」，明刻本作「雷」；葉 9b-10a「又如雷之種不
一，其火有名而甚異者，大約有三」，「如」，明刻本作「知」，

「火」，明刻本作「大」；葉 13b「或云其甚短者不下七日，其九者不過八旬」，「九」，明刻本作「久」；葉 15a「此中謂天河，西國謂氣道，因其色白如乳也」，「氣」，明刻本作「乳」（案：乳道，即西語 milky way）；葉 17b「又其所以顯之處，大概在空際，其橫者即光也，其作者即太陽與射光之物也，其為者即宇宙之美、萬物之全也」，「橫」，明刻本作「模」；葉 19b「又曰鴿向日，其頭亦發多色」，「曰」，明刻本作「白」，「頭」，明刻本作「頸」；葉 20a「蓋雲之上由畧薄」，「由」，明刻本作「面」；葉 21b「蓋其外稀薄，能受星光，故見淺；而內密厚，未能深受，故其深與窟穴無異也」，「故其深」之「其」，明刻本作「見」；葉 23a「其雲間日之面為薄，故深受日光及像；其背日之面為厚，故所受光與像不能通透」，「間」，明刻本作「向」；葉 26a「蓋平分地半圈為八方」，「半」，明刻本作「平」；葉 26a-b「又因所經之地，而風必滯其勢，如北風西風多經雪山乾地，故寒且乾；南風東風多從海出，又經赤道下之熱地，故熱且濕也」，「滯」，明刻本作「帶」；葉 27a「吾毆邏巴諸國以北風為尚，以南風為虐；利末亞諸國反是」，「毆」，明刻本作「歐」，「末」，明刻本作「未」（案：利瑪竇《坤輿萬國全圖》所標五大洲，即為歐邏巴、利未亞、南、北亞墨利加、墨瓦蠟泥加）；葉 28b「一遇中域之寒，即氣所帶之熱，而反元冷之情」，「中」，明刻本作「本」，「氣」，明刻本作「棄」；葉 33b「雨落時，又被冰炎氣透圍逼迫，使雨內之冷氣更加甚至凝凍而成冰雹也」，「冰炎氣」之「冰」，明刻本作「外」，「透」，明刻本作「遶」；葉 35b「然人航海者，近南北極下，每見海水止而不能通」，「水」，明刻本作「冰」（葉 34a

「使結水矣」，「水」，明刻本作「冰」）；葉 36a「蓋露之所以帶濕氣潤澤而滋育者，如旱時之乾雨」，「乾」，明刻本作「甘」；葉 39b「又云北地多含大江，此乃入海，必使其溫而流于南之低也」，「溫」，明刻本作「溢」；葉 40b「近岸見大，離岸途遠，潮愈微矣」，「途」，明刻本作「逾」；葉 42a「蓋月之本動，從西而東，一日約行十三度；從宗動天之帶動，自東而西，必欲一日零四刻，方可以補其所運行之路而全一週也」，「運」，明刻本作「逆」。

倒錯如：清鈔本卷上葉 38a「然後學多非之，云生萬物不能存於火內，何也」，「生萬物不能」，明刻本作「生物萬不能」；卷下葉 13b「至言彗孛所見限期，未易可定」，「未易可定」，明刻本作「未可易定」；葉 26a「蓋平分地半圈，為八分，又再分，為三十二，為十六，又再分」，明刻本此句作「蓋平分地平圈，為八分；又再分，為十六；又再分，為三十二」；葉 27a「西來航海者，北至赤道下，見一黑雲，必收其帆，以備不虞」，「見一黑雲」，明刻本作「一見黑雲」，另，「北」，明刻本作「凡」。

衍文如：清鈔本卷下葉 4b「謂此火星從此跳彼不可也」，明刻本無前一「此」字；葉 7b「雷必先，電必後，乃人見電在先，而反聞雷聲在後者，何也？目視捷，耳聞遲」，明刻本無「何也」；葉 22b「蓋氣之熱者消化其氣之濕者」，明刻本「濕者」前無「氣之」二字；葉 23a「又清水亦可取驗，其在泉或有在盂，一受日照，無不生日像」，明刻本「在盂」前無「有」字；葉 27a「乾熱氣橫積於空」，明刻本無「橫」字。

以上僅為粗略校讀隨手所得，其他可勘誤處尚多。因崇禎刻本

為著者及友人生前付梓，從更接近其著述原貌言，自然優於後鈔本。當然，該刻本本身，文字亦非無訛誤處。

四、此本《空際格致》之遞藏與文化價值

在梵蒂岡教廷圖書館同樣藏有崇禎刻本且業已影印流播的情形下，早大圖書館所藏此本《空際格致》，就文本本身呈現的文字面貌而言，顯然只能與前者分享這種權威性或校勘價值。不過，作為一種歷史遺存物，每一個文本必然具有多方面的價值。就早大圖書館藏本而論，其所經歷的遞藏流傳之事件，對於見證並重構西方宗教與所謂「漢譯西歐文明書籍」在東亞社會的傳播、接受，以及中、日、朝三國間文化交流的途徑與歷程，無疑具有其獨特的價值。

前已述及，該本並非原裝，而是朝鮮版裝，這應該意味著它至少經傳至朝鮮後再流入日本。如所周知，在整個東亞社會，最先與西方耶穌會士接觸的是日本（以沙勿略 1549 年 8 月抵達鹿兒島為標誌），然正當第一波漢譯西教、西學在晚明至清初的中國形成相當規模之際，發端於豐臣秀吉的江戶幕府禁教政策，卻令耶穌會士在日的傳教及相關知識的傳播陷入困境。據大庭修等考察，寬永七年（1630），自中國運抵長崎的耶教書被禁，此為禁書之濫觴。近藤正齋《好書故事》卷七四錄有此《天學初函》名下凡 32 種耶教禁書目，雖其歸屬及統計方法或有不確，但一般認為較為可信[24]，其

24　參詳大庭修《江戶時代中國典籍流播日本之研究》第四節「禁書與書籍檢

中就有高一志的《教要解略》。貞享二年（1685），由五十五番船輸入的傅汎際《寰有詮》六卷被查出並燒毀。這之後，書籍檢查制度日嚴，如《御制禁書籍譯書》又有新增禁書，即便內容與耶教無涉，凡記西洋人事，亦遭查禁[25]。這種情形，直至享保五年（1720）後方趨緩（是年，第八代將軍吉宗下令，除直接宣傳基督教義以外的其他書籍緩禁）。對一些漢譯西學書而言，確有從這項政令獲益者，然亦有仍遭禁行者，如《職方外紀》即於寬政七年（1795）再度被禁[26]。若由明和八年（1771）京都書商會編《禁書目錄》之〈國禁耶穌書〉所列 36 部禁書觀之，比上述寬永七年之禁書目，亦仍有增無減[27]，其中如高一志所著，除《教要解略》外，又有《十慰》，作為宣教之書，自屬在禁之列。由此看來，即使像《空際格致》這樣的漢譯西學書，在日本於耶教書日趨禁嚴的時期（大抵相當於明崇禎至清康熙九十年間），難以有傳入的可能；其後的形勢亦不容樂觀，惟隨蘭學的開展，禁壓或有鬆動；其暢通無阻地獲得傳播，恐怕要至真正解禁的幕末以後。

　　同樣採取鎖國政策的朝鮮，說來最晚與西方傳教勢力直接發生接觸，但在 17 至 18 世紀，通過「赴京使行」的渠道，即派遣到明清朝的使行員，在北京有意識地與那裡的西方傳教士交接、筆談，或獲贈，或在書肆搜集求購，帶回了大量漢譯西洋書、圖籍和西洋

查」，戚印平等譯，杭州大學出版社 1998 年版，第 54-55 頁。

25　參詳上書第 56-60 頁。

26　參詳上書第 79 頁。

27　參詳今田洋三《江戶の禁書》，吉川弘文館 1987 年版，第 9-11 頁。

儀器。雖然朝鮮士人中不乏對之強烈排斥者，但作為一種新奇的文
化時尚，一時間在朝野引起頗為廣泛的關注，如安鼎福所述：「西
洋書自宣祖末年傳入，名卿碩儒無一不讀，與諸子、道佛書同被視
為書室之玩。」[28]應非誇飾之詞。其中新派儒學者、成均館儒生大
概是閱讀與收藏的主力。這或可為此本《空際格致》的朝鮮版裝提
供某種推想的背景。前記該著版本事項中，上、下卷正文首頁右下
角均有小方陽文印「蕉霽亭」，疑當為其時朝鮮士人用於收藏的別
號印[29]。這期間傳入朝鮮的漢譯西洋書，目前尚未有相對全備的書
志學整理，即據韓國有關研究者的不完全統計，亦已可概觀其流布
的大致面貌[30]。有意思的是，在眾多歐洲傳教士的漢譯著作中，高
一志著述傳入最多，計《達道紀言》、《童幼教育》、《斐錄答
彙》、《譬學警語》、《勵學古言》、《修身西學》、《齊家西
學》、《天主聖教四末論》、《寰宇始末》九種，基本上皆屬正祖
六年（1782）四月由江華府冊庫被移奉至外奎章閣之書，可證該年
之前已傳入；正祖十五年（1792），這些中國本與其他天主教書籍

28　〈天學考〉，《順庵集》卷十七，1900 年刊木活字本。

29　筆者在博士生金美羅氏的幫助下，已查檢〔韓〕韓國學中央研究院「韓國
　　歷代人物綜合資訊數據庫」、首爾大學奎章閣韓國學研究院「韓國學古典
　　原文情報 DB」、韓國古典翻譯院「韓國古典綜合 DB」等資料庫，尚未
　　獲得切實的資料。

30　參詳裴賢淑〈17、18 世紀傳來的天主教書籍〉，楊雨蕾譯，載黃時鑒編
　　《東西文化交流論譚》第二集，上海文藝出版社 2001 年，第 419-450
　　頁；原文載韓國教會史研究所編《教會史研究》第 3 輯，1981 年。據其
　　統計，此際傳入朝鮮的漢譯天主教書籍，有相關記載可稽者，至少有 64
　　種。

一起被燒毀[31]。這或許也可為此本朝鮮版裝《空際格致》傳入朝鮮的時限提供相關參照，而此本著作本身又可於已有傳入朝鮮漢譯西洋書的相關資訊有所補充。如裴文所記，正祖十年（1786），政府已嚴禁從中國購入圖書[32]，尤其天主教書籍和稗官雜記，這意味著朝鮮此後不可能再從中國輸入書籍[33]。那麼，像《空際格致》之類，自亦難再有傳入朝鮮的機會。

　　前記早大圖書館藏《空際格致》版本事項中，上、下兩冊封底皆有「和久正辰」半陽半陰圓印，表明曾經其人收藏。和久正辰（1852-1934）是明治時代的理科教育學者，早年曾入學慶應義塾，學習英語；畢業後先後任東京本鄉管相義塾英語教授、愛知縣立名古屋師範學校附屬小學教頭、宮城縣師範學校校長兼教授、東京府立師範學校校長兼教授、淨土宗大學林教頭兼教授、東京府教育會附屬教員傳習所主幹等職。著譯宏富，如譯彌兒（John Stuart Mill）著《收稅要論》（上，東京：土屋，松井忠兵衛；下，東京：和泉屋，牧野善兵衛；1879.7），譯述惹迷斯·加來（James Carey）著《加氏初等教育論》（上、中、下，東京：牧野書房，1885.11-1886.4），譯述 Joseph Emerson Worcester 著《西史攬要》（1-8 卷，出版者：松井忠兵衛等，1886），著《教育學講義》（1-12 卷，牧野書房，1886-1887），編譯《理科教授法》（上、下，牧野書店，1887），譯惹迷斯·左來（James Sully）

31　參詳上文中譯，第 422-450 頁。

32　《正祖實錄》卷二一，10 年 1 月丁卯；《朝鮮王朝實錄》冊 45，第 550 頁。

33　〈17、18 世紀傳來的天主教書籍〉，第 451 頁。

著《應用心理學》（上、下，牧野書房，1888.10），著《初等心理學》
（牧野書房，1890）、《論理學教授書：歸納法》（東京學館獨習部，
1892）、《教育學教授書》（東京學館獨修部，1894）、《心理學》（東
京學館獨修部，1895）及《教育史講義》（尋常師範學科講義錄，明治講學
會）等[34]。顯然，這是一位在日本開禁後急切睜眼看世界的氛圍中
成長起來的新時代知識人，並且在日本迅速步入現代化的進程中作
出了自己的貢獻。作為古希臘著名哲學家論自然科學的漢譯著述，
高一志的《空際格致》，在這樣一個風氣丕變的時代，經由這樣一
位理科教育學者閱藏，實在可以說是一具有象徵性意義的事件。

　　上述反映日本、朝鮮對早期西方傳教士及漢譯西教、西學書排
拒或接受曲折歷程的交錯的時間表，在幫助我們判定早大圖書館所
藏《空際格致》大致遞藏經歷的同時，也讓我們得以窺見近世第一
波東西文化交流及其產物的歷史命運。

五、餘論

　　若稍將考察擴展至《空際格致》崇禎刻本在清朝的流傳情況，
整個東亞社會對其時西方傳教士及漢譯西教、西學書排拒或接受的
曲折歷程應可得到更為完整的呈現。

34　生平參詳フリー百科事典『ウィキペディア（Wikipedia）』，著譯檢自
　　〔日〕近代數據圖像圖書館、東京大學在線圖書館等資料庫。相關研究見
　　〈日本理科教育史（あるいは日本理科教授研究史）における和久正辰の
　　位置〉，佐佐木 洋，《鹿兒島大學教育學部研究紀要 人文社會科學編》，
　　鹿兒島大學（1976），第 179-186 頁。

　　《空際格致》於崇禎間刊行後，在清初還是頗見流傳。其一可舉南懷仁刊於康熙十一年（1672）的《坤輿圖說》。該著卷上起首交代其撰作緣起、宗旨曰：

> 《坤輿圖說》者，乃論全地相聯貫合之大端也。如地形、地震、山嶽、海潮、海動、江河、人物、風俗、各方生產，皆同學西士利瑪竇、艾儒略、高一志、熊三拔諸子通曉天地經緯理者，昔經詳論，其書如《空際格致》、《職方外紀》、《表度說》等，已行世久矣。今撮其簡略，多加後賢之新論，以發明先賢所未發大地之真理。

其中卷上即多引自《空際格致》（經初步比對，其所引文字，凡崇禎刻本與《四庫存目叢書》所收清鈔本不同處，皆同崇禎刻本，此為當然之事）。如果說，其為「同學西士」所取資，尚不算具有較眾傳播的代表性，那麼，如方豪所發現的「康熙二十七年（1688）王宏翰成《醫學原始》四卷，其第二卷幾全錄《空際格致》」[35]，可顯示其在信教之中土人士中的影響。不過，確切地說，應是其卷二之「四元行論」、「四行變化見象論」二節多摘述自《空際格致》，並錄其卷上末所附之「四行情圖」（《四庫存目叢書》所收清鈔本未錄此圖）。除高一志此著外，該卷尚採艾儒略《性學觕述》、湯若望《主制群徵》之說。

　　乾隆後期纂成之《四庫全書》，《空際格致》雖僅收入子部

35　《中國天主教史人物傳》，第 153 頁。

「雜家類」存目，然其著錄「直隸總督采進本」，應即為崇禎刻本。嵇璜《續通志》卷一百六十「藝文略」（文淵閣四庫全書本）有「《空際格致》二卷」，乃據「四庫全書存目」著錄。趙學敏成書於乾隆三十年（1765）的《本草綱目拾遺》（同治十年吉心堂刻本），其卷二嘗引《空際格致》述「硫磺」一條，可證其尚見流傳。不過，四庫館臣於此類西教、西學譯著以存目方式見收，本身已表明其評價，所撰「提要」亦對後世產生很大的影響；而作為其背景，雍、乾間歷次「教難」，顯示了朝廷禁教政策日趨嚴厲。

這之後，高一志該著便不易獲見，惟精通格致、製造專門之學的鄭光復，在其道光二十二年（1842）所撰《費隱與知錄》（道光活字本）「氣薄氣餘論火同異」一節中，引高一志該著氣薄因熱生火之說，與《內經》「氣有餘便是火」相比較，認為高氏乃「專指冷熱之體質言」，二說「似相反而實不悖」。因其乃隱括《空際格致》卷上「下火」一節相關論述而成，尚難看出版本所據。然據《八千卷樓書目》卷十二子部「雜家類」著錄「《空際格致》二卷」，下注版本已為「抄本」，此當即南京圖書館所藏清鈔本。《八千卷樓書目》通行本為 1923 年丁仁仿宋聚珍排印本，據卷首孫峻光緒己亥（1899）敘，謂丁丙「編書目二十卷，命和甫孝廉錄之」；羅榘同年敘，謂丁丙「命哲嗣和甫孝廉，編纂書目二十卷」，則無論如何其成書時間更早。和甫即丁立中，同治三年（1864）舉人，同治九年（1870）銓靖江教諭，其編目成，當在 1864-1870 年間。若這一推斷不誤，則知在此之前，《空際格致》崇禎刻本確已難求獲。前述中山大學圖書館藏清李冬涵編「礦墨亭叢書」（稿本，十四函）所收《空際格致》二卷，經查勘比對，行款

基本與南圖所藏清鈔本同，為半葉八行，每行二十一字（唯其卷上葉
2a 起首兩行，抄成每行二十三字）；上、下卷正文首頁標題下雙行署
「極西耶穌會士高一志撰，古絳後學韓　雲訂」，亦與南圖所藏清
鈔本同；其他凡此清鈔本與崇禎刻本文字相異處，皆同前者。稽考
李氏生平，其本似應在清鈔本之後而據以抄寫[36]。

　　至民國初，隨時代巨變，明清西教、西學譯著開始獲得重新整
理與研究，然如前已述，上海聚珍仿宋印書局鉛印本《空際格致》
二卷附《地震解》一卷，亦係據清鈔本排印，愈可證實此刻本至遲
在清末中國已不存。凡此遭際，令我們在慨歎歷史的風雲變幻之
餘，更加體會到早大圖書館所藏此崇禎刻本和迴流至梵蒂岡教廷圖
書館同版藏本的彌足珍貴。

36　案：李冬涵，名毓恒，冬涵其字，一字勉齋，濟寧人。傳見（民國）《濟
　　寧直隸州續志》卷十二「人物志」。傳曰：「因有志存書，購書六七萬
　　卷，部分類析，略述梗概，並輯諸家藏書之約，成《惜陰書屋書目》六
　　卷；又仿《郡齋讀書志》例，每書抉摘要義，辨正異聞，著《勉齋讀書
　　記》，校刊先世遺集。」知為晚清藏書家，又精文獻目錄之學。傳又謂其
　　「卒年六十」，而其子繼琨「庚子丁父憂」，則可推知生於道光二十一年
　　（1841），卒於光緒二十六年（1900）。其「礦墨亭叢書」所收《澹生堂
　　書目》，卷首錄《澹生堂藏書約》，末附跋語，署「同治壬申八月望日任
　　城冬涵氏記」，似「叢書」之集抄，乃中年所為。中山大學李曉紅博士幫
　　助查閱該叢書相關稿本，謹致謝忱。

《列朝詩集》閨集「香奩」撰集考

一、前言

　　女性詩歌選本及其經典化問題，已成為明清女性文學研究的一個熱點，不少中晚明以來編纂的女性詩歌總集因此獲得關注與探討。相形之下，對於錢謙益《列朝詩集》閨集「香奩」的研究則頗顯沉寂。其中的原因當然很複雜，然就明代女性詩歌的編選而言，該集無疑是一個值得重視的文本。這不僅因為相較諸明人選本，有晚出而集大成之實，更因為作為編選者的錢謙益，乃當時一流的學者文人，既確然以史家職志自命，背後又有柳如是這樣出眾的女詩人襄助，選詩論人皆非凡俗手眼，代表了其時主流的史家觀念與女性文學批評趣尚[1]。雖然，因為錢氏個人政治上的原因，其著述之命運亦隨之波蕩，但實際影響仍不可小覷。僅就「香奩」之編來看，所撰傳記，為修明史者採納沿襲，可舉談遷《棗林雜俎》為例

1　同時如屈大均，在其〈東莞詩集序〉中，對《列朝詩集》即有如下總體評
　　價：「今天下錄詩之家，亡慮數十，惟牧齋《列朝詩集》所載，自帝王將
　　相、卿大夫士庶以及婦女緇黃，人各為傳，美惡無隱，絕似一朝人物之
　　志。蓋借詩以存其人。其人存，則其行事大小可考鏡，是亦詩之史云
　　爾。」（《翁山文外》卷二，康熙刻本）

證[2]；至若曾充明史修纂官的朱彝尊，其《明詩綜》小傳，專以正錢氏之謬為務[3]，恰可反觀《列朝詩集》的地位與作用；其他采其說者不勝枚舉。所選詩歌，從康熙間翰苑奉敕纂《歷朝閨雅》乃至《御選四朝詩》[4]，到諸多明詩總集，亦皆有所沾溉。鑒於該編相

---

2 《棗林雜俎》義集「彤管」所錄，與錢氏同者在 31 家，體例亦大抵以宮闈、命婦、節烈、女士、文侍、義妓、難婦等類分，末有「彤管志餘」。朱彝尊《曝書亭集》卷四四〈南京太常寺志跋〉曰：「囊海寧談遷孺木館於膠州高閣老宏圖邸舍，借冊府書縱觀，因成《國榷》一部，撥其遺為《棗林雜俎》。」（四部叢刊本）該著僅有鈔本流傳，據吳騫《愚谷文存》卷六〈棗林雜俎跋〉，所得為陳氏漱六閣舊鈔本，首列崇禎甲申九月高宏圖於白門公署序。又據談遷跋，「謂舊稿二帙高相國序之，後歲有增定」，推測「則此當屬後來增定之本」（嘉慶十二年刻本）。按：據高宏圖序之題署日期，知所謂「舊稿二帙」早於錢氏《列朝詩集》之重新編纂，然談遷《北遊錄》「紀郵上」記曰：「乙巳，候吳太史（按：吳偉業）。其鄉人周子俶（肇）至，兼訪之。太史強起，語移時，因借其錢牧齋所選明詩。」（清鈔本）則其後歲增訂當利用錢氏該著。

3 《靜志居詩話》卷首曾煥序曰：「《靜志居詩話》，朱竹垞先生綴于《明詩綜》中，所以正錢牧齋之謬也。」（人民文學出版社 1990 年版，第 2 頁）又參見《四庫全書總目》卷一百九集部四三「總集類」五「《明詩綜》一百卷」條。

4 《歷朝閨雅》十二卷，翰林院掌院學士兼禮部侍郎揆敘輯；《御選四朝詩》三〇四卷，右春坊右庶子兼翰林院修撰張豫章等纂選。二著雖未言及錢氏《列朝詩集》，然所選明代閨秀詩可比較。又，《歷朝閨雅》卷首「凡例」有關「詩句流傳，不無偽謬」條所記：「明則權賢妃之〈宮詞〉，乃寧王權作；錢氏長女詩乃范昌期作；章節婦見志詩乃高啟作；陳少卿寄外詩乃釋道原作；甄節婦歌乃羅倫作；小青本無其人，其傳與詩皆常熟譚生作。」（康熙刻本）實皆據錢氏之說，可分別參看《列朝詩集》閏集「香奩上」之「王司綵」〈宮詞〉注、「香奩中」之「鐵氏二女」小

關基礎研究尚未充分展開，本文擬就其成書過程、材源、體例及標準等事實略作考述，亦藉此清理與之前諸女性詩歌總集的關係。

二、《列朝詩集》撰集始末及「香奩」編校相關問題

關於《列朝詩集》之撰集經過，事實大端較為清楚。據錢謙益〈歷朝詩集序〉，起始於程嘉燧讀《中州集》將「仿而為之」的動議，所謂「吾以采詩，子以庀史」，而錢氏已有行動：「山居多暇，撰次國朝詩集幾三十家，未幾罷去，此天啟初年事也。」[5]按，此初次撰次之《國朝詩集》，稿本尚存，現藏北京大學圖書館，計錄高啟以下詩人三十七家[6]。唯其言「此天啟初年事也」，記憶或有誤差。有學者據稿本高啟〈宮女圖〉詩末注「及觀國初昭示諸錄」與「高帝手詔」之相關敘述，證以錢謙益〈皇明開國功臣事略序〉提到的「天啟甲子，分纂《神宗顯皇帝實錄》，翻閱文淵閣秘書，獲見高皇帝手詔數千言及奸黨逆臣四錄，皆高皇帝申命鏤

傳、「香奩下」之「女郎羽素蘭」小傳。

5　《列朝詩集》卷首，第 1 頁上，上海三聯書店 1988 年據汲古閣刊本縮版影印，下引同。

6　稿本末頁有趙萬里先生題記，曰：「博山兄（按：潘承厚）於滬肆得此冊，斷為虞山錢宗伯《歷朝詩集》手稿本。余以宋槧《酒經》跋及《通鑑》校語牧齋手蹟證之，其說不可易，洵可寶也。」所錄三十七家詩人，尚可據筆跡辨初錄、增補之先後，詳參孟飛〈《列朝詩集》稿本考略〉，《文獻》2012 年第 1 期。

版垂示后昆者」，推斷稿本纂寫確切時間，當在天啟五年（1625）
後，因該年五月，錢氏奉詔削籍南歸，至崇禎元年（1628）方始起
復，理據俱切，可從[7]。

錢氏〈歷朝詩集序〉續述「越二十餘年」，「復有事於斯集，
托始於丙戌，徹簡於己丑」，知順治三年（1646）重興此業，順治
六年（1649）初成。按，錢氏於順治二年（1645）五月降清，是秋隨
例北行，次年六月引疾歸。而順治四年（1647）三月晦日被逮，
「鋃鐺拖曳，命在漏刻」[8]，至順治六年春始「釋南囚歸里」[9]，此
即〈歷朝詩集序〉所謂「瀕死頌繫」[10]。據陳寅恪先生推考，「牧
齋于順治四五兩年，因黃（毓祺）案牽累，來往于南京、蘇州之
間」[11]。則其「復有事於斯集」，當始於順治三年六月引疾歸[12]，

7 　詳見上引孟飛之文。另，《牧齋初學集》卷三《歸田詩集》上〈天啟乙丑
　　五月奉詔削籍南歸自潞河登舟兩月方達京口塗中銜恩感事雜然成詠凡得十
　　首〉其七，恰有「耦耕舊有高人約，帶月相看並荷鋤」句（上海古籍出版
　　社 1985 年版，第 99 頁）。卷四《歸田詩集》下〈孟陽載酒就余同飲韻余
　　方失子疊前韻志感〉，亦可證天啟丁卯（1627）二人之過從（第 144 頁）。
8 　〈和東坡西台詩六首序〉，《牧齋有學集》卷一，上海古籍出版社 1996
　　年版，第 8 頁。
9 　〈賴古堂文選序〉，《牧齋有學集》卷十七，第 768 頁。
10 　有關錢氏降清以來行跡，尤其「頌繫」一事，記載頗多，說法不一，陳寅
　　恪先生《柳如是別傳》第五章「復明運動」中有詳考，可參看（上海古籍
　　出版社 1980 年版，第 864-924 頁）。周法高〈讀《柳如是別傳》〉認為
　　錢氏於順治四年三月、順治五年四月二度被捕，而前次乃牽連淄川謝陛
　　案。參見范景中、周書田《柳如是事輯》附錄，中國美術學院出版社
　　2002 年版，第 517-529 頁。
11 　《柳如是別傳》，第 920 頁。

而頌繫期間往來南京、蘇州，適成其采詩之役。在南京自不必說，如錢氏《黃氏千頃齋藏書記》曰：「戊子之秋，余頌繫金陵，方有采詩之役，從人借書。林古度曰：『晉江黃明立先生之仲子守其父書甚富，賢而有文，盍假諸？』余於是從仲子借書，得盡閱本朝詩文之未見者。」[13]《列朝詩集》丁集卷七「金陵社集詩」曰：「戊子中秋，余以銀鐺隙日，采詩舊京，得《金陵社集詩》一編，蓋曹氏門客所撰集也。」[14]蘇州方面，據其〈與周安期〉，述鼎革之後欲選定明朝一代之詩，囑周永年兄弟、徐波、黃聖翼等共蒐訪[15]。詩集之編定，大部分當在順治六年春歸里後近一年的時間完成。

錢氏〈與毛子晉〉諸書簡中，有若干《列朝詩集》諸集編寫之消息，容庚先生〈論列朝詩集與明詩綜〉已摘列，並作案語曰：「觀此可知各集編成即付刻，而無先後次序者。故閏集雖在末而早刻也。」[16]。然或尚有可作進一步解讀者。其中「獄事牽連，實為家兄所困」一通，當寫於順治五年（1648）仲冬，陳寅恪先生已據其中「歸期不遠，嘉平初，定可握手」等語，釋錢氏本以為是年十二月「能被釋還常熟度歲」[17]。書中一言及「羈棲半載，采詩之

12　陳寅恪先生據錢氏〈丙戌初秋燕市別惠、房二老〉，推斷「其離京之時間，至早亦在是年七月初旬以後。到達蘇州時，當在八月間。」（《柳如是別傳》，第 877 頁）

13　《牧齋有學集》卷二六，第 994 頁。

14　《列朝詩集》，第 467 頁中。

15　《錢牧齋先生尺牘》卷一，《牧齋雜著》，錢仲聯標校，上海古籍出版社 2007 年版，第 236 頁。

16　《嶺南學報》第十一卷第一期，1950 年 12 月，第 138-139 頁。

17　《柳如是別傳》，第 923 頁。

役，所得不貲，大率萬曆間名流。篇什可傳，而人不知其氏名者，不下二十餘人，可謂富矣」，當指在南京采詩之所得，實多為《列朝詩集》丁集之資源；一言及此集初名「國朝」改為「列朝」之議，謂「板心各欲改一字」，「幸早圖之」[18]，則詩集中應已有繕寫定者。聯繫「詩集之役，得暇日校定付去」一通，謂「丁集已可繕寫」，而其中又提到「《鐵崖樂府》，當自為一集，未應入之選中，亦置之矣」[19]，似至少甲集前編早於丁集而成。此通書中引蘇軾「因病得閒渾不惡」云云（同上），宜為順治六年（1649）春歸里後作，在南京、蘇州所采詩，編成亦需時日。此又可證之「德操家藏詩卷，幸為致之」一通，其中述及「甲集前編方參政行小傳後，又考得數行，即附入之」，「《鐵崖樂府》稿仍付一閱，楊無補在此，殊為寂寞」[20]，或可據以認為發此書時丁集尚未完成（王人鑑詩即在丁集），而甲集前編已成而有所補訂。查證《列朝詩集》甲集前編卷十「方參政行」，「余之初考如此」以下當即附入補考內容[21]；卷七「鐵崖先生楊維楨」一百二十四首後，復有卷七之下，補詩一百七十首[22]，解決了上一通所謂「《鐵崖樂府》，當自為一集」的問題。而之所以甲集前編先成，當緣於錢氏天啟四五年間在史館修史，得見太祖手詔等史料，歷三年編成《皇明開國功臣事略》[23]；

18　以上均見《錢牧齋先生尺牘》卷二，《牧齋雜著》，第 313 頁。

19　《牧齋雜著》，第 301 頁。

20　同上，第 304 頁。

21　《列朝詩集》，第 77 頁中。

22　同上，第 47 頁上。

23　參見〈皇明開國功臣事略序〉，《牧齋初學集》卷二八，第 844-845 頁。

崇禎十六年，又於所編《國初事略》、《群雄事略》，「取其文略
成章段者，為《太祖實錄辯證》一編」[24]，刊入《初學集》中，於
元末國初事，有其撰史之基礎[25]。錢氏〈與周安期〉所述，應為鼎
革後「復有事於斯集」之初的設想，其中「而國初人為尤要」[26]一
語，或亦可視為先編甲集前編乃或甲集的佐證。至於「諸樣本昨已
送上，想在記室矣」一通，當亦順治六年春歸里後作，以同在常
熟，相距不甚遠，錢氏謂「頃又附去閏集五冊、乙集三卷。閏集頗
費蒐訪，早刻之，可以供一時談資也」[27]，可據以推知閏集繼而校
定，並促其早刻，而乙集僅三卷，或仍在編纂中。「八行復伯玉」
一通，據其所述「《夏五集》有抄本，可屬小史錄一小冊致伯玉
（按：蕭士瑋，卒順治八年四月），俾少知吾近況耳」，知此通書當作
於順治七年（1650）五月後、孟冬絳雲樓焚毀前，因錢氏《夏五
集》成於此間[28]，其中謂「乾集閱過附去，本朝詩無此集，不成模

24　〈與吳江潘力田書〉，《牧齋有學集》卷三八，第 1319 頁。

25　上引〈與吳江潘力田書〉曰：「今《列朝詩集》載劉薦、劉三吾及朝鮮陪
　　臣諸事，皆出於《辯證》初稿之後……」可證其編纂《列朝詩集》曾利用
　　《太祖實錄辯證》之基礎。參見《列朝詩集》甲集卷一「小誠意薦」、卷
　　十三「鑰學士三吾」、閏集卷六「守門下侍中鄭夢周」小傳中相關辨證，
　　分見第 91 頁下、第 158 頁中、第 680 頁上。

26　《牧齋雜著》，第 236 頁。

27　同上，第 305 頁。

28　錢氏《庚寅夏五集》小敘曰：「歲庚寅之五月，訪伏波將軍于婺州。以初
　　一日渡羅剎江。自睦之婺，憩于杭，往返將匝月。漫興口占，得七言長句
　　三十餘首，題之曰《夏五集》。」（《牧齋有學集》卷三，第 83 頁）而
　　《牧齋有學集》卷首「目錄」第三卷《夏五詩集》題名下注則曰：「起庚

樣。……不妨即付劂，少待而出之也。」[29]可知乾集之校定，至早亦在是年五月後。另《列朝詩集》丙集卷五末附論長沙門人，有「庚寅十月初二日乙夜蒙叟謙益書於絳雲樓下」[30]之題署，或可據以推斷丙集編定的大致時間，當在順治七年孟冬絳雲樓焚毀前不久。據錢氏〈歷朝詩集序〉，全部詩集校定交付毛晉刊刻，即在絳雲樓焚毀前，故得以幸免於難；而「集之告成」在順治九年（1652），序作於九月十三日[31]。錢氏〈耦耕堂詩序〉又謂「歲在甲午，余所輯《列朝詩集》始出」[32]，則該集行世始於順治十一年（1654）。

　　再來看閏集「香奩」編選的相關情況。該項工作有柳如是的參與，應已無疑問。《列朝詩集》閏集「許妹氏」小傳記柳如是評語，末有「承夫子之命，讎校《香奩》諸什，偶有管窺，輒加槧記」[33]，是為鐵證。故如顧苓《河東君小傳》記曰：「宗伯選《列朝詩》，君為勘定閏秀一集。」[34]自有其依據。陳寅恪先生對此亦作過考察，以上引「許妹氏」條證之《牧齋遺事》所記河東君小照跋語，而以王澐所謂錢氏「托為姬評」之說「殊不近情理」[35]。事

寅五月，盡一年。」（第 3 頁）

29　《牧齋雜著》，第 305 頁。

30　《列朝詩集》，第 307 頁下。

31　《列朝詩集》卷首，第 1 頁下-第 2 頁上。

32　《牧齋有學集》卷十八，第 781 頁。

33　《列朝詩集》，第 684 頁中。

34　《柳如是集》附錄，遼寧教育出版社 2001 年版，第 118 頁。

35　《柳如是別傳》，第 982-984 頁。

實上，錢、柳共同關注閨秀之詩，在《列朝詩集》重新啟動編纂前已開始，錢氏崇禎十六年（1643）九月作〈士女黃皆令集序〉，已言「余嘗與河東君評近日閨秀之詩」，而以「草衣（王微）之詩近于俠」，柳氏則謂「皆令（黃媛介）之詩近於僧」[36]，斯為二人琴瑟燕好之樂事。錢氏「復有事於斯集」後，無論是陳寅恪先生推考的，順治四五兩年，往來於南京、蘇州，其在蘇州，寓拙政園，而南京頓繫之所，當為丁家河房[37]；還是周法高先生糾察的，順治四年三月被逮北行，是年秋由北京返里，是冬及次年春僦居吳苑，順治五年四月第二次被捕，繫獄南京[38]，柳氏皆得隨行，故采詩、評選並可隨時商榷。《牧齋遺事》所記柳氏小照，由其婿趙管攜至，所畫河東君「坐一榻，一手倚几，一手執編。牙籤縹軸，浮積几榻」，又據幅端自跋，謂「知寫照時，適牧翁選列朝詩，其中閨秀一集，柳為勘定，故即景為圖也」[39]，似亦非無稽之談。這讓人很自然聯想到沈虯《河東君記》所載柳氏在絳雲樓校讎文史事：「牧齋臨文有所檢勘，河東君尋閱，雖牙籤萬軸，而某冊某卷，立時翻點，百不一失。所用事或有誤舛，河東君從旁頗為辨證。」[40]絳雲

36　《牧齋初學集》卷三三，第 967 頁。

37　《柳如是別傳》，第 918-919 頁。

38　范景中、周書田《柳如是事輯》附錄，第 517-529 頁。

39　參詳《柳如是別傳》第 983 頁所引。

40　《牧齋雜著》附錄，第 966 頁。吳江鈕琇《觚賸》卷三〈吳賸〉下「河東君」條，亦記錢氏為柳構絳雲樓後：「至是益購善本，加以汲古雕鐫，輿致其上，牙籤寶軸，參差充牣。其下臚幃瓊寢，與柳日夕相對。……宗伯吟披之好，晚齡益篤，圖史較讎，惟柳是問。每于畫眉餘暇，臨文有所討論，柳輒上樓翻閱，雖縹緗浮棟，而某書某卷，拈示尖纖，百不失一。或

樓雖成於崇禎十六年（1643）冬，然據錢氏〈贈別胡靜夫序〉，謂
「余自喪亂以來，舊學荒落，己丑之歲，訟繫放還，網羅古文逸典，
藏弆所謂絳雲樓者。經歲排纘，摩娑盈箱插架之間，未遑於雒誦講
復也」[41]，雖屬自謙之詞，仍可證鈕琇所謂「益購善本」、「與柳
日夕相對」，當在錢氏順治六年春復得歸里後。其時錢氏盡發所藏
書，有修撰明史之任，而編纂《列朝詩集》，亦是其相關的一項工
作，絳雲樓便也成了他與柳氏編校「香奩」詩的工作場所。不過，
柳氏的參與，在采詩階段，會有商較去取之事，在最後編定階段，
如其自述，主要是校讎，所謂「偶有管窺，輒加槧記」，可以是文
字、史實校訂方面的辨證，當然也可以是詩學成就得失評論之商
兌，如其於許景樊之評語，然其作用亦不可任意誇大。胡文楷《歷
代婦女著作考》著錄柳氏《古今名媛詩詞選》一書，中西書局一九
三七年據傳抄本排印，有柳氏自跋，錄入刊書序中[42]。鑒於該著不
見公私書目著錄，在對其來歷及真實性未作進一步考察前，似不宜
先就其與錢氏《列朝詩集》閏集「香奩」的關係作出某種推論[43]。

用事微有舛訛，隨亦辨正。」

41　《牧齋有學集》卷二二，第 898 頁。

42　見氏著《歷代婦女著作考》（增訂本），張宏生等增訂，上海古籍出版社
　　2008 年版，第 434 頁。胡氏錄柳氏自跋曰：「山莊無事，輒親筆硯，間
　　錄古今名媛詩詞以遣興。雖以朝代為標則，而隨憶隨錄，年代之先後，知
　　所不免矣！惟此乃自遣之事，本未欲如彼選家之妄冀傳後也。積久得詩一
　　千餘首，詞四百餘闋，歷代名媛，聚於一帙。披誦把玩，不嘗坐對古人
　　也。」

43　如孫康宜《陳子龍柳如是詩詞情緣》，推測這部詩選合刊在錢謙益所編的
　　《列朝詩集》裏。（陝西師範大學出版社 1998 版，第 42 頁。）

三、閏集「香奩」撰集之取資

　　據上引錢氏〈黃氏千頃齋藏書記〉，知其在南京采詩時，黃氏千頃齋藏書是撰集《列朝詩集》的一大資源。蓋其所搜集，大抵為有明一代之書，與絳雲樓藏書不同。時黃虞稷自述，其父黃居中「藏書千頃齋中，約六萬餘卷」，「余小子褒聚而附益之，又不下數千卷」[44]；而至其康熙中入明史館，已編成《千頃堂書目》以備藝文志採用，雖又經進一步褒集，至八萬卷[45]，然其規模在錢氏借書時大體已具，故錢氏謂「得盡閱本朝詩文之未見者」，殆非虛語。作為其中「香奩」一部，自亦不例外。僅就《千頃堂書目》卷二八「別集類」之「婦人」所著錄，在 75 家[46]。其中或未必在順治四五年間俱備，錢氏本身亦未必悉數編入，況據丁丙《善本書室藏書志》卷十四「千頃堂書目」條，該書目有參取朱廷佐書目者[47]。據筆者統計，《列朝詩集》閏集「香奩」所收諸家，《千頃堂書目》已著錄者，有 47 家（另有朝鮮許景樊未計入，錢氏《絳雲樓書目》亦自藏有《朝鮮詩選》）。當然，作為一代詩歌總集，其材源無疑是廣泛而多方面的，因此，這個數字僅具參考意義。然從理論上說，無

44　〈黃氏千頃齋藏書記〉，《牧齋有學集》卷二六，第 994 頁。

45　參詳《清史列傳》卷七一「黃虞稷傳」、吳騫〈重校千頃堂書目跋〉（《愚谷文存》卷四），《千頃堂書目》附錄，上海古籍出版社 1990 年版，第 795、799 頁。

46　其中「孟淑卿《荊山居士集》一卷」、「左掖小娥言氏《乙丑宮掖雜詩》一卷」，係盧氏校補。

47　《千頃堂書目》附錄，第 801 頁。

論如何，別集應為曾為史官又立志以詩存史的錢氏撰集最為主要的資源，至少可提供準確的文本依據。據閻若璩記載：「嘗聞前輩撰《列朝詩集》，先採詩於白下，從亡友黃俞邵及丁菡生輩借書。每借，輒荷數擔至。前輩以人之書也，不著筆，又不用籤帖其上，但以指甲掐其欲選者，令小胥鈔。胥奉命惟謹，於掐痕侵他幅者亦並鈔，後遂不復省視……而前輩指掐本，余猶就俞邵家見之。」[48]可證其利用之實。此處尚提及丁菡生，為金陵另一藏書名家，富於著述，嘗與黃虞稷互抄所無之書[49]。其與錢氏為友，亦可以錢氏〈與毛子晉〉「蓉莊南望」一通證之[50]。

除此之外，其撰集所取資，未必有那麼集中的材庫，尤於那些稿多不存或未有其集者，無論采輯作品或徵諸文獻，皆需費力蒐訪。即就千頃齋藏書言，除女性詩歌別集，其他利用的書類亦難以

48　〈跋初刻唐百家詩選〉，《潛邱箚記》卷五，文淵閣四庫全書本。

49　黃虞稷《千頃堂書目》著錄丁著述多種，其中卷二六著錄「丁雄飛《詩刪》」等，下注曰：「字菡生，上元人。衢州知府明登子。」（第 653 頁下-654 頁上）又楊鍾羲《雪橋詩話續集》卷一載：「菡生，名鴻飛，江浦人。與黃俞邠以收藏名。積書數萬卷，多祕本。每出必擔簏囊載以歸。」（民國求恕齋叢書本）「鴻飛」當為「雄飛」之誤。

50　《牧齋雜著》，第 304 頁。又，據陸心源《皕宋樓藏書志》「《九靈山房集》三十卷（明洪武刊正統修本）」條錄「壬戌上元前二日鋤菜翁記」〔按：鋤菜翁，曹溶所自號；壬戌，當為康熙二十一年（1682）〕，謂「我里蔣之翹，字楚雅（按：「雅」，當為「稚」之誤），隱塵市間，有藏書之癖，虞山錢牧齋宗伯編《國朝詩集》，嘗就其家借書。此卷首甲乙題字，宗伯跡也」（《皕宋樓藏書志》卷一百八「集部」別集類四十二，光緒萬卷樓藏本），知錢氏編撰《列朝詩集》，尚利用秀水藏書家蔣之翹所蓄書。

辨清。故再試從以下數端分別考述，窺其一斑而已：

　　1.總集類。此類文獻當是其實際操作的重要來源，至少可提供甄選家數的線索。首先是田藝蘅《詩女史》，編刊於嘉靖三十六年（1557），為目前我們所知明代最早刊行的通代女性詩歌總集之一，十四卷，末二卷收錄明代女性詩人 26 家，又有 4 家未錄詩。雖然錢氏自己並未言及對此書的利用，然該集見收於《絳雲樓書目》，是一個值得重視的事實。作為中晚明女性詩歌總集商業化出版高潮的發端，該書實為明代女性詩選所形成的公共資源中極為重要的一種，幾為之後刊行的各種女性詩歌總集所利用。檢《列朝詩集》閏集「香奩」，已見於《詩女史》卷十三、十四的有 13 家（其中 1 家有目無詩），另「香奩中」有「葉正甫妻劉氏」，《詩女史》錄於卷十二，蓋田氏系入元代，錢氏作明初。這當然也不能用來說明錢氏即直接從《詩女史》錄入，但如下事例或可作為錢氏利用的內證：⑴「香奩上」之「濮孺人鄒氏」僅選其〈鶯鶯小景〉1首，蓋依錢氏體例，「香奩上」以宮闈命婦為主體，重在存人述行，詩則舉要而已。之前女性詩歌總集如《詩女史》、《淑秀總集》乃至《古今名媛彙詩》、《名媛詩歸》等，於鄒氏選詩皆不少，分別為 15 首、4 首、10 首、14 首，唯《詩女史》卷十四以〈鶯鶯〉居首，《古今名媛彙詩》與《名媛詩歸》並未錄此首。故錢氏或即從《詩女史》錄其第一首以為代表。這樣的情況又見「李夫人陳氏」，選其〈春草〉1 首，係《詩女史》卷十三「陳德懿」所選 23 首的第一首，《淑秀總集》「陳氏」選 15 首，於《詩女史》有所增刪而次序同，〈春草〉亦為第一首。⑵「香奩上」之「孫夫人楊氏」，所選〈折楊柳〉等三首，其中〈折楊柳〉僅見於

《詩女史》卷十四「楊文儷」，《淑秀總集》及《古今名媛彙詩》、《名媛詩歸》雖各選其詩 44 首、8 首、18 首，然未錄此首。(3)「香奩上」之「儲氏」，錄其〈戲贈小姑〉1 首。該人未有集，此詩僅見於《詩女史》卷十四、《名媛詩歸》卷二七（《淑秀總集》、《古今名媛彙詩》未選其人），然《名媛詩歸》詩題作〈雨後詠桃〉，文字亦有出入；或錢氏此題，即據田氏所撰小傳「其小姑嫁時，儲戲贈詩曰」[51]而擬定，其所錄詩文字亦同《詩女史》。(4)「香奩中」之「江西婦女」，錄其〈一葉芭蕉〉1 首，其人亦無集，僅《詩女史》卷十三錄其人其詩，《淑秀總集》及《古今名媛彙詩》、《名媛詩歸》等皆未錄。

其次是俞憲《淑秀總集》，列《盛明百家詩前編》末，錄明 17 家女詩人。《前編》成於嘉靖丙寅（1566）；隆慶辛未（1571），俞氏又輯成《後編》，末有《楊狀元妻集》、《馬氏芷居集》、《孫夫人集》、《潘氏集》為女性詩，除潘氏屬再輯，合計 20 家。錢氏撰集「香奩」，雖亦未言及取資於《淑秀總集》，然於閨集卷五「青衣三人」之「李英」小傳，引「無錫俞憲曰：計有功《唐詩紀事》，三百餘年，詩人千一百五十家，而末卷有僕二人：一為咸陽郭氏捧劍之僮；一為池陽刺史戢門門子朱元。余輯《盛明百家詩》，僅得李英一人，可以為難矣」[52]一段，係據《盛明百家詩後編》最末《李生集》卷首俞氏題識隱括而成[53]，錢氏選李英詩

51　《詩女史》卷十四「儲氏」，嘉靖三十六年刻本。

52　《列朝詩集》，第 673 頁下。

53　參見《盛明百家詩後編》之《李生集》，嘉靖至萬曆刻本，《四庫全書存

8 首，當亦從《李生集》出，可證其於《盛明百家詩》有所利用。
作為無錫前賢，俞氏所編《盛明百家詩》乃嘉隆以往卷帙最巨之明
詩總集，雖被認為「其學沿七子之餘波，未免好收摹仿古調、填綴
膚詞之作。又務以標榜聲氣為宗，不以鑒別篇章為事」[54]，然多存
吳中詩亦是其特色，錢氏欲撰集明詩總集，不能無視其存在。俞氏
編纂《盛明百家詩》，「蓋盡平生所藏」，又得好文之世士「集刻
見投，或繕所傳示」，且「益加搜訪」[55]，然就前編《淑秀總集》
而言，當主要參考《詩女史》末二卷增刪取捨而成[56]，原因如其
〈明詩凡例〉所言：「女婦詩自當別論，數且不多，故但彙集以附
諸家之後，明非所重，亦秖以異耳。」[57]錢氏《列朝詩集》閏集
「香奩」所錄家數，見於《盛明百家詩》前後編所選女性詩者，有
12 家。由其選詩觀之，下例或可作為錢氏利用俞氏該集之內證
者：(1)「香奩中」之「孟氏淑卿」，共錄詩 9 首，依次為〈悼
亡〉、〈長信宮〉、〈香奩冬詞〉、〈春日偶成〉、〈春歸〉、
〈秋夜〉、〈登樓〉、〈秋日書懷〉、〈過惠日庵訪尼題亭子

目叢書》308 冊，第 808 頁下。

54 《四庫全書總目》卷一九二集部「總集類存目二」《盛明百家詩》條，中
華書局 1965 年影印本，第 1749 頁上。

55 過庭訓《本朝分省人物考》卷二八「俞憲」引俞氏自序，天啟刻本。

56 其較《詩女史》所增，為劉方、陳氏（少卿妻）、潘氏、俞節婦（俞憲
母）四家。中如錄陳氏〈寄夫〉1 首（「野雞毛羽好」），錢謙益在「香
奩中」之「鐵氏二女」小傳已辨其實為釋道原樂府，見《列朝詩集》第
656 頁上。

57 《盛明百家詩前編》卷首，嘉靖至萬曆刻本，《四庫全書存目叢書》304
冊，第 403 頁上。

上〉，次第皆同《淑秀總集》「孟淑卿」（共 10 首），唯其中〈題畫〉、〈席上贈妓〉未選（〈過惠日庵訪尼題亭子上〉則為《淑秀總集》所無）。而《詩女史》卷十三「孟氏」僅選〈悼亡〉、〈春歸〉、〈長信秋詞〉三詩，次第亦不同。其中〈長信秋詞〉所錄僅二句，係〈長信宮〉後半首，且詩題有異。⑵「香奩中」之「朱氏靜庵」，共錄詩 21 首。檢《詩女史》卷十三「朱氏」，錄詩 22 首，〈雙鶴賦〉1 篇；《淑秀總集》「朱靜庵」先錄此賦，再錄詩 20 首，依其錄詩次第，當據《詩女史》增刪而成。其中《詩女史》選錄而俞氏未選者，為〈雨中寫懷〉、〈暮春即事〉、〈春蠶詞〉其二、〈答李都憲〉；其較《詩女史》增入者，為〈虞姬〉、〈吳山懷古〉。由錢氏選錄〈虞姬〉、〈吳山懷古〉二詩，未選〈雨中寫懷〉、〈暮春即事〉、〈春蠶詞〉其二、〈答李都憲〉四詩來看，或即參酌《淑秀總集》甄錄，當然，他自己又有增刪。⑶「香奩上」之「陳宜人馬氏」，共錄詩 5 首，並在小傳中說明：「有詩十四篇，名《芷居集》。」[58]《詩女史》未錄其人，而《盛明百家詩後編》錄《馬氏芷居集》即 14 首，其卷首題識曰：「世傳金陵馬孺人詩十四篇，名《芷居稿》。」[59]錢氏所選 5 首或即從此出，其中除〈苦雨〉一詩所列次第不同外，餘皆同。

　　再次是方維儀《古今宮閨詩史》，錢氏在所撰小傳中有三處提及，當有利用。一在「香奩上」之「王司綵」〈宮詞〉附注辨正，謂「近刻《宮閨詩史》遂載『天外玉簫』一首為權妃之作，今削而

58　《列朝詩集》，第 652 頁中。

59　《盛明百家詩後編》，《四庫全書存目叢書》308 冊，第 800 頁上。

正之。」[60]一在「香奩上」之「姚貞婦方氏」小傳，記其「刪《古今宮閨詩史》，主刊落淫哇，區明風烈，君子尚其志焉」[61]。一在「香奩中」之「范允臨妻徐氏」小傳，錄「桐城方夫人評之曰：『偶爾識字，堆積齷齪，信手成篇，天下原無才人，遂從而稱之。始知吳人好名而無學，不獨男子然也。』」[62]方氏《古今宮閨詩史》，《千頃堂書目》有著錄，卷數缺項。王士祿《然脂集》載其《宮閨詩史》、《宮閨文史》、《宮閨詩評》一卷等八種著作，今皆未見[63]。有學者推測《宮閨詩評》或即將《宮閨詩史》中評論部分析出單行[64]，頗有理據。朱彝尊《明詩綜》尚錄存方氏另三則評語，一為「朱妙端」〈白苧詞〉下，「方維儀云：雖乏新奇，而句句鏗鏘」；一為「黃安人」〈寄夫〉下，「方維儀云：不纖不庸，格老氣逸。」一為「董少玉」小傳下，「方維儀云：夫人詩詞皆有韻致」[65]。略可窺其眉目。王士祿《然脂集例》曰：「方夫人仲賢《宮閨詩史》，持論頗駁《詩歸》，實以《詩歸》為底本。以云『區明風烈』則有之，辨正舛偽，功尤疏焉。」[66]所論自可以上述

60　《列朝詩集》，第 651 頁上。

61　同上，第 654 頁下。

62　同上，第 660 頁上。

63　參見胡文楷《歷代婦女著作考》卷五「方仲賢」相關著述著錄，第 81 頁。有關《然脂集》卷帙及存佚情況，見胡著附錄二「總集」《然脂集》條，第 906-911 頁。

64　連文萍〈詩史可有女性的位置——方維儀與《宮閨詩評》的撰著〉，《漢學研究》第 17 卷第 1 期，1999 年 6 月。

65　以上均見《明詩綜》卷八四，康熙四十四年六峰閣刻本。

66　《昭代叢書》乙集卷二八，世楷堂藏板。

錢氏辨正等相證。謂其「持論頗駁《詩歸》，實以《詩歸》為底本」，是一條十分重要的信息。此《詩歸》即承上所論之《名媛詩歸》，若其說屬實，則《宮閨詩史》卷帙不小。如果說，《詩女史》、《淑秀總集》僅為錢氏選隆慶前女詩人提供某種參考的話，那麼，《宮閨詩史》及其背後的《名媛詩歸》，其明詩部分則延展至萬曆以來至明末。謂其「持論頗駁《詩歸》」是可信的，二書編撰宗旨不同，《名媛詩歸》帶有明顯的商業化出版色彩，王士祿所謂「雖略備古今，似出坊賈射利所為」（同上），持論又以鍾惺「詩，清物也」相標榜；而方氏則有強烈的正統道德觀念，志在「刊落淫哇，區明風烈」，如《然脂集例》「區敘」注記曰：「方夫人《宮閨詩史》、《文史》二書，並有《正集》、《邪集》之分。」（同上）在這一天秤上，錢氏顯然會傾向方氏而非《名媛詩歸》的立場，從其將方氏置於「香奩上」亦可看出，所重不僅在文藝，更在德行。

　　這裏順便對明末流行的《名媛彙詩》、《名媛詩歸》兩種通代女性詩歌總集與錢氏之關係稍作討論。有學者已注意到嘉、隆以來愈盛之女性詩編選出版，至泰昌間鄭文昂《古今名媛彙詩》、明末題名鍾惺《名媛詩歸》出，就明代部分而言，不僅家數劇增（據其統計，《名媛彙詩》為 54 人，《名媛詩歸》更高達 110 人），而且自《名媛彙詩》開始，已收入像陸卿子、徐媛這樣當時剛出版詩集不久的名媛之作，像薛素素、景翩翩這樣有完整署名的當代名妓之作，以及由作為序作者的朱之蕃自朝鮮攜歸並付梓的女詩人許景樊的作品

67。那麼，像這樣最新形成的公共資源是否為錢謙益撰集「香奩」所攝取（包括其以此為對象的相關辨正），是我們所應關注的。在錢氏各種著述中，目前未發現有任何相關的敘論，這並不意外，畢竟就錢氏在士林的地位以及以詩存史的自負而言，其眼界會在此類總集之上。不過，以錢氏之博識多聞，對當時的流行出版物又不大可能無所知曉，就其撰集「香奩」等女性詩的規模來看，也很難說不受到這一新增公共資源的影響。鄭文昂，字季卿，古田人。太學生，為瀘州判。能詩，善書畫。移家秣陵，客死[68]。《古今名媛彙詩》即刊於南京，從該著所列「同校姓氏」來看[69]，是以閩籍寓居南都詩人為主的一個群體，同時亦可以說，是竟陵鍾惺、譚元春萬曆中晚在南京的交遊圈所在[70]，鄭氏本人與鍾、譚即有往來[71]。而中如

67　參詳方秀潔〈性別與經典的缺失：論晚明女性詩歌選本〉，原載 *Chinese Literature: Essays, Articles, Reviews (CLEAR)* Vol. 26, (Dec., 2004), pp. 129-149，譯文載《南陽師範學院學報》2010 年第 2 期。

68　《閩中書畫錄》卷四「鄭文昂」小傳（據《古田縣志》著錄），民國三十二年合眾圖書館叢書本。

69　茲據該著卷首迻錄如下：程漢，字孺文，歙縣人；胡宗仁，字彭舉，上元人；畢良晉，字康侯，歙縣人；洪寬，字仲韋，莆田人；劉潢，字師藩，莆田人；王龍起，字震孟，龍溪人；張士昌，字隆父，莆田人；林㮒，字子丘，福清人；林古度，字茂之，福清人；吳鼎芳，字凝甫，洞庭人；茅元儀，字止生，歸安人；鮑山，字元則，歙縣人；張正岳，字士貞，南平人；鄭文星，字明卿，古田人（泰昌刻本）。

70　參詳拙著《竟陵派研究》的相關考論，復旦大學出版社 2006 年版，第 169-172 頁，第 271-275 頁。

71　如鍾惺有〈送鄭季卿之金陵兼寄南中所知〉，《隱秀軒集》詩玄集；〈鄭季卿採木行引〉，《隱秀軒集》文餘集，天啟二年沈春澤刻本。譚元春有

參與其事的林古度，恰恰在順治四五年間的南京與錢氏交往甚密，不僅多有唱酬，而且熱心為錢氏采詩介紹黃虞稷家藏書，故不能排除這一錢氏可能獲知《名媛彙詩》的渠道。至於《名媛詩歸》，據筆者初步比對，無論選詩或作者小傳，實多有因襲《名媛彙詩》處，確有在該著基礎上擴大收錄範圍，並施以評點，以迎合時好的商業化操作之嫌，王士禛謂其「乃吳下人偽託鍾譚名字，非真出二公之手」[72]，或即援據專門從事歷代女性詩彙輯的其兄王士祿的考察，作為尚能直接聞知明清之際舊事的一代，恐亦非無稽之談[73]。若其說屬實，則刊刻當即在吳中坊間，錢氏亦無理由視而不見。然錢氏還是有意回避了，原因當即在此集屬錢氏在為王端淑《名媛詩緯》所作〈題辭〉中所批判的：「明朝閨秀篇章，每多撰集。繁荷採擷，昔由章句豎儒；孟浪品題，近出屠沽俗子。」[74]更何況其標舉的是錢氏所惡的竟陵派之論。

可視作總集類的其他著作尚有冒愈昌《秦淮四美人詩》（萬曆四十六年刻本），錢氏在「香奩下」之「趙今燕」小傳引述冒氏序[75]，「鄭如英」小傳亦述及冒氏該著[76]，當為錢氏「香奩下」選錄馬湘蘭、趙今燕、朱無瑕、鄭如英四姬詩的參考。作為志北里之

〈鄭季卿移家至題其春草齋〉，《譚友夏合集》卷二二，崇禎六年刻本。

72　《池北偶談》卷十八，文淵閣四庫全書本。

73　據筆者撰作《鍾惺年譜》（復旦大學出版社 1993 年版）及《竟陵派研究》時的考察，確無鍾惺編纂《名媛詩歸》的證據。

74　〈明媛詩緯題辭〉，《牧齋有學集》卷四七，第 1556 頁。

75　《列朝詩集》，第 665 頁下。

76　同上，第 666 頁上。

作，重要的尚有《青泥蓮花記》等，下面再作討論。又，「香奩中」吳江葉氏一門及相關閨友詩，錢氏在「沈氏宛君」小傳中述及葉紹袁集妻女詩及哀輓傷悼之什，都為一集，總曰《午夢堂十集》，盛行於世[77]，當即據此而錄（《千頃堂書目》卷二八著錄為「《午夢堂集》十卷」）。「張倩倩」小傳述沈宜修「悼其女，追懷倩倩，為倩倩作傳，並錄瓊章所記詩，附傳中」[78]，亦可作為證據，傳見《鸝吹》卷二〈表妹張倩倩傳〉（崇禎間刊本）。另如錢氏在「香奩上」據高播《明詩粹選》選入正統間「錢氏女」[79]，該著《千頃堂書目》亦著錄；「香奩中」之「鐵氏二女」，引張士瀹《國朝文纂》錄范昌期詩，證鐵氏長女詩實為范氏題老妓卷作[80]。

2.別集類。這裏檢察本人詩文以外之取資。傳記如「香奩上」之「夏氏雲英」小傳，引述周憲王朱有燉撰夏氏墓誌[81]，見《誠齋錄》卷四〈故宮人夏氏墓誌銘〉（嘉靖十二年周藩刻本）；「陳恭人董氏」小傳，謂事詳陳束傳中[82]，陳傳見張時徹《芝園集》卷二五

---

[77]　《列朝詩集》，第 660 頁下。

[78]　同上，第 662 頁上。

[79]　同上，第 652 頁上。據高儒《百川書志》卷十九「集」著錄：「《明詩粹選》十卷。皇朝山陰高播居獲，布衣人也。所選公卿、名士、異人、閨秀，參拔諸選，得二百四十六人。」（觀古堂書目叢刊本）

[80]　《列朝詩集》，第 656 頁上。《國朝文纂》卷首有張氏嘉靖四十三年自序，謂「自癸丑（1553）冬迄甲子（1564）之秋，十一年間，得詩文總若干卷，繕寫成帙，以備觀風考政者之一助云。」（隆慶六年銅活字本）《千頃堂書目》卷三一著錄為「五十卷」。

[81]　《列朝詩集》，第 651 頁中。

[82]　同上，第 652 頁下。

〈陳約之傳〉（嘉靖二十三年鄞縣張氏原刊本）。「莆陽徐氏黃氏」小傳，全引自宋珏〈莆陽二婦傳〉[83]，《元明事類鈔》卷二五「吉凶門」之「指硯屬句」條錄莆陽徐氏事，標出「明宋珏集」（文淵閣四庫全書本）。按：宋氏有《遺稿》刊於金陵，《列朝詩集》丁集卷十三「宋秀才珏」謂「其里人所掇拾，非比玉意也」[84]。該集今未見，疑已不傳（所傳僅有 1964 年鈔本《古香齋詩輯》一冊）。序跋如「香奩上」之「韓安人屈氏」小傳，引康海序稱其女[85]。按，康海《對山集》中，僅見〈韓汝慶集序〉（卷二八，萬曆十年潘允哲刻本）。《千頃堂書目》卷二八著錄「韓安人屈氏詩集」，下注「武功康海序」，或據屈集卷首引[86]。「香奩中」之「朱桂英」小傳，引田藝蘅〈閨閣窮玄敘〉[87]，〈敘〉見《歷代婦女著作考》「《閨閣窮玄集》」條所錄[88]。該敘未收入嘉靖刊田氏《香宇初集續集》三十四卷，然田氏《留青日札》卷五「杭婦朱桂英」亦記曰：「所著有《閨閣窮玄》，余為之敘」（萬曆重刻本），或據朱集卷首引。「董少玉」小傳，述周弘禴為求序於王世貞事[89]，王序見《弇州四部

83　《列朝詩集》，第 655 頁上。

84　同上，第 556 頁上。

85　同上，第 652 頁中。

86　胡文楷《歷代婦女著作考》卷五「明代一」之「《韓安人遺詩》一卷」條，著錄「萬曆四十年壬子（1612）刊本，附于其夫韓邦靖集後。前有康海序，後有屈受善跋」（第 127 頁）。又，潘之恒《亘史鈔》內篇卷二「韓安人屈氏」亦錄入，並錄己序。

87　《列朝詩集》，第 657 頁中。

88　卷五「明代一」，第 97 頁。

89　《列朝詩集》，第 657 頁中。

稿》卷五五〈西陵董媛少玉詩序〉（萬曆刻本）。「屠氏瑤瑟 沈氏天孫」小傳，記「兩家兄弟彙刻其詩曰《留香草》，而長卿與虞長孺為之序」[90]。屠隆序見《歷代婦女著作考》「《留香草》一卷」條所錄，「原本不可見」，係據乾隆四十五年庚子（1787）刊《留香詩選》錄存[91]。虞淳熙序見《虞德園先生集》文集卷四〈留香草序〉（明末刻本）。「香奩下」之「馬湘蘭」小傳，著錄馬氏「有詩二卷」，下引王稚登萬曆辛卯序，檢明刻本《王百穀集十九種》，未收該序，錢氏或即據其集卷首錄入[92]。

　　3.詩文評類或文史類，主要即詩話。如「香奩中」之「朱氏靜庵」小傳，引顧起綸評語，出《國雅品·閏品》「朱靜庵」條[93]。顧氏為錫山人，著《國雅》二十卷、《續》四卷、《國雅品》一卷。「閏品」錄「洪武迄嘉靖凡十九人」，又有「閏品目」，錄「自嘉中迄今凡三人」，錢氏「香奩」所錄家數與之同者凡 17 人[94]，值得重視。他如「香奩上」之「王莊妃」小傳，引郭子章《豫章詩話》，指出其將莊妃詩誤記為宮人張氏[95]（該著《絳雲樓書目》亦有著錄）。「宮人媚蘭詩」，最早當見於游潛《夢蕉詩話》「南寧

90　《列朝詩集》，第 658 頁下。《千頃堂書目》卷二八著錄「屠瑤瑟《留香草》一卷」，注曰「兩家兄弟彙刻，懋學及隆為之序」，未言及虞序。

91　卷五「明代一」，第 173 頁。

92　姚旅《露書》卷四「馬守真」條記曰：「舊有稿二冊，今散落，僅見冒伯麐所選四美人數首耳。」（天啟刻本）

93　丁福保《歷代詩話續編》，中華書局 1983 年版，第 1125 頁。

94　其中「閏品目」之「王文卿」，疑為「王儒卿」之誤，《青泥蓮花記》選其〈寄吳郎〉一詩，即從《國雅》出。

95　《列朝詩集》，第 651 頁中。

伯毛公舜臣」條，作為親聞所記[96]。此人無集，亦不見於《詩女史》、《淑秀總集》、《名媛彙詩》、《名媛詩歸》諸集，錢氏或即據《夢蕉詩話》錄，以備典故。《千頃堂書目》卷三二著錄「游潛《夢蕉詩話》二卷」。「楊安人黃氏」小傳，引王世貞之評[97]，見《弇州四部稿》卷一五二說部《藝苑卮言》附錄一（萬曆刻本）。「香奩下」之「正德間妓」，引《藝苑卮言》，見《新刻增補藝苑卮言》附錄卷八（萬曆十七年武林樵雲書舍刻本）。

4.小說類與雜史傳記類。「香奩下」之「朱斗兒」小傳曾提及梅鼎祚《青泥蓮花記》，以其誤載朱氏〈題柳〉詩為角妓楊氏而正之[98]。鑒於上述《詩女史》、《淑秀總集》等集所錄多以良家為主，該集於錢氏選錄妓女詩當有重要參考價值。《千頃堂書目》著錄入「小說類」，然因其錄諸家詩，故實可作總集看，胡文楷《歷代婦女著作考》即如是。梅氏此《記》錄女詩人計 30 家，錢氏閨集「香奩」所錄與之同者有 10 家，其中如朔朝霞、姜舜玉、王儒卿等，無論小傳、選詩，多少似可看出參酌痕跡。錢氏於「朱斗兒」小傳尚引周暉《金陵瑣事》載成化間林奴兒從良後題畫柳詩，辨其采謝天香聯句詩而削之[99]；《列朝詩集》丙集卷十四「景中允暘」

96　該著不分卷，明刻本。朱彝尊《靜志居詩話》卷七「王佐」，據曹學佺
　　《十二代詩選》所錄辨其出於王佐〈宮怨〉，亦引游用之《夢蕉詩話》
　　（人民文學出版社 1990 年版，第 199 頁）。

97　《列朝詩集》，第 652 頁中。

98　同上，第 664 頁中。

99　同上。

小傳亦錄《金陵瑣事》所載其佳句[100]，可證其曾利用該著。

又，「香奩下」之「馬如玉」小傳引潘之恒《亘史》所論[101]，《列朝詩集》丁集卷五「謝山人榛」亦引《亘史》記「趙王雅愛茂秦詩」[102]，則錢氏嘗利用此著亦無疑問。該著為集錄女性傳及詩的重要文本，《千頃堂書目》卷八著錄「《亘史鈔》九十一卷」。粗檢今存明刻本《亘史鈔》（存一一六卷），其中可與錢氏「香奩」所錄參看者，如《內篇》「閨懿」卷一「濮太夫人鄒氏」（錄《士齋集》詩並鉛山費宏序），卷二「韓安人屈氏」（錄其詩並康海序與己敘），卷三「劉文貞」（錄其詩並麻城丘坦序），「貞節」卷三「劉文貞毛氏」（錄周弘禴序），《外紀》卷一「楊玉香」、「徐姬」（徐禎卿所記，未言出處），卷四「馬姬傳」（王稚登撰）、「張楚嶼傳」（即馬如玉）、「記王莊妃遺事」，卷五「崔嫣然傳」、「妾十二傳」（即鄭如英）、「郝文姝傳」，卷六「朱無瑕傳」，卷十四「馬文玉傳」，卷三四下「《遙集編》」（錄楚人丘謙之序並其與呼文如詩）[103]，《雜篇》「詹言」卷七「囈語」（錄馬文玉〈春日泛湖憶舊〉四首及詞客屬和之作，並縉雲鄭士弘序[104]）等。尤其錢氏所錄不見於前舉總集如《詩女史》、《淑秀總集》、《名媛彙詩》、《名媛詩

---

100 《列朝詩集》，第 380 頁中。

101 同上，第 666 頁中。

102 同上，第 439 頁中、下。

103 該集為丘氏錄與江夏營妓呼文如往來酬贈之詩。梅鼎祚《鹿裘石室集》卷十八有〈送泰符入楚吊丘潮州往謙之寄余書及遙集編〉，天啟三年玄白堂刻本。

104 按：鄭士弘，名孟仁，鄭汝璧孫。

歸》及《青泥蓮花記》等，而《千頃堂書目》亦未著錄者，如「香奩上」之「劉文貞毛氏」，「香奩中」之「呼文如」，「香奩下」之「馬文玉」等，很有可能即據潘著錄入。

他如「香奩中」之「女秀李氏」小傳，引楊循吉《吳中往哲記》[105]，《絳雲樓書目》亦著錄該著。「田娟娟」小傳，記「虞山楊儀傳其事」[106]，楊儀〈娟娟傳〉見其《高坡異纂》，《絳雲樓書目》著錄該著。「孟氏淑卿」小傳，在《詩女史》小傳基礎上加引徐禎卿評語[107]，系出《異林》；「香奩下」之「金陵妓徐氏」小傳，錄徐氏《春陰》詩末二句（又見《列朝詩集》丙集卷九「徐博士禎卿」所選《徐姬詩》小序[108]，該和詩當收錄於昌穀《歎歎集》），雖引其出處為「徐昌穀五集」[109]，然據《青泥蓮花記》卷十二所錄，實亦見載於徐禎卿《異林》（《絳雲樓書目》著錄該著）。「香奩中」之「雲間女子斗娘」小傳，引吳人沈津《吏隱錄》[110]，《絳雲樓書目》亦有著錄。「顧氏妹」引何良俊評語[111]，見《四友齋叢說》卷二六（萬曆七年張仲頤刻本）；其下「嘉定婦」引殷無美語[112]，亦見《四友齋叢說》卷二六。此二人無集，亦不見於《詩女史》、

105　《列朝詩集》，第 655 頁中。
106　同上，第 656 頁上。
107　同上，第 656 頁中。
108　同上，第 340 頁中。
109　同上，第 664 頁中。
110　同上，第 657 頁中。
111　同上。
112　同上。

《淑秀總集》及《名媛彙詩》、《名媛詩歸》等集,當據何著錄入
(《絳雲樓書目》著錄該著)。「孫瑤華」附見「汪宗孝」,《有學
集》卷二有〈新安汪氏收藏目錄歌〉,注曰:「王同軌《耳譚》載
其詩」[113],故小傳謂「景純,天下大俠也。人不知其能詩,于瑤
華後附見一首」[114],或即據《耳譚》錄入。

值得一提的,還有閩人徐𤊹《榕陰新檢》,錢氏閏集「香奩」
雖未提及該著,然據《列朝詩集》丁集卷十五「徐舉人熥、布衣
𤊹」小傳,記𤊹「嗜古學,家多藏書,著《筆精》、《榕陰新檢》
等書,以博洽稱於時。崇禎己卯,偕其子訪余山中,約以暇日互搜
所藏書,討求放失,復尤遂初、葉與中兩家書目之舊……林茂之
云:劫灰之後,興公鰲峰藏書尚無恙也」[115],則已知其所著,且
可見二人之交往。《列朝詩集》丁集卷十「鄭布衣琰」小傳嘗引
「徐興公《榕陰詩話》」於鄭詩之述論[116],而該《詩話》即刊於
《榕陰新檢》之卷十六(論鄭詩一段見該卷「邊塞風景」),則意味著錢
氏實已利用該著。經初步比對,錢氏集中諸多閩中相關女性詩人小
傳乃至詩作,如「香奩上」之「鄧高行鄧氏」,「香奩中」之「張
紅橋」、「王女郎」,「香奩下」之「楊玉香」、「張璧娘」,以
及閏集「神鬼」之「瑤華洞仙女」、「王秋英」、「花神詩」等,
或即出自《榕陰新檢》一書,依次見卷三「貞烈」之「截耳表

---

113 《牧齋有學集》,第 58 頁。
114 《列朝詩集》,第 663 頁上。至於孫瑤華本人詩,乃「景純子駿聲,以手
　　跡示余」(同上)。
115 同上,第 594 頁下。
116 同上,第 511 頁上。

貞」、卷十五「幽期」之「紅橋唱和」、卷十六「詩話」之「春閨罷繡」、卷十五「幽期」之「玉香清妓」、「烏山幽會」、「秋英冥孕」、卷八「神仙」之「仙女憐才」、卷十「靈異」之「花神托夢」（萬曆三十四年刻本）。

對於錢氏《列朝詩集》所撰小傳之取資，在清初尚有一說，為宋徵輿所持論，謂王世貞長子士騏家有一部編輯先朝名公卿碑誌表傳之書，類焦竑《獻徵錄》，而益以野史，搜討精備，卷帙頗富。其後人不肖，家藏圖籍次第流散，錢氏即令人以微貲購得此著，更益以新稗及聞見所記，傅會其中。尤喜述名賢隱過，每得一事，必為旁引曲證，以是捃摭十餘年。書未就，漫題卷上曰《諱史》，俟成，擇令名名之。庚寅歲（1650），錢壽七十，欲於懸弧日成書，不能如期。後數日乃告成。書成之夕，其所居絳雲樓災，於是所謂《諱史》者遂不可復見。錢意猶未已，乃取程孟陽所撰《列朝詩集》一書，於人名爵里下各立小傳，就其燼餘所有及其記憶所得，差次成之。宋氏並謂乃其丙申（1656）在京師，吳梅村祭酒言如是[117]。鑒於宋氏與柳如是、錢謙益之間的微妙關係，其說之可信程度值得懷疑，由前面《列朝詩集》撰集始末的相關考述印證，一些重要關節頗有出入，至少稿本的存在，可破該集原為程嘉燧所撰之說。至於所謂「王氏舊本」，很有可能據萬曆甲寅（1614）董復表編刊的《弇州史料》穿鑿附會而成[118]。周亮工的說法稍有不同，

---

117 參詳〈書錢牧齋列朝詩選後〉，《林屋詩文稿》文稿卷十五，康熙九籥樓刻本。

118 該著內容詳見《鄭堂讀書記》卷二三「史部」九《弇州史料》條，吳興叢

儘管其亦有引據宋氏者，然徑謂「聞牧齋先生手撰前人遺事，高至數尺許。後燬於絳雲樓，先生復以胸中記存者追錄之，亦高至尺許」，未提王氏舊本事；並記曰：「聞此書尚藏其猶子家，若得借鈔，則先生之書不一載成矣。」[119]或即指錢氏裒輯《明史稿》之部分底稿而言。若此，則此錢氏「手撰前人遺事」，與《列朝詩集》小傳無直接關係。附記於此。

四、閏集「香奩」編選體例與標準

作為一部大型斷代詩歌總集，《列朝詩集》的體制與明代中晚

書本。《澹生堂書目》（宋氏漫堂鈔本）、《千頃堂書目》卷五皆有著錄。李清《三垣筆記》記錢氏作《開國功臣事略》時，嘗自言讀《王弇州史料》事，求清核實所載相關史料（卷下「錢宗伯謙益博覽群書，尤苦心史學」條，嘉業堂叢書本）。談遷《棗林雜俎》聖集「王元美《讀書後》《毀論》」條尚有一說：「王元美所著《讀書後》四本，捐館後，公子吏部士騏於貨郎擔中重價得，今行世。又《毀論》十本，係先生手書，無副刻，常熟錢牧齋乞於吏部者，秘不示人。辛卯九月書室災，不存。惜哉！」（清鈔本）又，《絳雲樓書目》附《靜惕堂書目》卷首曹溶〈題詞〉，記絳雲樓焚毀後，「余聞駭甚，特過唁之。謂予曰：『古書不存矣。尚有割成明臣志傳數百本，俱厚四寸餘，在樓外。我昔年志在國史，聚此。今已灰冷，子便可取去。』予心艷之，長者前未敢議值，則應曰，諾諾。別宗伯，急訪葉聖野，托其轉請。聖野以稍遲，越旬日，已為松陵潘氏購去，嘆息而已。今年從友人得其書目，手鈔一過，見不列明人集，偏於瑣碎雜說，收錄無遺。方知云厚四寸者，即割文集為之，非虛語也。」（康熙休甯汪氏摛藻堂抄本）亦備一說。

119 〈與張瑤星〉之六，《賴古堂集》卷二十，康熙十四年周在浚刻本。

流行的女性詩歌總集不同，後者多為通代女性詩歌選編專集，倒是俞憲的《盛明百家詩》與之性質相類。從編撰宗旨上說，應該也有實際的差異。如果說，那些女性詩歌總集更多面向現時的廣大讀者之文化消費需求，那麼，在錢謙益，其史官職志的意識更為自覺，況且時值鼎革之後，以《中州集》為範例，本身更具有目標決定體制的理由。不過，《中州集》並未錄女性詩，故《列朝詩集》專設閨集，將女性詩與僧道及宗室、外國等置於其中，亦為變通《中州集》體例之一端。所謂「閨」者，餘也；又與「正」相對，有偏、副之義。此亦承之前總集編纂之例，如高棅《唐詩品彙》之「傍流」[120]，固然是正統觀念的反映，然僅此未必即意味著於女性文學的輕視。由其編纂的規模來看，應該說，還是能正視中晚明女性詩歌發展之事實。錢氏在〈歷朝詩集序〉中自陳曰：「然則何以言集而不言選？曰：備典故，采風謠，汰冗長，訪幽仄，鋪陳皇明，發揮才調，愚竊有志焉。」[121]此可看作是其撰集宗旨之總述，閨集「香奩」部分當然亦在此宗旨之下。

所編女性詩以「香奩」命名，竊以為有其考慮。自南北朝有女性文字結集以來，一般皆以「婦人」而名。《世說新語》「賢媛」第十九，始有「賢媛」、「閨房之秀」之指稱[122]，故其後如宋有《閨秀集》，詩話著作亦多有「閨秀」類。然「閨秀」這一名稱，在明代人編女性詩歌總集的題名中反而不常見，唯俞憲作《淑秀總

---

120 可參看《唐詩品彙》之諸體〈敘目〉，上海古籍出版社 1982 年影印本。

121 《列朝詩集》卷首，第 1 頁下。

122 《世說新語》卷下之上，四部叢刊本。

集》，所收自然以良家為主。該詞在錢氏的著述中出現過兩次，一在〈士女黃皆令集序〉，作「閨秀之詩」[123]，一在〈明媛詩緯題辭〉，作「閨秀篇章」[124]，皆用作女性詩的泛稱。不過，他並沒有以之題署閏集中的女性詩。從正名的角度考慮，或以「閨秀」偏指良家之故。至明代中晚，「名媛」一詞在文人士夫著述中忽而流行，以至多有以之命名女性詩歌總集者[125]，然錢氏亦未採用。檢錢氏諸集，未曾出現過「名媛」一詞，即為王端淑《名媛詩緯》題辭，亦作「明媛」，這令我們頗費揣測。蓋「名媛」一詞的出現，很可能由「名士」孳生。自東漢、魏晉以來，「名士」的義項已由古來指稱隱居不在位而有德行道術之人，逐漸向才名之士擴展。在中晚明，名士是一道亮麗的風景線，而「名媛」之指稱，亦因而具

---

[123] 《牧齋初學集》卷三三，第 967 頁。

[124] 《牧齋有學集》卷四七，第 1556 頁。

[125] 如《名媛彙詩》、《名媛詩歸》以及池上客《名媛璣囊》、不詳撰人《名媛新詩》等。至於其時文人士夫著述中使用「名媛」一詞，不勝枚舉。如艾穆〈賀太學李玉齋暨配黃孺人七十雙壽序〉：「其有名媛淑懿之助。」（《艾熙亭先生文集》卷二，萬曆刻本）陳懿典〈書法雅言序〉：「貞玄少負不羈，頃刻千言。所至，詞人名媛，傾動奔走。」（《陳學士先生初集》卷二，萬曆刻本）范鳳翼〈蘭社詩（有小引）〉：「予友鄭超宗孝廉，……猶得稍以餘聞，物色眉生諸名媛之為丹青妙手。」（《范勛卿詩文集》詩集卷十四，崇禎刻本）范允臨〈絡緯吟小引〉：「細君曰：……深慕古賢姬名媛，英敏明慧。」（《輸寥館集》卷三，清初刻本）費元祿〈名媛襪詠七十首有序〉：「暇日取名媛有致者，人加題詠。」（《甲秀園集》卷十八，萬曆刻本）沈德符〈禾城道中逢李澹生女史和眉公韻〉：「集將名媛分身鑑，補盡凡男未有奇。」（《清權堂集》卷七《鐵硯堂草》，明刻本）各種身分皆有。

有某種廣告效應，尤其當它與商業出版聯繫在一起時，更是如此。
或許這是錢氏有意避忌的原因。其特標出「香奩」，一方面或即為
顯示溯至《玉台新詠》的傳統，〈玉台新詠序〉即有「猗與彤管，
麗以香奩」之句[126]，當然還有晚唐之流波。明人也有以「彤管」
命其集者，然細辨其義，雖亦以物件指代女性文墨之事，卻因乃古
代女史記事所用，而仍涉及身分問題。如酈琥《彤管遺編》，在錄
詩範圍與標準上實已表現出新的觀念，卻仍以「孽妾、文妓別為一
集」[127]；《詩女史》所收，亦以良家為主。故在另一方面，「香
奩」作為一種指代，應該僅與性別有關，那意味著可廣包並蓄各種
身分的女性。假若這樣的推測不算無稽，那麼，錢氏用此名目，應
該還有為了適應中晚明女性詩歌作者階層或身分明顯擴展的目的。

　　閨集「香奩」共分上、中、下三部分，應該意味著一種品第，
體現其價值觀念。至於品第的標準，首先當然是身分。如列入「香
奩上」36 人，以宮閨命婦為主體（宮閨中尚按帝妃、郡主、藩王妃等分
列）；「香奩中」57 人，以良家為主體；「香奩下」30 人，以妓
女為主體；反映的是以家庭體系為中心的社會性別秩序。這也是由
史例所決定的，而與之前諸多力圖表現某種觀念突破的女性詩歌總
集不同。其次是德行。列入「香奩上」之宮閨命婦自不必說，宮閨
如「王莊妃」、「夏氏雲英」，前者述「性恭儉，戒子姓毋效戚畹
驕侈」[128]，以記諡號之來歷；後者引周憲王為作《墓誌》「國有

---

126 《玉台新詠》卷首，嘉靖十九年鄭玄撫刻本。
127 《姑蘇新刻彤管遺編》卷首〈凡例〉，隆慶元年刻本。
128 《列朝詩集》，第 651 頁中。

大事，多與裁決。明白道理，有賢明婦人之風」[129]以為表彰。命婦如「濮孺人鄒氏」、「孫夫人楊氏」，述其「四德渾圓，五福咸備，近代婦人所稀有」，兩大家之詩「儼然筓幃中道學宿儒，不當以詞章取之也」[130]。至於「郭氏真順」獻詩而「一寨得全」[131]；「武定橋烈婦」為保貞節，「題詩於衣帶間，赴武定橋河而死」[132]；「鄭高行鄧氏」於夫鄭坦卒後「刲雙耳自誓」[133]；「女郎周玉簫」以「一弱女子，好譚古今節義事」[134]等，雖非命婦，然事皆關貞烈風教，故亦置於「香奩上」。同理，列入「香奩下」之「謝五娘」、「嬭嬛女子梁氏」、「季貞一」、「女郎羽素蘭」諸人，雖為良家，然謝氏「風懷放誕」[135]，梁氏詩「語風懷，陳秘戲，流丹吐齊，備極淫靡」[136]，季氏「以放誕致死」[137]，羽氏亦「風流放誕，卒以殺身」[138]，故皆入「香奩下」。再次則是文藝。其「香奩中」所錄，多為有詩名者，如「黃恭人沈氏」，雖為四品命婦，卻似以「文優於行」且一門風雅而置於「香奩中」。「張紅橋」，與林鴻相好，不僅自己「聰敏善屬文」，而且「欲得

129　《列朝詩集》，第 651 頁中。

130　同上，第 652 頁上。

131　同上，第 651 頁下。

132　同上。

133　同上，第 653 頁上。

134　同上，第 655 頁上。

135　同上，第 667 頁中。

136　同上，第 667 頁下。

137　同上，第 668 頁上。

138　同上。

才如李青蓮者事之」[139]，錢氏並未如《詩女史》、《淑秀總集》僅錄林鴻妻朱氏詩，而反將朱氏附於張紅橋後。「孟氏淑卿」，引徐禎卿《異林》語，謂「其佳句傳者，真欲與文姬、羽仙輩爭長」[140]；「朱氏靜庵」，謂其「幼聰穎，博極群書」，又引顧起綸《國雅品》：「劉長卿謂李季蘭為女中詩豪，余於靜庵亦云。」[141]雖與陳德懿詩相往還，然一置於「香奩上」，一置於「香奩中」。田藝蘅撰「陳德懿」小傳，還為陳氏抱不平，謂聞故長老言，「與夫人同時者，有海寧朱氏，往來倡酬，庶幾力敵。而朱氏之作，傳播已藉，夫人顧闃然久湮。豈婦人之名，亦有幸不幸哉！」[142]

　　三類品第之下，則按時代排列。當分別如甲集之洪武、建文，乙集之永樂至天順，丙集之成化至正德，丁集之嘉靖至崇禎，分時段依次而列。嘉靖以降作者日繁，其間又大抵注意地域，如「香奩中」之「顧氏妹」、「嘉定婦」，屬蘇州府[143]；「西陵董氏少玉」、「呼文如」屬楚[144]；「屠氏瑤瑟　沈氏天孫」至「朱氏德璍」，皆與鄞縣相關[145]。且一門風雅及相屬者，依其關係繫於一

139　《列朝詩集》，第 655 頁中。

140　同上，第 656 頁中。

141　同上。

142　《詩女史》卷十三，嘉靖三十六年刻本。

143　《列朝詩集》，第 657 頁中。

144　同上，第 657 頁中、下。

145　同上，第 658 頁下-659 頁中。

處，如「香奩上」之「王氏鳳嫻」母女[146]，「林媴」母女[147]，「張秉文妻方氏」等姑嫂姊妹[148]；「香奩中」之「黃恭人沈氏」至「項氏蘭貞」[149]，「沈氏宛君」至「張倩倩」[150]等。

　　值得注意的是，上述品第的三個標準須互參共貫：身分決定大的格局，這是依據修撰史志的傳統。在此基礎上，以德行優先，可決定其品第的升降，在這一點上，也是當時較為普遍的價值觀念。如酈琥《彤管遺編》自序記曰：「學行並茂，置諸首選；文優於行，取次列後；學府行穢，續為一集；別以孽妾文妓終焉，先德行而後文藝也。」〈凡例〉曰：「孽妾文妓別為一集，然中有賢行者升附于前後集之末，以為後世修行者勸。」[151]故如錢氏「香奩上」宮闈 7 人中，「女學士沈氏」顯然以其學行並茂[152]，受到相當的重視。在《詩女史》、《淑秀總集》中，皆僅選其〈送弟溥試春官〉（《淑秀總集》作〈送弟就試春官〉）一首，而錢氏則增選〈寄兄〉、〈宮詞〉十首，這在「香奩上」諸家中算是特例。「香奩中」之「呼文如」、「詩妓齊景雲」、「孫瑤華」、「草衣道人王微」，皆屬妓女。然呼氏於詩才之外，表現出「以意氣相傾」之執

146　《列朝詩集》，第 653 頁上。

147　同上，第 653 頁中。

148　同上，第 654 頁中、下。

149　同上，第 660 頁中。

150　同上，第 660 頁下-第 662 頁上。

151　以上見《姑蘇新刻彤管遺編》卷首。

152　《列朝詩集》，第 651 頁上。

著[153]；齊氏亦有專情於士人傅春之種種義行[154]；孫氏於汪景純
「期毀家以紓國難」之舉，「多有佽助」，詩又「怨而不怒」，可
謂「《小雅》之遺」[155]；王氏既以其「才情殊眾」，又以其助潁
川君諫諍並「誓死相殉」[156]；故升入「香奩中」。至於文藝，並
非不重要，毋寧說，錢氏編纂女性詩，實際關注的重心即落實於
此。我們看到，凡列於「香奩上」者，選詩大抵「備典故」而已，
重在傳其人，所謂「不當以詞章取之也」。故即便有其集者，不隨
其本集之多寡，亦僅選其一二首，如「李夫人陳氏」、「濮孺人鄒
氏」、「孫夫人楊氏」，《詩女史》分別選錄 23 首、15 首、12
首，《淑秀總集》分別選錄 15 首、4 首、44 首，他如《名媛彙
詩》分別為 23 首、10 首、8 首，《名媛詩歸》為 23 首、14 首、
18 首，而錢氏則分別選錄 1 首、1 首、3 首。凡列於「香奩中」
者，情況則有很大不同。如「孟氏淑卿」，《詩女史》、《淑秀總
集》、《名媛彙詩》、《名媛詩歸》分別選錄 3 首、10 首、11
首、13 首，錢選 9 首。「朱氏靜庵」，前四集分別選錄 22 首、20
首、22 首、24 首，錢選 21 首。「西陵董少玉」，因時代關係，
《詩女史》、《淑秀總集》無，《名媛彙詩》、《名媛詩歸》各選
8 首、10 首，而錢選 17 首。至如錢、柳皆欣賞的「草衣道人王
微」，《名媛彙詩》僅選 3 首，而《名媛詩歸》以標榜竟陵手眼錄

---

153 《列朝詩集》，第 658 頁上。
154 同上，第 658 頁中。
155 同上，第 662 頁下。
156 同上，第 663 頁上。

為一卷（王氏與鍾、譚交好），計 98 首[157]，錢氏所錄亦在 57 首（其與鍾、譚交遊詩則大抵被刊落）。「香奩下」之「楊宛」，儘管其為人與「皎潔如青蓮花，亭亭出塵」的王微恰成對比，被錢氏評為「終墮落淤泥」[158]，卻仍錄其詩 19 首，以其「能詩，有麗句」（同上），而《名媛彙詩》、《名媛詩歸》皆僅選 1 首。從絕對數字來看，上舉錢氏選詩，或仍有不及他本女性詩歌總集者，但依其自身的比例，亦已可說明問題。

這種看似存在矛盾的標準，歸根結底，還是由該總集的性質所決定的。作為真正旨在存一代之史的著作，當然有其歷史編纂原則與成例，何況雖屬私撰，立場卻在館閣。然而這畢竟是一部文學總集，同時具有文學批評的目標。儘管錢氏並沒有像俞憲編纂《淑秀總集》那樣聲明：「是編所取在詩，不系人品。」[159]更不像鄭文昂說得那麼赤裸裸：「集以『彙』稱者，謂彙集其詩也。但憑文辭之佳麗，不論德行之貞淫。」[160]而是標榜「鋪陳皇明，發揮才調」（見上），前者為政治立意，後者為藝術裁斷，二者合成其文學批評的標準，卻顯然已經顯示其自命擔當重心之所在[161]。不僅

---

157 見《名媛詩歸》卷三六，明末刻本。

158 《列朝詩集》，第 668 頁中。

159 《淑秀總集》卷首〈明詩凡例〉。《四庫全書存目叢書》308 冊，第 403 頁上。

160 《古今名媛彙詩》卷首〈凡例〉。

161 由其下續言「討論風雅，別裁偽體，有孟陽之緒言在，非吾所敢任也，請以俟世之作者」（《列朝詩集》卷首，第 1 頁下），那樣一種頗顯敘述策略的說法，益可見其自負。

如此，在這樣一部申明乃「集」而非「選」（見上）的大型文獻彙編著作中，其實隱含了不少有魄力的裁斷。譬如，王士祿《宮閨氏籍藝文考略》引《玉鏡陽秋》曰：「《文皇后詩》一卷，目見焦《志》（《國史經籍志》），是副在秘府矣。虞山宗伯身居館閣，網羅舊聞，撰為《列朝詩集》，可謂詳且備矣。乃於后詩不錄一篇，何哉？」[162] 按：《千頃堂書目》卷十七亦有著錄，作「《仁孝皇后詩集》一卷」。不管這種質問是否屬苛責，至少錢氏並未為了史著之賅備，而一定要費心錄入后詩。又如，對於在士人中風行一時的吳中二大家陸卿子、徐媛之詩，錢、柳所表現的「別裁偽體」，或許與方維儀側重的道德批判尚有差異。然無論如何，相比較《名媛彙詩》於陸、徐，分別選錄 29 首、24 首；《名媛詩歸》各錄為一卷（卷三二、三三），分別為 65 首、89 首，錢氏各選 8 首、2 首（錢氏於陸、徐二人評價尚有軒輊），是很可顯示其自出手眼的（可作為其「汰冗長」之一例）。同樣，為其所重之女詩人，如「香奩中」之「呼文如」（此或可作為其「訪幽仄」之一例），錢氏錄其詩 21 首，反而認為與之情辭酬贈的丘氏詩「多儓夫面目，殊不敢唐突」[163]；被錢氏評為「詩近於俠」的王微，如前已述，所錄在 57 首；而如列入「香奩下」之「景翩翩」，王稚登所謂「閩中有女最能詩」[164]，所錄詩亦在 52 首（《名媛彙詩》、《名媛詩歸》分別為 5 首、18

---

162 參詳《歷代婦女著作考》卷六「明代二」之「徐皇后」條，第 138 頁。徐皇后，即仁孝文皇后，明成祖后，中山王徐達女，所著有《內訓》一卷，《勸善書》二十卷等。

163 《列朝詩集》，第 658 頁上。

164 同上，第 664 頁下。

首）。這在錢氏該編中,皆已屬巨大篇幅,雖身分皆為妓女,賢行之升降亦不等,卻不惜取與之豐,以副「發揮才調」之旨。

五、結語

　　上述對錢氏編輯《列朝詩集》閏集「香奩」相關環節的考察,雖屬局部,我們亦還是可以從中看到,這一以「庀史」、「采詩」為目標的大型斷代詩歌總集,在重視文獻徵存與史實考辨,具備相對謹嚴的體例與衡鑒標準,講求「知人論世」而又具鮮明的詩歌批評個性等方面的特點。陳寅恪先生以為,就其所見諸家評《列朝詩集》之言,唯金堡之論最能得其款要,即牧齋編《列朝詩集》,其主旨在修史,並暗寓復明之意,而論詩乃屬次要者[165]。這固然是不爭之事實,然而,它畢竟不是一般的歷史彙纂文獻,而可以說是一部具有系統詩學與詩史觀念的斷代詩歌批評著作,恰恰在這一面向上,最為人聚訟不已。這讓我們思考,站在文學的立場,究竟應該如何給予恰切的評價。作為文學歷史的一種編纂形式,總集的編纂亦寓歷史與批評兩大要素,除了存史的效用,畢竟還有編者自身獨特的文學經驗與價值判斷,如何從歷史意識與主觀批評的對立融貫,去體察編者的意圖及其生成語境,仍是我們必須細加考量的一項課題。

165　《柳如是別傳》引金堡《徧行堂集》卷八〈列朝詩傳序〉一節後所下案　　語,第 987-988 頁。

中　編

- 元明之際宗唐詩風傳播的一個側面：
  以「二藍」師法淵源爲中心
- 明初閩詩派與臺閣文學
- 王愼中與閩學傳統
- 竟陵派文學的發端及其早期文學思想
  趨向

元明之際宗唐詩風傳播的一個側面：以「二藍」師法淵源爲中心

一、引論

　　元末明初的閩中地區，被認為是有明一代宗唐詩學觀念與詩風播遷的一大策源地，一個重要的原因，是這裏曾經誕生了以林鴻、高棅為首，所謂「閩中十子」的倡鳴唐詩之詩派[1]，尤其自高棅《唐詩品彙》、《唐詩正聲》出，史稱「終明之世，館閣宗之」[2]，「厥後李夢陽、何景明等，摹擬盛唐，名為崛起，其胚胎實兆於此」[3]。明代中晚以來，當人們有意識欲梳理並構建明詩演進軌

1　有關該詩派名稱由來、形成過程、文學宗尚及其意義的考察，參見拙作〈明「閩中十子」詩派論略〉，刊載於蔣寅、張伯偉主編《中國詩學》第四輯，南京大學出版社，1995 年，第 163-171 頁。

2　《明史》卷二百八十六〈文苑二〉高棅傳，中華書局 1974 年版，第 7336頁。

3　《四庫全書總目》卷一八九「總集類」四《唐詩品彙》條，中華書局影印本，1983 年版，第 1713 頁下。又據《明會典》，自正統以後，教習庶吉士，詩用《唐詩正聲》。參見《詞林典故》卷三，《文淵閣四庫全書》本，599 冊，第 476 頁下。

跡之時，這樣的推原之論已經建立，以復興閩中風雅為己任的閩地詩人自不必說，如謝肇淛謂，「明詩之所以宗夫唐音者，高廷禮之功也」[4]，竭力表彰鄉先正對於明詩風尚型塑的貢獻；而如錢謙益，旨在反省明詩成就當今格局的負面影響及其動因，亦將源頭追溯至明初「閩中十子」一派：「自閩詩一派盛行永、天之際，六十餘載，柔音曼節，卑靡成風。……自時厥後，弘、正之衣冠老杜，嘉、隆之嚬笑盛唐，傳變滋多，受病則一。」[5]因此，對於明初閩派詩形成的進一步考察，在此後便很自然進入人們關注的視野。

元末明初崇安詩人藍仁、藍智兄弟，正是在這樣的背景下被重新發現的。平心而論，如「二藍」這般「浮湛閭里，傲睨林泉」的山林詩人，在當時的影響的確相當有限，故其身後亦很容易被人遺忘[6]，朱彝尊將原因歸結於「惜其不列承明著作」，多少有些道理

4　《全閩詩話》卷五引《小草齋詩話》，《文淵閣四庫全書》本，1486冊，第 215 頁上。

5　《列朝詩集小傳》乙集〈高典籍棅〉，上海古籍出版社 1983 年版，第180-181 頁。

6　《四庫全書總目》卷一六九「別集類」二二《藍澗集》條曰：「觀焦竑《經籍志》所載惟有藍靜之集，而《藍澗集》獨未之及。是明之中葉已有散佚。近亦未見傳本。」（中華書局影印本，第 1471 頁下）其引杭世駿《榕城詩話》謂「徐惟和輯《晉安風雅》時，二藍闕焉，則此集之亡久矣」（同上），固不足為據，因徐𤊹所纂集，實為福州一府之詩；然至少開四庫館時，無人呈進，館臣于《藍山》、《藍澗》二集，皆從《永樂大典》中抄出，卻是事實。據《明詩紀事》甲籤卷十六「藍仁」條引陸心源《儀顧堂題跋》案語，謂「兩集明正統以後無重刊本，故流傳甚少」（上海古籍出版社 1993 年版，第 323 頁），其說雖不確，因今存兩集嘉靖刻本即據永樂初刻重刊，然因流傳少以至二集輯錄互有參錯，亦是事實。

7。然而，當清人覺察其「規摹唐調」其實體現了某種時代風氣，並因此與「閩中十子」這一地域性詩派聯繫起來加以考察時，它的意義卻顯現了出來。朱彝尊在將藍氏昆季詩輯入《明詩綜》的同時，遂闡發其地位、作用說：「其（案：指二藍）體格專法唐人，間入中晚，蓋十子之先。閩中詩派，實其昆友倡之。」8四庫館臣承其說，亦進一步申論：「閩中詩派，明一代皆祖十子，而不知仁兄弟為之開先，遂沒其創始之功，非公論也。」9於是，藍氏兄弟，甚至張以寧、林弼等明初閩籍詩人10，便逐漸成為文學史敘述中上承該地域宋季嚴羽、元楊載，下啟「閩中十子」的重要環節，共同構成了明初閩派詩傳遞宗唐詩學觀念與詩風的一個積累深厚的傳播源。

　　不過，我們知道，至近世社會，一種文學觀念、文學思潮的形成與傳播，實際上已經不可能是僅僅局限於一個區域本身的封閉式

7　參見《全閩詩話》卷六引《明詩綜》論「二藍」語，第231頁下。又《靜
　　志居詩話》卷四引藍仁〈戲題絕句〉：「朝野文章自不同，壞歌何敢敵黃
　　鐘。山林別有鈞天奏，長在松風澗水中。」（人民文學出版社1990年
　　版，第90頁）其實也反映了其詩在生前已有的遭際。

8　《靜志居詩話》卷四「藍仁」，第90頁。

9　《四庫全書總目》卷一六九「別集類」二二《藍澗集》條，第1471頁
　　中。

10　如陳田謂：「《翠屏》一集，咀含英華，當為閩詩一代開先。」（《明詩
　　紀事》甲籤卷三「張以寧」，第104頁）民國《福建通志》卷六十一〈藝
　　文志〉「林登州集」條引《閩中錄》謂：「閩中詩派摹唐音者，皆稱十
　　子，實則唐臣及二藍導其先也。」（民國十九至二十七年刻本，葉
　　1B。）

內循環狀態，一個地域固然有其自身的文學傳統，但這個傳統的形成在很大程度上本來就應該是開放條件下與它地域碰撞、交流的產物。就元明之際的情形而言，且不說如范梈、馬祖常、薩都剌、貢師泰等大家皆嘗宦閩，閩中名士如陳旅、林泉生、黃清老、張以寧等皆嘗出入館閣，從京師諸名公游，因而形成地方與中心文壇的互動與多渠道的傳播方式，即如「二藍」仕明之前、棲身丘壑之間，其所授受，說起來屬「老師暨儒、遞相傳述」一類，卻亦由外來影響所致。從下面的考察將會看到，輾轉傳遞了它地域及中心文壇的諸多時尚資訊，並藉此改變所處地區先前的文學風氣。而從高棅《唐詩品彙》卷首〈歷代名公敘論〉及〈引用諸書〉，我們顯然亦可以觀察到該派詩人在傳承學說、接受影響之途徑上的多元性特徵。故本文擬以「二藍」師法淵源為中心，通過對三代山林詩人遞相傳授詩法之由來、彼此間及與中心文壇之關係的鉤沉、考索，探察元明之際宗唐詩學觀念與詩風在諸地域的傳播實態，以便從更大的時空界域認識明詩宗尚及型範之演進脈絡。

二、「二藍」之師承

先看兩條相關的材料：

> 崇安自元初以來，宿儒遺老頗從事于詩學，其體制音節猶不能脫晚宋之習，至清碧杜先生隱居平川，敦尚古學，登其門而一變者，邑人藍靜之先得之。……及見先生，授以四明任松鄉詩法及德機、仲弘諸大家機軸，歸而焚棄舊稿，屬志盛

唐，以歸於老杜。（《藍山集》卷首張榘洪武八年八月序，嘉靖間刻本）

武夷藍性之，幼而聰慧，學博才豐。自其爲舉子時，其兄靜之已馳詩譽。伯仲之間，塤箎迭奏。其後性之棄去舉子業，從清碧先生游，得先有聞于句章任士林者，於是一洗舊習，以少陵爲宗。（《藍澗集》卷首蔣易洪武五年十一月序，嘉靖間刻本）

二序分別提到藍氏昆季早年從清碧杜先生學而詩風爲之一變的一段經歷。這裏的杜先生即杜本（1276-1350），字伯原，號清碧。其先京兆人，從宋高宗南渡，寓台州，後遷江西臨江之清江。少苦志於學，博學多聞，善屬文。及壯，頗留心於經世。江浙行省丞相忽剌朮得其所上救荒策，大奇之。及入爲御史大夫，力薦於武宗，嘗召至京師。已而去，歸隱武夷山中。至正三年（1343），右丞相脱脱以隱士薦，召爲翰林待制、奉議大夫兼國史院編修，與修宋遼金三史，至杭州，稱疾固辭。至正十年八月，卒於武夷山家中。所著有《四經表義》、《六書通編》、《十原》等。另尚有《傷寒金鏡錄》一卷傳世。《元史》卷一百九十九有傳。杜本是元末著名學者，天文地理、律曆度數靡不通究，尤工於篆隸。其儒學淵源屬草廬吳澄一系[11]，並傳明初建安之學[12]。不過，二藍從遊，似專以學

11　參見《宋元學案》卷九十二〈草廬學案·道園講友〉，《黃宗羲全集》第六冊，浙江古籍出版社 2005 年版，第 623 頁。

詩為務。據杜本自己所記，其隱居武夷在元延祐間[13]，乃閩人詹景仁買田築室，延之入武夷，以訓子弟[14]，位址就選擇在風景秀絕的平川，軒則以「懷友」命名。根據二藍大致可考的生年，則兄弟二人從杜本學，當在元惠宗即位（1333）後至至正十年（1350）前這段時間內[15]。

二序所記，俱確鑿可信，因為作者實為「二藍」同門師友。張絜，字孟方，號雲松樵者。其先廣陵人。父伯岩為崇安五夫巡檢，遂卜居屏山，因盡讀劉子翬諸賢遺書，通五經。初入閩，首與藍仁定交，俱事杜本。其授館邑中，藍智亦時往切磋問辯。洪武間以薦

12　參見《閩中理學淵源考》卷八十五「建甯明初諸先生學派」，《文淵閣四庫全書》本，460 冊，第 796 頁上。

13　「延祐間，（詹）景仁出貳浙東憲幕，（張）伯起亦佐郡三山，余以微言忤執事之臣，書不報而去，遂得挾冊山中，償夙所願，蓋二君之力也。」〈懷友軒記〉，《國朝文類》卷三十一，《四部叢刊》本，第 324 頁上-下。

14　事又見鄭元祐《遂昌雜錄》（《文淵閣四庫全書》本，1040 冊，第 389 頁下-390 頁上）；姜漸〈笠澤為虞勝伯創義塾序〉，載《趙氏鐵網珊瑚》卷八，《文淵閣四庫全書》本，815 冊，第 482 頁下。

15　二藍之生卒年，史無詳載。據藍仁〈戊午自壽〉詩「卦滿周天著再揲」（《藍山集》卷五，嘉靖間刻本，葉 4B-5A），是年為洪武十一年（1378），年六十四，則可推知其生於元仁宗延祐二年（1315）。又藍智《藍澗集》卷四有〈書懷十首寄示小兒澤〉（嘉靖間刻本，葉 18A-B），當作於藍智赴廣西僉憲任初，詩後有張絜壬子（1372）季冬跋。其二曰：「我生本貧儒，家無擔石儲。寂寞三十年，徒有數卷書。」智膺廣西之命在洪武庚戌（1370）八月。此處所言「寂寞」，當指未獲功名。若以成人後三十年未獲功名計，則或可推知其生年約在 1321 年前後。

為崇安訓導。傳見《福建通志》卷三十一、《閩中理學淵源考》卷八十五。蔣易，字師文，號橘山真隱，建陽人。從杜本遊，元末入阮德柔幕。據《藍澗集》張榘序，杜本卒後，蔣易居鶴田，藍智復往執弟子禮。年七十餘卒。其卒，藍仁有〈挽蔣鶴田〉詩[16]。著作據《千頃堂書目》所載有《鶴田集》二十卷，又編有《國朝風雅》三十卷。傳見弘治《建寧府志》卷三十一、《宋元學案》補遺卷九十二。

　　至於「二藍」自己，日後亦常常有詩追憶這段難忘的學習生涯，且以堅執師法引為自豪。如藍智與張榘的〈寄雲松先生隱居五首〉之四：「前賢已淪落，古學更誰知。臨遍鍾王帖，吟成魏晉詩。……」之五：「立雪平川日，同門最老成。……力盡追風雅，途窮念弟兄。遺編共朝夕，應見百年情。」[17]藍仁〈次韻張雲

16　詩中有「門人藍澗修文早，不及哀歌共挽車」句（見《藍山集》卷四，嘉靖間刻本，葉 3A），則藍智卒，在蔣易之前。所謂「修文早」，似指藍智為蔣易七十壽辰所作賀詩或壽序之類，《藍澗集》卷三有〈鶴田先生壽日客中有詩寄賀〉：「綠髮朱顏七十身，飄飄海鶴出風塵。蒼厓松柏冰霜晚，深谷芝蘭雨露春。北斗文章韓愈老，西京儒術仲舒醇。晨星正為斯文壽，蚤晚非熊載渭濱。」（嘉靖間刻本，葉 34A-B）可作其生平之總結看。

17　《藍澗集》卷一，嘉靖間刻本，葉 9A。四庫本收入《藍山集》卷二。詩中所言「遺編」，當指杜本編集的宋末遺民詩集《谷音》，原刊於杜氏平川懷友軒，歷元末兵燹，明初板已不存，乃張榘以所藏本授杜本之孫德基，俾錄而傳之。詳見張榘洪武戊午（1378）〈谷音跋〉（《文淵閣四庫全書》本，1365 冊，第 611 頁上）。杜本孫名圻，德基其字，苦學砥行，以先哲為師。洪武間以薦授甌寧訓導，轉溫州教授。傳見《閩中理學淵源考》卷八十五，《文淵閣四庫全書》本，460 冊，第 797 頁上。藍仁

松〉：「懷友軒前百尺梧，每從清蔭共趨隅。學詩到老終教拙，種藥扶衰自笑愚。……」[18]又每過平川，輒撫淚憑弔先師，述後生仰止之情，如藍仁之〈經杜清碧先生墓〉、藍智之〈經杜征君故居〉，皆此類也。[19]

有關「二藍」從杜本學詩的內容，序中提供的資訊有二：一為杜本所授，為四明任士林詩法及范梈、楊載諸大家之機軸；一為「二藍」之習得，乃力追盛唐而以杜甫為宗。然於任士林詩法與范、楊之詩法及與杜本之間的關係，杜本所授與「二藍」所習得之聯繫，則語焉未詳。蔣易至正十七年（1357）五月撰〈清江碧嶂集序〉有稍更詳明之說明：

> 易事先生武夷山中，請學為詩，先生言：今代詩人雄渾有氣，無若浦城楊仲弘。仲弘詩法，得于句章任叔植（按：叔植，士林字，當為「叔實」之音訛）士林，其後叔植之詩乃不及仲弘，可謂青出於藍矣。仲弘嘗謂「取材于漢魏，而音節以唐人為宗」，此吾詩法也，小子識之。易始知先生詩法得于句章、浦城者為多，故其賦詠在任、楊之間，而高者逼仲弘，絕句則又過之；新巧雕鐫之語，一不出諸其口，是以當時不

嘗為作〈題杜德基望雲軒卷〉（詳下），喜其能傳詩書家學。

18　《藍山集》卷五，嘉靖間刻本，葉 34A-B。

19　杜本卒後一紀，即至正二十二年（1362），藍智嘗以蔣易所撰行狀，請危素書杜師墓上之碑。見〈元故征君杜公伯原父墓碑〉，《危太朴文續集》卷二，葉 24A-26B，《危學士全集》，芳樹園刻本。

惟好之者，亦希矣。[20]

知杜本於當代詩人，最推許楊載，故尤奉其宗唐詩法及創作風格以
為圭臬；之所以傳授任士林詩法，是因為那是楊載學詩的門徑之所
在，亦即楊載詩法的主要影響來源。是以「二藍」及同門友得杜本
之所傳，實以任士林－楊載一系為主，其中楊載之宗唐詩法，有著
舉足輕重的影響。

　　如所周知，元詩至大德、延祐以來，因虞、楊、范、揭一時並
起而始彬彬大盛，其關鍵即在四家標舉盛唐人體格，令詩風丕變而
近於古，如楊維楨所讚譽的：「我朝詩人能變宋季之陋者，稱仲弘
為首，而虞、范次之。」[21]楊載於四家中不僅創作成就最高，且尤
以詩法名世，陶宗儀嘗記虞集與載同在京日，「虞先生載酒請問作
詩之法，楊先生酒既酣，盡為傾倒，虞先生遂超悟其理」[22]，其改
趙孟頫詩，亦為虞集所嘆服（同上），故同道中人，謂「於斯際
也，方有望于仲弘也」[23]，實非虛譽。杜本稱引的楊載詩論，在當

20　《清江碧嶂集》一卷，為杜本所撰，門人程嗣祖編集。《四庫全書》僅有
　　存目，今《四庫全書存目叢書》（齊魯書社 1997 年版）據南京圖書館藏
　　清鈔汲古閣本影印。程嗣祖，字芳遠，與藍仁二弟藍勇（字宜之，號盧
　　白）、藍智為方外交。《藍澗集》亦嗣祖所編集。蔣易序見《清江碧嶂
　　集》卷首，《四庫全書存目叢書》集部 21 冊，第 636 頁上。
21　見《西湖竹枝集》楊載小傳，武林掌故叢編第 26 冊，葉 3B。
22　《南村輟耕錄》卷四，中華書局 1959 年版，第 50 頁。宗儀在元末亦嘗師
　　事杜本，詳見《明史》卷二百八十五〈文苑一〉陶宗儀傳，第 7325 頁。
23　《翰林楊仲弘詩集》范梈致和元年（1328）六月一日序，《翰林楊仲弘詩
　　集》卷首，《四部叢刊》本，第 3 頁上。

時就曾相當流行，元末明初如王禕在其為新淦練高所作詩序[24]、高
棅《唐詩品彙》在其〈歷代名公敘論〉等皆有引述，亦可為證。從
這一主張的內涵來看，其時如虞集謂「詩之為學，盛于漢魏者，三
曹、七子，至於諸謝備矣；唐人諸體之作，與代終始，而李杜為正
宗」[25]，范椁謂「余嘗觀於風騷以降，漢魏下至六朝，弊矣。唐初
陳子昂輩，乘一時元氣之會，卓然起而振之。開元、大曆之音，由
是不變。至晚宋又極矣」[26]，亦皆楊載同調而已。杜本以楊載詩法
及創作為依歸，良有以也。

　　然而，楊載宗唐之論，似未嘗於李、杜有所軒輊，其詩歌創
作，時論以「長風怒帆，一瞬千里」[27]、「傲睨橫放，盡意所止」
[28]為評，與杜詩風格亦不相類；至於其他諸家，所論也都並以李杜
為正宗，兼及盛唐其他大家，如上引虞集序又論曰：「子美論太
白，比之陰常侍、庾開府、鮑參軍，極其風流之所至，贊詠之意遠
矣，淺淺者未足以知子美之所以為言也。……求諸子美之所自謂，
盛稱《文選》而遠師蘇李，詠歌之不足者，王右丞、孟浩然，而所

24　〈練伯上詩序〉，《王忠文集》卷五，《北京圖書館古籍珍本叢刊》，第
　　98冊，北京：書目文獻出版社1988年版，第97頁下。

25　《傅與礪詩集》虞集至正辛巳（1341）六月朔序，《傅與礪詩集》卷首，
　　吳興劉氏嘉業堂刊本。

26　《翰林楊仲弘詩集》范椁致和元年（1328）六月一日序，《翰林楊仲弘詩
　　集》卷首，《四部叢刊》本，第3頁上。

27　黃溍〈楊仲弘墓誌銘〉，《文獻集》卷八，《文淵閣四庫全書》本，1209
　　冊，第487頁下。

28　《翰林楊仲弘詩集》范椁致和元年（1328）六月一日序，《翰林楊仲弘詩
　　集》卷首，《四部叢刊》本，第3頁上。

與者，岑參、高適，實相羽翼。後之學杜者多矣，有能旁求其所以自致自得者乎？是以前宋之盛，亦有所不逮矣。」[29]所針對的恰恰是江西詩派獨以宗法少陵相標榜造成的偏失。既如此，杜本傳與「二藍」楊載之詩法，何以又會特別地與「以歸於老杜」聯繫在一起呢？這就不能不提到《詩法源流》中題名楊載的《詩解》（又題《楊仲弘注杜少陵詩法》）及與之相關的著作。

三、杜本與《詩法源流》諸作

虞、楊、范、揭名下，皆有詩法、詩格一類的著作，然其真實性自晚明以來屢有疑議。今存《詩法源流》的最早刊本為日本五山版一卷，有延文己亥年（1359）春屋妙葩刊記，大阪杏雨書屋藏。是編共有如下部分組成，卷首為楊載至治壬戌（1322）四月既望序（然無他刊本〈詩法源流序〉那樣的題名）。第一部分是《詩法源流》，未標著者，內容為懷悅編集的明刻本、朝鮮尹春年嘉靖壬子（1552）序刻本《詩法源流》中的《詩法正論》（尹本據懷悅本重刊，其下題「傅與礪述德機范先生意」）。第二部分為「盧疏齋書」《論詩法家數》，此與舊題楊載《詩法家數》為不同之文（他本題作《詩文正法》或《文章宗旨》）。第三部分為《詩解》，其著者明確題為「楊仲弘載」，內容由舊題楊載《詩法家數》序文與吳成、鄒遂、王恭三氏注杜甫七言律詩四十三首兩部分共同構成。卷末為武夷山人

---

29 《傅與礪詩集》虞集至正辛巳（1341）六月朔序，《傅與礪詩集》卷首，吳興劉氏嘉業堂刊本。

跋。

　　對於其後如懷悅編集之明刻、朝鮮尹春年嘉靖三十一年（1552）序刻本等來說，該刊本一個重要的價值，正在於其卷末存有的這篇「武夷山人跋」。大山潔女士〈《詩法源流》偽書說新考〉一文，據五山版的特徵，認為有武夷山人跋的此本之底本當即元刊本初版，並根據范梈序《楊仲弘詩集》所述杜本欲將就其平生所得楊載詩刻諸山中、杜本隱居武夷山及其所輯《谷音》刊於平川懷友軒等諸項事實，推斷此「武夷山人」即為杜本，他應該就是《詩法源流》原本的刊行者[30]。綜觀杜本之經歷及與楊載之關係，尤其是上述杜本以楊載詩法及創作為圭臬的特殊文學宗尚，這樣的推斷原本是可以成立的[31]。其實，阮元文選樓刊《天一閣書目》集部《元書杜陵詩律》一卷著錄，除了敘是編楊載得於杜甫九世孫杜舉，舉得之杜甫門人吳成、鄒遂、王恭等與《詩法源流》卷首楊載序一致的內容外，已經提到有「京兆杜本跋」。然而問題正在於，此編與五山版《詩法源流》一個很大的不同處，是前者在吳、鄒、

30　原文刊載於《日本中國學會報》第五十一集，日本中國學會編集並發行，1999 年，第 107-124 頁。

31　這裏再補充一個「武夷山人」即為杜本的相關例證。劉崧有〈寄西山鄭子綱自邵武校官歸〉一詩，當元末作。詩曰：「武陽校官歸未久，瘴癘還聞古來有。紅窗鸚鵡喚客名，青葉檳榔勸人酒。尋幽憶過東平來，丹山碧霞仙掌開。武夷山人住九曲，柴門不出生青苔。中軒松竹題詩遍，宵許時流漫相見！名姓先承紫鳳書，褐冠不上金鑾殿。時來空谷行采薇，石田草生秋林稀。往來物色不可得，使者空向江南歸。」（《槎翁詩集》卷三，《文淵閣四庫全書》本，1227 冊，第 298 頁下-299 頁上）從詩中所敘武夷山人行跡來看，此為杜本無疑。

王三氏杜詩注後，附刻楊載集中律詩五首，杜本跋實是為此而作；並有孟惟誠等序並識後，著錄謂楊載以得之杜舉此書「以授鄒縣孟惟誠。孟因參校增注」，或即據此而述。而五山版《詩法源流》則已無楊載詩及孟氏等序識。另外，《杜陵詩律》有五十一格，而五山版《詩法源流》僅有三十九格，且有六首有詩無格。其他姑置不論，至少從杜本跋文的主要對象之一——楊載律詩被刪略這一現象來看，這意味著同樣刊有杜本跋的《詩法源流》較《杜陵詩律》為後出。張健先生據上述諸種不同，認為這種標注杜詩的詩格著作原本是單行的，很有道理[32]。這也就是說，如果欲根據杜本的跋文推斷其可能即為與楊載相關的標注少陵詩法著作的刊者，首先考慮的應該是此種單行的《杜陵詩律》。惜《天一閣書目》著錄的此一鈔本已經亡佚。

　　從五山版《詩法源流》所存杜本的跋文來看，原本附刻有楊載七言律詩五首的《杜陵詩律》這種單行本應該是編刊者用以傳授楊載詩法的一種教材，確實，杜本很可能即為刊者，因據以教門人學詩。跋文如下：

> 楊推官七言律，雄深壯麗，首尾渾成，所以高妙一世者，蓋有不傳之妙，非偶然也。此詩法，仲弘得之杜舉，舉得之吳成、鄒遂、王恭所傳者。不知三子以來得此詩法果何如哉。將天下所賦，學力所到，固自各有分限。大匠與人規矩，終不能使人巧耶。雖然規矩固不能使人巧，而學者卒不可舍規

32　參見張健《元代詩法校考》，北京大學出版社 2001 年版，第 42 頁。

矩，苟得規矩，所謂巧則存（或作「在」）乎其人爾。閱是編
者，尚勉之哉。

首先，全篇顯然出於訓課之口吻，看得出刊行是編具有教授詩法之
用途。其次，所敘標舉楊載創作與詩法的內容，可與蔣易〈清江碧
嶂集序〉引述的杜本之教訓相互印證。再次，杜本所授楊載詩法何
以又與「以歸於老杜」聯繫在一起，由此可以得到比較完滿的解
答。儘管是編孟惟誠序識亦已不傳，孟氏所謂「參校增注」的來龍
去脈及與杜本之關係已不易辨清，然據席世臣《元詩選》癸集下所
錄孟詩〈武夷山〉一首，或許確與杜本有交而呈此編。更為重要的
是，不管諸本《詩法源流》卷首楊載序真偽如何，至少在杜本的立
場，是承認楊載通過杜舉、上承三氏而得少陵詩法之真傳的。

　　至於五山版《詩法源流》所據之元刊本是否為杜本所刊，當然
不能排斥其將單行本《杜陵詩律》與其他諸家詩法著作重編合刊以
為訓導子弟之法的可能性。我們尚注意到前引《藍山集》張榘序在
交代杜本所授詩法時，除了任士林詩法，還有「德機、仲弘諸大家
機軸」這樣的提法，這說明其所教授並非僅以楊載相關詩法論述為
範。而五山版中《詩法源流》一篇（懷悅本、尹春年本《詩法正論》）雖
未標著者，其所問答以范梈詩法之論為中心應是沒有疑問的；且編
中盧摯《論詩法家數》，又為亦嘗師事杜本的陶宗儀收錄於《輟耕
錄》卷九（題作《文章正宗》）。然而，要獲得這樣的結論，尚須有
更進一步的證據，因為從此本雖保留杜本跋卻刪略楊載詩的情形來
看，在元四家名下的詩法著作已經流行而杜本亦享有盛名的元末，
刊者可以不必是杜本本人甚或與之相關的人。大山潔女士根據篇中

元代部分提到范、虞、楊、揭「以上四先生當今詩人，故舉其四詩為範例」，推斷其開篇「余因問古今詩法，先生曰……」之「余」與「先生」非尹春年本《詩法正論》所題「傅與礪述德機范先生意」的傅與范，而猜測著者當屬杜本，這樣的推論尚須慎重。一則以杜本在當時之聲名，若確為著者，那麼在高棅《唐詩品彙》卷首〈歷代名公敍論〉及〈引用諸書〉引該書時似應標出，而不至於僅稱書名。二則若以「先生」屬之杜本，不僅其篇中獨尊范椁之說與其平素推許楊載之論有間，最關鍵的，杜本與范椁為自幼同里長大的同齡遊伴，不當有「吾嘗親承范先生之教」的說法。

不管怎麼說，杜本跋本身的真實性不容置疑，故其所授楊載詩法，確與「以歸於老杜」有很大關聯。之所以這麼做，本來也符合楊載的詩法主張。楊載所謂「音節以唐人為宗」，實主要規摹盛唐諸家近體，以其法度寓諸律焉，其中尤以七言近體為尚。明初王行嘗曰：

> 元人為詩，獨尚七言近體，跡其所由，蓋元裕之倡之于先，趙子昂和之於後，轉相染習，遂成一代之風焉。初裕之生北方，不聞大賢之訓，信其所好，自以為然，常裒萃唐人此體為《鼓吹集》十卷，以教後學，其徒又為之注釋，以廣其傳。……且裕之之作，其竭力者，僅欲瞻望蘇長公之垣墉，豈為深於詩者？以當時無能過之，故為人所宗耳。及子昂奉於新遇，追嫌宗國舊風，力趨時好；杭人楊載以其業見之，實皆此體，大獲獎與，載遂有聲。人益以為能攻於此，足以致譽，靡然爭赴之。至於虞伯生、揭曼碩諸人，以文自名，

亦務於此矣。[33]

其論雖站在批評的立場，然於元初至元代中期宗唐詩學觀念及新詩風產生、演變的進程之描述卻是準確而明晰的。胡應麟謂「七言律最難結構，五言古差易周旋。元人則不然，七言律韻稱者多，五言古完善者寡，致力與不致力耳」[34]，指出的也正是元人學唐的緊要處。《唐詩鼓吹》以多選中晚唐諸家、未錄李杜一首而遭後人詬病，如李東陽曰：「若《鼓吹》則多以晚唐卑陋者入格，吾無取焉耳矣。」[35]至元四家則至少在詩學主張上明確以李杜為正宗，而兩者之間，相對而言，太白「為詩天才放逸，真若無所事法，而子美則周旋法度之中」[36]，至少對初學者來說，杜詩更易乎入，如杜本跋自謂，「苟得規矩，所謂巧則存（或作「在」）乎其人爾」。虞集亦曰：「杜詩之體眾矣，而大概不過五言七言為句耳。虛實相因，輕重相和，譬之律呂，定五音焉，至於六十盡矣，又極之於二變焉，至於八十有四而盡矣，不能加七音以為均也。然則五言七言之句，固可以例盡也。」[37]故以少陵字句之法教童蒙學詩，最得其

33　〈柔立齋集序〉，《半軒集》卷五，《文淵閣四庫全書》本，1231 冊，第 346 頁上-下。

34　《詩藪》外編卷六，上海古籍出版社 1979 年版，第 229 頁。

35　《懷麓堂詩話》，知不足齋叢書本，葉 11A。

36　見《重刻翰林楊仲弘詩集》梅南翁嘉靖丙申歲（1536）秋九月既望書序，《翰林楊仲弘詩集》卷首，《四部叢刊》本，第 1 頁上。

37　〈杜詩纂例序〉，《國朝文類》卷三十五，《四部叢刊》本，第 364 頁上。

法。另外，杜本以所謂楊載所得杜詩「詩律之重寶」以相傳授，當尚有另一重要的原因，那就是他本人亦欲以少陵傳人自居。關於這一點，杜本當時如友人李昱〈贈杜清碧〉即有「當代如求董狐筆，名家正要杜陵人」[38]屬望焉，作為門人的藍仁，在〈題杜德基望雲軒卷〉中亦有「百世詩書餘澤遠，草堂元在浣花村」[39]相標榜，可謂得其心哉。

四、杜本與虞、楊、范、揭、趙諸名公

藍智〈題清江碧嶂集追懷清碧杜先生〉詩曰：「虞楊范揭名當代，猶敬先生師法在。」[40]既然杜本所授標榜有最能體現當代文學宗尚的楊、范諸大家機軸，並且自己亦側身其間，那麼進一步考察杜本本人與他們及中心文壇的關係將是必要的。這不僅關涉到其所授詩法來源的真實可靠程度，而且藉此亦正可以觀察到因元四家起而始盛的宗唐詩風具體的傳播途徑。

杜本早年以文學起家，首先是在其家鄉江西。這個地區，是元明之際傳播宗唐詩風的又一重鎮。據危素〈元故征君杜公伯原父墓碑〉：「時臨江皮氏尊賢禮士，若廬陵劉太博會孟、郡禮部中父、蜀郡虞公及之、豫章熊僉判與可及我吳文正公皆在焉，公與同里范

38　見《草閣詩集》卷五，《文淵閣四庫全書》本，1232 冊，第 35 頁上。然此詩如《元音》卷十、《御選宋金元明四朝詩》卷四十八、《元詩選二集》卷十六皆錄為丁復詩。

39　《藍山集》卷五，嘉靖間刻本，葉 6A。

40　《藍澗集》卷六，嘉靖間刻本，葉 1A，四庫本收入《藍山集》卷一。

供奉德機年最少，從諸公講學不倦。」這裏值得注意的，一是所列諸公，皆當地碩德名儒，尤其吳澄，為理學大家，而虞汲乃虞集之父，又與皮氏為姻親，在這個交遊圈中，應可顯示杜氏在共同的學術道路上開始了與日後成為館閣之臣的范、虞的交誼；一是與劉辰翁的交往，應該至少會在詩學觀念上對其時尚年少的杜氏及范、虞輩產生一定的影響。劉辰翁是宋末元初的批評大家，其詩評幾乎遍及唐宋名家，而尤以唐代作家為眾。李東陽嘗論曰：「劉會孟名能評詩，自杜子美下至王摩詰、李長吉諸家，皆有評。語簡意切，別是一機軸。諸人評詩者皆不及。」[41]特別是其解杜之作，成為後人爭訟的一個焦點，但如胡應麟還是認為：「辰翁解杜，猶郭象注莊」，「而玄言玄理，往往角出」，「昔人苦杜詩難讀，辰翁注尤不易省也」。[42]實際上這種評點方式，對元人論詩周旋於「性情」與「法度」之間，而以法而不拘為指歸，是有啟迪意義的。其創作宗尚即寓於批評主張之中，故其鄉人程鉅夫謂「自劉會孟盡發古今詩人之秘，江西詩為之一變」[43]，他自己對宋季若江湖、四靈、江西詩派的詩風，也曾明確批評說：「趨晚唐者乏氣骨，附江西者少意思。」[44]辰翁所開創的以鑑識「作者用心」為主的主觀性詩歌詮釋活動，也是經元人之傳承，而對明代詩歌評點之學有很大的影

41　《懷麓堂詩話》，葉 9B。

42　《詩藪》雜編卷五，上海古籍出版社 1979 年版，第 322 頁。

43　〈嚴德元詩序〉，《雪樓程鉅夫集》卷十五，清宣統二年至民國十四年陽湖陶氏涉園影刻明洪武二十八年興庚堂刻本，葉 11A。

44　〈宋貞士羅滄州先生詩序〉，《全元文》第 8 冊，江蘇古籍出版社 1998 年版，第 572 頁。

響，其詩評則從明初高棅開始，輾轉沿襲，歷中晚而不衰。據有學者統計，高棅《唐詩品彙》中引用劉辰翁的評點就將近有七百則之多[45]，此中傳播途徑，其實是很值得進一步深入探究的。當然，他作爲宋遺民的節行，對杜本的出處襟抱（包括編輯《谷音》）應該也是有影響的。

　　杜氏真正加入到中心文壇，是在其壯年遊歷杭州期間。這一階段，對其詩道成就來說，應該是具有實質性進展的最爲重要的階段。他也正是在這時與楊載訂交的。危素〈元故征君杜公伯原父墓碑〉曰：「杜真人堅居虎林宗陽宮，若吳興趙文敏公、四明袁文清公、浦城楊推官仲弘、錢唐仇儒學仁近、薛助教宗海，多會館中。退則深居靜室，盡閱其所藏書」。這裏所說的杜真人，即杜道堅（1237-1318），字處逸，號南谷子，太平當塗人。元初入覲世祖，帝命住持杭州宗陽宮。大德七年（1303）授杭州路道錄，仁宗皇慶元年（1312）賜號隆道沖真崇正真人。達官貴卿多執弟子禮。傳見朱右《白雲稿》卷三。據《浙江通志》卷二百二十六「寺觀」，宗陽宮即宋高宗之德壽宮，元初毀於兵燹，延祐間杜南谷真人重建，至正末毀[46]。這是一個彙聚東南英偉之才的風雅之所，杜本正是在

45　參見吳承學《中國古代文體形態研究》第十七章，中山大學出版社 2000年版。

46　民國《浙江通志》，上海商務印書館 1934 年版，第 3869 頁。此謂杜道堅延祐間重建宗陽宮當屬記誤。據朱右〈杜南谷真人傳〉，杜氏「奉璽書提點道教，領宗陽宮，仍兼昇元觀」（《白雲稿》卷三，《文淵閣四庫全書》本，1228 冊，第 42 頁上）在元初世祖時。又任士林《松鄉文集》卷十有〈宗陽宮三清殿上梁文〉、〈宗陽宮講堂上梁文〉（《文淵閣四庫全

這裏得與其時文學之盛。按照危素〈墓碑〉所敘，此乃杜本「及壯」以後事，則其參與這裏的文學活動當在大德後期至武宗至大初這數年內。所與交遊，除薛漢詩名稍遜外，余皆東南人望所歸。更為重要的是，如趙孟頫、袁桷、仇遠，在詩歌上均主唐音，可謂四家導夫先路者。也正是在此時此地，楊載以其稟賦與氣象，在詩壇上嶄露頭角，一首〈宗陽宮望月分韻得聲字〉七言律，即在名家雲集的吟席上拔得頭籌[47]，其獲趙孟頫的賞識，當亦在是際。宗陽宮文藝沙龍在當時的影響，可舉杜本道友臨川查居廣的經歷助說，查氏「嘗東遊至鄞海上，還憩虎林山，得楊推官仲弘詩七言今體，服其雄浩；又得范太史德機詩五七言古今體，服其清峻，皆手鈔口誦，心領神解，期與之俱化。因橐其詩西之清江百丈山，求德機之廬而卒業焉」[48]。如此看來，楊載、范梈詩歌創作影響當代，顯然並非在其居館閣後，杭州宗陽宮恰恰是當時一個重要的傳播源。而從查氏於楊、范詩涵詠體味之習得，亦自可想見杜本在同一交遊圈內可能獲得的巨大收穫，他的詩學觀念及其對楊、范機軸的推崇、效法，應該是在這一階段已經定型了的。

書》本，1196 冊，第 589-590 頁），則其重建當在士林卒前。

47　《西湖遊覽志》卷十七〈南山分脈城內勝跡〉記曰：「宗陽宮，本宋德壽宮後圃也，內有老君台、得月樓。杜道堅號南谷，當塗人，風度清雅，嘗以中秋集儒彥登老君台玩月，分韻賦詩，楊仲弘為首唱。」（中華書局上海編輯所 1958 年版，第 226-227 頁）

48　《元詩選二集》壬集〈金溪羽人查居廣〉，中華書局 1987 年版，第 1365 頁。

在此之後，杜本「嘗一再游京師，王公貴人多樂之與交」[49]，自然也會有與包括趙孟頫及楊、范、虞、揭在內的諸名公更多的交往。從現存資料來看，杜氏與元四家及趙孟頫皆有不少唱酬，關係不可不謂近密；不過，諸家中與杜本交誼最深者，當屬恰恰也是詩學上最有成就的楊、范二人。范梈為同鄉兼少年遊伴，關係自不必說；至於楊載，則最堪稱知己。范序《楊仲弘集》，記敘仲弘卒後，「有子尚幼，其殘稿流落，未有能為輯次者，友人杜君伯原自武夷命僕曰：『將就其平生所得詩，刻諸山中。』此誠知仲弘者。而杜君猥謂罄仲弘海內之交，相好又莫余若也，俾為序之」，自是他們彼此間交誼的一段佳話，而這與其如危素所說的是「篤於義」，毋寧說更多地是傾注了杜氏欲將楊載「一代之傑作」（范序《楊仲弘集》語）傳諸後世並發揚光大的心願。從他〈哭楊范二君〉所謂「海內共師楊范體，眼中頓失孟荀儔。沈珠隕璧如何意，獨向空山涕泗流」[50]的高度評價及痛惋之意，也完全可以印證這一點。又從《清江碧嶂集》中的〈寄楊仲弘〉與《楊仲弘集》中的〈書懷寄杜原父二首〉[51]，可以窺見杜本與楊載確實志趣最相投契，因為

<hr />

49　鄭元祐《遂昌雜錄》，《文淵閣四庫全書》本，1040 冊，第 389 頁下。

50　《清江碧嶂集》，《四庫全書存目叢書》集部 21 冊，第 655 頁下。

51　杜本〈寄楊仲弘〉：「老來自愛黃叔度，少日真期魯仲連。高臥獨無田二頃，曳裾誰有客三千。滄波渺渺浮鷗鳥，白日翩翩換歲年。卻憶江東楊少尹，劇談終夜不成眠。」（《四庫全書存目叢書》集部 21 冊，第 652 頁下）楊載〈書懷寄杜原父二首〉（其一）：「吾生何為者，稚年志頗高。神仙與功名，壯思躍秋濤。中宵豈無寐，悲甚幾欲號。後來失所養，百數患難逃。竭力奉甘旨，出入身甚勞。舊書益遺忘，九牛存一毛。稍後與人事，忍情如忍刀。旦夕自惟念，未足非兒曹。常欲力道德，屢失迷所操。

這兩首詩不僅各自記敘了二人握手遨遊、往來泛舟、劇談終夜、相慰相親的諸多細節，而且更為可貴的是，他們互相在詩中盡情傾吐少小以來的志向，現實遭際與理想衝突的困惑，老來仍堅執的任真的節操，以及對對方無可言喻的欣賞，交心之深，非一般交遊可比。此後的諸多元詩選集，多將他們的這兩篇詩作錄入，以志二人惺惺相惜之情志，當亦視作佳話以傳世。由此看來，杜本以楊、范諸家尤其楊載詩法傳授弟子，非但不可能有趨附風雅之俗想，而且真有將摯友詩歌成就傳承下去的個人感情方面的動機，我們在考察其所授相關詩法、詩格著述的真實性時，不應不將這樣的因素考慮在內。

五、關於任士林

任士林（1253-1309），字叔實，奉化人。博學工文詞，鄉子弟多從之學。大德間教諭上虞。後乃講道會稽，授徒錢唐。至大元年（1308），中書左丞郝天挺薦之行省，僅得湖州安定書院山長。明年卒，年五十七。有《句章文集》、《論語指要》、《中易》藏於家。事蹟見趙孟頫撰〈任叔實墓誌銘〉。墓誌中稱，「蓋叔實之于

區區習盡簡，對案夜焚膏。偹然有所得，中心樂陶陶。忽如從古人，握手共遊遨。攜持亦何事，庶用娛蓬蒿。追思作詠歌，示之必賢豪。丈夫生世間，毋論曖與貧。凤發多意氣，往往惟任真。松柏生高岡，挺然固出群。不為霜雪阨，不為風雨春。得時可行道，節義亦足伸。吾生托下土，所識凡幾人。窮交獨相慰，笑語亦復親。」（《翰林楊仲弘詩集》卷一，《四部叢刊》本，第14頁下）

文，沈厚正大，一以理為主，不作廋語棘人喉舌，而含蓄頓挫，使人讀之而有餘味」[52]。又據貝瓊為其子耜（字子良）所作〈元故兩浙都轉運鹽使司照磨任公墓誌銘〉，謂士林歿，耜「廬墓三年，凡家之所蓄，一不經意，惟取先生所著《句章集》藏之。其在理問所時（按：指江浙理問所提控案牘任上，當在至正初期），命儒師鋟梓行於世」[53]。王士禛嘗記曰：「元任士林《句章集》十卷，萬曆中鄞人孔能傳鈔館閣藏本，至正四年浙江行中書省舊刻也，卷首有趙松雪撰誌銘，王厚齋序。」[54]則此館閣藏本當即原刻。然其集在明末清初已稀見，全祖望曾急切地向萬經打聽這位鄉先賢詩文集的下落，結果是「乃不知何故，四明新舊傳志並軼其名，惟董山李司空《四明文獻志》中，附載袁學士（按：桷）傳尾，然其鄉落、官爵、字號俱不可考。愚少時讀謝皋父《晞髮集》，有士林所作〈皋父傳〉一篇，宋景濂極稱之。是後甚為留心書鈔類纂，求其片字不可得」，因慨歎「天下好書未必盡傳，即傳矣，或未必盡知之者，其究亦同歸塵草」[55]，知其時即其人亦已湮沒不聞。《四庫全書》所收《松鄉文集》十卷，為兩淮馬裕家藏本，並無趙孟頫撰墓誌銘、王厚齋序。

士林當宋末元初時，與謝翱、唐玨（字玉潛）友善。這兩位是以節義著稱的宋遺民代表人物，前者哭文天祥於子陵西台，並輯有

52　《松雪齋文集》卷八，《四部叢刊》本，第 88 頁下。

53　《清江貝先生集》卷八，《四部叢刊》本，第 42 頁下。

54　《居易錄》卷二十，康熙刻本，葉 2B。

55　〈奉萬九沙先生問任士林《松鄉集》書〉，《鮚埼亭集外編》卷四十四，《四部叢刊》本，第 994 頁下-995 頁上。

《天地間集》，後者收南宋諸帝遺骸而瘞之，士林所撰〈謝皋父傳〉、〈贈玉潛〉詩皆有表彰，故極為後人所稱[56]。杜本即稱讚其〈謝翱傳〉等「能使秉彝好德之心千載著明，固非曲相假借矣」[57]。此事雖與文學宗尚無直接的關係，然而杜本編纂《谷音》，顯然受到任氏很大的影響。

元初的杭州，是由宋入元的詩人仍然聚集的地方，為東南文壇重心之所在。正是在這裏，直接醞釀了由宋季江湖派向元詩的轉變。其代表人物，前有戴表元（字帥初），後有趙孟頫。戴表元作為任士林的同鄉前輩[58]，是至元、大德間東南文壇崇唐抑宋的主要倡導者，他不僅批評南宋百五十餘年間「理學興而文藝絕」[59]，而且在〈洪潛甫詩序〉中，通過對梅堯臣、黃庭堅、永嘉四靈為代表的整個宋詩發展過程的分析，明確將宋詩置於與唐詩對立的地位，於宋以來「唐且不暇為，尚安得古」表現出相當的焦慮[60]。故如顧嗣立曰：「宋季文章氣萎薾而詞骩骳，帥初慨然以振起斯文為己任。」[61]至於趙孟頫，更被視作是開啟新一代詩風的領軍人物，風

56　參見上文。

57　見《四庫全書總目》卷一六六「別集類」一九《松鄉文集十卷》條，中華書局影印本，第 1428 頁上。

58　王士禛則曰：「士林字叔實，與戴表元帥初齊名。」（《居易錄》卷二十，葉 2B）表元嘗有〈剡笺送任叔實〉詩，見《剡源戴先生文集》卷二十八，《四部叢刊》本，第 224 頁下。

59　袁桷〈戴先生墓誌銘〉，《清容居士集》卷二十八，《四部叢刊》本，第 422 頁上。

60　見《剡源戴先生文集》卷九，《四部叢刊》本，第 81 頁上。

61　《元詩選初集》甲集〈戴教授表元〉，中華書局 1987 年版，第 226 頁。

流儒雅，冠絕一時，袁桷稱：「松雪翁詩法高踵魏晉，為律詩則專守唐法。」[62]任士林正是在這樣的氛圍中進入他文學生涯的盛期，其活動中心，恰恰就在杜道堅之宗陽宮，時間當為大德中後期。據趙孟頫〈任叔實墓誌銘〉記載，士林與趙孟頫結識，即在其自四明游杭之初，自是相與為友；「而宗陽杜宗師館之於宮，教授弟子，常數十人。雖授徒以為食，而文日大以肆，近遠求文以刻碑碣者殆無日虛」[63]。士林於杜道堅執弟子禮，嘗為作〈南谷原旨發揮序〉，既為道堅所器重，可以想見他在這裏日日交接風雅名士的風光，上引貝瓊〈元故兩浙都轉運鹽使司照磨任公墓誌銘〉謂其子耜「嘗侍松鄉先生游錢唐，一時達官貴人皆折行輩與之交」，亦可為證。從時間上看，他在宗陽宮期間，恰好與前引危素所述杜本在宗陽宮從趙孟頫等諸名公遊可相銜接，故其重要的文學交遊，除了趙孟頫，至少還應包括袁桷、仇遠及楊載等人，杜本本人亦極有可能在此與士林相識。據任士林〈劉思魯（按：當作師魯，劉汶字）侍父之瀏陽序〉：「自余得楊仲弘，人方翕然從予；後得師魯，而人益信予，將托二子以自勗也。」[64]則楊載為士林所拔之弟子當確然無

62　〈跋子昂贈李公茂詩〉，《清容居士集》卷四十九，《四部叢刊》本，第697頁上。

63　《松雪齋文集》卷八，《四部叢刊》本，第 88 頁下。四庫館臣嘗論其碑碣之文曰：「是集所錄，碑誌居多，大抵刻意摹韓愈，而其力不足以及愈，故句格往往拗澀，乃流為劉蛻、孫樵之體。又間雜偶句，為例不純。」《四庫全書總目》卷一六六「別集類」一九《松鄉文集十卷》條，第 1427 頁下-1428 頁上。

64　《松鄉集》卷四，《文淵閣四庫全書》本，1196 冊，第 549 頁上。

疑。二人既然曾經同時都在宗陽宮，杜本所謂「仲弘詩法，得于句章任叔植（實）士林」，當亦在此際。趙孟頫於士林尤相引重，至大元年（1308）春，士林自杭州赴松江，繞道湖州訪趙孟頫，孟頫次在杭士友所作贈別詩韻，有「任子老於學，飛騰無歟遲。扁舟今又去，吾道定誰知」之贈言[65]。次年七月，士林卒於杭州客舍，趙孟頫聞訊之第二日，即致書南谷真人杜道堅痛悼之，並奉銀十兩，冀為轉達[66]。

士林所授之詩法，今未見有傳，檢其集中所存，亦惟〈書蔣定叔詩卷後〉所謂「金虎呼泉，科舉事廢，耳目明達之士，往往以詩自暢然。有詩法，有句法，有字法，森嚴玄邃，未易入也」[67]，略與此有涉。這也難怪，士林一生，無顯達之仕宦，其後詩名又不及仲弘，被人遺忘亦是自然之事。幸有杜本因授楊載詩法而及其師，雖不聞其詳，至少尚令後人知道曾有四明任士林詩法存在過。並且，亦尚可由楊載詩法之論推原其所宗尚。而從當時趙孟頫與士林之相得及楊載亦受業於趙的情形來看，士林之詩法主張當與孟頫頗為相契。其在杭期間的文學活動，應該是以推行宗唐詩風為己任，在這一點上，與其鄉人戴表元、袁桷有著相似的功績，四庫館臣曰：

65　《元李息齋墨竹卷》題詩其二，《江村銷夏錄》卷二，《文淵閣四庫全書》本，826 冊，第 531 頁上。

66　見《珊瑚網》卷九所錄〈趙集賢南谷二帖〉之二，《文淵閣四庫全書》本，818 冊，第 148 頁上。

67　《松鄉集》卷七，《文淵閣四庫全書》本，1196 冊，第 574 頁下。

然南宋季年，文章凋敝。道學一派，以冗沓為詳明；江湖一派，以纖佻為雅雋。先民舊法，幾於蕩析無遺。士林承極壞之後，毅然欲追步于唐人，雖明而未融，要亦有振衰起廢之功，所宜過而存之者也。[68]

多少還是賦予了他在元代文壇上應有的地位。有鑒於此，至大初郝天挺慕名而薦之行省，亦值得我們注意。郝氏即元好問《唐詩鼓吹》的注者，詩文創作受韓愈與李賀的影響較大。《四庫全書總目》評曰：「其文雅健雄深，無宋末膚廓之習，其詩亦神思深秀，天骨挺拔，與其師元好問可以雁行……」[69]《唐詩鼓吹》趙孟頫序，即遵郝氏囑所作，其謂「公以經濟之才坐廟堂，以韋布之學研文字，出其博洽之餘探隱發奧，人為之傳，句為之釋，或意在言外，或事出異書，公悉取而附見之，使誦其詩者知其人，識其事物者達其義，覽其詞者見其指歸，然後唐人之精神性情始無所隱遁焉」[70]，與其說是稱譽郝氏之風雅，毋寧說是為唐詩張本。或許郝天挺獲知有士林，即緣孟頫之仲介。《唐詩鼓吹》所選以中晚唐人為多，不按世次排列，尤以柳宗元、劉禹錫、許渾為冠，後人如納蘭性德因此嘗質疑說：「元遺山編《唐詩鼓吹》，以柳子厚〈登柳

68 《四庫全書總目》卷一六六「別集類」一九《松鄉文集十卷》條，第1428頁上。

69 《四庫全書總目》卷一六六「別集類」一九《陵川集》條，第1422頁中-下。

70 〈左丞郝公注《唐詩鼓吹》序〉，《松雪齋文集》卷六，《四部叢刊》本，第64頁下。

州城樓〉詩置之篇首，此詩果足以壓卷乎？」[71]巧的是，史載當時於士林，「趙孟頫輩咸推為今之柳河東」[72]，則郝氏之賞識任氏，是否有文學趣味上的關係？這也是值得我們進一步探究的。

六、餘論

本文通過對明初閩中「二藍」得授詩法溯源性的考察，清理出了任士林－楊載、楊載－杜本、杜本－藍氏昆友一系詩法傳承脈絡，在展示元明之際宗唐詩學觀念與詩風傳播的一個側面的同時，亦算是復原了一段幾乎為人所遺忘、由邊緣作家構成的文學史。從考察中可以看到，儘管任士林、杜本及「二藍」三代詩人皆屬老師豎儒、山林隱逸一類，然而他們的文學活動實際上是與當時的中心文壇密切相關的，他們確實承擔了中心文壇文學時尚傳播者的功能。一般認為，宗唐詩風在元代的形成與傳播，是以館閣為中心向地方輻射的，元末明初的徐達左在敘述元代文學之盛時已持此論：「當是時，以詩文名世者，若趙松雪、虞道園、范德機、楊仲宏（弘）諸君子，以英瑋之姿，凌跨一代，諧鳴於館閣之上，而流風

71　《潄水亭雜識》四，《通志堂集》卷十八，上海古籍出版社影印康熙三十年徐乾學刻本，1987年，葉11B。

72　見《大清一統志》卷八十五所載任士林小傳，《四部叢刊》續編本19，葉1B。按，其說當出自士林錢塘友人吾丘衍，其〈寄奉化任叔實〉，有「君家昔住海東邑，柳侯一見如曾識。相逢大笑傾酒壺，誦君文章洗胸臆」之句，見《竹素山房詩集》卷二，《文淵閣四庫全書》本，1195冊，第753頁上。

餘韻，播諸邱壑之間。」[73]清人顧嗣立那段常常為人所引用的總結性的話，「趙子昂以宋王孫入仕，風流儒雅，冠絕一時。鄧善之、袁伯長輩從而和之，而詩學又為之一變。於是，虞、楊、范、揭，一時並起，至治、天曆之盛，實開於大德、延祐之間」[74]，說的其實也是這個意思。就仁宗、文宗朝包括上述諸名公在內極為活躍的京師館閣文人之實際影響及他們「力排舊習祖唐人」[75]的作為而言，這樣的論斷不是沒有理由的。不過，我們也已經看到，實際上在此之前，在杭州這一都會，特別是將趙孟頫、袁桷、楊載、任士林、杜本等一大批詩人扭結在一起的宗陽宮文藝圈，已經成為宗唐詩風形成並傳播的中心。作為對元明之際一種最為主要的詩學觀念與文壇風習演變過程的考察，這一文學現象或事實是不應被忽略的。本文的目的，無非是試圖提供一個更貼近歷史語境的描述而已。

73　《句曲外史貞居先生詩集》卷首徐達左序，《四部叢刊》本，第 1 頁上-下。

74　《元詩選初集》丙集〈袁學士桷〉，中華書局 1987 年版，第 593 頁。

75　方孝孺〈談詩五首〉其五，《遜志齋集》卷二十四，《四部叢刊》本，第577 頁上。

明初閩詩派與臺閣文學

一、引論

　　明代前期出現的臺閣文學，是中國文學史上頗為獨特的一種現象。雖然臺閣文學及其所依託的政治制度在前代早已產生，宋元以來，人們亦已常常將「臺閣之文」與「山林之文」對舉，於其所應該具有的氣象以「溫潤豐縟」、「溫厚縝密」等相描述[1]，但從性質上說，明代這種被稱為「臺閣體」的文學仍有其特殊性。它是明朝新政權皇權專制極端發展的產物，尤其自永樂以來，與道德治國的方針相表裏，通過逐步實施內閣制度的建設，賦予了臺閣政治新的內容。處於文官集團最高層的這個政治精英群體，其身分當然已

---

[1]　如宋吳處厚曰：「余嘗究之，文章雖皆出於心術，而實有兩等：有山林草野之文，有朝廷臺閣之文。山林草野之文，則其氣枯槁憔悴，乃道不得行，著書立言者之所尚也；朝廷臺閣之文，則其氣溫潤豐縟，乃得位於時，演綸視草者之所尚也。」（《青箱雜記》卷五，歷代史料筆記叢刊本，中華書局 1985 年版）元吳海〈書貢尚書《閩南集》後〉曰：「故公之文豐腴清潤，無山林枯槁之態；溫厚縝密，有臺閣優遊之體。敷暢條達如春花之妍，委蛇演迤如長江之流海。」（《聞過齋集》卷八，《全元文》第 54 冊，江蘇古籍出版社 2004 年版）

不同於一般的文學近侍，也不僅僅是一般的御前政治顧問，當內閣被授權掌握票擬權並參預機務後，他們實際上有不小的行政和審議實權。而在異常強大的皇權面前，他們又無法真正做到以「道統」凌駕「政統」之上，發揮積極的淑世精神，構建以士大夫為中心的社會秩序。在此基礎上產生的臺閣文學，除了種種實用的政治功能之外，在深層所反映的，往往是這樣一個群體在如此強勢的皇權專制政體下如何修身自處的問題，典型的「臺閣體」，正可以說是通過自覺建設與此政體相適應的意識形態來尋求自我生存、發展空間的一種精神表述。

因此，要考察這樣一種臺閣文學的形成，從整個明代前期高度集權的政治體制與相應意識形態構建的進程切入，是一個合適的視角；溯其端始，明初士人如何隨新政權的建立，由山林轉向廟堂，由地方社會被納入中央集權的政治體制，由種種個體言說趨從官方意識形態，更是不可繞開的一個階段。學界在探討「臺閣體」形成時，也都比較普遍地首先從明初政治格局的變化與各地域文化的消長著手，不過，論題大都集中在江西士人與臺閣文學一側。從明初東南五大地域文學流派的實際處境及江西士人在臺閣政治中的勢力來看，標舉江西派在「臺閣體」產生過程中的突出作用，完全是有理由的，但這種影響來源恐怕不會是單一的，在當時，至少如福建地區的士人，以其相似的境遇與作為，亦在上述這一進程中扮演了相當重要的角色[2]。該地區作為傳承朱子學的重鎮，本來就有相當

2　廖可斌〈論臺閣體〉一文，亦已論及臺閣體詩歌在某種程度上可以說是並
　　祧江西、閩中兩派，見《詩稗鱗爪》，浙江大學出版社 1999 年版，第 88

強大的理學精神傳統，在明初統治者「簡儒臣充文學侍從之官」的
政策下，自然會有一大批賢人才士集結至殿閣詞林；而自南宋以
來，該地區的科舉之盛，已蔚為大觀，明代前期則繼續保持上升的
勢頭，並在逐漸完善的庶吉士－翰林－內閣這一高級文官培養、選
拔體制中顯示其實力。從建文四年（1402）創建內閣制度時即被選
入閣的楊榮，到成化初教授李東陽等庶吉士「古文詞學」的柯潛，
僅在翰林院任職的閩士就有三十餘人[3]，他們與江西派及其他地域
的政治精英一起，成為造就這種特殊的一體化意識形態及其文學表
現形式的執行主體。而就「臺閣體」詩風的形成來說，明初以林
鴻、高棅為代表的「閩中十子」詩派，或許有著比以劉崧為代表的
江西詩派更為重要的影響。這不僅因為隨著該群體相當一部分成員
在永樂中走向館閣，隨著時代與環境對文學職能要求的改變，他們
那種宗唐復古的理論主張及創作實踐，自覺不自覺地抹卻早年曾經
有過的個性化表現，回歸清和雅正，在元代館閣文學與明代館閣文
學之間充當了接續風氣的載體；更因為他們突出強調的盛唐格調，
為新王朝提供了一種表現空前盛世氣象的形式格範。錢謙益曾不止
一次地指出：「自閩詩一派盛行永、天之際，六十餘載，柔音曼
節，卑靡成風。風雅道衰，誰執其咎？」（《列朝詩集小傳》乙集〈高
典籍棅〉，上海古籍出版社 1983 年版）「國初詩家，遙和唐人，起于閩
人林鴻、高棅。永、天以後，浸以成風。」（同上乙集〈張僉都楷〉）

　頁。

3　據文淵閣四庫全書本《翰林記》卷十七〈正官題名〉、〈屬官題名〉、
　　〈史官題名〉統計。

雖然是站在批判的立場，指責其一味「規模唐音」而令性情之本缺失，然從他對「風雅道衰」的極度焦慮，是很可以看出閩詩派這種詩風在明代前期所產生的巨大影響的，而所謂「永、天之際，六十餘載」，恰恰是「臺閣體」形成並獨盛時期。有意思的是，作為閩中理學家的周瑛，卻從詩辭與道學之關係來表彰「閩中十子」的詩學，其〈題王皆山《白雲樵唱》後〉曰：「瑛謂閩中舊為道學淵藪，詩辭其緒餘也。然詩辭亦道學旁出，其抽思造意，探玄索微，出入造化，聯絡萬彙，其高妙處與性命相流通，詩所寄非淺淺也。」（《翠渠摘稿》卷四，文淵閣四庫全書本）他的闡釋固然明顯戴著理學家的有色眼鏡，卻也多少能反映閩詩派的文學創作與主流意識形態所存在的某種聯繫。本文即擬以「閩中十子」詩派在永樂間轉移至京師的文學活動為中心，檢證該詩派在「臺閣體」詩風形成過程中曾經有什麼樣的作為，產生過什麼樣的影響；至於明代前期整個福建地區士人與臺閣文學之關係，當另行撰文探討。

二、從「山林」到「館閣」：
閩派詩人文學職志的轉變

　　「閩中十子」詩派成員聚集於京師，其契機主要是成祖朱棣即位後，為塑造「右文」的個人形象（當然也是太平盛世景象），廣召內外儒臣與四方章布，展開纂修《永樂大典》等一系列文化工程。

　　永樂元年（1403）七月，朱棣諭侍讀學士解縉等，「朕欲悉采各書所載事物類聚之，而統之以韻，庶幾考索之便，如探囊取物」，「爾等其如朕意，凡書契以來，經史子集、百家之書，至於

天文地志、陰陽醫卜、僧道技藝之言，備輯為一書，毋厭浩繁」
（《太宗實錄》卷二十一「永樂元年七月丙子」條）。「於是廣召四方儒
者，許侍臣各舉所知」（《翰林記》卷十三《修書》）。永樂二年
（1404）十一月，解縉等進此纂成之韻書，賜名《文獻大成》。然
朱棣以所進書尚多未備，遂命重修，「而敕太子少保姚廣孝、刑部
侍郎劉季篪及縉總之；命翰林學士王景、侍讀學士王達、國子祭酒
胡儼、司經局洗馬楊溥、儒士陳濟為總裁；翰林院侍講鄒緝，修撰
王褒、梁潛、吳溥、李貫、楊覯、曾棨，編修宋紘，檢討王洪、蔣
驥、潘畿、王偁、蘇伯厚、張伯穎，典籍梁用行，庶吉士楊相，左
春坊左中允尹昌隆，宗人府經歷高得暘，吏部郎中葉砥，山東按察
司僉事晏璧為副總裁。命禮部簡中外官及四方宿學老儒有文學者充
纂修，簡國子監及在外郡縣學能書生員繕寫，開館于文淵閣。」
（《太宗實錄》卷三十六「永樂二年十一月丁巳」條）是書於永樂三年
（1405）年正月開局纂修，鑒於其規模浩大，動用的人力是相當多
的，據高棅〈送四彥歸閩州詩〉小序所記，「與纂修者三千人」
（《閩中十子詩》「高待詔詩集」卷一，八閩文獻叢刊本，福建人民出版社 2005
年版），可謂天下之材，網羅殆盡。

　　由以上記載可知，名列「閩中十子」詩派的王褒、王偁，於永
樂二年（1404）間皆已在京師任職翰苑[4]，並充《永樂大典》副總

4　王褒之任職時間稍早，當在永樂元年（1403），其傳曰：「永樂初年朝京
　　師，考上最。已而以文學表修《高廟實錄》，遂擢褒為翰林修撰。」
　　（《閩中十子詩》卷首〈閩中十子傳〉）案：解縉等上表進《太祖實錄》
　　在永樂元年六月，參詳《太祖實錄》卷二十一「永樂元年六月辛酉」條。
　　王偁（1370-1415）的任職時間當即在永樂二年（1404），由解縉永樂五

裁，同在翰林院並任副總裁的閩人尚有建安蘇伯厚。而據四庫本
《閩中理學淵源考》卷四十四〈紀善王中美先生褒〉引《閩書》等
史料：「褒性孝友剛直，好汲引士類，同郡陳仲完、高廷禮、王
恭，皆因褒以進。」知因王褒以所知舉薦，高棅、王恭得先後以布
衣徵赴京師，入翰林並預修《永樂大典》，陳仲完亦以賢才授翰林
編修，擢左春坊左贊善，並奉命修《大典》[5]。高棅被徵赴京師在
永樂元年（1403）秋，明年入翰林，授待詔，九年始陞典籍[6]；王恭
於永樂四年（1406）秋始入京，亦為翰林待詔，《大典》成，授典
籍[7]。《永樂大典》修成在永樂五年（1407）十一月，由姚廣孝等領
銜表進（見《太宗實錄》卷七十三「永樂五年十一月乙丑」條）；曾棨永樂
五年立秋日為王恭撰〈皆山樵者辭〉曰：「事畢，告老而歸，過予
言別，作〈皆山樵者辭〉以送之。」（《白雲樵唱集》附錄）似謂恭是
年即歸，然據高棅所記，永樂五年冬十二月，王恭尚在京師，與王

年（1407）春撰〈虛舟集序〉「孟揚在翰林越三年，不欲示其長於
　　人……」可推知。其應召赴京則在永樂元年，參見《虛舟集》附王偁〈自
　　述誄〉，文淵閣四庫全書本。

5　陳仲完（1359-1422），名完，以字行，長樂人。生平行跡見楊士奇撰
　　〈陳仲完傳〉（《東里文集續集》卷四十三，明嘉靖刊本）。仲完名列
　　《閩書》所記「閩南十才子」（詳下），今存《江田詩系》本《簡齋集》
　　一卷。據其集，與高棅、王恭、鄭定等皆有唱酬。

6　參見高棅〈倚韻奉寄和陳滄洲留別之作〉小序，《木天清氣集》卷六，清
　　金氏文瑞樓抄本；林誌〈漫士高先生墓銘〉，《蔀齋集》卷六，明萬曆間
　　活字本。

7　參見林慈永樂四年（1406）撰〈皆山樵者傳〉，《白雲樵唱集》附錄，文
　　淵閣四庫全書本；《明史・文苑傳二》王恭傳，中華書局 1984 年版。

褒、陳仲完等共為修成《大典》先期遣歸之閩士賦詩送行[8]，則其歸閩或當在次年。據此，「閩中十子」詩派的主要成員自永樂初年陸續進京，藉預修《永樂大典》之機，會聚館閣，原本洪武後期在福州已趨於消歇的群體性文學活動，至永樂四、五年間，重又趨盛，其活動當一直延續到永樂中期[9]。

此際先後在京師的該派詩人尚有：陳郯，字安仲，一字叔恭，閩縣人，洪武丁丑（1391）狀元，授翰林院修撰，傳見何喬遠《閩書》卷七十三〈英耆〉、《明詩紀事》甲籤卷二十九。與陳仲完一樣，他是另一種說法的「十才子」成員[10]。據四庫本《粵西文載》卷六十九〈人物〉胡嶟傳，《永樂大典》纂成之年，陳郯曾為應徵與修該書而以老辭歸的胡嶟作〈環翠樓記〉贈別。鄭定（1343-

---

8 高棅〈送四彥歸閩州詩〉小序曰：「永樂六年冬十二月，大典書成，擇日表進，與纂修者三千人，咸蒙賞賚，而恩榮遣歸者三之二。吾閩儒士鄭銘、陳蒂，泮生陳循、林彬，皆在遣中。戒行有日，凡鄉友之在禁林者，聞而出餞，且惜其去。……乃相與酌酒言別，發為歌詠，以壯其行。典籍王公安中首歌五闋，修撰王公中美、春坊贊善陳公仲完相繼倚和；予時繭足離群，愧不能追逐於臨歧之際，因感激吐辭，歌古調三疊，重賦〈四君詠〉凡七章，廁群公之末，以寫予故園之思，以勗其進修之大。」案：此記「永樂六年冬十二月」，當為「永樂五年」之誤，「大典書成，擇日表進」之史實，參見上引《太宗實錄》卷七十三「永樂五年十一月乙丑」條。

9 王偁卒永樂十三年，王褒卒永樂十四年，陳仲完卒永樂二十年，高棅卒永樂二十一年。

10 何喬遠《閩書》卷七十二〈英耆〉陳郯條載郯「與林子羽、陳仲完、唐泰、高棅、唐震、王恭、鄭孟宣、王偁、王褒稱閩南十才子。」（八閩文獻叢刊本，福建人民出版社1995年版）

1420），字孟宣，號浮丘生，閩縣人。「閩中十子」之一。元末嘗為陳友定記室。洪武中徵授延平訓導，歷齊府紀善，遷國子助教。著詩數卷，曰《澹齋集》，已佚。傳見《列朝詩集小傳》甲前集、《明史·文苑傳》、《閩中十子詩》卷首。其授國子助教當在建文初[11]，永樂初期仍在京師任職，故後人如倪濤，據鄭曉《吾學編》，有「永樂中遷國子助教」之誤記（《六藝之一錄》卷三六二，文淵閣四庫全書本）。周玄，字微之，閩縣人。「閩中十子」之一，林鴻弟子。永樂中，以文學徵，授禮部員外郎。有《宜秋集》。傳見《列朝詩集小傳》甲集、《明史·文苑傳》、《閩中十子詩》卷首。王偁嘗作〈早朝同員外元（玄）賦時有祀事〉（《虛舟集》卷五），可證他們同在京師賦詠；又據王偁作〈挽周員外元（玄）〉（同上卷四），知其先於偁而卒，在永樂十三年（1415）前。林敏，字漢孟，號瓢所道人，長樂人。林鴻弟子，亦邵銅成化三年（1467）序刻林鴻《鳴盛集》所列「十才子」之一。為詩清新雋永，以盛唐為宗。傳見《列朝詩集小傳》甲集、雍正《福建通志》卷五十一。又該志卷六十八〈藝文一〉載其有《青蘿集》二卷，已佚。據王恭〈贈林漢孟赴召入京〉詩，有「想到都門知己在，南宮西掖有逢迎」句（《白雲樵唱集》卷三），知其應召入京較王恭為早，而其時在京已多閩中同志。其他如林良箴，字思器，長樂人。早年

11　據王恭〈國子先生鄭孟宣以賜告歸省丘墓暇日訪余新甯沙堤余因載酒於滄洲野堂以讌之適文墨友方外交翕然來集酒酣樂甚分韻賦詩余得酒字時庚辰孟秋七月〉（《白雲樵唱集》卷二），知建文二年（1400）秋鄭定歸省，已在國子助教任上。

即與王恭、高棅、陳亮酬唱往來,工詩文草書,琴尤精,自號琴樂子。傳見《閩書》卷一百二十六〈韋布〉。王恭有〈送糧長林思器赴召天京〉(《白雲樵唱集》卷三),知其應召入京亦較王恭為早。陳登(1362-1428),字思孝,長樂人。永樂二年(1404)以薦召入翰林,預修國史。歷十年,擢中書舍人。傳見楊士奇〈陳思孝墓誌銘〉(《東里文集》卷十九,明嘉靖刊本)。登為陳仲完從子,今存有《江田詩系》本《石田集》一卷。其以薦召赴京及入翰林時,王恭有〈贈別陳少尹思孝服闋之天官〉(《白雲樵唱集》卷一)、〈詩寄梁浮丞陳思孝工篆入翰林〉(同上卷三)等詩相贈。又陳全(1359-1424),字果之,與陳登為兄弟,永樂四年(1406)進士第二,授翰林編修,亦預修《大典》。又召赴行在,與修《性理大全》等書,擢侍講,署翰林院事。有《蒙庵集》。傳見陳循〈翰林侍講陳先生全墓誌銘〉(《國朝獻徵錄》卷二十)。其在家鄉時,王恭、高棅嘗各為其皋陽別墅題詩作畫;而在京日,高棅又有〈題舊畫山水為陳果之侍講賦〉(《閩中十子詩》「高待詔詩集」卷一)。此外,還應算上林慈,字志仁,長樂人。洪武間以明經薦任本縣訓導,歷國子博士。史稱其「力學稽古,嫻於文詞」,有詩集。傳見雍正《福建通志》卷五十一〈文苑〉。林慈早年在家鄉即與王恭等以文學遊,自謂「每遇風恬日煦,即相與聚首,歌伐木詩,酌數行酒,掛幅巾林下,聆黃鳥好音,幽懷泊如也」(〈皆山樵者傳〉,《白雲樵唱集》附錄)。洪武二十八年(1395),嘗為高棅剛完成不久的《唐詩品彙》作序;永樂四年(1406)冬,他在國子博士任上,又為同在京師任職的王恭作〈皆山樵者傳〉。

我們看到,閩詩派這次集中轉移到都門宮掖間,規模是相當可

觀的，則其影響亦可想見。相比之下，洪武初的江西詩派，雖亦有不少成員被徵至京師與修禮樂或授職，然時間相對來說比較短，陣容亦沒有這麼齊整。這不能不「歸功於」朱棣承襲祖制的政治文化政策，那真可謂有過之而無不及。它的高明之處在於，以纂修這樣一種張大盛世氣象的系列文化工程為手段，通過薦召、科舉之途，令山林之下，無有遺賢，一方面瓦解元代後期以來已發展得相當成熟的地域社會，將其重新納入中央集權的政治體制中，一方面推進道德治國的方針，建立服從於帝王思想體系的國家意識形態（故永樂十二年又有纂修《五經四書大全》、《性理大全》之舉）。因而對於廣大士人，既是一種精神利用，也是一種巧妙的身心控制方式。需要指出的是，這種網羅人材之舉，是高壓與利誘兼施的。我們從另一位「閩中十子」成員陳亮一首〈奉寄高廷禮時求賢甚急高且講學編詩不暇〉所說的「頻傷白露摧蘭蕙，獨羨清風滿薜蘿」（《閩中十子詩》「陳征君詩集」卷四），從王恭於《大典》修成後很快乞歸山中，都可以看到他們對自己的處境其實是清醒的，他們並非盲目樂趨仕進之徒。只是時世如此，他們只能在歸於一統的政治、思想體制下討生活，按照統治者的意願與要求行事處世，這便是所謂的「知分」。在這種背景下，既然他們的身分已經改變，他們就不能再像從前閩中詩社活動那樣，娛情於城市山林之間，抒寫鬱憤放傲之志，而是應承擔起館閣文人的職志。

在明代，作為掌內制、專內命的翰林制度，其職掌範圍還是相當廣泛的，各級職官從掌制誥、史冊、文翰之事，考議制度，詳正文書，備天子顧問，到講讀經史、纂修國史、掌管古今圖籍等，條

分甚細[12]。與王偁同在翰林任檢討的王璲在為其作〈虛舟集序〉時，因此說：「同官翰林，耳目所接，莫非朝廷之典章，一代之製作。政教所布，號令所施，或或乎且得屢預國家大事。」（《虛舟集》卷首）然而由該制度的歷史淵源觀之，其性質仍可說是「專以供奉文字為職」，這些在翰林任職的閩派詩人，於他們平日互相酬唱的詩歌作品中，也往往如此體認他們自己的職分：王偁〈立春早朝賜酺答鄭編修之作〉曰：「愧非枚乘侶，雨露沐恩偏。」（《虛舟集》卷四）高棅〈題可貞王紀善獨秀山房〉曰：「名比三珠樹，詞傾五吏才。況陪銅輦暇，賦詠有鄒枚。」（《閩中十子詩集》「高待詔詩集」卷三）王恭〈寄翰林王孟敷兼促《皆山樵記》〉曰：「近道相如能獻賦，誰言賈誼少知音。」（《白雲樵唱集》卷四）王恭友人鄧定〈送王安中典籍赴闕〉則稍更詳具：「君今倏奮凌雲翼，載筆詞垣典書籍。金馬門前待詔歸，文淵閣上紬書入。鳳臺爭誦《白雲》篇，應制三時在御前。文章世許班楊敵，奏對人推董賈賢。……」（《耕隱集》卷上，明天啟七年鄧慶案刊本）似乎主要就定位在了文學近侍的角色上，這就使得他們仍以專力文事為要務。雖然這種專力於文事與他們早年曾經親身經歷的「生勝國亂離時，無仕進路，一意寄情於詩」遠不可同日而語，但在那個時代政治精英們比較普遍地越來越將文學創作視作「餘事」，甚而面臨「舉業興而詩道大廢」的困境之際，他們熱衷於文學活動與創作還是有意義的；只是處身於這樣一種思想與情感皆被高度統制的時代氛圍中，他們所創作的大量詩歌作品，不管是應制還是同僚間的酬贈，已無甚個性可言，

---

12 可參看《明史・職官志二》。

可以說亦難以擺脫這個時代文學的通病：「作者皆不得已應人之求，豈特少天趣，而學力亦不逮矣。」[13]如錢謙益論高棅詩即曰：「漫士所謂《嘯臺集》者，其山居擬唐之作，音節可觀，神理未足，時出俊語，錚錚自賞。《木天集》凡六百六十餘首，應酬冗長，塵坌堆積，不中與宋元人作奴，何況三唐！」（《列朝詩集小傳》乙集〈高典籍棅〉）此評聽來刻薄，實際上並不過分，《木天集》即《木天清氣集》，恰為高氏居官翰林所作。同樣的情況也發生在王恭身上，所作凡三集，唯出仕前之《白雲樵唱》、《草澤狂歌》得以流傳至今，而在翰苑所作之《鳳臺清嘯》反而「湮晦不傳」（《四庫全書總目》卷一六九《白雲樵唱集》條，中華書局 1983 年版），其品質亦可想而知。

三、閩派詩人在館閣文壇的地位

在永樂初的殿閣詞林，閩派詩人確有文學才能方面的聲名，其著者如王偁、王恭與王褒，與時任翰林檢討的錢塘人王洪一起，「當時詞林稱四王」（《列朝詩集小傳》乙集〈王侍講洪〉）。據前所舉，王洪與王偁、王褒並任《永樂大典》副總裁。此人於詩極為自負，自以漢魏標格，謂「終不作六朝語」，而實則效習李白，王偁對他頗為推重（同上）。不管其才名是否相符，與之同列，閩人已居其三。

三人之中，王偁最稱才俊，名氣也最大，在當時又與解縉、王

---

13 以上引文參見《翰林記》卷十九「文體三變」條。

洪、王達、及王璲「號東南五才子」[14]。解縉在建文四年（1402）創建內閣制度時，以侍讀學士，與黃淮、楊士奇、胡廣、金幼孜、楊榮、胡儼並值文淵閣，預機務，是早期內閣的領袖人物，主持纂修《文獻大成》及《太祖實錄》等一系列重大文化工程，原本甚為成祖愛重。他亦是極富文學才華之人，所謂「才氣放逸，下筆不能自休，當時有才子之目」（《四庫全書總目》卷一七〇《文毅集》條），曾棨在〈內閣學士春雨解先生行狀〉中曾描繪說：「或半酣興至，落筆數千百言，倚馬可待，未嘗創稿，人以太白擬之。」（《解學士文集》附錄，明嘉靖王戌刊本）確實，他的詩即以學李著稱，歌行尤有成就。或許是才子之間的惺惺相惜，解縉對王偁非常欣賞，以為當時為修史及纂《大典》，「內外儒臣及四方韋布士集闕下者數千人，求其博洽幽明，洞貫今古，學博而思深，為吾太史三山王君孟揚者，不一二見」，「余且第其人品，當在蘇長公之列，文之奇偉浩瀚亦類；至於詩，則凌駕漢唐，使眉山見之，未必不擊節歎賞，思避灶而煬」，故「每擬薦自代」（以上見解縉〈虛舟集序〉，《虛舟集》卷首），評價是相當高的，且獨以為知己。王偁後來於永樂十三年

---

14 錢謙益《列朝詩集小傳》乙集〈王讀學達〉記曰：「達善有盛名，與解大紳、王孟揚、王汝玉輩，號東南五才子。」所舉尚缺一人。朱彝尊《曝書亭集》卷十六〈王洪傳〉載：「洪敏於才。在翰林時，帝方懷柔遠人，屬國以方物貢者不絕，麒麟、白澤、騶虞、芝草、醴泉，凡有歌頌，以命洪，輒立就。與解縉、王偁、王璉、王達，號東南五才子。」所舉雖全，然其中王璉或當以王璲為是。璉，字汝嘉，璲之弟，亦召入翰林。洪熙中，入直文淵閣。然錢謙益謂「文譽亞于二兄（按：璲又有兄璉，字汝器），詩無足采」。參見《列朝詩集小傳》乙集〈王賓客璲〉附〈王主事璉、翰林璉〉。

（1415），即坐解縉黨下獄死，實皆有他們才性上的原因。王洪，
字希範，大致情況已見前述。王達，字達善，無錫人。洪武中舉明
經，除國子助教。永樂中，擢翰林編修，遷侍讀學士，與胡儼、楊
溥等並任纂修《永樂大典》的總裁官。他在當時亦有盛名，惟錢謙
益讀其所傳《耐軒》、《天遊》二稿，覺「詩文皆平薾，不稱其
名」，因而頗為不解（見《列朝詩集小傳》乙集〈王讀學達〉）。王璲，
字汝玉，長洲人。洪武末，以薦攝郡學教授，擢翰林五經博士。永
樂初，進檢討、左春坊右贊善，預修《大典》。王璲亦當時著名才
士，其詩最為仁宗所喜[15]，「仁廟在東宮，特深眷注，嘗與群臣應
制，撰〈神龜賦〉，汝玉居第一，解縉次之。汝玉後進，聲名大
噪，出諸老臣上，又與解縉、王偁輩互相矜許，遂被輕薄名。」
（《列朝詩集小傳》乙集〈王賓客璲〉）永樂七年（1409），王璲每日於文
華殿為東宮道說作詩之法，還因此引發了楊士奇與太子之間那段有
名的關於詩的對話[16]。四庫館臣引《靜志居詩話》稱：「其詩不費
冥索，斤斤唐人之調。」又謂「今觀其詩，音節色澤，皆力摹古
格，頗近于高棅、林鴻一派，誠有擬議而不能變化之嫌。」（《四
庫全書總目》卷一七○《青城山人集》條）則其宗尚可見。王璲對王偁亦
是讚賞有加，以為他是「信乎可以繼前人之風，相與角立於百代之
下者」，「予老而無能為矣，繼〈清廟〉〈生民〉之什，以鳴國家
之隆者，非孟揚誰望焉」（〈盧舟集序〉，《盧舟集》卷首），以王璲之
自負，能對王偁如此推許，可證王偁在當時館閣確是一顆耀眼之

15　參見王世貞《藝苑卮言》卷五，歷代詩話續編本，中華書局 1983 年版。
16　參見《翰林記》卷十一〈評論詩文〉。

星。

據今存王偁之《虛舟集》，他與人們普遍認為是「臺閣體」作家的胡廣、黃淮、曾棨等人皆曾有過集會唱酬[17]；三楊中以文學著稱的楊士奇，與王偁亦有交，從他為王偁門人林誌所作〈墓表〉對王、林二人性情之描述來看，對王偁還應有相當的熟悉與瞭解[18]。胡廣、曾棨與解縉一樣，詩皆學李白，這也是元代後期館閣文學的一種風尚，胡廣的歌行也還頗有風致；而如楊士奇，或可屬諸學杜者之列；至於黃淮，於詩亦宗盛唐，其集中有〈與節庵論唐人詩法因賦長律三十五韻〉，雖結論與楊士奇等「臺閣體」領袖的主張如出一轍，「要使從容歸大雅，須教敦厚更溫柔」（《省愆集》卷下，明宣德八年刊本），然探討唐人詩法實頗有心得。對他們來說，與王偁這樣標持甚高而又專力於文事的才士有文學的交往，應該多少會在文學價值取向上受到一些實際的影響。王偁的影響還不僅表現在其創作上，他本人曾編有《皇朝詩選》一書，這大概可以顯示其擁有的文學權力，又能藉此宣示自己的文學主張，可惜此書已佚，他的編選標準以及所蘊涵的種種批評觀念，我們在今天已無法看到。不過，從稍後楊士奇對它的首肯，認為在明初，「我國家文運隆興，詩道之昌，追古作者。選錄不啻十數家，然惟劉仔肩、王偁所

17　如〈元夕黃庶子淮宅詠蓮花燈和胡學士廣韻〉、〈送曾侍講棨從幸北京〉等，皆見《虛舟集》卷五。

18　參見〈故奉訓大夫右春坊右諭德兼翰林侍讀林君墓表〉，《東里文集》卷十六。又楊士奇集中〈題王孟揚檢討鶺鴒圖〉（《東里詩集》卷一），其跋〈黃庭經二帖〉謂：「近得之王孟揚檢討……」（《東里文集續集》卷二十一），皆可證其交往。

錄為庶幾焉」，而王偁此選，又比劉仔肩《雅頌正音》「精且詳」
[19]，我們還是能窺見其大致規模以及籠罩在正統視閾下體現「盛世
之音」的一面。

王恭在當時是以寄跡山林的高士形象出現在都中人士面前的，
他的特殊經歷，所謂「少業為士，漫遊江海間；中年乃棄去名跡，
葛衣草履，樵隱於七岩之山」（王偁〈皆山樵者傳〉，《白雲樵唱集》附
錄），對於一般依循常規成長道路走來的士人來說，頗具浪漫色
彩；而對於急於牢籠普天下文人士子的統治者來說，又是最好的
「野無遺賢」的一個例證，如同在翰林的閩人林環所謂「益信天下
之所以昌」（〈白雲樵唱集序〉，《白雲樵唱集》卷首）。因此，自其永
樂四年（1406）被徵至京師後，圍繞著這個「皆山樵者」形象，一
時如解縉、曾棨及同里在京為官的林慈、王偁、林仲貞等，各賦
贊、說、傳、記、辭之篇，成為一段佳話。他們表彰他的只是詩歌
方面的成就，解縉說：「善為詩，有唐人風格，蓋博學隱者云。」
（〈皆山樵者贊〉，《白雲樵唱集》附錄）曾棨亦說：「工于詩，有盛唐
之音。」（〈皆山樵者辭序〉，同上）故前引鄧定〈送王安中典籍赴
闕〉詩謂「鳳臺爭誦《白雲》篇，應制三時在御前」，應該不是一
種誇飾，林環就有「無何，果以詩名徹宸聽，得翰林典籍」（〈白
雲樵唱集序〉）的說法，表明他的詩在朝廷頗有流傳。

相比較之下，王褒的才名要略遜一籌，錢謙益亦持這樣的看
法：「中美與孟揚、安中齊名，其詩殊乏才情，不堪鼎足，或其佳

---

[19]　參見楊士奇正統元年（1436）所撰〈滄海遺珠序〉，《滄海遺珠》卷首，
　　文淵閣四庫全書本。

者不傳耳。」（《列朝詩集小傳》乙集〈王紀善褒〉）他的詩文集《三山王養靜先生集》十卷倒是留存至今，或許只是因為他不像王偁、王恭那麼有個性，為人處世亦有意識地以清慎、中庸為原則，因而自然就顯得低調一些。不過，這種風致大概更符合館閣體的要求，故史載永樂中，「時海內無事，每遇禎祥或令節，輒命從臣賦詩，褒應制多稱旨」（《閩中理學淵源考》卷四十四〈紀善王中美先生褒〉）。而從李時勉〈題林志善詩後〉，記此卷詩文乃永樂初翰林諸公為前南康太守林仕敏所作，「當時作者十五六人，自修撰王褒先生而下三數人，為前輩舊德，餘皆吾同年友也，今多物故，……其尤可感也」（《古廉文集》卷八，明成化十年刊本），應可看到他在當時翰苑還是有地位的。

三王之外，閩派詩人在館閣而以詩名者，當然還應有高棅。該詩派後勁林誌在所作〈漫士高先生墓銘〉中稱「先生與皆山並以詩遇今上」，「平生賦詠，流傳海內」，「在翰苑二十年，四方求詩畫者，爭致金帛修饌」（《蔀齋集》卷六），似乎在當時有不小的影響。他集中的一些應制詩及與同官翰林的梁用行、王偁等人的酬和之作，也反映了他在館閣的文學活動情況。不過，不知因為是他官運方面的問題，還是有什麼別的原因，差不多同時期的那些著名「臺閣體」作家的著述，卻幾乎沒有提到他的，包括他那被《明史·文苑傳》認為是「終明之世，館閣宗之」的唐詩選本——《唐詩品彙》或《唐詩正聲》。這裏的情況比較複雜，我們將在下面專門再作一些討論。倒是像陳仲完、陳登這樣世家背景的館閣之臣，在他們生前身後，頗受楊士奇、楊榮、金幼孜等內閣重臣的敬愛，楊士奇為仲完作過像贊（《東里文集續集》卷四十五）及傳（同上卷四十

三），為陳登作過像贊（同上）與墓誌銘（《東里文集》卷十九）；楊榮
也為仲完作過畫像贊（《楊文敏公集》卷十六，明正德刊本）及墓誌銘
（同上卷二十一），金幼孜則為陳登作過畫像贊（《金文靖公集》卷十，
明弘治六年刊本），並為登父陳仲進的詩集作跋，以「其辭氣雍容而
意趣深長者，必太平治世之音」（〈書南雅集後〉，同上）相表彰。在
這些閣臣的眼中，無論陳仲完、陳登，都已經具有相當典型的臺閣
作風，「其學問之得，必本於經；其文章之達，不騖乎名。氣宇藹
陽春之和，襟抱含冰雪之清」（楊士奇〈陳仲完像贊〉），「其中之夷
夷，其外之怡怡；其學無所不窺，其辯浩乎若馳。……蓋優遊翱翔
石渠天祿，而探玄抉秘商鼎周彝」（楊士奇〈陳思孝像贊〉），從他們
身上，我們可以感受到，至永樂中後期，閩派詩人如何隨著政治文
化體制一體化的進程，已被徹底改造成順應時代潮流的審美風致。
又永樂初尚在國子助教任上的鄭定，作為閩派前輩詩人，在當時館
閣其實也頗有影響，我們從下面所舉館閣諸公奉和其〈退朝左掖聞
鶯〉之作，多少可以得到證實。

　　自永樂後期開始，「閩中十子」詩派的傳人仍接續他們的前輩
繼續在館閣發揮作用。他們的代表人物是：林誌（1378-1427），字
尚默，閩縣人。永樂壬辰（1422）禮部會試第一，廷試第二，賜進
士及第，授翰林編修、承事郎。甲午（1424）召赴行在，預編《性
理大全》及《四書五經大全》，受賜賚，陞文林郎。他是王偁的門
人，「其學博究經史百氏及星曆醫卜之說，咸得其要領」（楊士奇
〈故奉訓大夫右春坊右諭德兼翰林侍讀林君墓表〉，《東里文集》卷十六），
「所著詩文，雄健簡古」（楊榮〈故奉訓大夫右春坊右諭德兼翰林侍讀林君
墓誌銘〉，《楊文敏公集》卷二十一），有《蔀齋集》傳世。馬鐸（1366-

1423），字彥聲，長樂人。永樂壬辰（1422）進士第一，授翰林修撰。早年受《禮》於鄭定，「遂旁通《易》、《詩》、《書》，于子史百家多所博涉。為文援筆輒就」（楊士奇〈故翰林修撰馬君墓誌銘〉，《東里文集》卷二十），惜授官不久即辭世。有《梅岩集》二卷，已佚。陳叔剛，名根，以字行，閩縣人。永樂辛丑（1431）進士。宣德初，拜監察御史，預修《實錄》。遷翰林院修撰，擢侍讀，充經筵講官。以文行名。據載，叔剛「乃就諭德林尚默先生問古文法，先生作〈原文〉貽之，歸則旁搜遠討，其功倍於肄舉業時，其學與文遂並進」（劉球〈故翰侍讀承直郎陳公行狀〉，《兩溪文集》卷二十二，明成化刊本）。同陳仲完、陳登一樣，這些人也已經完全浸淫於臺閣審美風致，如林誌，遠比其師王偁要「謹靜守約」（楊士奇〈故奉訓大夫右春坊右諭德兼翰林侍讀林君墓表〉），「在朝十有五年，入則恭勤趨事，惕然警勵，……退則靜坐一室，優遊疏散，醉吟自適，淡然若與世事不相干者」（楊榮〈故奉訓大夫右春坊右諭德兼翰林侍讀林君墓誌銘〉）；馬鐸亦然，為人「質實無偽」，其志淡雅，「閒眼讀書鼓琴以自適，所居據山林之勝」（楊士奇〈故翰林修撰馬君墓誌銘〉）；而「叔剛溫雅潔愨，出言行事皆有思；裁為文，亦復如是」（《閩中理學淵源考》卷四十三〈侍讀陳先生叔剛〉），皆表現出這個時代的政治精英普遍具有的看似醇雅和厚、實則恭斂謹慎之特質，亦因而皆為以「三楊」為首的閣臣相引重。

四、世運與格調：一種「鳴盛」範式的建立

館閣文人的詩歌創作，最為常見的，不外乎應制與同僚間的酬

贈，前者是一種職分，後者則屬文人傳統，唐宋以來，莫不皆然。隨著新王朝的建立，一個極為迫切的問題是，文學如何能尋索到與這樣一個氣化隆洽、治教休明的空前盛世相稱的表現形式，既然明初統治者與歌頌者都自以為「自三代以降，未有盛於今日者也」（金幼孜〈師子賦序〉，《金文靖公集》卷六），那麼，它就必然要求文學也能有超越前代的新氣象（故明代前期的文人常常以「凌駕漢唐」相號召），至少應該掃卻元代館閣被認為是萎弱麗靡的積習，這屬於新時代館閣文人構建官方意識形態中一項很重要的任務，而閩詩派恰恰在這一需求上有所作為。

就應制詩而言，當初林鴻於洪武中在京師任禮部精膳司員外郎[20]，太祖朱元璋嘗試〈龍池春曉〉、〈孤雁〉二詩，一日名動京師，已經顯示了閩派詩人是如何為「鳴國家之盛」奠定基調的。若再往前追溯，甚至還可與洪武元年（1368）侍講學士張以寧因「鍾

---

[20] 《國朝獻徵錄》卷三十五所錄無名氏撰林鴻傳曰：「高皇帝時，部使者以人才薦，授將樂儒學訓導。居七年，擢拜膳部員外郎。高皇帝臨軒試〈龍池春曉〉、〈孤雁〉二詩，一日名動京師，是時鴻年未四十也。」（上海書店 1987 年影印本）據《明史·選舉志三》，洪武六年「遂罷科舉，別令有司察舉賢才，以德行為本，而文藝次之。其目曰聰明正直，曰賢良方正，曰孝弟力田，曰儒士，曰孝廉，曰秀才，曰人才，曰耆民，皆禮送京師，不次擢用。……至十七年始復行科舉，而薦舉之法並行不廢」，則林鴻以人才薦，授將樂儒學訓導，至早亦當在洪武六年（1373）；在任七年，則其擢禮部精膳司員外郎至早亦當在洪武十二年（1379）或十三年（1380）間。文淵閣四庫全書本《鳴盛集》卷首劉崧洪武十三年（1380）春所撰序已稱「林員外子羽」，則其以人才薦或即在洪武六年。

山賦詩」博得朱元璋歡心相聯繫[21]。林鴻這兩首詩，就詩題來說不見於今存《鳴盛集》中，然由其集中如〈甘露應制〉、〈春日游東苑應制〉、〈春日陪車駕幸蔣山應制〉四首等，仍可看到其應制詩一類的基本風貌。胡應麟嘗論曰：「子羽七言律，如『珠林積雪明山殿，玉澗飛流帶苑牆』，『諸天日月環龍袞，九域山河拱象筵』，『衲經雁宕千峰雪，定入峨眉半夜鐘』，『雲邊夜火懸沙驛，海上寒山出郡樓』，皆氣色高華，風骨遒爽。而諸選諸家，例取其『堤柳欲眠鶯喚起，宮花乍落鳥銜來』等句，乃其下者耳。」（《詩藪》續編卷一，上海古籍出版社 1958 年版）胡氏所舉前兩聯，即出自〈春日陪車駕幸蔣山應制〉其一頸聯與其二頷聯，前一聯《鳴盛集》中作「珠林霽雪明山殿，玉澗飛泉近苑牆」；而「諸選諸家」「例取」的一聯，出自〈春日游東苑應制〉頸聯。他的用意，無非是要論證林鴻詩如何體現其以盛唐之音為宗尚，故所摘諸句，皆取其盛大、遒麗之氣象、格調，所謂「氣色高華，風骨遒爽」，能表現出與輝煌盛世的某種對應性；而「諸選諸家」「例取」的一聯之所以「乃其下者」，應該是他認為猶未脫元代館閣習氣。當然，這樣的評價，代表了「七子」格調派的價值標準，然正是從他們這一派的視角，或許更能夠讓人理解什麼才是表現盛世氣象的形式、風格。

永樂初在館閣的閩派詩人，亦毫不例外地擔當起「以供奉文字為職，凡被命有所述作」（《翰林記》卷十一〈應制詩文〉）這樣的職責，只要朝廷有重大事件，皇帝有重大活動或逢節令、瑞應等喜

21　參見《明史·文苑傳一》張以寧傳。

慶，他們都會和其他閣臣一起，奉命進獻應制詩賦。試舉數例：永
樂四年（1406）十二月，新城侯張輔代成國公朱能率討安南軍分道
進兵，拔多邦城，直搗其東、西二都；次年五月，安南盡平[22]。當
時館閣眾臣如楊士奇有〈平安南詩〉（《東里文集》卷二十三），王璲
有〈平安南詩〉（《青城山人集》卷一），梁潛有〈平安南頌〉（《泊
庵集》卷一），夏原吉有〈平安南賦〉（《忠靖集》卷一），齊聲頌揚
當今天子服遠之威德，而王褒亦以〈平安南頌〉（《閩中十子詩》
「王翰林詩集」卷一）恭預其事。永樂五年（1407）二月，朱棣命建普
度大齋於靈谷寺，為高帝高后薦福。時有諸多祥瑞出現，史載學士
胡廣等咸獻〈聖孝瑞應〉歌詩[23]。在其列的如楊士奇也作有〈聖孝
瑞應詩〉（《東里文集續集》卷五十四），此外便是王褒作〈聖孝瑞應
詩〉（《閩中十子詩》「王翰林詩集」卷一），王偁作〈蔣山法會瑞應詩
應制作〉（《虛舟集》卷四），皆竭力為太平景象禮贊。永樂十年
（1412）十月，朱棣狩於城南武岡，先夕有甘露降；次日狩陽山，
甘露復降。於是，大臣皆以之為天地至和之應，又紛紛進獻應制詩
賦。如楊士奇作〈甘露賦〉（《東里文集》卷二十四），楊榮作〈甘露
詩〉（《楊文敏公集》卷一），而高棅也有〈瑞應甘露詩並序〉（《閩
中十子詩》「高待詔詩集」卷二）。

在今天看來，這類應制詩實在沒有多大的文學價值，歌功頌德
的主旨，千篇一律的話語，毫無個人性情可言，即就所謂的格調而
言，亦如晚明性靈詩人批評「七子」一派的模擬，是「假氣格」。

22　其事之原委經過，參詳《明史·外國傳二》安南傳。

23　參見《明史·宦官傳一》侯顯傳。

不過，在當時的情勢下，詩取什麼樣的格調（特別是諸如此類進上之
詩），卻有著關係到能否表現勝國治世獨有的精神內蘊與自位形象
的重大現實意義；而館閣眾臣紛紛進獻的群體性行為，既是一種競
技性的詩藝訓練，又會在相互砥礪中彼此產生影響。閩詩派原來即
以「卓卓乎其可尚者，又惟盛唐為然」[24]之詩學主張為標識，就在
此際，連同其創作實踐，成為影響「臺閣體」詩風取向的一種主導
傾向。譬如，〈早朝〉一類的詩，自唐代以來就是各級臣工表現公
共政治領域意識與作為的一種職業化主題，在館閣更是司空見慣，
亦常為應制之作。王偁在翰林時，就曾撰有〈元日早朝〉，詩如
下：

> 鍾山瑞靄曉蒼蒼，紫禁猶傳玉漏長。雙闕旌旗低鳳輦，千官
> 環珮列鴛行。恩光已共陽和布，草木均霑雨露香。獨愧此身
> 無補報，年年萬歲祝堯觴。（《虛舟集》卷五）

此詩以蒼茫掩映的「鍾山瑞靄」為背景，然後再聚焦至紫禁城內雄
偉的建築與列班眾臣森嚴的儀仗，氣象闊大，氣勢非凡；而陽光雨
露之溥揚君德的主旨與一片精誠的表忠方式，又鮮明而自然地與萬
物更新、世運長盛的意蘊聯繫在一起，確實有一種廣大清明之氣，
音調亦堪稱宛亮。高棅因作〈奉和王檢討元日早朝〉相角勝：

24　王偁〈唐詩品彙序〉述高棅所論，《唐詩品彙》卷首，上海古籍出版社
　　1982年影印本。

嚴城初啟漏聲殘，闤闠平分曙色闌。一葉仙蓂迎淑氣，九重
宮樹卻春寒。天近蓬萊瞻日月，風回環珮綴鴛鴦。共膺舜曆
三陽泰，長奉堯尊萬歲歡。（《閩中十子詩》「高待詔詩集」卷
四）

同樣的廣大清明氣象，同樣的頌聖體式。若究其風格淵源所自，我
們自然會聯想到他們高相標舉的盛唐之音的宗尚。下面這首高棅的
〈擬岑補闕參奉和早朝大明宮之作〉可以用來作為一種證據：

明光漏盡曉寒催，長樂疏鐘度鳳臺。月隱禁城雙闕迴，雲迎
仙仗九重開。旌旗半卷天河落，闤闠平分曙色來。朝罷珮聲
花外轉，回看佳氣滿蓬萊。（同上）

無論作法、風格，說高棅的這首詩與上一首詩如出一轍，大概是並
不為過的，而它恰恰是摹擬岑參同題詩的產物。胡應麟因此對此首
頸聯所表現的氣象極為讚賞，曰：「高廷禮〈擬早朝大明宮〉及
〈送王李二少府〉詩，如『旌旗半卷天河落，闤闠平分曙色來』，
『清川雨散巴山出，大澤天寒楚樹微』，殊有唐風。國初襲元，此
調罕睹。」（《詩藪》續編卷一）明確指出這樣的擬唐之作一變元人
習氣，開啟了新朝盛世之詩風。他的這種評價，也是「後七子」領
袖的共同看法，以持擇苛嚴著稱的李攀龍《古今詩刪》，在其明七
言律部分，就將此首選入[25]；王世貞亦以「旌旗半卷天河落，闤闠

25　見《古今詩刪》卷二十八，明萬曆間汪時元刊本。

平分曙色來」這一聯為佳，而特摘句標示[26]。恐怕高棅自己亦極珍
愛這樣的句子，不然他不會不避嫌疑而反復使用的。作為對照，我
們可再舉一首同期館閣文人王紱（字孟端，無錫人）所作的〈用韻元
日早朝和鄒先生（緝，仲熙）〉為例，詩曰：

> 珊珊珂珮共趨朝，彩仗森嚴擁戟旄。仙樂奏隨方物表，天香
> 飄及近臣袍。風微玉陛春光早，露濕金莖日影高。班退又聞
> 催入醮，宮花簪帽醉葡萄。（《王舍人詩集》卷四，文淵閣四庫全
> 書本）

這首同題唱和詩在氣象、格調上，與王偁、高棅之作就有著相當明
顯的差異，顯然仍沿襲了元代後期館閣詩那種麗靡清婉的風習，四
庫館臣對其詩有一整體評價，謂之「結體稍弱」（《四庫全書總目》
卷一七○《王舍人詩集》條），應該還是中肯之言。由此觀胡應麟論高
棅詩功績所說的「國初襲元，此調罕睹」，不為無據。在這裏，如
果我們將楊士奇的一首〈早朝應制〉也拿來比對的話，則閩詩派那
種開啟新朝盛世詩風的作用，或許可以得到更為清晰的呈現。其詩
如下：

> 天香初引玉爐熏，日照龍墀彩仗分。閶闔九重通御氣，蓬萊
> 五色護祥雲。班聯文武齊鵷鷺，慶合華夷致鳳麟（是日南夷貢
> 麟）。聖主臨軒萬年壽，敬陳明德贊堯勳。（《東里詩集》卷

---

26 參見《藝苑卮言》卷五。

二，明刊本）

我們看到，楊氏此作所表現的意蘊與種種特徵，無疑更近王偁、高棅詩的盛唐氣格，合乎那種頌聖鳴盛的範式。從他自己對「唐貞觀、開元之際」詩的推崇，以為「讀其詩者，有以見唐之治盛於此；而後之言詩道者，亦曰莫盛於此也」（〈玉雪齋詩集序〉，《東里文集》卷五），亦顯示了其在詩歌價值取向上的認同。雖然他們在「治道」或「詩道」上各有側重，這也正可看出閩詩派致力於文事所作的貢獻，但在要求文學建立一種與新朝盛世相對應的表現形式之認識上卻是一致的，這是閩詩派能夠在館閣產生影響並流行的基礎。

館閣之臣相互間的唱酬，是介乎所謂公領域與私領域之間的一種情志交流的行為，當新政權建立後，它同樣存在著應該如何體現世運、如何構建合乎官方意識形態的審美風致問題。在永樂初，以閩派詩人為主體，有不少其他閣臣參與，曾經圍繞著閩派前輩詩人鄭定所作的〈退朝左掖聞鶯〉詩，展開了頗為盛大的唱和活動。這一事件，恰可用來說明當時的這些文學侍從之臣，如何通過這種特定的公務閒暇場景，來表現一種唯治平盛世才有的和樂之性情、寬裕之心境，進而以個人心性修養為發端，自覺加入意識形態一體化的建設。鄭定的原詩已不存，館閣眾臣的唱和之作擇要列舉如下：

王恭〈奉和國子先生鄭孟宣退朝聽鶯之作〉：

蓬萊佳氣滿瑤京，禁柳青青聽曙鶯。輦路乍聞千囀曉，春風遙度萬家聲。近隨天仗和鸞馭，散入雲門間玉笙。不獨清平

歌此調，高臺還有鳳凰鳴。（《白雲樵唱集》卷三）

王偁〈退朝左掖聞鶯追和鄭紀善之作〉：

帝城春早覺春和，朝罷鶯聲送珮珂。文羽不隨天仗散，調音偏傍上林多。嬌連茝石花前聽，響雜雲韶柳外過。卻憶故園芳樹底，停杯為爾罷狂歌。（《虛舟集》卷五）

王褒〈次鄭校書左掖聞鶯之作〉：

白頭著作丈人行，左掖聞鶯有短章。委佩乍分花外仗，停驂歸滯柳邊牆。謫仙老去鄉心切，賈至才高野趣長。自笑雲泥蹤跡異，無因傾耳接飛觴。（《閩中十子詩》「王翰林詩集」卷二）

王璲〈左掖聞鶯和鄭孟宣助教〉：

落絮飛花滿禁城，萬年枝上一鶯鳴。全非幽谷間關調，總是東風宛轉聲。啼處尚含求友思，斷時猶帶惜春情。朝回左掖門前聽，卻訝簫韶奏九成。（《滄海遺珠》卷二）

楊士奇〈和鄭孟宣助教左掖聞鶯〉：

新鶯飛集萬年枝，宛宛流音欲曙時。乍協仙韶當紫殿，更諧

　　瓊珮近彤墀。九天春日初留聽，千里雲林獨繫思。惟有鄭虔
才調絕，朝回灑翰一題詩。（《東里詩集》卷二）

以上這些詩，無一不是大筆抒寫閒逸優雅之情致，用李昌祺〈左掖
聞鶯次前人韻〉「惟有詞臣最閒暇，輕搖玉珮讓和鳴」（《運甓漫
稿》卷五，明正統刊本）兩句來表述，最為貼切。其表現仍是一種清明
的氣象，春和景明，鳥鳴宛轉，詩人以優柔不迫、從容淡定的心
態，在花前柳下隨意捕捉著嬌鶯清音，形諸聲詩，則自然詞氣安
閒，韻調停勻，毫無山林枯槁之態。這是一種所際盛時而又對個人
政治境遇志滿意適的私人化、情緒化表述，每個人都從這樣一種規
定情景出發，在渲染、推助看似出之個人興致的風流蘊藉之情懷的
同時，既彰顯醇和溫雅的心性修養，又不失時機地頌揚時代氣運之
盛，說到底，還是一種「鳴國家之盛」的詩歌表現形式。與前述應
制詩一類的創作情形相似，活躍於館閣文壇的閩派詩人，在這一類
詩上，亦以其某種示範效應，在構建所謂的「鳴盛」範式上起到了
積極的作用。

五、高棅唐詩選本的刊行及其意義

　　《明史·文苑傳》高棅傳如下一段話常為人所引述：「其所選
《唐詩品彙》、《唐詩正聲》，終明之世，館閣宗之。」按照這樣
的說法，意味著閩詩派以盛唐之音為宗尚的詩學主張，通過高棅這
兩個唐詩選本，對館閣文壇產生了相當持久的影響。四庫館臣亦承
其說，並將實現「壇坫下移」的李夢陽、何景明輩摹擬盛唐之胚

胎，也追溯至高棅之選。如若此說成立，對於我們論述明初閩詩派
對於「臺閣體」詩風的影響，當然是極重要的論據。然而問題是，
這實在是一種相當籠統且含混的說法，既沒有指出其所依何據，更
沒有具體說明高氏之選於何時開始在館閣流行，故已有學者根據對
明代前期流行的唐詩選本實際情況的考察，對此說進行質疑，認為
高棅選本的影響要到嘉靖以後才顯明[27]。

　　在以三楊為首的閣臣的著述中，確實都沒有任何提及高棅《唐
詩品彙》或《唐詩正聲》之處，誠如論者所指出的，當時最為通行
而且最受重視的唐詩選本，是高棅所祖述的元楊士弘的《唐音》。
高棅的《唐詩品彙》始編於洪武十七年（1384），完成於洪武二十
六年（1393），之後又於洪武三十一年（1398）完成《唐詩拾遺》十
卷，皆其在閩期間所編，可能確實沒有及時刊印，即有閩中詩友王
偁、林慈、馬德華先後為序而褒揚之，影響也僅限於他們周圍的這
個文學小圈子。高棅的《唐詩正聲》情況有所不同，根據黃鎬成化
十七年（1481）重刊該著所作序，曰：「吾閩前輩翰林典籍高廷禮
先生，總為《唐詩品彙》，而又慮其編目浩繁，得其門者或寡，復
採取唐人所作，得聲律純正者凡九百二十九首，為二十二卷，名曰
《唐詩正聲》。編成先生沒。」（見清吳中珩刊本及美國國會圖書館藏嘉
靖刊十卷本卷首）知編選於生命的最後階段。據前，我們已知高棅卒

27　參見陳國球〈唐詩選本與明代復古詩論〉，《唐代文學研究》第五輯，廣
　　西師範大學出版社 1994 年版，第 754 頁、第 770-773 頁。以下有不少材
　　料轉引自該文，特此說明。拙文結論雖與該文稍有出入，然從考察角度到
　　材料舉證，由該文受益良多。

於永樂二十一年（1423），又自永樂二年（1404）入翰林，「在翰苑二十年」，則此編應在館閣所為。說起來，這是一個《唐詩品彙》的精華本，但既然山林與館閣居處已不同，他對舊編重加篩選，所考慮的應該不止是部頭大小的問題[28]，更重要的還有價值標準的調整或重新確定。桂天祥《批點唐詩正聲》卷首〈凡例〉中那一段文字，有學者已指出最早見於嘉靖三年（1524）胡纘宗序刻本[29]，曰：「因編《唐詩品彙》一集，……切慮博而寡要，雜而不純，乃拔其尤，彙為此編，亦猶精金粹玉，華章異彩；斯並驚耳駭目，實世外自然之奇寶。題曰《正聲》者，取其聲律純完而得性情之正者矣。」不管這段文字是否為高棅所撰，至少此集被解讀出這樣一種傾向，原來《品彙》所持尺規實際偏重於「聲律純完」一側，所謂「別體制之始終，審音律之正變」（高棅〈唐詩品彙總敘〉，《唐詩品彙》卷首），現在則似乎強調與「得性情之正」並重；「正聲」之謂，顯然有官方意識形態影響的色彩。該著在高棅身後二十年即正統七年（1442）由同鄉後學彭曜捐俸鋟梓，時任明威將軍金吾右衛指揮僉事[30]。上引黃鎬《唐詩正聲》序亦已提到：「時同鄉金吾指

28　《唐詩品彙》全書凡九十卷，計選錄作者 620 人，作品 5769 首。其後又再取諸書，掇漏搜逸，復增作者 61 人，作品 954 首，附於《唐詩品彙》之後，成《唐詩補遺》十卷。該書亦有單行本行世，參詳孫琴安《唐詩選本六百種提要》之《唐詩拾遺》條，陝西人民教育出版社 1987 年版，第91-93 頁。

29　參見周興陸〈關於高棅詩學的兩個問題〉，《學術界》2007 年第 1 期。

30　上引周興陸文，發現了為人忽視的各本《唐詩正聲》末所附彭曜正統七年孟夏題識，這對於該書早期版本的認定與系統梳理具有重要意義。

揮僉事彭伯暉，從學于先生之門，乃捐俸鋟梓，以成先生之志，然其板珍藏於家，得之者少。」黃氏謂得此版本者少或當為事實，他自己也是「歷仕途幾四十年，遍訪之，尚不可得」，直到成化十六年（1480）赴任南京戶部尚書，方從彭曜之子手中得此藏板，並於次年重新刊行；然這只能說明近四十年間未嘗有人持此板重印，卻並不意味著正統七年彭氏首刊本未曾行世。不僅如此，當年彭曜「謀欲鋟梓，以廣其傳」，又嘗請南京國子監祭酒陳敬宗為作〈唐詩正聲序〉，陳氏還是給予了「夫《三百篇》不可尚矣，今茲獲睹是編之出，俾學詩者得以辯論邪正而取則焉，豈曰小補之哉」（《澹然先生文集》卷三，清抄本）這樣的高度評價。敬宗（1377-1459）字光世，慈溪人。永樂二年進士，與曾棨等選為庶吉士，與修《永樂大典》，授刑部主事。永樂十二年（1414），召入修《五經四書大全》，繼修《太祖實錄》，改翰林侍講。宣德初，轉南京國子司業，九年秩滿，升祭酒，與北監祭酒李時勉稱「南陳北李」。景泰元年（1450）致仕。傳見《國朝獻徵錄》卷七十四、《明史》卷一百六十三。他基本上可算是與高棅同時代的人，以其德望文章以及代表官學的身分，而能為《正聲》題拂，其意義便非同一般。因此，儘管分別卒於正統九年（1444）、正統五年（1440）的楊士奇、楊榮等，很可能未及見到或根本不能見到這部選本，但該著梓行後，至少在南北兩都，還是會產生一定的影響。

其實，上引《明史·文苑傳》的說法應該還是有依據的。四庫本《詞林典故》卷三載：「按《明會典》，凡庶吉士以學士二員教習。然洪武中宋濂、永樂中解縉，皆領庶吉士，未嘗抗顏為師也，至正統戊辰（按：正統十三年）乃為定制。先是，庶吉士俱於東閣進

學；至是令於本院外公署教習。其教庶吉士，文用《文章正宗》，詩用《唐詩正聲》。」《詞林典故》一書，清乾隆九年（1744）重修，主其事者恰為主纂修《明史》的張廷玉。而這樣的說法，在明人中亦不鮮見，如四庫本《春明夢餘錄》卷三十二「庶吉士」條載萬曆中管志道奏疏曰：「自正統以後，掄選多非出自聖意，而從閣臣議請舉行。亦不得讀中秘書，而以《唐詩正聲》、《文章正宗》為日課，不知將來所以備顧問、贊機密者，果用此糟粕否乎？」據此，我們知道，正是自館閣重又趨於重視詞章之學的正統末開始[31]，高棅的《唐詩正聲》與真德秀的《文章正宗》一起，被用來作為翰林學士教習庶吉士古文辭的課本，那意味著是指導臺閣文學寫作的範本。

至於高棅《唐詩品彙》的刊刻時間，崇禎本《唐詩品彙》張恂〈重訂唐詩品彙序〉謂：「是書始自成化間，陳公煒所刻。時公觀察西江，意者校讎未得其人，故亥豕魯魚，流傳相襲。」陳煒，字文耀，閩縣人。天順四年（1460）進士。成化初，選監察御史，遷江西按察副使，成化十年（1474）升按察使，後又晉右布政使。卒於浙江左布政使任上。所著有《恥庵集》十卷。傳見彭韶撰〈浙江等處承宣佈政使司左布政使恥庵陳公煒墓誌銘〉（《國朝獻徵錄》卷八十四）。張恂僅謂陳煒刊刻《品彙》於「觀察西江」時，未言具體年分，而上海圖書館藏有一種《唐詩品彙九十卷拾遺十卷詩人爵

31　《翰林記》卷四《公署教習》記曰：「正統以來，在公署讀書者，大都從事詞章，內閣所謂按月考試，則詩文各一篇，第其高下，俱揭帖開列名氏，發本院立案，以為去留之地。」

· 164 ·

里詳節一卷》，著錄為成化十三年（1477）刻本，在時間上恰與陳氏任江西按察使吻合。雖然四庫館臣說他「詩文非所注意」（《四庫全書總目》卷一七五《恥庵集》條），然實際上他是前面提到過的從林誌學古文的陳叔剛之子[32]，可謂傳承有自，刊佈此選，應該有發揚閩詩派詩學之意圖。根據現有的資料，除桑悅（1447-1503）曾為《唐詩品彙》作跋外[33]，莆田林俊（1452-1527）在其〈嚴滄浪詩集序〉中亦曾言及高棅《唐詩品彙》（《見素集》卷六），則此著在成化、弘治間應已流傳，李東陽未提到高棅此選及《唐詩正聲》，恐怕未必能說明它們在當時沒有產生影響。又，黃佐為門人潘光統序《唐音類選》稱：「宋元以來，選唐詩者獨襄城楊士弘有《唐音》、新寧高棅有《品彙》大行於世，皆為詞林所尚。」（參見孫琴安《唐詩選本六百種提要》之《唐音類選》條，第 146 頁）其實亦可作為一個旁證。黃佐（1490-1566）為正德十六年（1521）進士，嘉靖中始以編修兼司諫，進侍讀學士，掌南京翰林院[34]，雖時代更晚，然因屢處館閣，富於著述，於詞林掌故極為嫻熟，嘗撰有《翰林記》二十卷，故所說當有其據。

　　從以上的考察，我們得以瞭解，高棅的這兩個唐詩選本，確曾先後於正統七年及成化十三年首刊，而後在詞林或其時文人中逐漸產生實際的影響，並因此獲具某種正統的地位。由其性質而論，這

32　參見《閩中理學淵源考》卷四十三〈侍讀陳先生叔剛〉。

33　桑悅〈跋唐詩品彙〉，為《明文海》卷二百十二所收錄，中華書局 1987 年影印本。

34　參見《明史·文苑傳三》黃佐傳。

兩個唐詩選本，不過是承載閩詩派以盛唐之音為宗尚的詩學主張的媒體，如四庫館臣所說的：「明初閩人林鴻始以規仿盛唐立論，棅實左右之。是集，其職志也。」（《四庫全書總目》卷一八九《唐詩品彙》條）其用意，無非是通過對有唐一代詩歌流變與格調的審辨，指出向上一路，樹立可從音響體制入手的盛唐諸體詩歌典範，從而指導學詩門徑，使得恢復古代詩歌審美理想具有可操作性。在此前提下，才基於楊士弘選本衍生出唐詩「四期」、「九品」的龐大體系，學詩者可據此「識得何者為初唐，何者為盛唐，何者為中唐，為晚唐，又何者為王、楊、盧、駱，又何者為沈、宋，又何者為陳拾遺，又何為李、杜，又何為孟、為儲、為二王，為高、岑，為常、劉、韋、柳，為韓、李、張、王、元、白、郊、島之制，辯盡諸家，剖析毫芒」（〈唐詩品彙總敘〉），歸根結底，首先是為所謂「規仿盛唐」提供具體途徑的一個範本。因此，儘管這樣一種有形的範本，至正統及成化間刊行後才開始成為學詩者摹習的依據，卻並不意味著在此之前閩詩派的詩學主張就無從產生影響，因為正如前面已經有所分析的，從林鴻到高棅、王偁、王恭等該派主要成員，他們恰恰是通過其「規仿盛唐」的創作實踐，為明代前期的館閣文壇建立一種「鳴盛」範式提供借鑒與示範的。李東陽即曾議論林鴻的創作說：「林子羽《鳴盛集》專學唐，袁凱《在野集》專學杜，蓋皆極力模擬，不但字面句法，並其題目亦效之，開卷驟視，宛若舊本。」（《懷麓堂詩話》，歷代詩話續編本，中華書局 1983 年版）錢謙益贊同這樣的看法：「膳部之學唐詩，摹其聲象，按其音節，庶幾似之矣。其所不及唐人者，正以其模仿形似，而不知由悟以入也。」（《列朝詩集小傳》甲集〈高典籍棅〉）至於高棅，也幾乎把盛唐

有成就的詩人的作品摹擬遍了，從李白、王維、孟浩然、岑參、高適到李頎、崔顥、張說，尤其是高華典麗之七律，故錢謙益評價其《嘯臺集》的山居擬唐之作，亦謂「音節可觀，神理未足」（見前引）。王恭亦然，在其所存《白雲樵唱》、《草澤狂歌》中，集中於五七言律體，不僅如李白、王維、高適、祖詠、盧綸、韓翃、韋應物、劉長卿、王建、張籍、姚合等知名詩家的詩皆一一擬作，甚至還有摹擬如竇遺直這樣不知名小家的作品。他們這種創作方式，當然有不小的流弊，卻正是其特點所在，根源還是在其詩學主張上，更多地取嚴羽所謂「熟參」的一面，更多地偏重有跡可尋、可依循而入的音節、體制乃至氣格的層面，這就使得「格調」成為他們實際關注的中心範疇——儘管他們尚未將之標舉為一個特別的命題，後人也正是在這個意義上，將林、高為代表的閩詩派看作是格調派之祖。故如錢謙益將張楷遍和《唐音》及李、杜詩之風習的源頭，追溯至閩詩派[35]，當然也不是無稽之談，它恰從一個側面證實了閩詩派在明代前期所具有的影響力。

35　參見《列朝詩集小傳》乙集〈張僉都楷〉。

王慎中與閩學傳統

一、引論

　　王慎中（1509-1559）是活躍於明嘉靖間所謂「唐宋派」的代表作家，與唐順之齊名。他們步入中央文壇，始於嘉靖五年（1526）與八年（1529）先後中進士時，嘉靖十年（1531）之後，與各自同在郎署任職的同年趙時春、李開先、陳束、熊過、任瀚、呂高等結成一個與「前七子」性質相類的文學群體，時稱「八才子」[1]。在此期間，他們基本上承續了李、何所開創的復古宗尚，以風雅氣節自任，肆力於古文辭，如王慎中是「操觚學古，非先秦兩漢不道」（何喬遠〈王慎中傳〉），唐順之則「素愛崆峒詩文，篇篇成誦，且一

---

[1]　李開先為呂高作〈呂江峰集序〉曰：「古有建安七子、大曆十子，今嘉靖十年後，更有八才子之稱。」（《李中麓閒居集》文之五，嘉、隆間刊本）「八才子」中，唯趙時春與王慎中同為嘉靖五年（1526）進士，其餘皆為嘉靖八年（1529）進士。又何喬遠《名山藏》卷八六〈文苑記〉「王慎中傳」載：「年十七八以嘉靖乙酉、丙戌連舉科第，選戶部主事。……與毘陵唐順之、陳束輩號『八才子』。改官禮曹，更與大司馬李遂、給諫曾鈞、提學江以達、學士華察、屠峻（應埈）切磋琢磨，益成其學。」（崇禎刊本）可參看。李遂以下，除曾鈞為嘉靖十一年（1532）進士外，皆嘉靖五年進士。

一仿效之」（李開先〈荊川唐都御史傳〉，《李中麓閒居集》文之十），顯示了李夢陽輩在其身後時代的巨大影響力。然而，這個群體「相守不過數年」（李開先〈呂江峰集序〉），隨著這些才高氣盛之士在政治上紛紛遭遇罷謫的挫折，集聚京師的這類文學活動遂告終結[2]。也就在此際，王慎中率先發生文學觀念上的轉變，並進而影響到唐順之，由此引發了對李、何學說的清算，而令一代文學風氣為之移易。錢謙益謂「嘉靖初，王道思（慎中）、唐應德（順之）倡論，盡洗一時剽擬之習。伯華（李開先）與羅達夫（洪先）、趙景仁（時春）諸人，左提右挈，李、何文集，幾於遏而不行」（《列朝詩集小傳》丁集上〈李少卿開先〉，上海古籍出版社 1983 年版，下冊，第 377 頁），或於這個陣營分化的事實尚未細察，所表彰的卻正是王、唐在移易「前七子」一派為主導的時習中的作用。

有關王慎中思想變化的具體情況，據其自述，是「二十八歲以來，始盡取古聖賢經傳及有宋諸大儒之書，閉門掃几，伏而讀之，論文繹義，積以歲月，忽然有得」，「乃盡棄前之所學」[3]。慎中二十八歲，為嘉靖十五年（1536），前一年已改官南戶部主事，是

---

2 王慎中於嘉靖十三年（1534）八月謫常州通判，此後皆外任或家居；唐順之次年二月致仕歸養；陳束亦於次年由編修出僉湖廣。李開先〈遊海甸詩序〉（《李中麓閒居集》詩之六）記十四年（1535）三月十五日，與唐順之、熊過、陳束、呂高、吳楷、張元孝、李遂等，餞別王慎中於海甸，不管日期確否，可謂在京最後一次大聚會。

3 〈再上顧未齋〉，《遵巖先生文集》卷三六，隆慶五年邵廉刊本。其與弟惟中書亦嘗曰：「要當使治經之功多於詞華之事，乃為不俗。予舊亦誤此，至二十七八而始知反。」（〈寄道原弟書〉二，《遵巖先生文集》卷四一）

年又將由南禮部員外郎升任山東提學僉事。李開先〈遵巖王參政傳〉與何喬遠〈王慎中傳〉也都記載說，王慎中是在任職南都時發生這種轉變的，李開先在傳中還明確說，慎中在南都「益得肆力問學，與龍溪王畿講解王陽明遺說，參以己見，於聖賢奧旨微言，多所契合。曩惟好古，漢以下著作無取焉。至是始發宋儒之書讀之，覺其味長，而曾、王、歐氏之文尤可喜……但有應酬之作，悉出入曾、王之間」；唐順之見其此際之作，開始也「以為頭巾氣」，「未久，唐亦變而隨之矣」（〈遵巖王參政傳〉，《李中麓閒居集》文之十）。儘管據李開先〈荊川唐都御史傳〉，謂唐順之初遇慎中[4]，「告以自有正法妙意，何必雄豪亢硬也」，故其嘉靖十二年（1533）以後之作已「別是一機軸」，則慎中在「八才子」共同活動期間已有所覺悟而表露出對李夢陽詩文風格的不滿，順之亦早已有「將變之機」（同上）；但由所謂「雄豪亢硬」觀之，似乎更多地是針對李氏詩風而言，而王、唐此際，於詩乃「祖初唐」（李開先〈何大復傳〉，《李中麓閒居集》文之十），當與陳束所代表的「矯李、何之偏而尚初唐」（李開先〈後岡陳提學傳〉，《李中麓閒居集》文之十）的方向一致[5]，即仍立足於李、何強調文學自身價值的立場，只是對他們在學古方法上過於拘束、在具體取徑上過於狹隘或審美風

4　唐順之至嘉靖十一年（1532）始得與王慎中在京結交，參見陳建華《中國江浙地區十四至十七世紀社會意識與文學》第四編第二章注釋 15 所微考，學林出版社 1992 年版，第 264 頁。

5　章培恒、駱玉明主編《中國文學史新著》下卷第一章第二節中「崇道派和歸有光」對此已有揭示，可參看（復旦大學出版社、上海文藝出版總社2007 年版，第 104 頁）。

致上過於偏至的弊端有比較自覺的反省與糾救要求，因而加入到嘉靖初已經出現的、將學古之途徑及宗尚拓展至「初唐之體」的新趨中[6]，以之作為尋求解決李夢陽輩復古主張局限及理論與創作不相一致等問題的一種出路。也就是說，這樣一種反省與糾救要求，與慎中稍後通過讀古聖賢經傳與宋儒之書轉而宗宋尚不可同日而語，他在二十七八歲以來的轉變，可據其〈寄道原弟書〉所述，概括為由「以作文賦詩為第一義」向「治經之功」的轉變，或如他在謫判常州後拜見理學家魏校時已開始認識到的由「溺志於技藝之末」向「始知正學之有所在」的轉變（〈上魏莊渠公〉，《遵巖先生文集》卷三六），那意味著由文學轉向道學，並藉本末之說，由道學的立場伸張對文學的統領權。唯其如此，慎中在陳束嘉靖十四年（1535）出僉湖廣之後，對其《湖廣錄》中有關問策指斥宋儒之見明確提出批評，勸其「稍自挹損，盡心于宋人之學」（〈與陳約之〉，《遵巖先生文集》卷三六），終於表現出與昔日同志的異趣。而排擊宋儒，原是李夢陽力主抒寫真情的前提[7]，因此，便也顯示出慎中確在此際開始其與李氏在根本立論上的決裂。

作為曾經對李夢陽等前代文學領袖由衷向慕並曾依附光影的青

6　陳束〈蘇門集序〉曰：「及乎弘治，文教大起，學士輩出，力振古風，盡削凡調，一變而為杜，時則有李、何為之倡。嘉靖改元，後生英秀，稍稍厭棄，更為初唐之體，家相凌競，斌斌盛矣。夫意制各殊，好賞互異，亦其勢也。」（《陳後岡文集》「楚集」，四明叢書本）

7　有關這一問題的論述，可參看章培恒師〈李夢陽與晚明文學新思潮〉，原載〔日〕《古田教授退官記念中國語學文學論集》，東方書店 1985 年版；轉載於《安徽師範大學學報》1986 年第 3 期。

年才俊，何以會在短短數年間忽然改變自己的價值取向，其中的原因自然是人們亟欲究明的。研究界一般據前引李開先所作王慎中傳等，將他的轉變歸結為受這個時代開始廣為傳播的陽明學的影響，亦應是切近事實的。因為也就在王、唐輩步入中央文壇期間，陽明弟子利用每次科試及仕宦的機會，在都中大張旗鼓地開展講學活動，將方興未艾的陽明學推展至此。如：嘉靖五年（1526），王畿、錢德洪皆嘗赴京應試，其間如歐陽德、魏良弼、王臣等爭迎畿，與相辨證，由是王畿名盛一時。嘉靖八年（1529），羅洪先、程文德、王璣等在京中進士，與薛侃、歐陽德等大倡良知之學，晨夕聚會，究明師旨。嘉靖十一年（1532），大學士方獻夫與翰林編修歐陽德、程文德、楊名、兵部侍郎黃宗明及在科的戚賢、魏良弼、沈謐等俱主京師同志會。是年，王畿、錢德洪亦皆赴京應試並與會，時參與講會者眾至六七十人，乃分處四會。而眾人以王畿得師門晚年宗說，尤相引重。雖然當時官方的態度還是嚴加鉗制，尤其嘉靖七年（1528）十一月王陽明歿後，於次年二月，由吏部尚書桂萼會廷臣議其功罪，建議免奪封爵以彰國家之大信，申禁邪說以正天下人心，世宗是之[8]；但其學說的性質及日益擴大的講學規模與態勢，使之成為一種空前的思想運動，因而不可能不吸引當時文人士夫的注意力，所謂時代風會轉移，對於像王、唐這樣正活躍於京師的青年知識精英來說，不可能不產生影響。據李贄〈僉都御史

8　以上所舉史實，參詳吳震《明代知識界講學活動繫年（1522-1602）》正篇中所繫相關條目及引證，學林出版社 2003 年版，第 23-24、43-47、53-55 頁。

唐公〉所載，謂唐順之在嘉靖十一年（1532）已與寓京師的王畿相見，於是「盡叩陽明之說，始得聖賢中庸之道矣」（《續藏書》卷二二，中華書局 1974 年版，第 440 頁），更不用說身邊相與爭鋒的同年友中有不少即是陽明弟子[9]。而王慎中在京師的這些年中，雖無資料證實已與王畿等陽明高弟切磋問學，但至少在嘉靖十四、十五年遷官南京時，亦得與王畿「講解王陽明遺說」，當時王畿在南兵部職方主事任上，正與官南國子司業的歐陽德等人授業講學，樂此不疲[10]，而慎中於此際「盡發宋儒之書讀之」，是很可以說明其由文學復趨道學之興趣轉移的。故以與王畿論學作為他思想發生根本轉變的界劃，確實更具有標誌性的意義。

不過，一個接踵而來的問題是，王慎中以及唐順之在此際所受到的王畿等陽明弟子論學的影響，是否即意味著已全然接受陽明良知之學尤其是龍溪所傳授的這一系良知觀與致良知工夫論之新學說？或者說，他們在文學上轉而宗宋之立場的形成，倡論反撥李夢陽輩文學觀念的思想武器，是否即是援恃陽明良知之學尤其是龍溪所傳授的這一系新學說？這實在是一個值得深入探考的問題，不僅

---

9 嘉靖八年（1529）會試畢，大學士楊一清等以羅洪先、程文德、楊名及唐順之、陳束、任瀚六卷呈上進覽，世宗一一品題，擢羅、程、楊三人為一甲，而置唐、陳、任於二甲。參見王世貞《弇山堂別集》卷八二〈科試考二〉（中華書局 1985 年版，第 4 冊，第 1568 頁）、《明史》卷二八七〈文苑三〉「陳束傳」（中華書局 1974 年版，第 24 冊，第 7370 頁）。

10 參見王畿〈祭貢玄略文〉，《龍溪王先生全集》卷十九（明萬曆四十三年刊本）；又據歐陽德〈南江子贈言〉（《歐陽南野先生文集》卷七，明嘉靖三十七年刊本），王慎中時與歐陽氏亦已有交接。

關係到對王、唐思想來源及發展階段的歷史還原，更關係到對所謂
「唐宋派」的性質認定及其文學史地位的評價。也已有學者對學界
有關研究中不注意該派文論與陽明心學及其文學觀念的區別提出批
評，認為「當時唐、王二人雖接觸了陽明心學並有一定的心得，而
離其全面掌握並有切於自我身心應尚有一定距離，所以當時作為其
意識主導的還是程朱理學」，「人們在研究唐宋派的思想淵源時，
往往更留意王學的影響，卻忽視了宋儒在其初始階段的文學思想中
所佔據的主要地位」[11]，我覺得這樣的判斷是信實而富有識力的。
我們知道，一種學說的傳播與接受，決不是一種單向的運動，而對
於接受者來說，他對於如何接受、接受什麼、接受至何種程度的選
擇，在很大程度上取決於自身的一種先在的「成見」，這種「成
見」，用我們傳統的說法，就包括所謂的「根器」與「始習」。這
當中「始習」可能比「根器」更為重要，因為「始習」固然不能替
代「根器」，卻能夠決定「根器」在何種方向及程度上被發現與塑
造。在探討以王慎中、唐順之為代表的所謂「唐宋派」接受最新流
行的陽明心學的問題上，我們恰恰忽略了一個十分重要的方面，那
就是他們「根器」與「始習」，尤其是他們先已獲得的學養儲備及
文化傳統，這既導致了其思想、主張與心學家的差異，也導致了他
們二人在接受陽明心學之程度、階段上的不同。我們不應忘記，作
為在前期的思想轉變中起主導作用的王慎中，出自福建晉江，而自
南宋以來，福建地區恰因朱子學的生成，成為中國封建社會後期一

11　左東嶺《王學與中晚明士人心態》第三章第五節「一、陽明心學與唐順之
　　的學術思想」，人民文學出版社 2000 年版，第 443 頁。

個輻射力很強的思想堡壘之所在。鑒於該地區長期化外的歷史，這一時期隨朱子學的傳播在這裏經營起來的所謂「道南理窟」，成為閩人格外自珍與自豪的一種文化傳統，加上明初以來最高統治者推行道德治國的方針，正是以程朱理學為中心構建起官方意識形態乃至政治體制的，它不僅是與培養、選拔政治精英的科舉制度直接相關的教育基礎，而且是整個社會普遍認同的思想資源，這使得該地區士人益發注重維護其閩學的傳承正脈，這種強大傳統所體現的保守性在其他地區是較為鮮見的。本文即擬從這一角度出發，對王慎中與閩學傳統之關係作一番梳理與推究，以期更為全面地認識這位所謂「唐宋派」代表作家的思想來源以及受陽明心學影響的問題，並能對該派性質的認定與評價有所助益。

二、閩學源流及其主要特徵

　　所謂的閩學傳統，究其根本，即為朱子學的傳統。有關閩學之淵源，真德秀所述伊洛之學南傳的系譜，頗為簡明：「二程之學，龜山（楊時）得之而南傳之豫章羅氏（從彥），羅氏傳之延平李氏（侗），李氏傳朱氏（熹），此一派也。上蔡（謝良佐）傳之武夷胡氏（安國），胡氏傳其子五峰（宏），五峰傳之南軒張氏（栻），此又一派也。……惟朱、張之傳，最得其宗。」（《西山讀書記》卷三一〈張子之學〉，文淵閣四庫全書本）其中將樂楊時被認為是傳道入閩的始祖，三傳而有朱熹，集理學之大成，終於鑄成閩學之輝煌。儘管北宋前期，已有閩士與孫復、胡瑗、張載等同倡道學或傳其學入閩

[12]，然顯然程朱一系，最為正脈，故此一系譜逐被奉為不易之說。又與楊時同為程門弟子而傳其學於閩者，尚有福清王蘋、崇安游酢兄弟等，日後反倒聲名愈益不顯。武夷胡氏為經學世家，一門有「胡氏五賢」之名，其學雖經胡宏傳之湖湘，故張栻一派稱湖南學派，然在閩中的影響亦不可小覷。朱熹少時居崇安五夫里，即先從胡安國從子胡憲及劉勉之、劉子翬受學，三師中事胡憲「為最久」（〈籍溪先生胡公行狀〉，《晦庵先生朱文公文集》卷九七，四部叢刊本）。二十四歲至三十三歲十年間，始數至南平向李侗問學，經反復辯難，終棄釋氏之說而「精思實體」，「而學之所造者益深矣」[13]。故清人蔣垣曰：「濂、洛、關、閩，皆以周、程、張、朱四大儒所居而稱。然朱熹徽州人，屬吳，乃獨以閩稱，何也？蓋朱子長於閩之尤溪，受業于李延平及崇安胡籍溪、劉屏山、劉白水諸先生，學以成其德，故特稱閩，蓋不忘道統所自。」（《八閩理學源流》卷一）不僅如此，朱熹一生除在江西、浙江、湖南等地為宦遊學數年外，絕大部分時間都在福建活動，肆力於著述與講學，晚年蟄居建陽，在逆境中猶傳道授業不倦。其弟子廣布天下，有案可稽者即有三百七十八人，其中閩籍占至一百六十四人[14]。可以說，閩地既是成就朱子

12　參詳蔣垣《八閩理學源流》卷二所列周希孟、陳襄、陳烈、鄭穆「福州四先生」及懷安劉彝、古田邵清諸人傳（清刊本）。

13　真德秀《西山讀書記》卷三一《朱子傳授》引黃榦語。朱熹早年受劉子翬影響，留心於禪，「至此，延平始教從日用間做工夫，又教以只看聖賢之書，則其學亦一變矣」（童能靈《子朱子為學次第考》卷一，西京清麓叢書本）。其與李侗往來論學之精要，可參看朱熹編《延平問答》。

14　參見陳榮捷《朱子門人》，臺北：學生書局1982年版，第11頁。

學的搖籃，也是傳播朱子學的中心。

宋元之際朱子學的傳承與流布，大致可以蔣垣的一段概述為線索，作為閩中後學，他將之視作閩學之光大：「朱門受業為多，最知名者黃榦、李燔、張洽、陳淳、李方子、黃顥、蔡沈、輔廣。而黃榦門人最多，潘柄、楊復、陳宏、何基、饒魯皆其高弟。基傳之王柏，柏傳之金履祥，履祥傳之許謙；饒魯傳之吳中行，中行傳之朱公遷。時與朱熹同任道學者，呂祖謙、張栻。祖謙受業于侯官林之奇。當時楊、胡、林、朱、黃、蔡之學盛行于江之東南。張栻，成都綿竹人。至崇寧間，魏了翁築室白鶴山下，以所聞輔廣、李燔之學，授教生徒，由是蜀人盡知義理之學，則閩學傳之於西蜀矣。理宗時，元楊惟中建周子祠，以二程、張、楊、游、朱六君子配；又姚樞隱于蘇門，以道學自任，刊小學、四書及蔡氏《書傳》、胡氏《春秋傳》，而閩學至於河朔矣。此八閩道學源流之大概也。」（《八閩理學源流》卷一）如果說，宋季朱子學的傳授以閩中為獨盛，如黃榦、陳淳、蔡氏父子等皆為一時領袖（《宋元學案》中嘗各立專案），又有魏了翁將輔廣、李燔之學傳至蜀中；那麼，至元初，隨著他們的弟子及再傳弟子將師學傳播至江之南北，隨著楊惟中、姚樞得趙復授程朱之學，並大量刊刻朱熹著作及其他經傳注疏，朱子學亦得行於北方，我們看到，朱子學很快已播及全國。與此同時，統治者的態度亦極可注意，從朱熹卒後，朝廷即以其《大學》、《中庸》、《論語》、《孟子》訓說立於學宮（參見《宋史》卷四二九〈道學三〉「朱熹傳」），至元仁宗皇慶中定科舉新制，以朱熹《四書章句集注》及程、朱學者為主的五經傳注作為所重經學考試的範圍

及立論依據[15]，朱子學的傳播收到了自下而上的效應，原本一種地域性的學說學派，很快上升為引導、規範整個國家意識形態的官學，其宗旨、體制，影響直至明清之世。

相比較朱子學在全國各地域的傳播之盛，元代閩中自身朱子學的學術發展其實顯得頗為寂寥，遞傳其學而可舉述者，所謂「熊（禾）、陳（普）、林（以辨）、丘（葵）傳薪於閩海；外此若郭公陞、歐陽公价、傅公定保、盧公琦、黃公清老、丘公富國、鄭公獻翁、鄭公杓、黃公鎮成、練公耒、李公學遜、吳公海，亦皆晦跡甌閩，或優遊教席，或避世杜門，確守師說，是奮是程」（李清馥《閩中理學淵源考》卷三六〈溫陵傅季謨先生定保學派〉，文淵閣四庫全書本），雖人數似亦不少，然缺乏上舉如衍派於金華之北山四先生（何基、王柏、金履祥、許謙）那樣能夠張大師說而富有影響力的大家，多篤守師承，默默無聞，窮研經注，無敢改易。這樣的情況，可以說一直持續到明代中期以前。明前中期，「學者多屬朱門派緒，其傳習說經，猶存宋元間諸儒家法」（《閩中理學淵源考》卷四三〈副使林廷珍先生玭學派〉）。據後學清理，如福州有吳海學派、林慈學派、陳仲進家世學派、羅泰學派、鄭宣學派、林玭學派、陳叔剛家世學派、林

15　仁宗下詔規定的考試程式：無論蒙古、色目人第一場經問五條，還是漢人、南人第一場明經、經疑二問，俱由《大學》、《中庸》、《論語》、《孟子》內設問或出題，用朱熹《四書章句集注》；漢人、南人經義一道，各治一經，《詩》以朱熹為主，《尚書》以蔡沈為主，《周易》以程頤、朱熹為主（以上三經兼用古注疏），《春秋》許用《三傳》及胡安國《傳》，《禮記》用古注疏。見《元史》卷八一〈選舉一〉「科目」（中華書局 1976 年版，第 7 冊，第 2019 頁）。

瀚家世學派、林清源家世學派等，興化有黃壽生學派、林廷芳學派、林文家世學派、林圭學派、顧孟喬學派、方灝學派、朱煜學派、周瑛學派等，泉州有鄭酹學派、李紹學派、趙珤學派等，漳州有唐泰學派、陳真晟學派等，不一而足，其他如延平、建寧、汀州、邵武、福寧等地也皆有傳承[16]，然整個福建，在蔡清之前，其著者亦不過陳真晟、周瑛而已。

不過，正如上面已經有所揭示的，元明之際閩中朱子學的這種狀況，恰好反映了它在學術上的特點，那就是他們自視為朱子學正脈的傳承者，確守師說，躬行道德，且往往以闡明正學、排斥異端為己任。自黃榦為朱熹確立周孔、思孟而下，「周、程、張子繼其絕，至先生而始著」（〈朱先生行狀〉，《勉齋先生黃文肅公文集》卷三四，延祐二年重修本）的道統後，閩中學者即無不以其「四書」及諸經傳注與孔子「六經」並奉為正學經典，認為自己有責任將這樣一種道統並學說之真粹完好地傳承下去。故一方面立志要如朱熹繼孔子之絕一樣，繼朱子之絕，如熊禾，因受學於浙江劉敬堂，得朱熹晚年與黃榦、陳埴論學之要旨，而將朱子學定位在全體大用之學，時時憂慮於「文公沒且百年，門人傳習浸益失真，余以為文公之學不行，文公之道不傳也」（〈送胡庭芳序〉，《勿軒集》卷一，文淵閣四庫全書本），自信「宋道學大明，伊洛、考亭之集盛矣。一時借譽飾虛之人，稍經爐鞲，灰燼煙滅，惟同門同志之士，不以窮達，皆能信其道，守其學不變」（〈跋交信錄序〉，《勿軒集》卷一）；如陳真晟，一以程子之居敬、朱子之窮理為本要，雖為一介布衣，又無直

16　以上可參看《閩中理學淵源考》卷四一至卷九二。

接師承,卻詣闕上《程朱正學纂要》,提出用程朱身心正學之教,方能令聖賢之道由晦復明,其學在同時學者張元禎看來,「自程朱以來,惟先生得其真,吳（與弼）、許（謙）二子不足多也」,黃宗羲亦以張氏此言為「定論」（《明儒學案》卷四六〈諸儒學案上〉「布衣陳剩夫先生真晟」,中華書局 1985 年版,下冊,第 1090 頁）。而在另一方面,他們始終站在反對異說、捍衛師門的最前沿,自陳淳指斥陸九淵「尊德性」之學「乃陰竊釋氏之旨而陽托諸聖人之傳」（〈與姚安道〉,《北溪大全集》卷三一,文淵閣四庫全書本）,如陳普亦堅執致知而須力行,強調為學須「察切己之實」,反對陸九淵的「先立其大」而「騖於虛遠」,並認為「陸學多犯朱學明辨是非處」（〈答上饒游翁山書〉,《石堂先生遺集》卷十二,明萬曆三年刊本）;而當白沙之學興,與相為友的周瑛又以居敬窮理為鵠,竭力反對陳獻章的主靜說,責問道:「今夫靜坐不相與講學窮理,果足以立天下之大本乎?果足以行天下之達道乎?」（〈題嘉魚李氏義學〉,《翠渠摘稿》卷四,文淵閣四庫全書本）以為非聖人體用一貫之學。這種學風,在陽明學響動全國之際依然存在,下面將會論及,故如閩中後學,可以極其自豪地說:「時則姚江之學大行于東南,而閩士莫之遵,其掛陽明弟子之錄者,閩無一焉。此以知吾閩學者守師說,踐規矩,而非虛聲浮焰之所能奪。」（李光地〈重修蔡虛齋先生祠引〉,《榕村集》卷十三,文淵閣四庫全書本）核檢黃宗羲《明儒學案》,其卷三十〈粵閩王門學案〉亦不過列一莆田馬明衡,以「閩中自子莘（按:明衡字）以外無著者焉」一筆帶過,可見閩學門戶之堅。

　　閩學之所以具如此特徵,說來亦不足為怪。在中國這塊古老的大陸上,福建位處東南沿海邊緣,長期屬化外之區,雖說自東晉以

來，伴隨著歷次移民運動，已有中原文化的突入，但直到南宋，這裏才驟然發展成為整個大陸經濟、文化重心之腹地，「惟昔甌粵險遠之地，為今東南全盛之邦」（張守〈謝除知福州到任表〉，《毘陵集》卷三，文淵閣四庫全書本），作為程學「道南」之一脈，朱子學的生成，恰好顯示隨中原文化的全面移植，福建文化實現了由外緣向內核的轉變。這種文化上的翻身，是此後歷代閩人皆引以自重的，更何況由元至明，朱子學已被官方提升至無以復加的地步，還成為了與政治體制相匹配的法定教育內容，故如葉向高所謂「蓋海內皆蒙宋之化，而閩獨得宋之宗」（〈福清縣重建儒學記〉，《蒼霞草》卷一〇，明萬曆刊本），實代表了所有閩士的心聲。在此基礎上建立起來的責任感和使命感，會使得他們倍加捍衛所傳習「正宗」思想學術的純潔與完整，而該地區本來相對封閉的自然條件，又助成它比其他地區的傳承更少發生變易。

三、晉江《易》學與王慎中的學術系譜

自明成、弘以來，以晉江地區《易》學的異軍突起為表徵，閩中朱子學忽然顯得頗有聲勢。作為「五經」之首，有關《周易》的研究，是程朱理學的重要組成部分，可以說集中體現了由伊洛之學南傳而為閩學的沿革承變。當初程頤著《易傳》，未及成書而散佚。政和初，謝良佐得其稿於京師，以示楊時，錯亂重複，幾不可讀；於是，楊時費時年餘，專力校訂，始成完璧（參見楊時〈校正伊川易傳後序〉，《龜山集》卷二十五，文淵閣四庫全書本）。後朱熹撰《周易本義》，便吸收了伊川《易傳》的思想。不過，相對而言，程頤

以《易》為載道之書，過於重義理而輕象數，而朱熹據呂祖謙經傳相分的《古周易》本作《周易本義》，著重依據《周易》的經傳體例來探究《易》的原始本義，兼采周、邵，通過象數去闡發義理，所謂「自朱子比而合之，理數始備」（胡炳文《周易本義通釋》卷首〈提要〉，文淵閣四庫全書本）。閩中弟子如蔡元定、蔡沈即得其所傳，重視象數學方向的研究。歷元至明，閩中有關《周易》的研究雖向有傳承，如泉南這般驟然湧現數十家《易》學著作，卻屬罕見，並且，就此誕生了推進閩中經學發展的理學大家——蔡清，在閩學史上無疑是值得大書一筆的事件。

晉江自永樂間陳道曾以易學名，復有張廷芳首著《易經十翼圖蘊義》，說來也算是開此地風氣之先。其後如正統間李紹，精邃《易》學，其門徒如傅凱，亦深於《易》，其姪汝嘉，承其家學，更有高弟李雍，以師道自立，傳其學與林同；其他如正統間張寬，所至與諸生講《易》，娓娓皆性體心宗。「彼時盧齋（蔡清）倡明易學，尚未顯著，而諸先生遞相講明，如此可知泉之經術，淵源有漸矣」，「迨後蔡文莊（清）先生獨倡宗風，而紫峰（陳琛）、淨峰（張岳）、次崖（林希元）、紫溪（蘇濬）諸公相踵起，紹源濬流，漸摩數世，遂成閩學一代人文之治。」（以上見《閩中理學淵源考》卷五七〈泉南明初諸先生學派〉、〈縣令李先生紹學派〉）蔡清被閩人視作是自朱熹之後，重振閩中人文之盛的關鍵人物，其在全國的地位，可與北學曹端、薛瑄，南學吳與弼相提並論，同為明代前中期倡明理學的功臣[17]。他在弱冠為諸生時，嘗從侯官林玭學《易》，盡得其肯

17　《閩中理學淵源考》卷五九〈東林蔡氏家世學派〉：「泉南自紫陽而後，

繁，則其始學仍屬閩中朱子學之源流。後益肆力於程朱性理之書，「其於傳注也，句讀而字議，務得朱子當日所以發明之精意。蓋有勉齋（黃榦）、北溪（陳淳）諸君子得之于口授而訛誤者，而先生是訂」（李光地〈重修蔡虛齋先生祠引〉，《榕村集》卷十三），可見其為學窮研於章句注疏，篤守朱說而能訂正前人所傳習，以不謬原旨而後闡精發微為原則。其自述竭平生精力所著之《易經蒙引》、《四書蒙引》曰：「吾為《蒙引》，合為文公者取之，異者斥之，使人觀朱注，玲瓏透徹，以歸聖賢本旨而已。」（林希元〈諡文莊虛齋蔡先生行略〉，《蔡文莊公集》卷七附錄，清乾隆十八年刊本）持擇之嚴，工夫之深，在閩地學者中自屬翹楚，故二書後皆被刊於學宮而播行天下。王慎中亦因此闡發其意義說：「自虛齋蔡先生出，乃始融釋群疑，張王新意，推明理性於字析句議之間，以與前儒相統承。」（〈陳紫峰先生傳〉，《遵巖先生文集》卷三〇）「肆我蔡虛齋先生……盡心于朱子之學者，我朝一人而已。蓋朱氏之盡心於孔子，無所不該，而于《易》為大，故虛齋之盡心于朱子，亦無所不究，而于《易》為深。」（〈刻蔡虛齋〈太極圖解〉序〉，同上卷十四）所評地位之高，遠超軼前代朱子學者。

蔡清的學問在當時就很有影響，門徒眾多，萬斯同《儒林宗派》卷十四所列「蔡氏學派」，錄陳琛等門人計十五人，再傳弟子三人；而〈閩中理學淵源考〉所錄其及門及私淑弟子即達三十餘人

人文之盛，實倡起于文莊。」〈文莊蔡虛齋先生清學派〉：「按明代盛時，理學大明，前輩言北方之學，起自澠池曹氏、河津薛氏，南方之學，發自康齋吳氏，而閩中則虛齋先生實倡之。」

（參見該著卷五九至六四）。其弟子中學行最著者，自然非陳琛莫屬，
此外，在這裏尚須舉出易時中。據王慎中〈陳紫峰先生傳〉，陳琛
最初「自以其意為前儒文公朱氏之學，未嘗聞虛齋之說也」，是蔡
清先得其文而異其根器、學問，「於是講為師弟子」。他的學問特
點，是「先得大旨，宏闊流轉，初若不由階序，而其功夫細密，意
味悠長，遠非一經專門之士所能企及」（張岳〈江西提學僉事紫峰陳先
生墓誌銘〉，《小山類稿》卷十六，萬曆刊本），故屬極有悟性之人。其講
學論道，皆淵源於蔡清而上溯朱熹，所著《四書淺說》、《易經通
典》，是紹續蔡清《蒙引》之作，不僅「虛齋得紫峰而學益尊」
（《閩中理學淵源考》卷六十〈督學陳紫峰先生琛學派〉引張元忭語），且如
王慎中以為：「學者治經求通于朱氏，微先生之書，如瞽者失相，
從禽無虞，俍俍然不知所如。」（〈陳紫峰先生傳〉）則於閩學之繼
絕，功莫大焉。易時中，字嘉會，號愧虛。其人在當時聲名不顯，
年四十始舉嘉靖元年（1522）鄉試。據王慎中所撰行狀，時中初從
蔡清學，廁於末席，蔡清方講孟子「知言養氣」之章，時中舉以詰
質，酬應有條理，為蔡清所贊許，愛其德性，呼為小友。其為人篤
實，慎中所謂「語不華蔓，無悅人之容，而有浸漸醉人之益；無驚
世之論，而有篤近扶世之憂，一見知其有道君子也」；為學亦專守
一家，不務該泛，慎中所謂「其不務博，要以修質反約為功」，其
講學未嘗自出其書，以《蒙引》一部為足矣，號愧虛，即志不及師
之意（王慎中〈易愧虛先生行狀〉，《遵巖先生文集》卷三一）。由上述學
行觀之，則亦不過是一中規守成之經師，在他身上，倒是相當典型
地體現了閩中學術的特點，故後人評價說：「愧虛先生之學，確守
文莊榘矱，誠奉一先生之言者。」（《閩中理學淵源考》卷六一〈推官易

愧虛先生時中學派〉）王慎中則謂「蓋虛齋蔡氏之《易》盡在是矣」（〈送尊師易愧虛之任夏津序〉，《遵巖先生文集》卷十四）。

　　在當時深受蔡清影響而有時名的晉江學者尚有張岳、林希元，他們與陳琛為究心性理之學的學友，又同舉正德十二年（1517）進士，時稱「泉州三狂」。張岳於蔡清為私淑弟子，林希元則「未及蔡文莊之門，所學皆文莊之學也」（《閩中理學淵源考》卷六三〈僉事林次崖先生學派〉）。他們雖一生於事功更著，卻皆深於經學，所謂有體有用之儒。其時陽明學方行，他們皆獨守師說，指摘良知之旨，張岳更「嘗渡江與陽明論學三日，不合，退而輯《聖學正傳》、《載道集》諸編以見志」（同上卷六四〈襄惠張淨峰先生岳〉）；而在陽明看來，如張岳之學，「只為舊說纏繞，非全放下，終難湊泊」（《明儒學案》卷五二〈諸儒學案中〉「襄惠張淨峰先生岳」，中華書局 1985 年版，下冊，第 1227 頁）。當初蔡清於白沙之學盛行之際，即曾以對陸九淵心學「近於佛老」的批判，捍衛朱子學之正統（參詳蔡清〈讀蜀阜存稿私記〉，《蔡文莊公集》卷四）；至此，如張岳則對照朱子之教，力辯陽明學說之非：「今之學者差處，正是認物為理，以人心為道心，以氣質為天性，生心發事，縱橫作用，而以『良知』二字飾之。此所以人欲橫流，其禍不減於洪水猛獸者此也。」（〈答黃泰泉太史〉，《小山類稿》卷六）林希元亦著朱陸異同之論，且與攻陽明學的羅欽順往復論學，以為同志，其所著《易經存疑》、《四書存疑》，被視作是繼蔡清、陳琛所著之後，又一有功於朱子正學發明、傳續的集成之作，希元門人洪朝選序曰：「國朝以經術取士，士不得兼治別經，其所以排異議、息群疑而歸之一者，何其至也。由是以來，諸儒之治《易》者，得專肆其力于朱，絲分縷析，其業

愈精，而尤莫甚於吾郡之晉江，倡之者以虛齋，繼之以紫峰、筍江（史于光），而集其成於《存疑》。存疑者，存朱子之疑，以羽翼程朱之《傳》、《義》者也（按：程《易傳》、朱《本義》）。」楊時喬以為是書「繼蔡氏《蒙引》而作，微有異同」（以上見朱彝尊《經義考》卷五三所引，文淵閣四庫全書本）。王慎中亦嘗為之撰序，一如前舉論蔡清、陳琛之作，將其作用提升至「可以明既晦而接不傳，前乎有言者至於此而不可加，後乎有作者考乎此而不能易」（〈《易經存疑》序〉，《遵嚴先生文集》卷十五）這樣的高度。與上述「泉州三狂」並以經學為名而贊襄晉江《易》學之盛的，尚有史于光，他也是正德十二年（1517）進士，又與易時中為姻親，所著有《易經解》、《四書解》、《正蒙解》等行於世（參詳《閩中理學淵源考》卷六四〈給諫史中裕先生于光學派〉）。

王慎中正是此際晉江《易》學的產物，他是蔡清的再傳弟子，受業於易時中，又與上述張岳、林希元、史于光諸名賢在師友之間。此外，他又嘗事同邑徐榮治《春秋》（見《閩中理學淵源考》卷六五〈長史徐浯溪先生榮〉）。據其自述：「某愚暗，年及成童，裹命先子，負篋趨風，謂夏楚之不任，豈堅木之能攻。遽器獎之逾溢，越同輩而見蒙。」（〈祭易愧虛先生文〉，《遵嚴先生文集》卷三四）則幼即入時中之門而頗獲器重。慎中對業師易時中始終滿懷敬意，儘管說起來其師功名未達，日後方因弟子而顯，故嘗以古之師弟子明學成名作論，以為「如吾師易愧虛先生者，豈有讓于古之為師者乎」，深為其沉晦棲遲而無能為力扼腕自罪，其中也有過「徒知守其章句，不背師說」之類的自我表白（見〈送尊師易愧虛之任夏津序〉）。按照上面所引述的，易時中講學未嘗自出其書，以《蒙引》一部為足

矣，又慎中表彰其學「蓋虛齋蔡氏之《易》盡在是矣」，則慎中自信已得蔡清之真傳應亦予以承認。其於陳琛，雖未執業，卻自以為能得其學之天趣神機，所謂「獨不及事先生而請其說，……然而知先生之心而能言之者，某則不敢讓也」（〈陳紫峰先生傳〉）。言下之意，非派中同樣有悟性者不能得其會心。至於史于江，師事之；張岳、林希元，亦師亦友，且其交誼可說是在往復論學中與辯俱增，如其自述曰：「某生最晚，猶及侍言於給事公（史于江），林公、張公，皆辱俯與為友，忘其年輩之後也。謬學乖駁，與二公有所往反，二公不以為是，予猶謬自信，且不揣而思有以易二公也。」（同上）雖明言有不敢苟同處，卻總是以知己自居，而求教學相長。故慎中日後無論為陳琛撰傳，為張岳序文集及《易經存疑》等著，皆竭力表其淵源，析其精微；代易時中所作〈刻蔡虛齋《太極圖解》序〉，於師門宗旨闡發更為詳明。而其坐廢家居十餘年，「不忍獨善，時以其所得於心，合乎聖人而不同于世儒者，詳為後生講說」（〈寄蔡松莊〉，《遵巖先生文集》卷四〇），亦無非以發揚閩學為務。

易時中四十歲舉鄉試後，於嘉靖八年（1529）授東流縣教諭，嘉靖十四年（1535）陞夏津知縣，四年後除順天府推官（見王慎中〈易愧虛先生行狀〉）。其令夏津時，正是王慎中任職南都，遷山東學憲、江西參議及河南參政期間。從現存資料來看，這是慎中離鄉出仕後與其師往來最密切的一個時期，不僅有上舉〈送尊師易愧虛之任夏津序〉及〈夏津縣修學記〉等作，而且又代時中作〈夏津縣志序〉。然而，這也正是慎中由文學轉向道學、並與陽明弟子頻頻活動的一個時期。舉要來說，嘉靖十四、十五年間，如前已述，已與

王畿、歐陽德等在南京論學；嘉靖十五年（1536）赴山東後，又與王璣等時時討論，以政為學（王畿〈中憲大夫都察院右僉事御史在庵王公墓表〉，《龍溪王先生全集》卷二十）；嘉靖十七年（1538），在江西參議任上，往來白鹿、鵝湖之間，與歐陽德、聶豹、鄒守益、陳明水、羅洪先等訂正發明（王惟中〈河南布政司參政王先生慎中行狀〉，《國朝獻徵錄》卷九二，上海書店出版社 1986 年版，第 3 冊，第 3991 頁），按聶豹的說法是「日相淬礪乎良知之學」（〈送王惟中歸泉州序〉，《雙江聶先生文集》卷四，明嘉靖四十三年刊本）；嘉靖十八年（1539），赴河南任，先歸家，途經南京，與羅洪先、王畿語至半夜（羅洪先〈冬遊記〉，《石蓮洞羅先生文集》卷十二，萬曆四十五年刊本）。有鑒於此，人們很自然會對其學問究竟是否確守師承產生疑議，所謂「世有疵議者，謂公亦雜于良知之旨」（《閩中理學淵源考》卷六一〈推官易愧虛先生時中學派〉）。

對於這樣的問題，閩中後學一般從維護的角度出發，或從其所與非王門或反王學的交遊著論，仍承認其所傳為師學之脈：「考公去虛齋先生未遠，如淨峰、次崖諸先正，公皆與往復辯論；其撰〈紫峰行狀〉，敘述蔡氏淵源，亦無軼師門宗旨。至同時如呂涇野（柟）、魏莊渠（校）諸賢，公俱與造膝相從，致書願見，皆欲證其平昔所聞，以為端的。……夫涇野、莊渠，皆彼時論學所與為正宗者也，公之心折如此，豈如龍溪諸賢專言超躐徑悟者、大決藩籬而不返者哉。附先生于易氏之門者，見鄉邦典型未遠，緒言派別，尚有可稽云。」（同上）或在其晚年自悔上做文章，示終至回歸師承：「維時良知之說方行，先生宦游南服，與龍溪、雙江相講切，亦契會其宗旨。迨退歸，年甫逾壯耳。後祭愧虛先生文，曰：『知

向道而不力，顛垂白而悾侗，慨滅質以溺心，誤師傅之正宗』。蓋愧虛於嘉靖戊午年卒，先生時年亦及艾矣，故曰顛垂白也。其曰滅質溺心、誤師傅者，或于王學悔遁而溯厥師承所自乎！」總之是欲表明其「大節確乎不移」（同上）。上述考察也都可謂不離事實，如與反對陽明學最力的張岳、林希元往復論學，為陳琛撰傳表彰蔡氏淵源等，前已有述；至於慎中亦嘗求教的呂柟、魏校，一屬關學一系的薛瑄之續傳弟子，一為婁諒之私淑弟子，而又得胡居仁之學，皆為朱子學者，雖聶豹歸寂之旨被認為發端於魏校，那也確與龍溪之說大相徑庭；這方面交遊有遺漏的，至少尚有陳儒，慎中應在任職南京時已與之有所交往（參見王慎中〈與陳芹山〉，《遵巖先生文集》卷三九），時陳儒任兩浙提學，在南京與錢德洪、歐陽德等講陽明之學，後作《求正錄》駁陽明《傳習錄》（參詳陳儒〈求正錄序〉，《芹山集》卷八，明嘉靖刊本），則亦為崇朱反王之學人。然而，因為閩人所在的立場問題，這樣的辯解總不能全然令人信服。清儒如陸世儀，即以王畿《三山麗澤錄》為證，認為王慎中、唐順之確為龍溪淄染至深：「《三山麗澤錄》，王遵巖之所為，請正于王龍溪也。當時荊川、遵巖亦好個人物，卻被龍溪弄壞。」（《思辨錄輯要》卷三十三「經子類」，文淵閣四庫全書本）該書乃嘉靖三十六年（1557）王畿赴三山，與王慎中相會於石雲館，相與唱酬問答之記錄，二人相處旬有九日，討論了不少本原性的問題。如果說慎中晚年真的仍為龍溪所教壞，那麼，其次年於易時中卒時所作祭文的自悔，又能有多少是發自真心的呢？其實，僅據外在的事實往復爭辯於事無補，關鍵恐怕還在於須進入其思想學說本身，在清理其內在理路與發展過程的同時，把握其主導傾向，然後自可求證王慎中輩

於陽明學說風行之際,究竟在多大程度上接受其良知之說的新體系(是否已棄師承而由朱入王),又在文學理論與主張上得到多少貫徹。

四、王慎中文學思想主導傾向的再檢討

涉及王慎中接受王畿講解的陽明學說的一條重要材料,是他對唐順之所談治學的心得,常為研究者所舉述:「然則由是以知《大學》之所謂致知者,信在內而不在外,繫於性而不繫於物,而龍溪君之言為益可信矣。」(〈與唐荊川〉,《遵巖先生文集》卷三六)是書作於嘉靖十六年(1537),慎中在山東提學僉事任上[18]。誠然,因為所謂「內」與「外」的問題,關涉到朱學與王學在認識心與物、心與理之關係取徑上的根本差異,這可以看作慎中受到陽明心學影響的一個證據。其實這也是他此前在南都與王畿等切磋問學、在此際與王璣等講論的結果,所謂「夫以余之誦習章句,忽聞諸君之論」(同上),這種與自己原先在閩中所習很不一樣的學問方式與論斷,對他來說自然是新鮮而有吸引力的。那麼,這是否意味著他自此便全然接受心學的新的思想體系並將之貫徹到自己的文學理論及

18　書謂「側見尊公拜南曹郎之報」,順之父唐珤擢南戶部郎中在嘉靖十六年(1537)(參唐鼎元《明唐荊川先生年譜》該年所繫,1939 年排印本);是秋順之在南都(參其〈程副使挽詩〉注,《荊川先生文集》卷一,四部叢刊本),當為省父,故慎中書又謂「恨予不得在金陵,而拘繫於此也」,「在庵君去,諒能為一談之」。王璣(在庵)是年由山東按察僉事遷江西布政司右參議,當經過南都,慎中在山東有〈送王在庵之江西〉詩(《遵巖先生文集》卷二)。

主張之中呢？我以為不然。且不說他在南都與王畿講解陽明遺說時尚「參以己見」，他自此「盡取古聖賢經傳及有宋諸大儒之書」而非陽明《傳習錄》之類的著作研讀，應該很能說明問題，那意味著他欲通過溫習自己一向持據的功課，來回應當下盛行的新思潮，重新思考所遭遇的新論題。王慎中的為人與其師易時中絕不相類，志向甚為遠大，當陽明學響動大江南北，已成為一個所謂「跨地域的話語體系」[19]時，他越來越感受到閩學的危機。儘管晉江《易》學號稱東南最盛，但他自己很清楚，元明以來的閩中朱子學，其實仍不過是局限於一個地域傳承的學派，與此時具有全國影響的陽明學相比，不過僅能支撐門戶而已。後來他在與來閩督學的朱衡通信時，就表達了一直以來的這種焦慮：「自鄒魯以後，天下言道德學問所出，而以其地之盛為名者，曰濂、洛、關、閩，蓋千百年之間，能以其地之盛為名者，僅四而已，而吾閩與焉，豈不盛哉。近日此道浸微，士者以學為諱，乃有一二大賢間世挺出，倡明斯道，在江浙、交廣、吳會之間，皆彬彬然盛，而閩中未有興者。僕輩忝先一日之達，少有所聞，而誠心實行，不足以發之，其愧負不假言……」（〈與朱鎮山〉，《遵嚴先生文集》卷三七）他應該是有在新的挑戰面前重振閩學之抱負的，當然，比起其師友張岳、林希元等人的狹隘來，他的心態要開放得多，顯得更為識時，這也就是為什麼他在謫常州、遷南都以來，利用諸多外任的機會，所到之處，與包括陽明各派弟子及其他朱子學者頻頻交接探討，顯然意在會通各門

---

19 參見陳來〈明嘉靖時期王學知識人的會講活動〉，《中國學術》2000 年第 4 輯。

派學問之長以發展、壯大閩學，他的目標應該是明確的。

從其所存作品來看，王慎中此後的文學理論及主張，始終貫穿的一個立論核心，恰恰是提倡文以明道，其中道自然是本根，如朱熹之教，為此，對「古文」的職能要求是唯須闡揚儒家之道：「所為古文者，非取其文詞不類于時，其道乃古之道也。」（〈與林觀頤〉，同上卷三九）意思與真德秀「其體本乎古、其旨近乎經者」（《文章正宗》卷首〈綱目〉，文淵閣四庫全書本）無二，謂文在義理而不在詞章，然話說得更為斬截。由其以最為自負的一篇〈明倫堂記〉，向唐順之等標榜說：「此文乃明道之文，非徒詞章而已。其義則有宋大儒所未及發，其文則曾南豐筠州、宜黃二學記文也。」（〈與李中溪書一〉，《遵巖先生文集》卷三七）我們很可以領略何為「古之道」，何為其心目中古文的準則與典範。這樣的定義，當然便與李、何古文辭派劃清了界限。而對政治應用類文體的「時文」，其要求更是如此：

> 文藝之名，何從生哉？成之則置之下而無可處之位，遊之則殿乎末而無可先之等。執之有其器，陳之有其數。孰不出於道哉，而為道之器也；孰不有其義哉，而為義之數也——是所謂藝者也。文之為藝何居？蔽于其實而溺於其名，於是學者以其治于文者為藝，而世之相目於藝也以文。夫所為教士以文，而還以論而取之者何哉？為其通乎道者之能得其意，明其義者之能識其情。由是以其所得者而為言，言雖不足以盡，而要意之所存也；以其所識者而為詞，詞雖有所不該，而要情之攸見也。《易》之筮占，《詩》之歌詠，《禮》《樂》

之襲禪升降，搏拊擊戛，孰非學者之所治？然而精之者以為史，善之者以為工，而習之者顧不越乎童子之所舞、宗祝之所辨，惟通乎道而明乎義者，乃稱其為士。今使為士者人占一經，責之以求通其意，復試之以文，觀其所以言其意者之何如，所以教之以其為士者也。實之不察，學者顧以其為士者之業，同于工史之所攻，童子、宗祝之所執，彼其潛深於象形之表，而參伍乎節度之間，正衡乎胸臆之中，而潤色於毫芒之末，自以為巧之適而技之得也。嗚呼，其為之如此，吾將被之以藝之名，而彼不得辭；彼之被是名者，猶且忘其所當辭，以為是固然，而方且患於不得，不亦怪耶！[20]

長篇大論，洋洋灑灑，說來繞去就是要為通道明義之文正名，為作通道明義之文的士正名，前者不能視同藝，後者不能視同史工之屬，在看似突顯文、士之價值的同時，也就宣告了道對文的絕對統領權，取消了文自身獨立的功能與價值。因為反之的話，不能通道明義之文，無論「古文」、「時文」，自然就淪為技藝之末，自然就毫無價值可言。這也正是他在先前對魏校表白說「自得見君子以來，廓若發蒙，始知正學之有所在，而此生之幾於虛過，奉以周旋，時有警省，不敢喪己於流俗之中，溺志於技藝之末，惟以聖賢之言，維持此心」（〈上魏莊渠公〉）；中年之後又時時告誡弟惟中「要當使治經之功多於詞華之事，乃為不俗」（〈寄道原弟書〉二）

20　〈萃英錄序〉。此篇為邵廉刊本所未收，引自文淵閣四庫全書本《遵巖集》卷九，其底本為慎中子同康及婿莊國楨隆慶五年重鋟本。

的道理。上引與林觀頤、李元陽二書，皆慎中嘉靖二十年（1541）罷官家居後所作；而此〈萃英錄序〉，乃其為泉州知府程秀民（習齋）所輯興化、泉州二府諸生之文而作。秀民為西安人，嘉靖十一年（1532）進士，其任泉州知府的時間雖未得確考，然從慎中所與通書及交往的情況來看，當亦在慎中家居之後[21]。儘管如前所舉，他在各地為官時多有與陽明弟子切磋之事，亦已以龍溪「信在內而不在外，繫於性而不繫於物」之言為可信，但他在居家後所一再闡述的核心文學觀念，卻仍是宋儒一再標示的相當傳統的命題，反倒不如被《明儒學案》列入「南中王門」的唐順之，多少還能於不惑將至，在文學上提出諸如「文字工拙在心源」之類將本末之說轉化為內外之論的新說法，此中原委值得我們深思。

與上述文學觀相對應，是他所建立的相當特別的文學史觀。在這方面，慎中之〈曾南豐文粹序〉無疑最具有代表性：

> 極盛之世，學術明于人人，風俗一出乎道德，而文行於其間。自銘器賦物、聘好贈處、答問辯說之所撰述，與夫陳謨矢訓、作命敷誥，施於君臣政事之際；自閨詠巷謠、托興蟲鳥、極命草木之詩，與夫作為雅頌，奏之郊廟朝廷，薦告盛美、諷喻監戒，以為右神明、動民物之用，其小大雖殊，其

---

21 慎中有〈送程侯習齋歸養序〉（《遵巖先生文集》卷十九）等，皆閩中所作，又嘗於程氏治泉時，與同遊閩之筍江（見〈游筍江記〉，同上卷二四）；其〈與程習齋〉則有「某廢棄之跡，只宜屏藏」之說（同上卷四○）。

本於學術而足以發揮乎道德，其意未嘗異也。士生其時，蓋未有不能為言，其才或不能有以言，而於人之能言，固未嘗不能知其意。文之行于其時，為通志成務，賢不肖愚知共有之能，而不為專長一人、獨名一家之具。噫，何其盛也！周衰學廢，能言之士始出於才，由其言以考于道德，則有所不至，故或駁焉而不醇，或曲焉而不該，其背而違之者又多有焉。以彼生於衰世，各以其所見為學，蔽于其所尚，溺于其所習，不能正反而旁通，然發而為文，皆以道其中之所欲言，非掠取於外，藻飾而離其本者。故其蔽溺之情亦不能掩於詞，而不醇不該之病所由以見。而蕩然無所可尚、未有所習者，徒以其魁博誕縱之力，攘竊於外，其文亦且怪奇瑰美，足以誇駭世之耳目，道德之意，不能入焉，而果於叛去，以其非出於中之所為言，則亦無可見之情，而何足以議於醇駁該曲之際。由三代以降，士之能為文，莫盛於西漢，徒取之於外而足以悅世之耳目者，枚乘、公孫弘、嚴助、朱買臣、谷永、司馬相如之屬，而相如為之尤；能道其中之所欲言，而不能免於蔽者，賈誼、董仲舒、司馬遷、劉向、揚雄之屬，而雄其最也。於是之時，豈獨學失其統而不能一哉……由西漢而下，莫盛于有宋慶曆、嘉祐之間，而桀然自名其家者，南豐曾氏也。觀其書，知其于為文，良有意乎折衷諸子之同異，會通于聖人之旨，以反溺去蔽，而思出於道德，信乎能道其中之所欲言，而不醇不該之蔽亦已少矣，視古之能言，庶幾無愧，非徒賢於後世之士而已；推其所行之遠，宜與《詩》《書》之作者，並天地無窮而與之俱久。

（《遵巖先生文集》卷十五）

所論亦由文章關乎世運的傳統命題入手，將對文學的職能要求建立在「本於學術而足以發揮乎道德」的準則之上，據此，三代的文學最盛，而足以奉為典範。春秋戰國時期的文學，雖因其時世衰而道德已至駁曲、學術有所蔽溺，然因尚能「道其中之所欲言」，「非掠取於外，藻飾而離其本者」，故仍有可取者；至於其時那種無本於學術、不入為道德，而徒掠取於其外的怪奇瑰美之文辭——那應當指莊、騷之類，則在不屑議論之列，那也就意味被逐出其文學史視野。順便說一下，這裏的「道其中之所欲言」、「可見之情」，恰恰是指關乎學術、道德之本的見解，而非感於物而動於中之情感，這是我們須分辨清楚的。西漢向來被視為文學盛世，可在慎中看來，事實並非如此，猶有可取的，也就是賈誼、董仲舒、司馬遷、劉向、揚雄之屬的學者之文，其中又有差異，慎中自己偏愛的是劉向，而於賈誼、董仲舒，亦有才、德之別[22]；對於操觚談藝之士普遍心儀的西漢賦家，他亦以「徒取之於外而足以悅世之耳目」為由，一概否棄。接下來西漢而下長長的一段文學史成為空白，直接就跨入宋慶曆、嘉祐之間，其傑出代表便是曾鞏，理由則不外乎於學術上能「折衷諸子之同異，會通于聖人之旨」而「思出於道

---

22 其所撰〈張淨峰公文集序〉曰：「君子之學，考正于王道而後純，不純于王道，未有能特立於世者也。賈誼、董仲舒皆知推明王道，而純駁判矣。當時言者，一以為伊、管，一以為游、夏，可謂微窺其純駁之所在，然右才左德之弊亦已見。」（《遵巖先生文集》卷十五）

德」，且唯其如此，曾氏就顯得至少比漢儒更高明，「而不醇不該之蔽亦已少矣」。就這樣，漢唐之間郁乎盛哉的各體文學統統被逐出其所建構的文學史，就蔚為大國的詩而言，按他另一篇為人所作序的說法：「由漢而下，為詩者多矣，……雖其詩之工，然亦以傲虐慢侮、怨悲誚刺，負世之累，有其材者，固不免有其病歟。」（〈陳少華詩集序〉，同上卷十六）總之是與道德相悖。因此，他自己雖然也曾經歷詩宗初唐、盛唐的階段，卻「終以不習而自止」（同上）。於是，他心目中的這一部文學史，也就成了一種特異的道學文學史，與李、何輩的文學史觀相比較，同樣是主張復古，相去卻不啻千里。這可以說是他至為重要的綱領性文論，故如劉滄於嘉靖四十五年（1566）序刻其集，唯獨舉出此篇演繹說：「觀所撰〈南豐文粹序〉，則其所取法而自期負者，端在子固矣。」又謂「此非其自況也耶」（〈遵巖先生文集後序〉，隆慶本卷末附刻）。而慎中所依據的，實是閩中朱子學者世代相承的道統觀念，也可以說是與其學術史觀同構，我們看慎中在〈薛文清公全集序〉中的論述便可明瞭：

> 學術不出於孔氏之宗，失其統而為學者，其端有二，曰俗與禪。方七十子既喪，大義已乖，之後侵尋且千年之間，士之為學者，病于俗耳。最後乃有釋氏之學，蕭梁以來，溯祖為宗，其說浸盛，學為士而溺於禪，遂多有之……故儒者尤患之，不顧執器滯言之譏，而辯爭於毫髮幾希之際，感切殷勤，至於詞費氣殫，如有宋朱晦庵氏之學是已。朱氏之學，直推溯于河南程氏而接其傳，然于程門高弟呂、游、楊、謝之賢，猶冒然顯斥其淫於老佛，不少假也。同時所友善，莫

　　如呂、陸二氏兄弟，其于子靜、子約之學，尤詆誹之不遺餘
　　力，謂其竊近似之言，文異端之說，蒿然竭其悼悶距過之
　　心，寧守其陋，而不能以相易，蓋患其惑世誣民，而學術之
　　流愈放矣。（《遵巖先生文集》卷十五）

據其所述，孔子而後，學術便「失其統」，戰國至魏晉的學術之所
以不振，是因為其病於流俗，所謂「俗」，應當是指異端、權謀、
術數之言橫流天下[23]；而南北朝以來的學術之所以不振，則全因釋
氏之學的入侵。直至宋儒朱熹出，接程氏之傳，指斥佛老不遺餘
力，方接上孔子的統緒。其大旨因此可概括為：孔子繼周公之絕，
而朱子繼孔子之絕，孔、朱之間漫長的學術史皆不足觀。顯然，這
樣的學術史觀，就構成了其文學史的價值基準，而慎中之所以於文
獨以曾鞏為尚，說到底又還是與朱熹的標準趨同，故茅坤說：「曾
南豐之文，大較本經術，祖劉向，其湛深之思、嚴密之法，足以與
古作者相雄長，而其光焰或不外爍也。故於當時，稍為蘇氏兄弟所

23　元儒吳海〈阜林鄉學記〉即曰：「自孟子沒而聖人之道不明，異端、權
　　謀、術數之言橫流於天下，洋溢充斥千數百年不能止，逮宋周、程、朱夫
　　子出，而繼往聖、開來學。」（《聞過齋集》卷三，文淵閣四庫全書本）
　　又其《書禍》曰：「諸子百氏，外家雜言，異端邪說，……其偏蔽邪曲，
　　足以湮沒正理。……楊墨佛老諸書，六經之賊也；管商申韓諸書，治道之
　　賊也；遺事外傳，史氏之賊也；蕪詞蔓說，文章之賊也。竊意上之人，有
　　王者作，將悉取其書而焚絕之。然後讀書者得以專其力于聖賢之言，精其
　　志於身心之學，玩其意于家國得失成敗之數，考其實於古今治亂興亡之
　　跡，如是則學正而道明，而書有益於世。」（同上卷四）可示閩學學術史
　　觀之一端。

掩，獨朱晦庵亟稱之，歷數百年，而近年王道思始知讀而酷好之，如渴者之飲金莖露也。」（《唐宋八大家文鈔》卷首〈論例〉，文淵閣四庫全書本）上述〈曾南豐文粹序〉，係慎中應無錫安如石之請而作，而安氏刻《南豐曾先生文粹》十卷在嘉靖二十八年（1549），則慎中序當此間作，顯然也是其家居後之事。〈薛文清公全集序〉，據慎中所述，為侍御趙玉泉先以薛瑄之文並《讀書錄》刻為全集，侍御濟南胡君繼按閩中，以為慎中宜序之，故作。檢雍正《福建通志》卷二一「職官」，嘉靖中任巡按監察御史的有趙孔昭、胡志夔，當即其人。二人皆為嘉靖二十三年（1544）進士。據傳，胡氏乃由富平知縣入為監察御史（雍正《山西通志》卷一三一〈人物〉，文淵閣四庫全書本），而其嘉靖三十五年（1556）尚在富平任上（雍正《陝西通志》卷十六〈關梁一〉「富平縣」條，文淵閣四庫全書本），則按閩中當更在其後，是證該序為慎中晚年所作[24]。

如此看來，儘管在較早的時候，王慎中已經受到王畿等陽明弟子的影響（甚至接受了良知學說的某些觀念），並且諸如此類的切磋問學可謂終其身而不斷，然而由其集中體現於中晚年的文學核心觀念及與之相對應的文學史觀觀之，作為其主導傾向的，仍是程朱理學而非陽明良知之學的理念。王畿等陽明弟子早年在京師傳播良知之學，確實成為王慎中、唐順之思想轉變的契機，但這種轉變，首先

24　嘉靖三十六年（1557），王畿至三山與慎中酬答，慎中已以此段「學術不出於孔氏之宗」的論說向龍溪求證，唯其提出：「若夫老氏之學，則固吾儒之宗派，或失於矯則有之，非可以異端論也。」（《三山麗澤錄》，《龍溪王先生全集》卷一）似與上舉吳海之論稍異。

促成的應是由文學向道學的本末之變，而非儒學內部新舊思想體系的轉換，至少就王慎中而言，一生始終奉宋儒為立意著論之圭臬，這不能不令我們感到須對閩學的強大傳統有充分的估計[25]。由此還想到所謂「唐宋派」的稱名問題[26]，因為它關係到對該派性質的論定，章培恒師在所撰《中國文學史新著》中提出宜改稱「崇道派」，就本文從王慎中一側對其相關文學思想的考察，我覺得這樣的稱名是名實相符的。

---

25 晚明理學家李光縉（蘇濬傳人）在為家鄉晉江這一時期的人文之盛大唱讚歌時，就已經揭示了王慎中的文學與閩學間的關係：「吾郡先正，羽翼鄒魯，本《詩》《書》《易傳》，闡明道學，為一代儒宗者，必首推蔡文莊先生，而紫峰陳先生佐之；其建鼓修詞，特起藝壇，與毘陵相頡頏，擅一時東南之美，則王道思先生為政。文莊之學，尸祝考亭；道思之文，左袒歐、蘇，兩者並俯首廁足于宋人之庭戶，四方學者宗之。」（〈祭紫溪蘇先生文〉，《刻李衷一先生清源洞文集》卷五，明萬曆四十一年刊本）唯言「左袒歐、蘇」，不若歐、曾為確。

26 有關「唐宋派」這一稱名來歷的探討，可參看宋克夫、余瑩〈唐宋派考論〉，刊載於羅宗強、陳洪主編《明代文學研究國際學術研討會論文集》，南開大學出版社 2006 年版，第 208-217 頁。

竟陵派文學的發端
及其早期文學思想趨向

一、前言

　　如所周知，竟陵派是因其代表作家鍾惺（1574-1625）、譚元春（1586-1637）的鄉貫而得名的一個文學流派。儘管這一流派的發生、發展，實際上與那種由地域關係結社唱酬形成的地方性文學群體未可同日而語，但鍾、譚早年在家鄉的文學活動，畢竟是他們文學成長道路上一個不容或缺的歷史階段，它為竟陵派的誕生提供了某種土壤，而構成該文學流派的某些基本質素，在這一階段也確已孕育而成。至鍾惺萬曆戊申（1608）冬離家遊宦前，不僅作為該派今後各個時期文學基本主張濫觴的早期批評觀念業已形成，而且隨著鍾、譚組合的構成，兩人在這段共處時間相對較長的日子裏，通過切磋磨合，對之又有所確認，並開始用於指導他們的創作實踐。已有的竟陵派研究，對於鍾、譚這一階段的文學活動關注甚少，恐怕也就因此難以認識它對於竟陵派文學（尤其是文學思想）形成及其發展的意義，本文擬就此作一些梳理和探討。

二、鍾惺、譚元春的始習與才性

　　鍾惺、譚元春從事文學創作，始於萬曆二十年代：鍾惺「逾二十而後為詩」[1]，是在萬曆二十一年（1593）後；譚元春將自己的古詩、近體創作追溯至十六歲時的摹習，則亦在萬曆二十九年（1601）間。雖然這個時代李攀龍（1514-1570）、王世貞（1526-1590）已先後作古，但他們所領導的後七子一派文學復古的勢力在南方諸區域卻仍然長盛不衰，如鍾惺早年為生員時與之有師生之誼的鄒迪光（1549-1626）（時任湖廣提學副使），折官位輩行而先後與鍾、譚交的馮時可（時任湖廣參政），以及鄉先達李維楨（1547-1626）等，皆為此派巨擘，雖然目前尚沒有什麼材料可說明他們對於鍾、譚的文學創作有直接的影響，但錢謙益所說的「萬曆中年，王、李之學盛行，黃茅白葦，彌望皆是」[2]卻是事實，故鍾、譚的始習不能不受到此風的浸染。就鍾惺早年的創作而言，李維楨〈玄對齋集序〉就曾有「集中詩可百餘篇，而漢、魏、六朝、三唐語，若起其人於九京，口占而腕書者」[3]這樣的評價，可見其擬古之酷肖。鍾惺自己也承認，謂自己之少作「大要取古人近似者，時一肖之，為人所稱許，輒自以為詩文而已」[4]。至於譚元春，從其自述亦可見，少於

1　李維楨〈玄對齋集序〉，《大泌山房集》卷二十一，明萬曆間刊本。
2　《列朝詩集小傳》丁集中〈袁稽勳宏道〉，上海古籍出版社 1983 年版，第 567 頁。
3　《大泌山房集》卷二十一。
4　〈隱秀軒集自序〉，《隱秀軒集》文晨集，明末書林近聖居刊本。

詩，真可謂摹體以定習，一部《文選》，擬之殆遍[5]，終至於以魏晉標格。李維楨序其早期詩集說，「友夏詩無一不出於古，而讀之若古人所未道」[6]，稱讚他的詩近於漢魏、晉人間，雖不免有溢美之詞，但確也承其取徑而言。無論他以後的創作如何追求自出性靈，這一階段的學古成為他求取變化之資，鄒漪謂其「少喜言詩，頗規摹昭明選體，落筆輒肖；已復去之，學盛唐。後乃出心穎、取奇俊，翩翩多致」[7]，正指出了他在詩歌創作上由「泛泛焉回翔於古詩、近體之間」進而自求靈異這樣一個相互銜接的過程。他自己後來在〈答劉同人書〉中說：「初年求之於神骨，逾數年乃求之於氣格，又數年乃求之於詞章，前後緩急、難易加減之候，惟己得用之」[8]，意在說明自己採用的是不同於常人的由抽象的完形而至具體的表現的琢煉方式，但「擬議以成其變化」本來也是復古派的主

5　其〈序操縵草〉曾有詳述，謂：「予年十六學為詩，初無師承，亦不知聲病，但家有《文選》本，利其無四聲，韻可出入，竊取而擬之殆遍。其法止如其詩題與其長短之數、起止之節，而易其辭，亦自以為擬也。越三年，始有教之為近體者（案：據其〈三十四舅墓誌銘〉，謂從伯舅魏良翰學律詩四聲）。是時亦粗知詩意，有問予擬《古詩十九首》及韋孟以下諸詩者，則面發赤。後數年又稍進，並陸士衡之擬古、江文通之代擬諸作，私心亦有所不愜，則遂泛泛焉回翔於古詩、近體之間，蓋未有專力，至於今愧之。而要其猶如此中升降，執筆運思，輒有一二字近古者，則亦十六時刻畫殆遍，暗暗為我根株也……」（《譚友夏合集》卷九，明崇禎六年張澤刊本）。

6　〈譚友夏詩序〉，《譚友夏合集》卷二十三。

7　《啟禎野乘》卷七〈譚解元傳〉，臺灣文海出版社，《明清史料彙編》影印本，1984年。

8　《譚友夏合集》卷七。

張。所謂「文章由學，能在天資。才自內發，學以外成」[9]，早年的這種學習之功，多少總會在他們今後的文學事業留下某種印記，即便是起而排擊王、李之學而求創變，其取向亦終不脫古人之傳統，這又未必不是此際的經歷暗暗為之根株。

其實，從譚元春所作的〈徐中丞集序〉中，我們還是可依稀找到他們在家鄉受到七子一派影響的痕跡。這裏的徐中丞即徐成位，竟陵人，其子徐惕為鍾、譚密友，因與鍾、譚俱有交往。元春嘗記其言曰：「吾在儀曹時，居閑寡務，與王敬美、孫月峰諸公，切劘為古學，頗知古人之意。」[10]則其習尚可知。作為富有閱歷的賢長，他的經驗之談在元春一輩通家年少的心目中應該是有分量的，儘管他以「人生在世，上則性命不易之理，次則民物有用之學，焉用是招尤之言為哉」為教誨，勸誡元春應該立大志，那也不過是指出向上一路，意在希望年輕人不要僅止於以文人名世；而從元春自己理解的「而又以春之嗜古也，壹似欲摧折其盛氣，如歐公之于徐無黨者」來看，或還有在古文辭創作上對之加以調教、錘煉的意思，這便不是一般的教示可相比擬。由此一隅，亦可窺測他們早年在文學上成長的環境。

然而這樣的局面似乎並沒有持續多少年，因為也正是這個時代，袁宏道（1568-1610）樹起「獨抒性靈，不拘格套」的旗幟，由

9　王利器《文心雕龍校證》卷八〈事類〉，上海古籍出版社 1980 年版，第 234 頁。

10　〈徐中丞集序〉，《譚友夏合集》卷八。

吳中而北京，自創一派，「務矯今代蹈襲之風」[11]。儘管它在當時的影響未必如錢謙益描述的那麼大：「中郎之論出，王、李之雲霧一掃，天下之文人才士始知疏瀹心靈，搜剔慧性，以蕩滌摹擬塗澤之病……」[12]但已波及楚中鍾、譚之所在卻是確然無疑的。根據現有的資料，至少在萬曆二十八年（1600），亦即公安派成立漸次達到前期鼎盛之年，二十七歲的鍾惺以諸生入郡都試，與同舍京山諸生魏象先論明詩，已有指目公安之論，這在下面將有詳述。它意味著，在鍾、譚開始其文學生涯之初，已經為這樣一股強勁而新鮮的創變之風所沖蕩，這在促使他們重新思索文學應該如何表現這樣一些根本問題的同時，對於今後文學道路的選擇，無疑亦起到了某種示範樹鵠的作用。

依照鍾惺的記載，他與譚元春在萬曆三十二年（1604）十月已開始交往[13]，這對竟陵派的形成來說，當然是一個標誌性的事件，因為正是他倆自此引為同道，揚扢風雅，互為聲氣而相得益彰，才得以在晚明文壇以竟陵體號召天下，李明睿〈鍾譚合傳〉更因此申

11　〈雪濤閣集序〉，錢伯城《袁宏道集箋校》卷十八，上海古籍出版社 1981 年版，第 710 頁。

12　《列朝詩集小傳》丁集中〈袁稽勳宏道〉。

13　關於鍾惺、譚元春的交往之始，兩人的記載稍有出入。鍾惺的回憶略詳：「記甲辰（1604）十月，譚友夏過予，日為客作書，予弟從旁疑視頗篤。友夏察其意之近於書也，書《古詩十九首》，使之影摹，輒肖。」（〈書茂之所藏譚二元春五弟快手札各一道紀事〉）譚元春的記載則在其為悼念鍾惺而作的〈喪友詩三十首〉小序中，謂「予與鍾子交，庶為近古，起萬曆乙巳（1605），訖天啟乙丑（1625），蓋二十一年，交終矣」。似以鍾記更確。

論說：「使世之知景陵之文不在文，而在交誼之厚，故一時文名噪甚，奪中原七子之幟而建之標，良有以也。」[14]不過，鍾、譚之組合並非自然天成，相反，他們的氣質才性實際上還是有很大差異的，這一點往往為人所忽視。他們之所以能夠在後來令「天下人」有「二人一手之名」[15]，在很大程度上可以說是早期相當長一段時期不斷磨合的結果。

在同時代人的心目中，鍾惺是一個性格特徵非常鮮明的人，如果只能用一個字來加以描述，那麼，「冷」字大概是最為恰切的。譚元春〈退谷先生墓誌銘〉謂其「性深靖如一泓定水，披其帷，如含冰霜，不與世俗人交接……」[16]，其同年友鄒之麟在〈史懷序〉中則曰：「其人風貌清嚴，神檢閒逸，與人居落落穆穆，間佐片語，微甚冷甚，令人旨，亦令人畏。」[17]又，陳繼儒在未與鍾惺訂交前，「始聞客云，鍾子，冷人也，不可近」[18]。當然，這種「嚴冷」的性格與我們所說的作家之才性尚不能等而觀之，就個性而言，本來也並非全然出於先天及幼習，還須由其整個人生經歷養成，但不可否認，一種成其為這一個而非他者的內在質性在很大程度上帶有與身俱來的成分，它決定了一個作家才性的方向與類型。鍾惺生來羸弱多病，他的嗣父就曾分析過：「此子敏篤，志強體

14　陳允衡《詩慰初集》「嶽歸堂集選」卷首，清順治刊本。

15　譚元春〈告七友文〉，《鵠灣集》卷七，明末刊本。

16　《譚友夏合集》卷十二。

17　《史懷》卷首，明末刊本。

18　見鍾惺〈潘無隱詩序〉，《隱秀軒集》文晟集。

弱。」[19]對其自幼在氣質與體格等方面的相關特點把握得還是相當準確的，顯示了非一般嚴父所能具有的細緻的觀察力。根據現代心理學的常識，我們知道，大凡在體格上明顯呈纖細脆弱特徵的人，一般說來，往往具有敏感、抑鬱然卻執著、頑強的心理質素，比之對於外部世界的拓張，他更多地關注自我內心世界的活動，有著較為強烈的自知、自戀與自我保護意識，而與他人保持某種一定安全維度內外的距離。事實上，時人所述種種有關鍾惺沈靜落穆、冷面隔俗的性格特徵，在很大程度上都可以在這一常識上得到解釋。因此，在鍾惺身上，那種內向、抑鬱、堅執自我近乎嚴刻而又富於感受性的質性，在賦予他特殊的詩人氣質的同時，還交織著一種十分強烈的通過不斷內省追求自我超越的知性特徵，古人常常將這種類型稱作「學道人」。前賢有所謂「夫多病則與學道者宜，多難則與學禪者宜」[20]的說法，除了指出宗教情操與尋求自我解脫、自我救贖在功用上的密切聯繫外，也已涉及到體格與人的基本動機之間的內在關聯問題。李維楨在為鍾惺早年詩集所作的序中，曾記敘了鍾氏「逾二十而後為詩，復以善病諷貝典，修禪觀」[21]這樣一條經歷，恰好印證了其多病的體質與潛心修道之間的這種內在關聯。並且，因為他的有志於文學恰巧與他開始習靜修持禪觀是同步的，這種巧合不能不看作是才性的作用與發展。當然，這種習禪的經歷本

19　見鍾惺〈家傳〉，《鍾伯敬先生遺稿》卷四，明天啟七年徐波刊本。

20　蘇轍〈筠州聖壽院法堂記〉，《欒城集》卷二十三，曾棗莊、馬德富校點，上海古籍出版社 1987 年版，第 503 頁。

21　〈玄對齋集序〉，《大泌山房集》卷二十。

身，對其今後的整個思維方式，尤其是審美的觀念及文學表現方式，又有著極為重要的影響。

正是這種才性的體現，我們看到，在鍾惺的人格價值序列中，「淵靜」顯然是第一義的，他常常以之作為品鑒人的標準。這既是一種政治上的理想人格，如他贊許同為楚人的官應震：「然淵靜坦然，望而知其端人也」[22]，儘管在東林黨人眼中，官氏為結黨亂政的「四凶」之一；又如竭力推崇蔡復一，謂「然亦非幽恬淵淨者，膽決不堅，識決不透；亦未有不幽恬淵淨，而可謂真揮霍弘才，公其人也」[23]，在當時充滿「躁競」的政治環境中，特別標舉「幽恬淵淨」之氣魄與境界。這當然也是文學藝術上的理想人格，如他對譚元春的文學創作從根本上提出「性情淵夷，神明恬寂」的要求[24]；序黃汝亨詩，亦首先肯定他「淵通淨遠，世之所謂有道人也」[25]；其他如讚譽同年徐象一，謂「吾友徐水部，文心本淵塞」[26]，稱揚金陵友人郭天中、范迁，謂「伊人寄靜外，奇尚而素心」[27]，凡此種種，不一而足。

在中國傳統的文學批評中，才性與風格之關係一直是人們關注的問題。在鍾、譚生活的時代，對於這一問題的認識，亦早已成為當時文人士夫的一般知識，如果說，屠隆所說的「士之寥廓者，語

22　〈官古愚先生傳〉，《隱秀軒集》文宿集。

23　〈報蔡敬夫大參〉，《隱秀軒集》文往集。

24　參見〈簡遠堂近詩序〉，《隱秀軒集》文戾集。

25　〈黃貞父白門集序〉，《隱秀軒集》文戾集。

26　〈贈徐象一年丈並索其畫〉，《隱秀軒集》詩地集。

27　〈舟過郭聖僕范漫翁〉，《隱秀軒集》詩地集。

遠；靖亮者，語莊；寬舒者，語和；褊急者，語峭；浮華者，語
綺；清枯者，語幽；疏朗者，語暢；沈著者，語深；譎蕩者，語
荒；陰鷙者，語險」[28]，仍是從個性決定文學風格的角度立論，分
析何種才性類型導致何種類型的風格；那麼，江盈科所說的「大都
其詩瀟灑者，其人必豁快；其詩莊重者，其人必敦厚；其詩飄逸
者，其人必風流；其詩流離者，其人必疏爽；其詩枯瘠者，其人必
寒澀；其詩豐腴者，其人必華贍；其詩淒怨者，其人必拂鬱；其詩
悲壯者，其人必磊落；其詩不羈者，其人必豪蕩；其詩峻潔者，其
人必清修；其詩森整者，其人必謹嚴」[29]，則是從文學即個性之展
示的一面，闡述「詩本性情」的道理，目的都是為了說明「詩如其
人」。也正是從這樣一種相當自覺的認識出發，譚元春作為鍾惺的
知音，依據其理想人格的價值基準，曾將風格初定的鍾詩狀作玄對
清明之山水、能發靜者之機的載體，所謂「有聞無聲肅肅如，惟恬
惟淡涵其博」[30]。如此超乎形想的虛懷之表現，當然足以發明鍾惺
追求內在超越的理性化審美個性，但是，我們也應該充分注意到，
這畢竟只是他們基於鍾惺「學道人」的性格自我標示的才性修養及
風格歷練之目標，從前面分析的鍾惺的種種個性特徵來看，掩映在
這恬淡玄遠之追求背後的，有堅執自我的嚴刻，沉浸於內省的掙
扎，還有對外部世界充滿警惕的冷眼，這些並不閒逸的心理內蘊，
不可能不在文學作品中有所反映。因此，倘若我們仍在「詩如其

28　〈王茂大修竹亭稿序〉，《白榆集》卷三，明萬曆庚子刊本。
29　〈雪濤詩評〉，《說郛》「續集」卷三十四，清順治三年宛委山堂刊本。
30　〈題伯敬詩集〉，《譚友夏合集》卷十八。

人」的分析框架內開展對鍾惺創作風格特徵及其成因的探討，那還須對歷來批評家提出的「子雲沉寂，故志隱而味深」[31]、「苛刻之人，其詩峭厲而不平」[32]之類的表述有所關注，它們可以幫助我們理解鍾惺的氣質、才性與實際創作中所謂「深幽孤峭」風格之形成的某種內在聯繫。

譚元春的氣質、才性與鍾惺並不相類。這一點在譚氏祭奠鍾惺的〈告亡友文〉中交代得非常詳具，他懺悔道：

> 予以頑曠之性，見人嬉游，狂顧勃發。常同子書史靜對，淡若無物，杯斝遙陳，酬勸不施。雖歡情日接，而樂事時乖，旬月之內，吟嘯他往，當其挽袂固留，予嘗不顧而去。始知靜者朋侶倍篤，此又予負子矣。[33]

從他的自述我們可以看出，若按照西方傳統的氣質學說，譚元春原本屬於典型的多血質類型，熱情衝動，豪蕩不羈，又意氣高廣，喜交遊縱樂，因而後人有「浪子」之目[34]，或謂「友夏詩雖不稱，而為人跌宕，不愧名士」[35]。這方面的性格與鍾惺恰成對照。大致說來，鍾喜幽獨孤行，而譚喜嬉遊泛交；鍾性靜而嚴刻，好作深湛之

31　王利器《文心雕龍校證》卷六〈體性〉，第 191 頁。

32　宋濂〈林伯恭詩序〉，《宋學士文集》卷三十三，明正德間刊本。

33　《譚友夏合集》卷十三。

34　見王夫之《明詩評選》卷七，《船山遺書》本。

35　宋征璧《抱真堂詩話》，《清詩話續編》，郭紹虞編選，富壽蓀校點，上海古籍出版社 1983 年版，第 126 頁。

思；譚性動而頑曠，而有靈奇之才。元春的這種氣質多稟承家族的
遺傳，然而，儘管如此，譚元春卻並沒有使他自己這一類的才性得
到充分的發揮。因為值得注意的是，在鍾、譚二人的關係上，鍾惺
的影響在進入以譚元春為中心的竟陵派發展後期之前，始終佔據著
主導地位，在早期更是如此。這一方面當然是因為鍾畢竟比譚年長
十二歲，在譚尚未完全成年之前，鍾的見解已相當成熟且已獲一定
的才名；在另一方面，則是因為鍾的那一種氣質、才性對譚來說恰
好具有互補性，因而格外具有魅力，而使「友夏為其所攝」[36]。元
春曾不止一次地提到早年鍾惺等人對他的陶範、改造：

> 回思少年時，有作高奇詩古文之志，後來師友扶持，並有類
> 奇士高人之性情。[37]

> 尋常厭人沾泥帶水，喜一過而忘之，故伯敬諸子，取其根
> 器，而恨其不肯學道。[38]

這裏所謂的「師友」，除了鍾惺，主要尚有蔡復一（1576-1625），
他也是竟陵派的重要成員。譚元春在萬曆乙卯（1615）致蔡復一的
信中，不無誠懇地說：「如『簡交以得己，斂名以厚實』，春要藥

36　王夫之《明詩評選》卷七。

37　〈答池直夫〉，《譚友夏合集》卷七。

38　〈答金正希〉，《譚友夏合集》卷七。

也。」[39]雖然引用的是蔡復一規勸自己的話，卻與鍾惺在〈簡遠堂近詩序〉中對元春的要求同一聲口，顯然是他們平時引導他「學道」老生常談的觀點。故元春相信他們的鑒識而自覺地進行自我改造，「予進而求諸靈異者十年，退而求諸樸者七八年」，並自謙說「於所謂靈與樸者，終隔而不合」[40]，蔡復一倒是鼓勵他「人愈樸，性愈厚，是進德之驗」[41]。來自鍾惺等人的這種影響對元春來說可謂銘心刻骨，故當鍾惺去世後，元春回顧彼此的交情，表達對亡友的拳拳服膺，也仍充滿深情地說：「天下結交人，無如亡友深；能從浮濁世，取人一片心。」[42]正因為如此，當年鍾惺能夠毫不謙虛地說：

> 友夏少年，才高意廣，勇於自信，人所指摘，苟不能相中，雖其言出畏友名師，不能強友夏以必聽。而片言去留，待予裁決。友夏亦何私於予！[43]

除了表示兩人的投契，言下之意，譚之所以私於己，實以己言必有以相中。

因此，我們也就不再會感到不可思議，象譚元春這樣與鍾惺在氣質、才性上截然不同的人，在對作家的品鑒上，卻始終稟承鍾惺

39　〈奏記蔡清憲公〉三，《譚友夏合集》卷六。

40　〈題簡遠堂詩〉，《譚友夏合集》卷二十三。

41　見譚元春〈與舍弟第五人說〉，《譚友夏合集》卷六。

42　〈答徐元歎〉，《嶽歸堂未刻詩》卷三，明崇禎河抱堂刊本。

43　〈簡遠堂近詩序〉，《隱秀軒集》文晨集。

「性情淵夷，神明恬寂」[44]或「幽恬淵淨」[45]的價值標準，如：

> 然使足下意加虛，神加靜，與人處加溫克，而又減無用之
> 名，減無用之應接，減似有用實無用之意氣，減可以用不必
> 即用之經濟，至於粗之減聲色，精之減筆墨，即其所為止生
> 也，一增損焉，古文在是，古人在是矣。[46]

> 司直詩書無所不涉，而中有淵沉之性，不隨古今增其浮豔。[47]

> 而性靈淵然以潔，浩然以贖，且為吾輩同調。[48]

由此不難看出，鍾、譚早期的磨合，根本上是以鍾惺的創作個性和
文學思想為基準的。這不僅鑄就了元春的審美觀念，而且還直接影
響了他的創作風致。他的前期創作，更多地是對鍾惺趨於定型的詩
歌風格的附麗，錢鍾書謂論友夏詩當分別《嶽歸堂稿》之前後，
「《嶽歸堂稿》以前詩，與伯敬同格」[49]，實在是一種很精闢的分
析。當然，有的時候他也會不經意地流露出自己的「本色」來。

44　〈簡遠堂近詩序〉，《隱秀軒集》文晨集。
45　〈報蔡敬夫大參〉，《隱秀軒集》文往集。
46　〈與茅止生書〉，《譚友夏合集》卷七。
47　〈樸草引〉，《譚友夏合集》卷十。
48　〈萬茂先詩序〉，《譚友夏合集》卷九。
49　《談藝錄》二九，中華書局 1984 年版，第 102 頁。

三、鍾、譚與京山黃玉社諸子的交往

　　鍾惺、譚元春早年與京山黃玉社諸子的交往，向不為研究者所注意，然它卻是鍾、譚早年在家鄉開展的一項重要的文學活動。它恰好處在鍾、譚訂交的初期，這就為其磨合提供了一種契機及活動的舞臺，他們早期一些重要的批評觀念與文學主張，正是在與該社這些共同的文友相互切劘砥礪的過程中確立並予以闡發的。更為重要的是，這一交遊圈是鍾、譚與公安諸袁發生聯繫的一個媒介，通過這一媒介，他們能夠比較確切、及時地瞭解公安派的文學主張以及在當時文壇的最新動態，而來自公安派的影響，最早也體現在該社某些成員的創作中。

　　所謂京山黃玉社，據鍾惺作於萬曆戊申（1608）十月間的〈明茂才私諡文穆魏長公太易墓誌銘〉，知為京山諸生魏象先在萬曆丁酉（1597）後與同邑王、謝、譚諸少年為舉業所起的社，兼稱詩，在當時邑中很是造成了一些影響。社中成員事蹟可考者如下：

　　一、魏象先（1574-1608），字太易，早有文譽，好詩，而性不近俗，屬文必奇。早年出應童子試，為李維楨所異，以為「異日當以文鳴世」[50]。鍾惺早聞其名，至萬曆二十八年（1600）以諸生入郡都試，兩人同舍，始得相與論詩。其後各時時以詩相示，鍾惺並因此得以與黃玉社的其他成員有所交往。萬曆戊申（1608）春，鍾惺還曾偕譚元春過訪京山。象先為諸生十年，常不利，戊申（1608）抱病參加學使之試，以諸生六等而遭放黜。歸而作〈六等吟〉二十

50　見鍾惺〈明茂才私諡文穆魏長公太易墓誌銘〉，《隱秀軒集》文藏集。

首自廣，悲憤譴浪，嶔崎怪謠。病日進不衰而卒。臨終遺書，要求
鍾惺志其墓，同邑譚如絲撰行狀，譚元春作傳。

　　二、王應翼、王應箕兄弟。應翼（?-1641）字稚恭，號天樂，萬
曆己酉（1609）領鄉薦。初知廣東崖州，改隴州，降山西藩參軍。
尋遷知雲南姚州，以丁外艱，未赴。起復知河南許州。崇禎十四年
（1641），李自成攻陷許昌，與子王國俱死。史稱其「於詩獨攻近
體，鍛辭琢句，沉鬱可喜。」[51]所著有《采山樓》詩文十數種。應
箕字稚衍，崇禎己卯（1639）鄉試，僅中副榜。亦工詩文，著有
《清遠齋詩》。

　　三、譚如絲、譚如綸兄弟。譚完子。如絲字素臣，少工詞翰，
為諸生有盛名，見知於李維楨，期以遠大。應鄉試十一次，兩中副
榜；晚以貢官漢川廣文。卒年七十一。詩文散佚，僅有存者。如綸
字有秩，才情風韻，獨步一時。七入鄉闈而不中，僅以貢終。所著
有《長恩室詩集》。

　　四、至於黃玉社中的謝姓少年究竟為何人，雖不得確載，然由
譚元春集中及袁中道《珂雪齋集》有關記敘推之，知當即謝景倩
（?-1610），字通明，諸生。其事蹟不見於史志，因與公安袁祈年及
譚元春相友善，而有一些零星的資料得以保存。中道《遊居柿錄》
卷五載其卒於萬曆庚戌（1610），事甚異。乃與友王應翼飲邑中多
寶寺中，以肉戲置閻羅口中，是夜歸，即暴病身亡，王應翼也大病
一場。中道以其「因果可畏」而記之。袁祈年有〈哭謝通明〉二
首，譚元春則有長詩〈挽謝通明〉。譚詩紀其「維歲在甲辰，與君

51　康熙《安陸府志》卷二十〈文學列傳〉，清康熙八年刊本。

初把臂。曰既盟之後，歸好如兄弟」[52]，則二人訂盟之歲，即鍾、譚定交之年；又有「魏子（按：即魏象先）病數月，死尚留一字」，「怨子不自珍，適以快眾忌。曰諸生存者，而皆斯人類」（同上），可窺謝與黃玉社之關係。

如上所述，鍾、譚與黃玉社諸子的交往之所以重要，是因為這種交往在很大程度上具有文學的性質。黃玉社的發起，雖不出當時一般文社切磋制藝，以為學問之地、功名之門的宗旨，但他們卻保持了對於文學的特別嗜好，正如譚元春〈魏太易傳〉中所記述的：

> 然亦未常罷吟，故社中文與其詩人各一帙，帙徑寸也，魏子獨三帙，帙徑寸。
>
> 詩成，或誦，或向同社生誦，或自賞，或笑也。[53]

尤其是這個魏象先，「無他好，好詩」（同上），「至其吟誦，寒暑晝夜不倦」[54]。他們這群少年早年為表現脫俗的個性多少有一些誕放，因而為邑人側目，魏象先即因所作詩而得禍邑中。就他的詩歌創作來說，鍾惺於其身後曾經有過一段頗為完整的評論，可看作是對象先一生創作歷程的總結：

> 初年法峻格嚴，其于漢、魏、六朝、三唐語，各肖其神，各

52　〈挽謝通明〉，《譚友夏合集》卷十六。

53　《譚友夏合集》卷十三。

54　鍾惺〈明茂才私諡文穆魏長公太易墓誌銘〉，《隱秀軒集》文藏集。

不相借。晚益顛倒淋漓，老放昌披，無不如意。往往自托于
長慶，世或指長慶為太易，不知其用稚為老，用險為穩，用
凡為奇，用亂為整，要以不必為我式，而能為我用。而太易
亦自厭今之為偽初盛者，思易以真中晚，用雜霸治之，聊以
矯俗玩世，通其壘塊之氣，橫佚之才，真率瀟散之趣。要其
頓挫沉鬱，居然自有一太易。[55]

這裏雖欲為死者諱而多方加以回護，並許其自具面目，但仍可看出
對其晚期的詩風並不贊許。這從譚元春所作的〈魏太易傳〉中所謂
「晚乃自以為固，持論愈異，輸瀉傾吐，以資笑傲」[56]，可以看得
更清楚。他在創作上的這種轉變，顯然受到了崛起當時的公安詩風
的影響，有著以公安率性之「真」矯治七子一派擬古之「偽」的自
覺動機，當然，也還有其人生遭際方面的致因。

實際上魏象先所經歷的詩風轉變，恰恰是處於這一時代的年輕
詩人，包括鍾、譚自己所面臨的文學道路上的選擇。早年所服習的
七子擬古之風固然積弊已久，這在其前輩詩人就已有比較清醒的認
識，然最近若干年公安派以「以意役法」「出而振之」[57]，是否即
意味著詩歌創作的出路呢？鍾惺在與魏象先結識之初就討論過這個
問題。在他二十七歲那年入郡都試，恰與魏同舍，兩人因此得暇相

55　〈明茂才私諡文穆魏長公太易墓誌銘〉，《隱秀軒集》文藏集。
56　《譚友夏合集》卷十三。
57　袁中道〈中郎先生全集序〉，《珂雪齋集》卷十一，錢伯城點校，上海古
　　籍出版社 1989 年版，第 522 頁。

與論詩。在論及明詩時，鍾惺下結論說：「明詩無真初盛，而有真中晚、真宋元。」又說：「近日尸祝濟南諸公，親盡且祧，稍能自出語，輒詫奇險：自我作祖，前古所無，而不知已為中晚人道破。由其眼中見大曆前語多，長慶後語少，忘其偶合，以為獨創。然其人實可與言詩。」[58]鍾所記「君絕歎，以為奇快」（同上），有幾分真正獲得魏的贊同，現已不得而知，從魏象先的後期創作來看，他恰恰是全然以公安派的主張與風格為自己的發展方向的。而就鍾惺的態度來說，無疑是有所保留的。他以七子一派為假初盛，公安派為真中晚、真宋元，首先表明在擬古派與性靈派的文學主張與創作之間作出了十分明確的價值判定，從而確立起反王、李之學的基本立場。他肯定公安派的「真」，意味著對其發抒性靈而各具獨造之主張的某種認同，這確是矯正擬古之「偽」的關鍵，並且，從「然其人實可與言詩」的評價看，他對公安派代表作家袁宏道的識力還是相當佩服的。但是，對公安派及其所標舉的前驅徐渭輩追求完全屬於個人的表現語彙，不復持擇而以為「獨創」，乃至墮入所謂「奇險」，卻同樣明確表示了不滿，一開始就顯示出與該派作家在表現「性靈」取徑上的異趣。他這裏提到的「輒詫奇險」，所指應該有徐渭（1521-1593）。孫鑛在批評當時文壇風氣時曾曰：

> 近十餘年以來，遂開亂道一派，昨某某皆此派也。然此派亦有二支：一長吉、玉川，一子瞻、魯直。某近李、盧，某近蘇、黃。然猶有可喜，以其近于自然，某則大矯揉耳。文派

至亂道則極不可返，爾來作人亦多此派。此實關係世道，良
足歎慨！[59]

如果說，其中所言「子瞻、魯直」一支指公安袁氏而言，那麼，
「長吉、玉川」一支即指徐渭，因為徐渭所學，是中晚唐奇崛險怪
一路詩風。他自己就曾說過：「韓愈、孟郊、盧仝、李賀詩，近頗
閱之。乃知李杜之外，復有如此奇種，眼界始稍寬闊。」[60]

當然，我們也可以認為，鍾惺的這番批評實際上是針對公安派
及其前驅的創作現象而非其主張而言的，該派的創作實踐與其理論
主張畢竟還是存在著相當的差異。不過，歸根結底，這仍反映出竟
陵派與公安派在文學主張上的不同。雖然鍾惺承袁宏道「真詩」的
觀念，已將文學創作的關注焦點轉向作家主體之性情表現，然公安
派在主張這種性情之真實自然的表現是詩歌唯一本質的同時，將個
性及其自由表達視作文學創作的最高原則，如此，「性靈」的呈現
自然無須借助於古人；而鍾惺則以為，在古典詩歌如此深厚的傳統
中，一個作家要找到完全屬於個人自創的表現語彙與審美經驗是不
可能的，正所謂「不知已為中晚人道破」，況且它會使詩不成其為
詩。他的理想在求「真大雅」[61]，而這恰恰要求古代作家的創作中
真正可傳的精髓為我所用，在傳統的延續及見證中尋找個性的最佳

59　〈與余君房論詩文書〉，《姚江孫月峰先生全集》卷九，清嘉慶刊本。

60　〈與季友〉，《徐渭集》「徐文長三集」卷十六，中華書局 1983 年版，
　　第 461 頁。

61　沈德符述譚序《玄對齋集》語，見其〈與譚友夏夜話〉，《橋李詩系》卷
　　十八，清康熙間刊本。

表現方式，這是他後來明確提出「求古人之真詩」、「求古人精神所在」的出發點。

如魏象先這般自覺接受公安派新變主張及詩風的影響，而令自己的創作風格產生明顯的轉變，是否是黃玉社諸子共同的傾向，現在似乎沒有確鑿的材料加以判定，不過有一點可以肯定，該社不少成員皆與公安袁氏存在著某種接觸和聯繫，這在成為鍾、譚與公安派發生聯繫的媒介的同時，會使公安派創作得失及其所引發的文壇風氣的重大變化突出地成為包括鍾、譚在內的這整個年輕詩人群體集中關注、探討的話題。謝景倩與袁祈年善，並曾至公安，見諸袁中道《遊居柿錄》卷五；《袁祈年詩》的〈楚狂之歌〉除〈哭謝通明二首〉外，尚有〈與謝通明江邊敘別〉，為贈別公安之作，其謂「君負辟支去，予詩笥裏哀。蘇黃同一品，李杜不分才」[62]，知他們的交往也是以文學為主。又《小袁幼稿》有〈謝通明寓中讀譚友夏詩偶成二首〉，則祈年最初獲知譚元春，即通過景倩，他早年曾過訪京山。後來譚元春與王軺書謂「中郎先生知不肖姓名」[63]，顯然是通過這一渠道傳遞過去的，袁祈年《小袁幼稿》有〈庚戌夏日懷友夏〉：

> 未晤已稱是法侶，平生眼空僅汝許。聆音不自君口來，每於人口得君語。僻居江滸氣如蒸，思君清音解予暑。暑中披拂惟有風，風歷郡邑到予所。到予所時風已殘，猶勝四塞熱忙

---

62 見《珂雪齋集》附錄一《袁祈年詩》，第 1430 頁。
63 〈與王以明〉，《鵠灣集》卷八。

處。64

如此高相期許，如此思賢若渴，中郎知其名便也不足為怪。有記載
與袁祈年交往的還有王應翼，袁中道《遊居柿錄》卷八載萬曆癸丑
（1613）秋，得王與祈年書，示悼中郎意，以為中郎如白、蘇輩，
皆為陰仙；又讚譽中郎「文，今日歐、蘇也；詩，今日元、白也」
65。這至少顯示了他對袁宏道這位公安派主將文學成就的敬仰與推
許。

　　由此看來，鍾惺在與黃玉社諸子交往期間撰作那篇著名的〈與
王稚恭兄弟〉並非出於偶然，其討論的內容恰恰就是他們當時極為
關切的共同話題，關係到他們對公安派為代表的詩歌新變走向及其
利弊的重新估價，以及對自己創作道路何去何從的執定。這篇書信
以作於萬曆二十八年（1600）或二十九年（1601）間的可能性為大
66，當時江盈科（1553-1605）的影響藉與袁宏道同調由吳中而東南正
日益擴大，不僅袁宏道稍前幾年梓行的《敝篋集》、《錦帆集》、
《解脫集》皆其為序，且在萬曆二十八年（1600）其《雪濤閣集》

64　《珂雪齋集》附錄一《袁祈年詩》，第 1463 頁。

65　《遊居柿錄》卷八，《珂雪齋集》，第 1298 頁。

66　此信稱袁宏道為「袁儀部」，宏道於萬曆二十八年（1600）補禮部儀制主
　　事，至三十五年（1607）始調吏部，則信當此數年間作。又稱江盈科為
　　「江令」，盈科自長洲令離任在萬曆二十六年（1598），至早於次年夏抵
　　京城任大理寺正，或最初一二年鍾惺尚不知其已調官，然再往後推，這種
　　可能性將越小。參見黃仁生輯校《江盈科集》卷首章培恒師序「注釋」
　　[一] 之考證，嶽麓書社 1997 年版。

十四卷編成付梓前，也已有數種詩文集刊行。他的創作特點，袁宏道曾評價說是「信腕信口，皆成律度，其言今人之所不能言，與其所不敢言者」[67]，其時已有人指出其詩「中或有一二語近平近俚近俳」（同上），比之袁宏道，確實更有「矯枉之過」[68]的弊端。袁中道也說他「詩多信心為之，或傷率意」[69]。這一點恰為鍾惺所惡，況其為人所趨，故鍾惺將之視作更為危險的敵人：

> 江令賢者，其詩定是惡道，不堪再讀，從此傳響逐臭，方當誤人不已。才不及中郎，而求與之同調，徒自取狼狽而已。國朝詩無真初盛者，而有真中晚。真中晚實勝假初盛，然不可多得。若今日要學江令一派詩，便是假中晚，假宋元，假陳公甫、莊孔暘耳。
>
> 學袁、江二公與學濟南諸君子何異？恐學袁、江二公，其弊反有甚于學濟南諸君子也。眼見今日牛鬼蛇神，打油定鉸，遍滿世界，何待異日？慧力人于此尤當緊著眼。[70]

這裏的「國朝詩無真初盛者，而有真中晚」，在差不多同時的與魏象先論詩中剛剛說過，如果說彼時尚覺以「真」矯「偽」為當務之急，那麼此時因為議論到這位「其詩定是惡道」的江盈科，因為眼

---

67 〈雪濤閣集序〉，《袁宏道集箋校》卷十八，第710頁。
68 袁宏道〈哭江進之〉詩序，《袁宏道集箋校》卷三十四，1092頁。
69 〈江進之傳〉，《珂雪齋集》卷十七，第727頁。
70 〈與王稚恭兄弟〉，《隱秀軒集》文往集。

見這種率易詩風已經「遍滿世界」，他對「因襲有因襲之流弊，矯枉有矯枉之流弊」（同上）表現出更深的焦慮，從而強烈反對學公安詩風。他將江詩斥之為假中晚，假宋元，假陳（獻章）莊（杲）體，雖然明說是因為「其才不及中郎」，實際上認為是袁宏道輩那種「自我作祖」、「輒詫奇險」的必然發展，故而將袁、江並舉，以為學袁、江二公，其弊則無不同，反有甚於學後七子一派，它與自己所求之「真大雅」距離更遠，故而告誡大家更當警覺。顯然，這裏表述對其時影響日盛而弊端日顯的公安派所應採取的立場，顯得更明確、更強硬了。袁中道〈花雪賦引〉中所謂鍾惺「誓相與宗中郎之所長，而去其短」[71]當即發端於此際，而這恰是竟陵派「乘間而起」的立足點。進而於萬曆戊申（1608）動身東下南京前，鍾惺在與譚元春的書信中提出，「輕詆今人詩，不若細看古人詩；細看古人詩，便不暇詆今人詩」[72]，是在此基礎之上的一種發展，看上去不過是指示學詩的門徑，我們卻不妨看作是他們由批判性的姿態向建設性方向轉變的某種徵象。

　　鍾惺與王應翼兄弟討論江盈科詩時所提出的警誡，應該有更為具體的針對性，即針對他們周圍這些文學夥伴中所顯露出來的那種效習公安詩風的傾向而言，對江的抨擊不過是借題發揮而已，意在藉此幫助他們澄清認識，而他自己的觀點、立場，也正是在與黃玉社諸子的各各討論中愈來愈走向明晰、堅定，一步一步接近他後來成熟期的主張的。因此，說鍾、譚與京山黃玉社諸子的文學交往是

71　《珂雪齋近集》卷三，臺灣偉文圖書出版公司《明代論著叢刊》本。

72　〈與譚友夏〉，《隱秀軒集》文往集。

竟陵派誕生之際的一番演練，對該派文學思想的形成有著重要的意
義，恐怕是並不過分的。從鍾惺與他們探討的言論來看，他在這一
群體當中具有舉足輕重的地位也是毋庸置疑的。

四、《玄對齋集》與《簡遠堂詩》

鍾惺在萬曆丙辰（1616）所作〈隱秀軒集自序〉中追憶自己的
創作經歷說：

> 予少於詩文，本無所窺，成一帙輒刻之，不禁人序，亦時自
> 作序，大要取古人近似者，時一肖之，為人所稱許，輒自以
> 為詩文而已。[73]

由是首先獲知，在林古度萬曆甲寅（1614）刻於南京的《隱秀軒
集》之前，實際上鍾惺曾刊有多種詩文集。由於他在〈自序〉中說
的將萬曆庚戌（1610）看作是創作上自新的一個里程碑，自此為求
必傳而不輕作，且於此前詩亦按所悟「信心」、「信古」標準嚴加
刪選，「乃盡刪庚戌以前詩，百不能存一」，則不僅早先的這些詩
文集自此不傳，即早期所作詩文保存下來的也很少。就其詩歌創作
而言，庚戌（1610）前所作在今傳《隱秀軒集》中約存三四十首，
則其二十歲後至三十七歲前所作詩在數量上本相當可觀。

在這些早年刊刻的詩文集中，現可考知集名並大致情形的只有

73　《隱秀軒集》文晨集。

《玄對齋集》，李維楨《大泌山房集》卷二十中尚存其為鍾惺所作
〈玄對齋集序〉。〈序〉中稱「鍾伯敬孝廉」，則其作序時間只能
在萬曆癸卯（1603）秋後至萬曆庚戌（1610）前。鍾惺萬曆癸卯
（1603）鄉試中式年屆三十，而李序歷述鍾習古文辭經歷由「齔」
而「十一」而「逾二十」，未及三十以後事，似應即在鍾惺中舉後
不久為之撰作，故又有「夫一孝廉何足為伯敬重也」的激勉語。至
少李序並未提及鍾惺遊學金陵事，則是集結集於萬曆戊申（1608）
冬後的可能性應該可以排除。這樣，集中詩文絕大多數為鍾惺早年
在家鄉所作當無疑問，所謂「吾里山川靈秀，菀積不知幾何年，而
始收之伯敬五寸之管、五色之毫」。李維楨在序中又謂「諸弟與猶
子輩亦竊好之（按：謂古文辭），而亟稱伯敬所為古文辭」，知其時
鍾惺已享才名，其集頗為當時楚中才士所好。維楨此序，即受其少
弟李維楨請託而作。

　　鍾惺與李維楨及其家族的交往，當亦是其早期文學活動的一項
重要內容。如李序所言，李家與鍾家上世皆由江西徙至湖廣竟陵皂
角市，是為同鄉。又據鍾惺《家傳》，鍾、李兩家祖輩即為布衣
交，鍾惺祖父鍾山卒後，李維楨父李淑嘗引維楨往弔焉。不過，或
許是因為維楨萬曆乙亥（1575）即由詞林外補，浮沉外僚達三十
年，故實際上鍾惺的成長受這位名列「後五子」之鄉先達直接的影
響並不大，他於維楨的評價，除「道廣」外，並不及其他。倒是如
李序所載，他與維楨諸弟及諸侄的關係或許更近密些，由鍾惺現存
的詩文集，亦可證其尤與那位以例授武英殿中書的李維楨並其子李
宗儒（名營道）、李宗文（名營之？）交好，而他們與公安袁中道、袁
祈年也有某種聯繫，或許在這個楚中文士的交遊圈中，常常會交流

一些屬於年輕一輩對文學的看法，他們倒是會受到來自鍾惺、袁氏兄弟的影響。

李維楨對鍾惺此集所呈現的創作風格有一個總體上的評價，前面已經作了引述，所表彰的是他在取徑漢唐方面的成就，似乎有意將這時的鍾惺視作承古文辭一派而起的後起之秀予以標舉。有意思的是，該集的另一位序者，鍾惺的同志譚元春卻並不這麼看。譚序今已不存，線索是由沈德符（1578-1642）一首〈與譚友夏夜話〉[74]提供的，詩曰：

> 予幼習楚人，中道得伯敬。示我玄對稿，序者曰譚柄（友夏小字也）。抗論卑時賢，齒少氣獨橫。最戒傍人門，位置須堅定。欲還真大雅，必斥偽先正。斯語吾堪師，一笑歲寒訂。……[75]

此詩作於鍾惺卒後。由詩中所述可知，譚元春亦曾為《玄對齋集》作序，李維楨〈譚友夏詩序〉稱「友人譚友夏，嘗敘鍾伯敬詩，謂『子亦口實歷下生耶』」[76]，或即為是集所作。而所謂「齒少氣獨橫」，似點明應作於元春與鍾惺組合初期。其序中所論卑時賢、戒傍門，大意可從前此鍾惺與魏象先議論明詩的言論中窺得，乃抨擊七子一派及其趨附影從者，而「欲還真大雅，先斥偽先正」一語，

74　《檇李詩系》卷十八錄有全篇，陳田《明詩紀事》卷二十三引了前半首。
75　引自《檇李詩系》卷十八。
76　《譚友夏合集》卷二十三附「諸名家序」。

· 228 ·

雖是沈德符以更為簡明直捷的詩語概括出來的，也明顯可以看到，其旨趣主要是基於鍾惺「明詩無真初盛，而有真中晚」的結論上獲得的。沈德符詩中謂自己「中道得伯敬」，根據現有的資料，僅知鍾惺與沈德符最早在萬曆庚戌（1610）冬曾同集韓敬寓所話別。若是年兩人同在京之際確為相交之始，則鍾惺以《玄對齋集》出示，說明至萬曆庚戌（1610）這一年，他創作上自新的前夕，或者說在萬曆甲寅（1614）所刻《隱秀軒集》之前，《玄對齋集》仍是他最重要（或許也是最近刊刻）、代表早期創作成就的一部詩文集，從他的自珍，從時人所重之李維楨、鍾自己「獨盛推服」[77]之譚元春為之作序，都證明了這一點。這樣，像現存《隱秀軒集》中所留存的早期有確切年代可考的詩篇，如作於萬曆二十六七年間（1598、1599）的〈懸軍〉，乃或萬曆三十三年（1605）的〈乙巳病中作〉等，應當都是經由萬曆甲寅（1614）所刊《隱秀軒集》選存的《玄對齋集》中的作品。

譚序斥偽尚真、反對時趨的要義雖經沈氏轉述，但仍可看出大致與鍾惺當時的主張相仿佛，已經鮮明地表現出獨立的反擬古立場。這也應該能看作是代鍾惺立言，並且可據以證實他們在此際已開始有意識地欲用於指導自己的創作。李序與譚序在對鍾詩定位上所顯示出來的矛盾，當然首先歸因於他們所屬的陣營及立場不同，李維楨儘管對「師古者」「學步效顰」之弊已有所指斥[78]，卻畢竟仍是後七子派中人。但我們也應該看到，這種矛盾同時也反映了鍾

77　鄒漪《啟禎野乘》卷七〈譚解元傳〉。

78　參見〈書程長文詩後〉，《大泌山房集》卷一百三十四。

惺的創作與他已經達到的認識仍有相當一段距離，或者說他在這時還沒能在創作上真正摸索出解決個性與傳統，即「信心」與「信古」的有效途徑，不然他不會在後來以萬曆庚戌（1610）為界，自己對早期作品大加刪汰。這種理論與創作實踐的相對一致，畢竟要到下一階段方見達成。

　　集以「玄對齋」的齋名命名，所取何義？或許鍾惺官行人際為楚督學馬人龍作〈玄覽集序〉中所言「古人有言，神情與山水相關。相關者何也？所謂方寸湛然，玄對山水者也」[79]，可透露出某種消息，這是取自晉人孫綽〈庾亮碑〉之名言——「而方寸湛然，固以玄對山水」[80]，其意旨與他〈黃貞父白門集序〉的「而其胸中一往悠然穆然、莫測其際者，亦不離山水文章而得之」[81]可相與為釋，講求的是保持心體的虛寂靈明，冥想式地觀照自然，所謂「默游于廣大清明之域而不知」[82]，一旦神朗而覺照，自能通玄徹幽，領悟至道。這是鍾惺基於自己的才性及早期修持禪觀的特殊經歷發展起來的對合「道」「藝」而言的理想境界的一種標持，用作自己詩文集的命名，表明這時的鍾惺已經不滿足於僅僅對當前文學風尚作出評判、取捨，而是試圖通過此種關乎虛靜體道的思想方式與審美經驗，在詩人心性與詩境之間重新探尋一種契合關係。由此同樣

79　《隱秀軒集》文晟集。篇名〈玄覽集序〉之「序」，原作「詩」，據目錄改。

80　見《世說新語》卷下之上〈容止第十四〉「庾太尉在武昌」條末注，上海古籍出版社 1982 年影印本，第 331 頁。

81　《隱秀軒集》文晟集。

82　鍾惺〈潘稚恭詩序〉，《隱秀軒集》文晟集。

可以看出，他從容受「道」的角度對心性修養提出要求在此後基本上是一以貫之的，而這種先期的理論準備，無論對他在下一階段詩學理論以「平氣精心、虛懷獨往」的要求改造「性靈」學說，還是對其所謂「深幽孤峭」詩風的開展，皆具有直接的導向作用。

《簡遠堂詩》是譚元春早期的詩集，朱之臣〈寒河詩序〉曰：

> 譚友夏已行詩有《簡遠堂》、《虎井》、《秋尋》、《西
> 陵》、《退尋》、《客心》、《遊首》諸集，大半皆遊覽之
> 作，而家刻止《簡遠》一種耳。[83]

則《簡遠堂詩》為譚氏已行諸集中最早的一種（其《虎井詩》為萬曆辛亥（1611）、壬子（1612）客遊南京的結集）[84]，且是唯一的一種家刻，所收作品為早年家居之作當亦無疑問。是集至遲在譚元春萬曆辛亥（1611）冬赴南京前當已刻成。萬曆壬子（1612），鍾惺有書報蔡復一，又鄭重其事地向他舉薦譚元春，而以《簡遠》、《虎井》二集相寄[85]。不過，或許這還不是他最早刊刻的詩集，據鍾惺〈簡遠堂近詩序〉，此前他還曾經為譚「刻詩南都」，譚則「戒予勿乞名人

83　《譚友夏合集》卷二十三附「諸名家序」。

84　蔡復一〈寒河集序〉亦曰：「論友夏詩，其行者為《簡遠堂》，為《虎井》，為《秋尋》、《退尋》、《西陵》、《同遊》，未行者為《寒河集》，而其情理之離合淺深，亦若與年而相長。」（同上）似點明上述元春諸集之依年次編刊。

85　參見鍾惺〈報蔡敬夫大參〉，《隱秀軒集》文往集。

一字為序」[86]。又《譚友夏合集》中錄存的李維楨〈譚友夏詩序〉，似亦應為比上述已行諸集更早的詩集所撰。只是這樣的集子當時已經不傳，具體情形亦無從可考，可能因為畢竟屬於少作，沒有產生多大的影響。

《簡遠堂詩》原刊今亦不傳，部分作品在今傳譚集中尚有存者。據朱之臣萬曆丙辰（1616）〈寒河詩序〉，《寒河集》是他於元春家中「盡發其藏，得諸集前後詩刻之」（同前引），則《簡遠堂詩》於是集中有所收存。此後當再經揀選，收入《嶽歸堂合集》及張澤崇禎六年（1633）序刻的《譚友夏合集》之《嶽歸堂已刻詩選》。因而今存元春萬曆辛亥（1611）冬客游南京前所作，應該多為《簡遠堂詩》中的作品，然所存實已不多。

所幸的是，鍾惺的〈簡遠堂近詩序〉和譚元春的〈題簡遠堂詩〉都得以完整地保存了下來，作為對譚元春早期詩歌創作經驗的一種總結，同時也體現這一階段鍾、譚二人對詩歌表現形態及創作途徑的一種探索，這兩篇序對我們來說顯然更為重要，因為它們是我們據以詳切瞭解鍾、譚在這一時期詩歌理論之指歸及發展趨向的又一寶貴資料。鍾惺在所作序中，首先直言不諱地指出了譚元春最近一個時期「頗從事泛愛容眾之旨」的毛病，或許這是成名之初的青年大都會經歷的一個過程，何況譚元春自己的性格本來就有「喜交遊，不屑有所擇」[87]的特點，不過鍾惺是從詩歌表現功能與詩人性情之關係的角度，對譚元春應持怎樣的創作態度作出自己的規戒

86　《隱秀軒集》文晟集。

87　鍾惺〈祭譚太公文〉，《隱秀軒集》文閭集。

的。他由「簡遠」二字入手——這原本是自己近日拈出規勸友夏、而友夏取為堂名之語,引出自己對詩歌所代表的藝術本質的一番思考,以此作為對創作主體心性修養的一種要求:

> 詩,清物也。其體好逸,勞則否;其地喜淨,穢則否;其境取幽,雜則否;其味宜淡,濃則否;其遊止貴曠,拘則否。之數者,獨其心乎哉![88]

這成為他早期詩學理論一個十分重要的論斷。以「清」專為詩歌之本質,在中晚明已不算是側弦別調,如胡應麟曾說,「詩最可貴者清」,並進而有「格清」、「調清」、「思清」、「才清」之分。不過,由於比起「偏精獨詣」來,他更屬意於「具範兼鎔」,所謂「才大者格未嘗不清,才清者格未能大」,因而竭力賦予「清」更大的外延,而以「超凡脫俗」釋之,強調「非專於枯寂閑淡之謂」[89]。屠隆謂:「詩於天壤間,最清物也,亦恒吐清士口吻。山溜之響,琮琮然;松篁之韻,蕭蕭然;靈瀨所發,滌人心神,沁人肌骨,必無俗韻。酒肉傖父,塵坌棲襟,垢氛填胸,彼烏知詩?」[90]又說:「余睹古之為聲詩者,率高彭澤、右丞、襄陽、蘇州諸公,則以其人俱耽玄味道,標格軼塵,發為韻語,亦悠然清遠,如其

88　〈簡遠堂近詩序〉,《隱秀軒集》文昃集。

89　以上參見《詩藪》外編卷四,上海古籍出版社 1989 年版,第 185 頁。

90　〈淩沂州集序〉,《棲真館集》卷十二,明萬曆庚寅刊本。

人，故足貴也。」[91]則其持論與鍾惺所論已相接近，詩之所以「最為清物」，乃在於它是一種天籟之音，故對於創作者這方面的要求來說，必須遠離塵俗，虛靜其心靈以求之。如果說，胡應麟的以「清」為詩最可貴者尚主要是在風格論的範疇內討論的，那麼，屠隆已將討論的重點移向本體論，因而把「耽玄味道，標格軼塵」視作創作主體必須具備的素質，價值取向也只鎖定在詩人才性之「清虛簡遠」上，正如他在〈與唐嗣宗〉中所說的：「文人才子須清虛簡遠，乃益可貴。」[92]鍾惺在這篇詩序中，正是由這樣的認識對詩為「清物」作了更為展開的討論，從「體」之「逸」、「地」之「淨」、「境」之「幽」、「味」之「淡」、「遊止」之「曠」等五個方面的要求，試圖賦予它更為確定的內涵。其目的當然不是以詩歌為一種抽象的客體作技術性的考察，而是由道藝合一的境界，設立詩人心性修養之目標，上述五個方面實際皆由創作主體的身心處境發論，歸根結底，要求詩人「獨其心乎哉」。故序中特別提到「市」之「至囂」，「朱門」之「至禮俗」，而以「古稱名士風流」之「門庭蕭寂，坐鮮雜賓，至以青蠅為吊客」為範，修養的途徑不外「索居自全，挫名用晦，虛心直躬」，唯此，則「可以適己，可以行世，可以垂文」。因此，所謂的居心「簡遠」，對詩人而言，就是一種虛靜體道的審美體驗要求，它與袁宏道前期的「性靈」說講率性、見在、天趣不同，是那種專思寂想式的「虛定」，一開始便具有重修持、求內省的傾向，這是很值得注意的地方。從

91　〈貝葉齋稿序〉，《白榆集》卷一。
92　《棲真館集》卷十三。

這個意義上也可以說，「簡遠」與前述之「玄對」實如出一轍。

譚元春的〈題簡遠堂詩〉，明刻《嶽歸堂合集》置於卷首，題作〈自序〉，末署「萬曆己未秋八月一日譚元春書」，似當為《嶽歸堂合集》所作。然檢《嶽歸堂合集》所收詩，訖於天啟三年（1623）冬，元春首次赴京應試前，距此序撰作已逾四年之久。張澤崇禎六年（1633）序刻之《譚友夏合集》收入此篇，題作〈題簡遠堂詩〉，或為元春整理舊稿時所自題，《嶽歸堂合集》付梓時，遂錄以為序；雖非少作，卻仍可看作是對其早期詩歌創作經驗的一種總結。該序正是從反省自己的詩歌創作經驗入手的，他將「詩文之道」歸結為「靈」與「樸」的相輔相成，道理看似簡單，成卻艱辛，那是十多年來在實踐中不斷摸索之所得。與鍾惺直接從創作主體心性修養的角度提出審美體驗要求不同，譚元春將這樣的問題轉化為詩歌創作技巧層面的探求：

> 故有志者常精心於二者之間，而驗其候以為深淺，必一句之靈能回一篇之運，一篇之樸能養一句之神，乃為善作。[93]

這是從作品句篇之間的辨證關係構成探求真正爐火純青的詩歌表現方式，看上去僅僅是討論具體作法，卻未嘗不可將之形上化為一種言意之辨，因為這種創作技巧上的「靈」、「樸」關係，從更深層次上說還是詩人沈隱寬樸之精氣與靈異獨拔之表現的辯證關係的一種體現，樸待靈以妙顯，靈恃樸而厚養。譚元春自己後來也說過，

93　〈題簡遠堂詩〉，《譚友夏合集》卷二十三。

「性情者皆樸之區也」[94]。這樣一種「靈」、「樸」關係，實際上與傳統文學理論與批評中的「隱秀」說有異曲同工之妙，「靈」也可從「篇中之獨拔者」[95]的角度加以理解，元春所謂「如心居內，目居外，神光一寸耳，其餘皆皮肉膚毛也」；而將「樸」看作「韞珠玉」之「川瀆」[96]當亦不謬，故元春有「一篇之樸能養一句之神」之謂。儘管後來以「隱秀」命名其軒名並集名的鍾惺對此的關注另有誘因，但他在這種傳統詩學理論上發展起來的求靈求厚、以厚救好盡與有痕的主張，顯然已由譚元春的「靈樸」說發其端緒。錢鍾書先生曾有一個很有意思的說法：

> 友夏以「簡遠」名堂，伯敬以「隱秀」名軒，宜易地以處，換名相呼。伯敬欲為簡遠，每成促窘；友夏頗希隱秀，只得扞格。[97]

雖然意在說明「蓋鍾譚於詩，乃所謂有志未逮，並非望道未見」（同上），卻十分敏銳地指出了他們各自在創作理論的探求上尚有不同的特點。由此看來，說譚元春「靈」「樸」關係的探討與「隱秀」說存在某種聯繫，應該也不算是無根柢之談。

譚元春在這篇序中所達到的認識，對於竟陵派成其為竟陵派具

94　〈樸草引〉，《譚友夏合集》卷十。

95　《文心雕龍校證》卷八〈隱秀〉，第 244 頁。

96　同上。

97　《談藝錄》二九，中華書局 1984 年版，第 102 頁。

有十分重要的意義。如果說，他在少時求「靈」的過程中可能受到過公安派的影響，那麼，轉而求「樸」的過程便可看作對公安派已有比較自覺的批判，所謂「靈慧而氣不厚則膚且佻矣」[98]，可為之作注腳。這裏面當然有鍾惺對他的陶範、改造，正如蔡復一後來說他「人愈樸，性愈厚，是進德之驗」[99]。這種「靈樸」說的出現，意味著鍾、譚終於找到創作上糾救公安之弊的具體途徑，並且發展成竟陵派詩學主張的一個基本命題，即求靈求厚，「期在必厚」。

五、結語

以上我們從鍾惺、譚元春詩文之始習、才性之養成及其相互磨合，在家鄉重要的文學交遊活動以及早期創作成果與經驗總結等幾個方面，試圖展示竟陵派誕生之際一幅比較具體而全面的歷史圖景，並且，在一種歷時性視角的觀照下，探究他們在這一階段所形成的文學立場、文學思想及趨向與以後各階段文學觀念與主張的內在聯繫[100]，證實這一階段對於竟陵派文學定型、發展的重要性。由這樣一幅圖景我們看到，無論是竟陵派反對當時文壇「七子」一派擬古風氣與公安派率易文風的基本立場之確立，還是他們在批判與取捨的同時，初步形成自具面目的創作風格、審美旨趣以及文學

98　鍾惺評常建語，《唐詩歸》卷十二，《四庫存目叢書》本。

99　見譚元春〈與舍弟五人說〉，《譚友夏合集》卷六。

100　有關竟陵派文學的階段劃分及演進脈絡，可參看拙文〈論竟陵派形成、發展的四個階段〉，復旦大學中國古代文學研究中心編《中國文學研究》第二輯（2002.2）。

理論與批評觀念，其實都有其具體的歷史語境，不僅都可以在他們的才學修養、文學成長環境、個人生活經歷以及文學創作實踐等諸多因素中找到因果解釋，而且似乎每一步皆落實於具體的文學事件與具體的文學活動過程中。因此，本文的梳理與探討，也算是將對一個文學流派有關詩學理論、創作風格等問題的考察還原到歷史過程中去的一種嘗試。

下　編

● 譚元春年譜簡編

譚元春年譜簡編

凡　例

一、本譜記述譜主一生主要行跡，著重反映其文學活動、著述、交友、遊歷等方面的內容，兼及親友之行略。因限於篇幅，譜文除必要說明而加注文、案語外，一般只引出處。

二、譜中所記譜主親友之生卒年，已見姜亮夫《歷代人物年里碑傳綜表》等常用工具書者，不復注明出處；凡其名可考者概稱名而不稱字號，以利檢考。

三、本譜所引時事，本《明史》、《明實錄》、《國榷》、《明通鑒》有關條目，皆另行繫入譜文後，亦不復注明出處。

四、譜主現存詩文著述，有明刊《嶽歸堂合集》十卷，乃其前中期詩集合刻（另有明刊《卲庵訂定譚子詩歸》十卷，當據《嶽歸堂合集》訂定而別行）；明刊《鵠灣集九卷遇莊一卷》，為文集；明崇禎六年張澤刊《新刻譚友夏合集》二十三卷（末卷為「諸稿自序」並附「諸名家序」），為詩文合集，其中卷一至卷五「嶽歸堂新詩」乃《嶽歸堂合集》刊後所作詩歌選輯；又有明末刊《嶽歸堂未刻詩》、《鵠灣未刻古文》，係譚元春卒後，其弟元聲所搜輯之遺稿。本譜引用時，集名分別略作《嶽歸堂》、《鵠灣集》、《譚友夏合集》、《未刻詩》及《未刻古文》。

世系簡表

家　世

譚元春，字友夏，號鵠灣，別號蓑翁，湖廣竟陵人。（康熙《景陵縣志》卷十一〈人物志〉、康熙《安陸府志》卷二十〈文學列傳〉、《明史》卷二百八十八〈譚元春傳〉、錢謙益《列朝詩集小傳》丁集中〈譚解元元春〉、陳允衡《詩慰初集》「嶽歸堂集選」卷首李明睿〈鍾譚合傳〉、鄒漪《啟禎野乘》卷七〈譚解元傳〉）

始祖仕忠，洪武二年自江西吉安府安福縣遷至湖廣竟陵。（《譚氏宗譜》）案：此條及上列「世系簡表」所引《宗譜》，參見張業茂〈譚元春傳評〉，張國光等主編《竟陵派文學研究論集》，中國社會科學出版社 1990 年版，第 399 頁。

祖祐，字湘彥，號湘涯。有文業，有隱行，閭里目之為善人長者。卒隆慶三年。（《鵠灣集》卷六〈先府君志銘〉、雍正《湖廣通志》卷六十四〈義士傳〉）妣甘氏。（《鵠灣集》卷六〈先府君志銘〉）

父晚立，字德父，號念湘。生嘉靖四十年九月二十八日。九歲孤。十八歲為諸生。性佻達，與諸少年為衣馬聲伎之樂，尋自悔。一生磊落豪朗，不拘禮法。喜交遊，內具識鑒。卒萬曆三十五年九月十八日。（《鵠灣集》卷六〈先府君志銘〉、鍾惺《隱秀軒集》文閏集〈祭譚太公文〉）

母魏氏，竟陵世家女。生隆慶二年十二月五日。年十八，歸譚氏。曉大義，天性近道。生平喜諸子讀書，而不以容進責望。卒天啟七年九月十七日。（《鵠灣集》卷六〈先母墓誌銘〉）

外祖似朴，諸生，博學長者。子三：長良翰，為元春諸弟塾師，元春嘗從學律詩四聲，年七十卒；仲贊化，元春少從學小學、《四書》、《尚書》，年末五十而卒；季良玉，生嘉靖四十四年，不治儒，去學為農，卒天啟五年十一月二十二日。女四。（《鵠灣集》卷六〈先母墓誌銘〉、〈三十四舅氏墓誌銘〉）

年　譜

萬曆十四年丙戌（一五八六）　一歲

秋，元春生。

> 《嶽歸堂》卷五〈生日柬伯敬茂之〉有「秋懷照等夷」句，《未
> 刻詩》卷二〈五十初度遊廬山寄家中四弟八弟官下五弟六弟〉
> 有「生辰遠兄弟，不寐秋寒獨」句，知元春當生於秋季。

元春友人年齡可考者：

王稚登五十二歲。吳夢暘四十二歲。僧無跡四十二歲。周嘉謨四十
一歲。僧德清四十一歲。楊時芳四十一歲。李維楨四十歲。鄒迪光
三十八歲。俞安期三十七歲。湯顯祖三十七歲。鍾一貫三十七歲。
費尚伊三十三歲。郭正域三十三歲。董應舉三十歲。黃汝亨二十九
歲。潘之恒二十八歲。方應祥二十六歲。僧真風二十四歲。吳文企
二十三歲。丘坦二十三歲。瞿汝說二十二歲。葛一龍二十歲。李純
元二十歲（或）。楊鶴十九歲。馬元調十九歲。袁中道十七歲。俞
彥十五歲。宋懋澄十五歲。文從簡十三歲。曹學佺十三歲。鍾惺十
三歲。鄒之嶧十三歲。魏象先十三歲。朱之臣十二歲。李流芳十二
歲。張師繹十二歲。蔡復一十一歲。王志堅十一歲。陸夢龍十一歲。
宋玨十一歲。沈德符九歲。閔宗德九歲。孟登七歲。林古度七歲。
余大成七歲。凌濛初七歲。周永年五歲。吳鼎芳五歲。錢謙益五歲。
鍾恮五歲。李士傑五歲。馬世奇三歲。魏士前三歲。李明睿二歲。
武進惲本初生。

二月，冊封鄭貴妃。

萬曆十五年丁亥（一五八七）　二歲

僧讀徹生。

桐城阮大鋮生。

十月，大學士申時行請發留中章奏。

萬曆十六年戊子（一五八八）　三歲

新野馬之駿生。

武陵楊嗣昌生。

三月，詔改正《景帝實錄》。

萬曆十七年己丑（一五八九）　四歲

仲弟元暉生。（《鵠灣集》卷六〈家仲氏墓誌〉）

　　據是誌，元暉初名元吉，字小米。少元春三歲。年二十八，始
　　補諸生。後數年謝其業，好飲酒行遊，又善為人命，有其先人
　　晚年風概，人稱達人。崇禎二年秋，病百日脾而卒。

無錫華淑生。

三月，免陞授官面謝。自是神宗視朝邃稀。九月，土蠻犯遼東，敗
李成梁兵。

萬曆十八年庚寅（一五九〇）　五歲

吳縣徐波生。

高淳邢昉生。

臨海陳函輝生。

太倉王世貞卒。

正月，以大理評事雒于仁諫疏指陳闕失，不欲外人得知，留中不發，

自是章奏留中遂成為例。二月，停日講，自後講筵遂永罷。是歲，吏部員外郎趙南星上疏，言干進、傾危、吏治日汙、鄉官橫行之「天下四大害」。播州宣慰司楊應龍反。

萬曆十九年辛卯（一五九一）　六歲

南京張可仕生。

吳江周楷生。

貴陽馬士英生。

九月，首輔申時行致仕，大學士王家屏當國。十一月，定遼東總兵官李成梁以欺罔罷任。是歲，禮部主事湯顯祖上〈論輔臣科臣疏〉，謫廣東徐聞典史。

萬曆二十年壬辰（一五九二）　七歲

四弟元聲生。案：參崇禎四年譜。

元聲，字遠韻。崇禎貢生。（吳山嘉《復社姓氏傳略》卷八、《楚風補》卷三十七）

吳江潘一桂生。

三月，寧夏致仕副總兵官哱拜反，與韃靼相結。首輔王家屏致仕，大學士趙志皋當國。七月，援朝明師敗績於平壤。九月，總兵官李如松平寧夏。

萬曆二十一年癸巳（一五九三）　八歲

烏程凌義渠生。

公安袁祈年生。

山陰徐渭卒。

歙縣汪道昆卒。

正月,大學士王錫爵還朝為首輔。詔並封三皇子為王。吏部員外郎顧憲成等力爭。二月,寢前詔。七月,以與日本議和,召還援朝鮮兵。是秋,大計京官。吏部尚書孫鑨罷。考功郎中趙南星指斥政府私人,被斥為民。主事顧允成、行人高攀龍申救,皆謫。

萬曆二十二年甲午(一五九四) 九歲

正月十六日,五弟元方生。(《未刻詩》卷二〈正月十六日籍侄宴集遙祝高苑第四旬生辰醉後懷德清六弟因兩寄之〉、《未刻古文》卷二〈寄五弟正則〉)案:參崇禎六年譜。

> 元方,字正則,又字隱林。天啟甲子舉人,授高苑令。調汶上,陞蘇州海防同知,復調邳宿分管鹽運。陞柳州知府,遷廬州。陞安陸兵備道,晉副使。以老乞歸。順治初,屢徵不起。(雍正《湖廣通志》卷四十九〈鄉賢志〉、《復社姓氏傳略》卷八)

宛平于奕正生。

歸安茅元儀生。

二月,吏部郎中顧憲成削籍。憲成既歸,與同志者講學於東林書院,兼議時政。三月,詔修國史。五月,首輔王錫爵致仕,大學士趙志皋當國。十月,發兵攻播州宣慰司楊應龍。

萬曆二十三年乙未(一五九五) 十歲

吳縣楊廷樞生。

正月,遣使封平秀吉為日本王。五月,楊應龍革職。九月,詔以建文朝事附國史〈太祖本紀〉,復其年號。是秋,吏部尚書孫丕揚與右都御史沈思孝相攻。

萬曆二十四年丙申（一五九六） 十一歲

華亭夏允彝生。

貴陽楊文驄生。

晉江黃景昉生。

七月，開礦於畿內，礦稅之禍始此。九月，平秀吉不受明封，復侵朝鮮。

萬曆二十五年丁酉（一五九七） 十二歲

長洲徐汧生。

山陽張致中生。

新建陳弘緒生。

七月，楊應龍攻入貴州、湖廣。十一月，泰甯部長炒花結土蠻犯遼東，大掠瀋陽。十二月，援朝軍與日本兵大戰於蔚山。

萬曆二十六年戊戌（一五九八） 十三歲

休寧金聲生。

三月，土蠻犯遼東，總兵官李如松敗死。五月，呂坤上〈憂危疏〉。時有妄人造《憂危竑議》，「妖書」事起。七月，平秀吉死。十月，首輔趙志皋養病，大學士沈一貫當國。十二月，明軍破日本兵於乙山，朝鮮光復。

萬曆二十七年己亥（一五九九） 十四歲

新建王猷定生。

四月，臨清民變，焚稅使馬堂署。十二月，武昌民變，傷稅使陳奉。

萬曆二十八年庚子（一六〇〇） 十五歲

六月，楊應龍自縊，播州平。

萬曆二十九年辛丑（一六〇一）　十六歲

補諸生。（《未刻古文》卷一〈告亡父文〉）時督學為竇子偁，嚴整稱其任。（《鵠灣集》卷六〈從姊丈墓誌銘〉）

> 案：是銘元春記萬曆辛亥補博士弟子，聯繫下文，「辛亥」當為「辛丑」之誤。
>
> 子偁，號淮南，合肥人。萬曆二十年進士。提學湖廣，置學田，修王惠橋。既陞任去，士民歌思，立祠金沙洲。（雍正《湖廣通志》卷四十一〈名宦志〉、《明清進士題名碑錄》）

好古文，念古文之道衰，志欲稍振，考閱達旦。父晚立築館寢室旁，納之其中。（同上）

學為詩，取《文選》擬之殆遍。（《鵠灣集》卷四〈序操縵草〉）

僧真風乞食元春所居村，父愛其衲破貌古，數與談；元春尤敬異之。（《鵠灣集》卷六〈寒河真公塔銘〉）

> 據是銘，真風號性空，本應城丁氏子。生嘉靖四十二年。棄家遍遊名山，歸過竟陵，始從師薙髮。元春為築師卓庵於己園中，令長年憩此園居。卒崇禎七年秋。元春復奉其骨塔於園中。

三月，武昌民再變，殺陳奉左右。四月，陳奉徵還。六月，蘇州民變。九月，首輔趙志皋卒，大學士沈一貫為首輔。十月，立皇長子常洛為皇太子。

萬曆三十年壬寅（一六〇二）　十七歲

晉江李贄卒。

二月，神宗暴病，諭沈一貫撤礦稅諸太監，停江南織造、江西燒造。

及病愈，追回前詔。

萬曆三十一年癸卯（一六○三）　十八歲

秋，應鄉試，不第。（《鵠灣集》卷八〈奉房師陳奎瞻先生箋〉）

> 是箋云：「自十八歲入場以來，亦浮沉在諸生之中，而四旬內
> 落第為常……」元春年十六已為諸生，此「入場」當指應鄉試。

少弟元亮生。

> 《嶽歸堂》卷八〈少弟元亮端午回勖以三詩〉其三有「五歲悲
> 無怙」句，由父晚立卒萬曆三十五年推之，元亮當是年出生。
> 元亮，字擬陶。崇禎間由恩選入國學，署漢川教諭，修葺學廨，
> 教育諸生，周其困乏。性倜儻豁達，有遠識。卒康熙五年，年
> 六十四。以子篆貴，贈翰林檢討。（雍正《湖廣通志》卷五十三〈人
> 物志〉、《復社姓氏傳略》卷八）

江都鄭元勳生。

徐州萬壽祺生。

十月，禮部尚書郭正域以忤沈一貫罷。十一月，妖書案發，株連甚
眾。

萬曆三十二年甲辰（一六○四）　十九歲

十月，往訪鍾惺，遂定交。（《隱秀軒集》文餘集〈書茂之所藏譚二元春五
弟快手札各一道紀事〉）

> 案：元春〈喪友詩三十首引〉（《譚友夏合集》卷五）自謂與鍾子交，起萬
> 曆乙巳，當屬記誤。
>
> 惺，字伯敬，號退谷、退庵，一號止公，竟陵人。生萬曆二年
> 七月二十七日。萬曆三十八年進士，授行人，遷工部主事，尋

改南京禮部，進郎中。擢福建提學僉事。卒天啟五年六月二十一日。（《鵠灣集》卷六〈退谷先生墓誌銘〉、康熙《景陵縣志》卷十一〈人物志〉、康熙《安陸府志》卷二十〈文學列傳〉、《明史》卷二百八十八〈鍾惺傳〉）

是年，從伯舅魏良翰學律詩四聲。（《鵠灣集》卷四〈序操縵草〉、卷六〈三十四舅氏墓誌銘〉）

與京山謝景倩訂交。（《嶽歸堂》卷三〈挽謝通明〉）

景倩，字通明，京山諸生。卒萬曆三十八年。與公安袁祈年亦相友善。祈年即因景倩獲知元春。（《嶽歸堂》卷三〈挽謝通明〉、袁中道《遊居柿錄》卷五、袁祈年《小袁幼稿》之〈謝通明寓中讀譚友夏詩偶成二首〉）

八月，群臣公疏請修舉時政。大學士沈鯉、戶部尚書趙世卿等亟言礦稅之害，不省。閏九月，武昌楚王府宗人殺巡撫趙可懷。

萬曆三十三年乙巳（一六〇五）　二十歲

從邑里大會末坐。（《未刻古文》卷一〈和寧堂彙編引〉）

桃源江盈科卒。

鄞縣屠隆卒。

七月，兵部主事龐時雍論沈一貫欺罔十惡、誤國十罪，謫官。十二月，罷礦稅。然太監並未撤回，肆虐如故。

萬曆三十四年丙午（一六〇六）　二十一歲

正月，沈一貫杜門乞歸。三月，雲南民變。七月，淮撫李三才論沈一貫，奪俸。是月，一貫及大學士沈鯉致仕，大學士朱賡當國。十二月，李成梁棄寬甸等六堡。

萬曆三十五年丁未（一六〇七） 二十二歲

九月十八日，父晚立卒。（《鵠灣集》卷六〈先府君志銘〉）

晚立病時，鍾惺嘗偕其外甥李純元過視。（《隱秀軒集》文閏集〈祭譚太公文〉）

> 純元，字長叔，號空齋，竟陵人。與兄真叔皆譚氏出。萬曆庚
> 子舉人，庚戌進士。授工部主事。陞陝西布政司左參議，即上
> 疏致仕。晚喜事禪悅，建寶樹庵，庵前構煙水園、濠上亭，有
> 陶白出塵之意。著《空齋集》傳世。（康熙《景陵縣志》卷十〈人物
> 志〉、卷七〈享祀志〉，馬之駿《妙遠堂集》文呂集〈大理寺評事贈承德郎
> 工部主事華臺李公墓表〉）

五月，命于慎行、李廷機、葉向高為東閣大學士。再召致仕大學士
王錫爵入朝，以東林黨顧憲成等阻，不果赴。八月，參政姜士昌疏
攻李廷機。十一月，葉向高入朝。

萬曆三十六年戊申（一六〇八） 二十三歲

春，偕鍾惺過京山，與魏象先等遊處。（《隱秀軒集》文藏集〈明茂才私
諡魏長公太易墓誌銘〉）

> 象先，字太易，京山人。生萬曆二年，早有文譽，好詩。年二
> 十四，為諸生。性不近俗，屬文必奇。與邑中王、謝、譚為黃
> 玉社。數遭連蹇，元春於其生前曾賦〈蜀道難〉相贈。（《鵠灣
> 集》卷二〈魏太易傳〉、《嶽歸堂》卷七〈哭魏太易四首〉、《隱秀軒集》
> 文藏集〈明茂才私諡魏長公太易墓誌銘〉）

秋，遊沔，訪費尚伊市隱園，唱和相接。（《鵠灣集》卷六〈觀察費公墓
誌銘〉）

據是銘，尚伊字國聘，沔陽人。生嘉靖三十三年正月。萬曆五年進士，得館選，改兵科給事中。出為四川按察僉事，調漢南兵備。謫靈璧丞，量移紹州推官。丁父憂，退居堅臥，絕口不言仕進者五十餘年。有《市隱園集》，李維楨嘗為之序。卒崇禎六年三月。

魏象先病卒，作〈哭魏太易四首〉。（《嶽歸堂》卷七，《隱秀軒集》文藏集〈明茂才私謚魏長公太易墓誌銘〉）

十月中旬末，鍾惺有書與元春，論文之作法。時惺已撰成象先墓誌，並決計動身赴南京。（《隱秀軒集》文往集〈譚友夏〉）案：參詳拙著《鍾惺年譜》（復旦大學出版社1993版）該條考述。

是月二十四五日，元春撰成〈魏太易傳〉。（《隱秀軒集》文歲集〈紀夢〉）

時有詩答京山譚如絲，敘次交誼。（《嶽歸堂》卷一〈答素臣七章〉）

是詩其五有「魏生逝矣，孰與鼓琴」句，當象先卒後不久作。如絲為象先撰行狀。

如絲，字素臣，京山人。完子。少工詞翰，為諸生有盛名，見知李維楨，期以遠大。試秋闈十一次，兩中副榜。晚以貢，官漢川廣文，卒年七十一。詩文散佚，僅有存者。弟如綸，字有秩，貢生。才情風韻，獨步一時。有《長恩室詩集》。（光緒《京山縣志》卷十二〈懿行列傳〉）

仲冬，有詩送邑友盧為敫北試。（《嶽歸堂》卷三〈送盧非敫北試〉）

是詩有「始念一二友，新被賢良徵」句，則為敫時當以貢北上應京兆試；其秋闈中式在明年，則元春詩當今年作。

為敫，字非敫，竟陵人。萬曆己酉舉人，授富陽知縣。蒞任三

月，即掛冠歸。（康熙《景陵縣志》卷十一〈人物志〉）

華亭陳子龍生。

六月，錦州松山兵以稅使太監高淮苛虐，嘩變。九月，復起吏部尚書孫丕揚。十月，起顧憲成南京光祿寺少卿。十一月，首輔朱賡卒。時次輔李廷機被攻杜門，大學士葉向高當國。

萬曆三十七年己酉（一六〇九）　二十四歲

《簡遠堂近詩》已結集，鍾惺為裁決去取並序之。「簡遠」二字為惺規元春語。（《隱秀軒集》文晟集〈簡遠堂近詩序〉）案：參詳拙著《鍾惺年譜》該條考述。

父亡後，水沒田廬者三年。辛苦塾隘，卵翼家人，母弟未嘗知苦。（《未刻古文》卷一〈告亡父文〉）

二月，左諭德顧天埈、李騰芳拜疏自去。四月，吏部尚書孫丕揚到京。十二月，徐州起事，殺如皋知縣。

萬曆三十八年庚戌（一六一〇）　二十五歲

三月，鍾惺在京中進士。案：參拙著《鍾惺年譜》是年譜。

夏，袁祈年有詩懷元春。（袁中道《珂雪齋近集》附《小袁幼稿》有〈庚戌夏日懷友夏〉）

　　祈年，字未央，改字田祖。袁中道子，出為宗道後。以蔭入監，天啟甲子舉北闈鄉試。年四十九卒。（《列朝詩集小傳》丁集中〈袁儀制中道〉、《復社姓氏傳略》卷八）

友謝景倩卒，有〈挽謝通明〉詩。（《嶽歸堂》卷三，袁祈年《楚狂之歌》亦有〈哭謝通明二首〉）

九月初六日，公安袁宏道卒，年四十三。（袁中道《遊居柿錄》卷五）

除夕，同諸弟妹侍母守歲，有詩紀之。（《嶽歸堂》卷三〈除夕同諸弟妹侍老母守歲率而命篇〉）

是詩云：「五弟三娶婦，父道在須臾。四妹一贅婿，作婦尚踟躕。」則時弟元暉、元聲、元方皆已完婚，大妹新嫁。據《嶽歸堂》卷三〈十月二日遠韻弟生子雨兒〉，萬曆辛亥冬元春赴南京，元暉子阿才「欲步尚扶門」，應已周歲左右，則其出生當在是歲初。故上詩「父道在須臾」係指元暉言，當作於今年。

十一月壬寅朔，日食。李之藻參用利瑪竇、龐迪我、熊三拔所傳西洋曆法修曆。西法入中國自此始。嘉、隆以來，廷臣交攻，漸成朋黨。東林黨顧憲成致書首輔葉向高、吏部尚書孫丕揚，推薦李三才。時朝中又有宣、昆之黨，台諫中分齊、楚、浙三黨，多排斥東林。

萬曆三十九年辛亥（一六一一）　二十六歲

春初，弟元暉子阿才（名簡）出生。案：見去歲譜「除夕」條考述。

九月一日，夷陵雷思霈卒於家，年四十七。（《隱秀軒集》文閏集〈告雷何思先生文〉）

秋，伯舅良翰之承天，有詩送行。（《嶽歸堂》卷五〈送魏二十九舅之承天〉）

據是詩，有「舟行秋色外」句，又謂「郡邑何嗟遠，甥將東出關」，謂己即將東下南京，當是秋作。

冬，赴南京。途九江、安慶，皆有詩。（《嶽歸堂》卷十〈泊湖口夜月望廬山〉、卷九〈江行四首〉）

遇江伯肯師於蕪湖，旋在南京送之還里，並有詩。（《嶽歸堂》卷三〈送江伯肯先生〉、卷十〈送伯肯先生還里〉）

伯肯，竟陵人。好神仙，餘未詳。其卒，元春有〈哭江伯肯師〉。（《嶽歸堂》卷三）

在蕪湖，與同里魏士前相見。

> 《嶽歸堂》卷七〈答贈魏定如儀部〉云：「八載重逢同里顏，蕪湖水氣秣陵山。」元春是詩為萬曆己未在南京所作，時士前在南禮部任上。上推八年，初逢當在今年。士前去歲中進士，時任蕪湖縣令。
>
> 魏定如，即魏士前（見陳昂《陳白雲集》卷首「校刻者姓名」），一字瞻之，號華山，竟陵人。萬曆庚戌進士。初選蕪湖令，遷南祠祭主政，歷儀制司郎中。陞潁州兵備、參議，轉浙江糧儲道，忤璫免歸。崇禎初，補冀寧道，改鎮潞州，再轉榆林道。尋疏乞休。癸未，以邊才起東昌道，推屯撫。未任，丁艱歸。戊子卒，年六十五。著有《陪郎草》、《晉陽集》、《紫芝集》、《蜀遊集》、《北歸集》、《戊己啟編》。（康熙《景陵縣志》卷十〈人物志〉、雍正《湖廣通志》卷五十三〈人物〉）

遇孟登於采石磯，看殘雪，遂訂交。

> 《譚友夏合集》卷二〈寄孟誕先初度時在蘭陽〉云：「初逢采石看殘雪，十七年來光照徹。」據孟登〈壽譚友夏初度五十〉（《楚風補》卷二十五），有「記予五十羈蘭陽」、「遙寄一詩慰淪落」句，孟登生萬曆庚辰，則元春壽登五十詩作於天啟丁卯，上推十七年，其初識當在是年。
>
> 登，字誕先，武昌人。雲南副使紹慶子。讀書強識，尤倜儻負奇氣。萬曆己酉舉人，知騰越州。坐落職。善古文詩詞，與艾南英、劉侗、譚元春才名相埒。有《老研園集》。（雍正《湖廣

通志》卷五十一〈人物〉、《復社姓氏傳略》卷八）

冬末，至南京。先尋訪林古度，有詩紀之。（《嶽歸堂》卷五〈抵白下尋林茂之〉）

> 古度，字茂之，一字那子，先世籍福清。父章居金陵，遂為上元人。生萬曆庚辰八年。少時以〈撻鼓行〉為屠隆所知。從曹學佺自閩至金陵。結識鍾惺後，詩格為之一變。晚歲見王士禛於揚州，囑其刪定詩稿。卒康熙丙午五年。（《清史列傳》卷七十、《國朝耆獻類徵》卷四百七十、《金陵通傳》卷二十四）

與古度同作〈瓶梅〉詩。（《嶽歸堂》卷五）

> 《嶽歸堂》卷四〈雪朝得茂之書及讀余秋尋草歌〉云：「梅塢分香不出簾，大小瓶中疏密花。此際相憶人莫知，昔年同作詠梅詩。」是詩作於萬曆癸丑冬，所憶即是年末同在南京事。
>
> 案：參萬曆四十一年譜。

先是，鍾惺有書薦元春於金陵諸友。（《隱秀軒集》文往集〈與金陵友人〉、〈與唐宜之〉）

三月，京察大計。湯賓尹等擬不謹。五月，御史徐兆魁劾東林講學諸人，首詆顧憲成。六月，葉向高奏以部院臺省官缺人太多，南京九卿僅有存其二，方面大員亦多空額。不報。

萬曆四十年壬子（一六一二）　二十七歲

正月十五日，遊桃葉渡。（《嶽歸堂》卷三〈得茂之書〉）

春初，訪胡宗仁宅，有詩答贈。（《嶽歸堂》卷三〈答贈胡彭舉〉）

> 宗仁，字彭舉，上元人。本富家子，老而食貧，不謁時貴，隱於冶城山下。以畫名，亦工詩。有詩二千餘首，鍾惺為論定。

（《列朝詩集小傳》丁集下〈胡布衣宗仁〉、《金陵通傳》卷二十二、康熙
《江寧府志》卷三十三、王士禛《香祖筆記》卷八、《隱秀軒集》文晨集〈韻
詩序〉）

偕宗仁、林懋、古度出遊探春，有詩紀之。（《嶽歸堂》卷五〈同彭舉
子丘茂之看春遇雨〉）

> 懋，字君遷，一字子丘，古度兄。性駘蕩，嗜書與酒。有時名。
> （《金陵通傳》卷二十四、陳衍《大江草堂二集》卷十）

吳聖初以園林見借讀書，元春同古度先往觀之，詩以題壁。（《嶽歸
堂》卷三〈吳聖初許以園林見借讀書同茂之先往觀之因題壁〉）

> 聖初，金陵人。餘未詳。

二月十八日，宗仁、古度偕元春葺理聖初園林。次日，林懋、古度
送之入住。有詩紀之。（《嶽歸堂》卷五〈二月十八日彭舉茂之同予葺理園
林其明日子丘茂之送予入園〉）

三月三日，赴宋懋澄招，登雨花臺，有詩紀之。（《嶽歸堂》卷五〈三
月三日懋清招登雨花臺二首〉）案：懋清，當作懋澄。又見下。

> 懋澄，字幼度，華亭人。萬曆舉人。有《九籥集》。（《千頃堂
> 書目》卷二十六）

是春，唐時赴京師，有〈送宜之入燕〉詩。（《嶽歸堂》卷八）

> 時，字宜之，上元人。資稟高潔，官楚府長史，棄歸。築室烏
> 龍潭側，號妙意老人。明亡，終不出。著有《頻伽音巾馭乘》、
> 《蓮花世界書》。（《金陵通傳》卷二十四、鍾惺《鍾伯敬先生遺稿》
> 卷二〈贈唐宜之署潁上縣事序〉）

遊清涼山，訪謝陞，有詩紀之。（《嶽歸堂》卷三〈清涼寺訪謝少連〉、卷
五〈登清涼臺〉）

陞，字少連，歙人。少攻舉子業，長棄去。精史學，嘗更陳壽
《三國志》為《季漢書》，以蜀為漢，以吳、魏為世家。（康
熙《徽州府志》卷十五〈隱逸傳〉）數年後卒辰州，蔡復一有〈助謝
少連歸葬檄〉，元春作詩志感。（《嶽歸堂》卷三〈讀蔡敬夫使君助
謝少連歸葬檄〉）

同謝兆申出遊，宿唯心庵，有詩紀之。（《嶽歸堂》卷五〈同耳伯宿唯心
庵〉）與兆申同客金陵閱月，常相偕尋幽。兆申旋赴京師，元春有〈送
耳伯〉詩。（《嶽歸堂》卷四）

兆申，字伯元，一字耳伯，福建邵武人。萬曆中貢生。有《謝
耳伯詩集》八卷、《文集》十六卷。湯顯祖嘗為序《麻姑游草》。
（雍正《福建通志》卷六十一、朱彝尊《靜志居詩話》卷十八）

為鄭文昂春草齋題詩，時文昂移家金陵。（《嶽歸堂》卷十〈鄭季卿移家
至題其春草齋〉）先是，鍾惺有〈送鄭季卿之金陵兼寄南中所知〉詩。
（《隱秀軒集》詩玄集）

文昂，字季卿，閩人。少年俊才，不得志而為瀘州倅。所作《採
木行》以刺時名，鍾惺嘗為作〈鄭季卿採木行引〉。（《隱秀軒
集》文餘集）僑寓南中，獲益友張正岳捐助，於泰昌庚申梓其所
纂《古今名媛彙詩》二十卷。（《古今名媛彙詩》卷首朱之蕃序）

尤時純來訪，有詩志感。（《嶽歸堂》卷七〈尤時純見訪〉）時純先嘗遣
人自惠山貽惠泉水，元春有詩答謝。（《嶽歸堂》卷三〈答尤時純貽惠泉
並聞其舟涇河成〉）

時純，名未詳，無錫人。太學生。倡義鄉里，有古人風。與鍾、
譚交厚。（《隱秀軒集》詩月集〈題尤時純農服小像〉、夏樹芳《消暍集》
卷十八〈祭太學尤時純〉）

齊王孫屢招入社，不赴，作詩謝之。（《嶽歸堂》卷五〈齊王孫屢招入社不赴作詩謝之〉）

> 齊王孫，當即朱承綵，字國華，齊藩宗支，散居金陵。獨以文采風流，厚自標置，掉鞅詞壇，鼓吹騷雅。萬曆中開大社於金陵，會海內名士百二十人，授簡賦詩。秦淮名妓馬湘蘭以下四十餘人侍宴，一時傳為豔事。（《明史》卷一百十六、《列朝詩集小傳》丁集上〈齊王孫承綵〉）

四月一日，邀宗仁、時純、古度來看園中繡球花，負約未至，有詩紀惱。（《嶽歸堂》卷十〈四月一日惱彭舉時純茂之負約〉）

夏初，陳荊生還泉州，有詩送行。（《嶽歸堂》卷五〈送陳荊生〉、林古度《林茂之詩選》「掛劍集」卷下〈送陳荊生還泉州予之九江〉）

> 荊生，名未詳，泉州人。有隱德，以畫名。（《隱秀軒集》詩黃集〈贈陳荊生〉）

五月七日，病中赴吳惟明宅問無生，有詩紀之。（《嶽歸堂》卷十〈五月七日康虞宅病中對花〉）時又有〈病中同茂之尋菩提場〉詩。（《嶽歸堂》卷五）

> 惟明，字康虞，歙人。居士，與鍾、譚交厚。萬曆丙辰嘗偕鍾惺遊岱。（《隱秀軒集》文辰集〈岱記〉、文調集〈吳康虞像贊〉、詩黃集〈寄吳康虞〉）

二十四日，江夏郭正域卒，年五十九。（錢謙益《初學集》卷五十一〈郭公改葬墓誌銘〉）

是月，與胡宗仁及子耀昆、林古度、吳惟明等遊靈谷，各有詩。宗仁作〈靈谷圖〉。（《隱秀軒集》文餘集〈題靈谷遊卷〉、《嶽歸堂》卷三〈趨靈谷道中〉、卷七〈同康虞諸子遊靈谷寺〉、林古度《林茂之詩選》「掛劍集」卷

下〈重遊靈谷寺同康虞友夏昌昱作〉）

耀昆，字昌昱，胡宗仁子。與弟起昆（字元振）並擅畫。（《金
陵通傳》卷二十二〈胡宗仁傳〉）

靈谷寺外有唐時竹林居所，作〈寄唐宜之京師〉詩。（《嶽歸堂》卷
四）

是夏，移永慶寺。有〈自園中移永慶寺〉、〈將移住幽處留示同志〉
詩。（《嶽歸堂》卷五、卷七）惟明、林㦤、古度、耀昆先後過訪，有
詩紀之。（《嶽歸堂》卷五〈康虞同子丘茂之過永慶寺〉、卷三〈胡昌昱來永慶
登塔始言寺後有大赤石尋之則如臺如坡色紅如染旁土皆赤下有清流環帶悔前此答
康虞詩有深林少一溪之句非昌昱幾失此石與水矣作詩志愧〉）

與馮振宗初見，引為知己，贈以詩。（《嶽歸堂》卷三〈贈馮宗之二首〉）

振宗，字宗之，海鹽人。以時文名。（蔣逸雪《張溥年譜》附〈復社
姓氏考訂〉，《嶽歸堂》卷三〈送孟和兼寄海鹽馮宗之〉、《未刻古文》卷
一〈冷光亭制藝序〉）

時與元春、古度相與遊處尚有商家梅、姚百雉、黃九雉諸人，元春
並有詩紀之。（《嶽歸堂》卷四〈贈姚百雉〉、卷五〈雨中過茂之洗兒同百雉
孟和〉、〈同茂之九雉鐘樓岡看月〉、卷十〈商孟和至同坐茂之齋中〉）

家梅，字孟和，閩縣人。少工詩，取穠縟雕繪。已而游金陵，
與鍾惺交，一變為幽閒蕭寂。萬曆癸丑從馬之駿榷關滸墅。崇
禎丁丑，病卒於婁江逆旅。有《那庵詩選》二十卷，《種雪園
詩》十卷。鍾惺、馬之駿、謝兆申各為序之。（光緒《閩縣鄉土志》
敘一《耆舊錄·文苑二》、《列朝詩集小傳》丁集下〈商秀才家梅〉、《千
頃堂書目》卷二十六、《隱秀軒集》文晨集〈種雪園詩選序〉、馬之駿《妙
遠堂集》文收集〈商孟和詩序〉、謝兆申《謝耳伯先生初集》卷六〈刻商孟

和黍珠樓詩稿序〉）

百雉，名未詳，閩人。時客居金陵。（袁中道《遊居柿錄》卷一稱「閩友」，葛一龍《葛震甫詩集》「獨往篇」有〈鐵佛山房夜會姚百雉君左賦別得疎字〉、〈聖僕伯傳看梅還虎丘因寄丁南羽秦京姚百雉君左〉）

九雉，當即黃戴元，信豐人。南太學生。從湯顯祖、曹學佺遊，與鍾、譚多所揚榷。有《醉石稿》。（《江西詩徵》卷六十二。湯顯祖《玉茗堂詩集》卷十八有〈送黃九洛歸虔二首〉、曹學佺《石倉詩稿》卷二十二《湘西紀行》有〈吳門彭興祖豫章喻叔虞信豐黃九雉過予寓少頃吳汝鳴攜盒至因與共坐〉、《隱秀軒集》詩黃集有〈雪集茂之館（同胡彭舉吳康虞王相如黃九洛）〉）

秋初，從俞安期讀宋懋澄《九籥集》，懋澄復贈以長歌。有詩紀之。（《嶽歸堂》卷四〈從俞羨長讀宋幼清九籥集宋復以長歌見贈〉）案：幼清，當作幼度。

安期，字羨長，吳江人。徙陽羨，老於金陵。嘗以長律一百五十韻投贈王世貞，已而訪汪道昆於新安，訪吳國倫於下雉，皆與結社。晚亦知厭薄其窠臼，而聲調時時闌出，不能自禁。（《列朝詩集小傳》丁集下〈俞山人安期〉）

家書至，母弟催歸。有〈得家書二首〉。（《嶽歸堂》卷五）
歸前，與馬元調訂交，有詩贈之。（《嶽歸堂》卷五〈贈馬巽甫〉）

元調，字巽甫，上海人。諸生。徙居嘉定南城。受學於婁堅，洞悉經史源流，凡古今典制名物，靡不淹貫。學者稱簡堂先生。後與侯峒曾、黃淳耀等守城，城破時年已七十，死之。（《復社姓氏傳略》卷三）

作〈留別南中諸子〉詩。（《嶽歸堂》卷十）

在南京日，選刻魯鐸詩九十首。後鍾惺為作題跋二則，以為文恪功臣；元春則有〈魯蓮北先生詩選序〉。（《隱秀軒集》文餘集〈題魯文恪詩選後二則〉，《未刻古文》卷一）

　　鐸，字振之，竟陵人。弘治壬戌會試第一，改庶吉士，授編修。歷國子司業，累遷南北祭酒。諡文恪。有集十卷。（雍正《湖廣通志》卷四十九〈鄉賢志〉、陳田《明詩紀事》丁簽卷九）

鍾惺蜀使畢，寄書並見懷詩一首，詩以答之。（《嶽歸堂》卷五〈鍾伯敬書至以一詩見懷云夜夢寄予書談使蜀事懷答一首〉、《隱秀軒集》卷六〈懷譚友夏時在金陵昨夜夢寄伊書談使事及詩兼正其近作〉）惺旋復有《識譚友夏所寄書語》詩。（《隱秀軒集》詩地集）案：參拙著《鍾惺年譜》是年譜。

嘗於曲巷中邂逅潘之恒，有詩紀之。（《嶽歸堂》卷五〈逢潘景升〉）

　　是詩有「曲巷驚相識，十年遊楚顏」句，知為初識。據袁中道《遊居柿錄》二〇七條所記，潘之恒游武昌而盟中道，在萬曆甲午。自是與袁宏道及中道關係密切，傾心公安。元春「十年遊楚顏」蓋指此。

　　之恒，字景升，歙人。少稱詩，出汪道昆、王世貞之門。久之，交袁宏道兄弟，又傾心公安。晚而倦遊，家益落，僑寓金陵。留連曲中，徵歌度曲，縱酒乞食，陽狂落魄以死。（《列朝詩集小傳》丁集下〈潘太學之恒〉）

有詩問候王稚登。（《嶽歸堂》卷五〈寄王百穀〉）

　　稚登，字百穀，長洲人。國子監生。妙於書及篆隸，好交遊，擅詞翰之席者三十餘年。（《列朝詩集小傳》丁集中〈王較書稚登〉、《靜志居詩話》卷十四）

吳夢暘來訪山園，有詩感答。（《嶽歸堂》卷五〈答吳允兆見訪〉）

夢暘，字允兆，歸安人。好吟詩，善度曲。有《射堂詩鈔》。

（《列朝詩集小傳》丁集下〈吳山人夢暘〉、《靜志居詩話》卷十八）

張師繹見訪山園不遇，詩以寄柬。（《嶽歸堂》卷十〈柬張克雋見訪不遇〉）

師繹，字克雋，號夢澤，武進人。萬曆二十六年進士，令江西之新喻。萬曆庚戌遷國子學正，益肆力蒐討，於書無不讀，四方執經問學者，戶外屨常滿。王子擢刑部主事，甲寅轉郎中。丙辰出知湖廣常德府，庚申備兵台紹，天啟乙丑晉江西按察使。所著有《月鹿堂文集》。生於萬曆三年，卒崇禎五年，壽五十八。（《月鹿堂集》卷首黃嘉譽撰〈明江西按察使司按察使夢澤張公傳〉、雍正《江西通志》卷六十一）元春與師繹初識南京而交善，別後屢有詩相憶。（《嶽歸堂》卷三〈寄張克雋水部〉、卷十〈夢到上新河而醒因寄張克雋尤時純林茂之〉）案：又參萬曆四十五年譜。

客南中作結集為《虎井詩》。虎井為吳聖初園東之井，元春以其水煮茶有助於詩之清課，因自題。（《嶽歸堂》「諸稿自題輯錄」〈虎井詩自題〉）

仲秋，舟歸竟陵。

九月九日，雨中泊漢川，有詩。（《嶽歸堂》卷五〈九日泊漢川〉）

十月二日，弟元聲生子雨兒（名篤），有詩紀之。（《嶽歸堂》卷三〈十月二日元聲弟生子雨兒〉）

秋冬三餘月，大半住鍾惺處。時林古度、商家梅亦追隨入楚，吳中彥先已自金陵來訪。與鍾氏兄弟共山居旬餘，遞相唱和。（《嶽歸堂》卷三〈自湖上過伯敬道中〉、〈夜泛〉、〈冬月可愛將赴伯敬招與孟和茂之彥先諸子賞焉〉、〈山月二首〉、〈同伯敬孟和坐茂之榻上〉、卷五〈夜坐〉、〈寒月〉、〈留伯敬家〉、〈佛燈〉、〈伯敬孟和茂之叔靜同坐河上〉、〈又晴〉、〈題鍾叔

靜居易新居〉、〈道乾之北庵不值值吳彥先一宿而去〉、卷六〈雨坐伯敬齋〉、卷
七〈復雨示伯敬〉、〈山夜聞鴉（同諸子分韻即成）〉、卷十〈答彥先雨夜見東〉，
《隱秀軒集》詩地集〈夜坐〉、〈山月〉、黃集〈寒月同友夏叔靜作〉、〈佛燈〉、
〈初陰〉、宇集〈復雨和友夏仍留之〉、〈山夜聞鴉同諸子分韻即成（得明字）〉、
〈友夏再至晤商林二丈與予兄弟山居旬餘將歸〉、宙集〈夜泛〉、〈課除後園草屋
客孟和茂之二首〉、〈答彥先雨夜見東〉，林古度《林茂之詩選》「掛劍集」卷下
〈山夜聞鴉同伯敬友夏諸子分得辛字限即成〉，並是時作）案：參拙著《鍾惺年譜》
是年譜。

中彥，字彥先，號竺靈居士，浙西人。嘗從紫柏大師真可遊於
圜中，並錄其語。（釋真可《紫柏老人集》卷首曹學程〈紫柏老人圜中
語錄序〉、吳中彥〈紫柏老人圜中語錄跋〉）

鍾惺將還朝，商、林二子往元春南湖居，亦相與賦詩。（《嶽歸堂》
卷三〈南湖鼓吹曲（同諸子限作古體即成）〉、卷四〈南湖蕩船引〉、卷五〈孟和
茂之同過南湖道中〉、〈冬日彌陀庵同茂之孟和作〉、卷六〈茂之孟和至湖上作〉、
卷七〈伯敬將還朝始同孟和茂之往湖上〉、〈庭前冬草同諸子詠〉，《隱秀軒集》
詩宇集〈孟和茂之將過友夏湖上〉，林古度《林茂之詩選》「掛劍集」卷下〈將過
友夏南湖和別伯敬伯敬當還朝予歸白下〉）

閏十一月，鍾惺赴京，商家梅偕之之燕，林古度返南京。（《隱秀軒
集》詩黃集〈之燕留別茂之時孟和偕予往茂之南歸〉、林古度《林茂之詩選》「掛
劍集」卷下〈送孟和同伯敬之京予將返金陵〉）元春有〈華山五章送鍾子也〉
（《嶽歸堂》卷一），惺答以〈維東有阜十章〉（《隱秀軒集》詩天集）。
時元春又有〈送孟和兼寄海鹽馮宗之〉（《嶽歸堂》卷三）、〈送茂之
南還三首〉（《嶽歸堂》卷五）、〈雨夜念茂之江上二首〉（《嶽歸堂》
卷五），並寄懷南中友人諸詩。（《嶽歸堂》卷三〈寄懷胡彭舉〉、卷四〈寄

懷林子丘〉、卷七〈寄懷尤時純〉）

是冬，京山友王應翼遊金陵一月歸，復即北上，有詩寄問。（《嶽歸堂》卷四〈寄王稚恭南歸北上〉）

> 應翼，字稚恭，號天樂，京山人。萬曆己酉領鄉薦。初知廣東崖州，明年改瓊州，降山西藩參軍。尋遷知雲南姚州，丁外艱，未赴。起復知河南許州。崇禎十四年，李自成陷許昌，被殺。與鍾、譚交，詩攻近體，有《采山樓》詩文十數種。（康熙《安陸府志》卷二十〈文學列傳〉）弟應箕，字稚衍，亦工詩。（光緒《京山縣志》卷十五〈文苑列傳〉）

長洲王稚登卒，年七十八。

南充黃輝卒。

四月，時臺省空虛，神宗二十餘年未一接見大臣，致諸務廢墮。南京各道御史聯銜以為言，不報。五月，顧憲成卒，攻者猶不已。

萬曆四十一年癸丑（一六一三）　二十八歲

春夏閉門家居。（《嶽歸堂》卷十〈孟誕先招游武昌〉）

秋初，孟登書來，邀遊武昌，因有江、黃之遊。作〈孟誕先招游武昌〉詩。（《嶽歸堂》卷十）

> 《嶽歸堂》「諸稿自題輯錄」〈秋尋草自序〉云：「予赴友人孟誕先之約，以有此尋也。……予乘秋而出，先秋而歸，……曰『秋尋』者，又以見秋而外，皆家居也。」同上〈退尋詩三十二章記〉云：「秋尋之三年，予懷九峰，率兩弟往住焉。」元春攜弟又赴九峰山讀書在萬曆四十三年（參詳該年譜），知秋尋當在是年。又《未刻古文》卷一〈龍夢先長安近藝序〉記曰：

「予癸丑八月來遊九峰，數日之間，頗得山之膚理情形，題詩
而去。」亦可證其是秋嘗至江夏。

途漢口，遇大風，有詩紀之。（《嶽歸堂》卷五〈漢口大風〉）

抵武昌，至孟登家，登新置一樓客元春，有詩紀之。（《嶽歸堂》卷
五〈至孟誕先家〉、卷七〈誕先新置一樓客予〉）

八月十五夜，孟登招泛武昌南湖，有詩紀之。（《嶽歸堂》卷四〈八月
十五夜誕先招泛南湖〉）

劉旦寅邀遊寒溪、西山，亦有詩。（《嶽歸堂》卷五〈劉旦寅邀遊寒溪西
山〉）

　　旦寅，孟登姊丈或妹婿，淨名君子。（《鵠灣集》卷五〈孟誕先母六
　　十文〉）

與夏平、夏乾兄弟遊，二夏邀遊雷山。夜次陽邏，同夏平尋山。皆
有詩。（《嶽歸堂》卷三〈夜次陽邏同夏平尋山〉、卷五〈與夏平夏乾談〉、卷
六〈二夏邀遊雷山十韻〉）

　　夏平、夏乾，武昌人。案：夏乾又見天啟元年譜。

八月晦日，寒溪泛次江夏，由小洪山經卓刀泉至九峰寺。夏平沖病
相先，友人龍塤、龍霽臨讀書其中，始終其遊。作〈遊九峰山二首〉
（有引）、〈卓刀泉謁關祠〉、〈詠九峰山泉〉諸詩。（《嶽歸堂》卷
三、卷五）

　　塤，字夢先，黃岡人。（《復社姓氏傳略》卷八）

　　霽臨，字朗伯。（參見崇禎二年譜）

時龍塤出所作時文示之。（《未刻古文》卷一〈龍夢先長安近藝序〉）

友黃正色、姚長虞置酒雙峰山，待元春九峰遊歸。元春感而賦詩。
（《嶽歸堂》卷七〈黃美中姚長虞置酒雙峰山待予九峰遊歸〉）

正色，字美中，號慈雲，蘄水人。崇禎丙子舉人，官蕪湖縣知
縣。（《復社姓氏傳略》卷八）

長虞，待詳。元春廬山遊歸後，嘗有〈姚長虞出寶鏡見贈〉詩。
（《未刻詩》卷一）

在江夏，有〈頻夢伯敬〉詩。時鍾惺在京師。（《嶽歸堂》卷五）

孟登追送江夏，元春有詩志感。（《嶽歸堂》卷七〈誕先追送江夏再晤〉）

此遊江、黃，與何閎中結識。

《鵠灣集》卷八〈答何綱卿〉云：「自與兄識面，六年前聽其
論……」元春是書作於萬曆四十七年（參詳該年譜），上推六年，
當在此際。

何綱卿，即何閎中，字蘧宿，黃岡人。天啟壬戌進士。歷任四
川提學，素饒才學，復善甄別，所拔士皆名雋。遷洱海道。（雍
正《湖廣通志》卷五十二〈人物志〉）案：參萬曆四十六年譜。

九月十四日返家。（《嶽歸堂》卷五〈代書答伯敬燕中五首〉引）有〈山還
六言〉詩。（《嶽歸堂》卷九）

是遊所作結集為《秋尋草》，孟登刻之。有自序。（《嶽歸堂》「諸稿
自題輯錄」〈秋尋草自序〉）

是月，六弟元禮畢姻。（《嶽歸堂》卷九〈山還六言〉其四）

元禮，字服膺。崇禎辛未進士。初授德清令，奏最，陞戶部主
事。赴京，卒維揚道中。（雍正《湖廣通志》卷四十九〈鄉賢志〉）

先是，鍾惺六月有書及〈寄友夏書〉、〈鄞中歌〉諸詩相寄，並附
新刻陳昂《白雲集》與所作〈白雲先生傳〉。友夏返家後作〈代書
答伯敬燕中五首〉。（《嶽歸堂》卷五）案：參拙著《鍾惺年譜》該年譜。

十月，林古度病中書至。有〈雪朝得茂之書及讀余秋尋草歌〉作答。

（《嶽歸堂》卷四）

十二月，鍾惺奉使過南京，新有孕姬同載，元春有〈問伯敬南姬生子消息〉詩。（《嶽歸堂》卷十。《林茂之詩選》「掛劍集」卷下〈喜鍾伯敬奉使過白門覓其少弟居易歸楚時新有孕姬同載賦此〉）惺旋有答詩。（《隱秀軒集》詩月集〈答友夏問伯敬南姬生子消息〉）案：參拙著《鍾惺年譜》該年譜。

正月，朝鮮以日本數遣使要脅恫嚇，兵端漸露，請選將派兵相助。命朝鮮自行練兵。三月，命禮部嚴核庚戌科搜卷中式十八名朱墨卷。韓敬以不謹例閑住。四月，炒花等犯遼東。五月，戒廷臣朋黨。十二月，韃靼犯寧遠。

萬曆四十二年甲寅（一六一四）　二十九歲

春，出遊。

正月下旬，鍾惺奉使山東畢，自南京還楚，林古度送行。元春客中有〈聞林茂之乘便上楚〉詩。（《嶽歸堂》卷三）

五月，歸家。寒河新亭亭基已成，喜諸弟同志，作歌。（《嶽歸堂》卷四〈入甲寅歲欲亭其河上尋以遊尼五月歸見亭基已築喜諸弟同志作歌〉）

是月，鍾惺抵家，元春有〈月下知伯敬到家不得茂之同行消息二首〉。（《嶽歸堂》卷三）

惺即偕弟鍾恮訪寒河，適元春密友盧為敦、王時揚亦至。惺有〈與弟叔靜過友夏兄弟寒河居（盧非敦王明甫至）〉、〈寒河詩為友夏賦〉（《隱秀軒集》詩地集），元春有〈鍾伯敬兄弟見過二首〉。（《嶽歸堂》卷五）

　　恮，初名恬，字叔靜，鍾惺三弟。副貢。生萬曆壬午，庚申卒於南京。能詩，有《半蔬園集》，曹學佺為作序。（《鍾伯敬先

生遺稿》卷四〈家傳〉、王士禛《香祖筆記》卷六）

明甫，即王時揚，竟陵人。貢生。為酉陽廣文，卒酉中。（《鷦
灣集》卷七〈哀王明甫詞〉、〈哭徐乾之文〉）

時又有〈和伯敬省鶴〉、〈和伯敬竹月詩三首〉相倡酬。（《嶽歸堂》
卷三，鍾惺詩見《隱秀軒集》詩地集）

惺旋別去，有〈將入城示別友夏〉詩（《隱秀軒集》詩地集），元春賦
〈答伯敬別河上入城中作〉。（《嶽歸堂》卷三）

是夏，元春有〈夏夜雨甚寒甚不敢快幸故作是詩〉寄鍾惺（《嶽歸堂》
卷五），惺作詩答之。（《隱秀軒集》詩地集〈伏日頗熱友夏寄近詩有雨甚寒
甚不敢快幸語異而作此〉）

八月下旬，與鍾惺選定《詩歸》。時住鍾惺家檢校唐詩。適雷思霈
逝三年，惺擬過夷陵視師後事，遂約集京山，同遊西陵。（《隱秀軒
集》文晨集〈西陵草序〉、《嶽歸堂》「諸稿自題輯錄」〈自題西陵草〉）惺有
〈友夏見過與予檢校詩歸訖還家〉（《隱秀軒集》詩宙集），元春有〈住
伯敬家檢校唐詩訖復過京山〉詩。（《嶽歸堂》卷六）

思霈，字何思，夷陵人。萬曆辛丑進士。選庶吉士，授檢討。
己酉主閩試。庚戌會試分考，所得士如鍾惺、鄒之麟輩，皆一
時名流。請告歸，卒於家。（雍正《湖廣通志》卷四十九〈鄉賢志〉、
《列朝詩集小傳》丁集中〈雷簡討思霈〉）

過荊門，夜尋蒙、惠二泉，各有詩。（《隱秀軒集》詩地集〈秋晚荊門道
中抵泉寺宿〉、黃集〈途中新月〉、〈紅葉〉、〈夜觀蒙惠二泉〉、〈群山萬壑赴
荊門〉，《嶽歸堂》卷三〈途中新月〉、〈夜由蒙泉過惠泉作〉、卷五〈紅葉〉、
〈和伯敬夜觀二泉〉、〈群山萬壑赴荊門〉）

九月九日，至當陽玉泉山，惺弟快與遊。有詩同賦。（《隱秀軒集》

詩玄集〈玉泉寺鐵塔歌〉、〈隋大業十一年鐵歌〉、宙集〈九日至玉泉與友夏居易登覽宿於寺〉,《嶽歸堂》卷四〈玉泉寺鐵塔歌〉、〈隋大業十一年鐵歌〉、卷七〈九日與伯敬居易在玉泉〉)

快,字居易,鍾惺五弟。詩文書畫,皆具逸趣,又旁精內典。有《寶林道人敘》、《臥遊詩文集》。(康熙《景陵縣志》卷十二〈人物志〉、康熙《安陸府志》卷二十七〈高雅列傳〉)

抵夷陵,客雷思霈故宅。惺有〈再過夷陵為諸同門視雷先生後事題其閣上〉(《隱秀軒集》詩地集),元春有〈客雷何思太史故宅見伯敬理其後事感而弔之〉、〈雷太史家有送子觀音菩薩畫像一軸其地如西洋布而堅密設色靈幻菩薩手一兒舉念珠似鸚鵡肉情巾袂俱動拜而頌之〉詩。(《嶽歸堂》卷六、卷一)

泛江,尋三遊洞並觀峽,有詩同賦。(《隱秀軒集》詩宇集〈泛江尋三遊洞降觀於峽〉,《嶽歸堂》卷三〈泛江尋三遊洞降觀於峽〉)

晤劉芳節,鍾惺有〈贈劉玄度孝廉為雷太史同年好友〉(《隱秀軒集》詩黃集),元春有〈喜劉玄度至〉。(《嶽歸堂》卷五)

《嶽歸堂》「諸稿自題輯錄」〈自題西陵草〉云:「甲寅之歲,予與鍾子選定《詩歸》,……而適以其時往西陵,……宜都劉子手是詩而歎曰:『我知鍾子之甲戌、而子丙戌也,百里之內,十年之外,而造化捷若此。』予與鍾子蹙然改容,急掩其口曰:『何至遂如子所言。』」此宜都劉子,即劉芳節。

芳節,字玄度,別號恒沙,宜都人。舉萬曆丁酉鄉試第二。晚娶雷思霈妹。乙卯八月卒。(袁中道《遊居柿錄》卷十「乙卯」、《珂雪齋近集》卷三〈劉玄度集句詩敘〉)

返經玉泉及蒙、惠二泉,亦有詩同賦。(《隱秀軒集》詩月集〈歸經玉泉〉、

〈歸經蒙惠二泉〉，《嶽歸堂》卷十〈歸經玉泉〉、〈歸經蒙惠二泉〉）

至京山，惺作詩贈別元春，元春答之。（《隱秀軒集》詩月集〈至京山與友夏別〉、《嶽歸堂》卷八〈答伯敬別詩〉）

鍾、譚集同遊詩為〈西陵草〉，各有序。元春自謂「所思所筆，遂若又進一格」。（《隱秀軒集》文昃集〈西陵草序〉、《嶽歸堂》「諸稿自題輯錄」〈自題西陵草〉）

新亭名紅濕，當是秋落成，嘗賦〈亭旁紫薇花盛開〉詩。（《嶽歸堂》卷五）鍾惺有〈寄題友夏紅濕亭〉。（《隱秀軒集》詩玄集）

為同邑謝奇舉兄弟陸舟亭賦詩。（《嶽歸堂》卷三〈謝彥父兄弟陸舟亭〉）

> 是詩云：「此亭有佳致，不在此亭內。我家臨流水，群木良可愛。秋深且置亭，落成皆此類。」當作於紅濕亭落成前後。
>
> 謝彥父，即謝奇舉，一字鳳毛，竟陵人。萬曆癸卯鄉薦，授什邡令，有良聲。奢崇明亂，捍禦有方，邑獲全。巡撫周著疏薦，擢御史。巡按陝西，疏發權璫之奸，又糾參秦撫喬某貪黷諸狀。尋乞休歸。弟慶舉，字吉甫，中書舍人。（康熙《景陵縣志》卷十
>
> 〈人物志〉「謝廷敬傳」、雍正《湖廣通志》卷五十三〈人物〉）

十一月十二日，葬父於祖父母白竹臺之墓。作〈先府君志銘〉。（《鵠灣集》卷六）先有〈告亡父文〉。（《鵠灣集》卷六）

先二日，鍾惺偕弟恈、快來，有〈祭譚太公文〉。（《隱秀軒集》文閏集）

弟元暉、元聲、元方、元禮前此以童子出試於郡，俱列高等。（《鵠灣集》卷六〈先母墓誌銘〉）

時惺、元春俱客安陸，與傅淑訓、張鳳淦同飲雷筠倩山堂。淑訓作詩紀之，並有「江袁張楚後，誰復並鍾譚」句相標舉。（傅淑訓《白

雲山房集》有〈甲寅送兒輩鄖城應試同鍾伯敬大行張鳳淰進士譚友夏文學飲雷筠倩
山堂〉，轉引自康熙《德安府志》卷十六〈人物〉四〈僑寓〉）

淑訓，字啟昧，孝感人。弱冠登萬曆辛丑進士。知山東濮州，
歷太僕少卿。坐與楊漣姻，削籍。崇禎戊辰，召補順天府尹。
累官戶部尚書，卒於家。有《澤州志》、《督餉疏草》、《白
雲山房詩文》。（光緒《孝感縣志》「臣林」、《楚風補》卷二十五）

鳳淰，疑即張第，鍾祥人。萬曆癸丑進士。（雍正《湖廣通志》卷
三十三〈選舉志〉「萬曆四十一年癸丑周延儒榜」）

筠倩，當為安陸人。餘未詳。

是冬，蔡復一先有書札及〈梅〉詩寄示，並薦元春於瞿汝說、馬人
龍二學官。（《鵝灣集》卷八〈奏記蔡清憲公前後箋札〉二、《嶽歸堂》卷五〈奉
答大參蔡公敬夫札子二首〉其二）

蔡復一《遯庵詩集》卷一〈答別鍾伯敬兼及譚友夏〉其三自記
曰：「甲寅簡譚生」。《隱秀軒集》文往集〈再報蔡敬夫〉云：
「前寄〈早梅〉詩，佳甚，偶未能答，而所寄譚生扇頭〈梅〉
詩，又進於此。」復一寄鍾惺〈早梅〉詩亦在是冬。案：參詳拙
著《鍾惺年譜》萬曆四十二、四十三年譜。

復一，字敬夫，同安人。萬曆乙未進士，授刑部主事。遷兵部
武庫郎中，出為湖廣參政，分司荊、岳。時方有事貴州，黔撫
議剿，復一獨言撫，不聽，坐免。起鎮易州，撫治鄖、襄。黔
苗為亂，擢兵部侍郎，巡撫貴州，進總督貴州雲南湖廣軍務，
討安邦彥屢有功。卒以事權不一致敗，解任俟代，卒於軍中。
賜祭葬，諡清憲，贈尚書。有《遯庵全集》。（《明史》列傳第一
百三十七、雍正《福建通志》卷四十五〈人物〉）

汝說，字星卿，常熟人。汝稷弟。萬曆二十九年進士，官至湖
廣提學僉事。年五十九卒。（《明史》列傳第一百四〈瞿景淳傳〉、葉
向高《蒼霞續草》卷十〈瞿公曁配施恭人合葬墓誌銘〉）

人龍，號荊陽，太湖人。萬曆四十一年提學湖廣。鍾惺嘗為作
〈玄覽集詩序〉。（《隱秀軒集》文昃集。雍正《湖廣通志》卷四十一
〈名宦〉、《神宗實錄》卷五〇六「萬曆四十一年三月」）

歲暮，孟登來訪，約入九峰山讀書，有詩四首贈之。（《嶽歸堂》卷
三〈孟誕先來寒河見訪約入九峰山讀書〉）

是年，林古度刻鍾惺《隱秀軒集》於南京。（《隱秀軒集》文昃集〈隱
秀軒集自序〉）元春有〈題伯敬詩集〉。（《嶽歸堂》卷四）

三月，皇子福王常洵之國洛陽，賜莊田二萬頃。五月，福建稅監高
寀苛暴，激起民變。言者劾之，不省。是歲，輔臣葉向高致仕，方
從哲獨相。

萬曆四十三年乙卯（一六一五）　三十歲

春初，有書報蔡復一。（《鵝灣集》卷八〈奏記蔡清憲公前後箋札〉一、二）
並作〈和蔡敬夫先生梅詩〉。（《嶽歸堂》卷三）

將攜弟元聲、元禮入九峰山，先至安陸謁朱之臣，有諸詩酬贈。（《嶽
歸堂》卷四〈早春入鄖贈朱無易先生〉、卷五〈奉贈朱郡伯無易〉、卷六〈將攜聲
禮兩弟九峰山讀書謁無易先生即別並訂入山見尋之約〉）

之臣，字無易，成都人。萬曆中進士。守德安，初抵任即為文
告神，誓不妄取一文。好獎掖名士，因構如水堂以延問學者。
（雍正《湖廣通志》卷四十四〈名宦〉）

正月十五夜，赴朱之臣郡齋清宴，有〈前銀花歌〉、〈元夜同無易

先生作〉、〈飲朱公西齋起步樹月下〉諸詩。（《嶽歸堂》卷四、卷五、卷七）

十九日，賦〈後銀花歌〉。（《嶽歸堂》卷四）

二十七日，蔡復一夜夢元春；次日，得元春書及詩；有詩紀之。（《遯庵詩集》卷二〈正月廿七日之夜夢譚友夏余實未識面也晨興微雪得友夏書若詩答寄〉）

蔡復一書至，商訂《詩歸》去取，並附詩稿一摺、贈詩五首。元春復有書答之。（《鵠灣集》卷八〈奏記蔡清憲公前後箋札〉四）

前此，馮時可亦嘗先寄書致意，元春有書及〈馮元成大參來官湖北移書垂問答贈一章〉（《嶽歸堂》卷三）報之。（《鵠灣集》卷八〈奏記蔡清憲公前後箋札〉四）

> 馮元成，即馮時可，字敏卿，松江華亭人。隆慶辛未進士，除刑部主事。累官至湖廣參政。以文名，有《北征》、《西征》、《金閶》、《石湖》、《岩棲》、《雨航》諸集。（《明史》列傳第九十七〈馮恩傳〉、《列朝詩集小傳》丁集中〈劉僉事鳳〉附、《靜志居詩話》卷十五）

三月至八月，與孟登、弟元聲、元禮住九峰山讀書。（《鵠灣集》卷八〈奏記蔡清憲公前後箋札〉三）友劉敷仁、柳太原與遊。（《嶽歸堂》「諸稿自題輯錄」〈退尋詩三十二章記〉、卷八〈與劉濟甫柳太原樓宿〉）

> 敷仁，字濟甫，江夏人。與譚元春以文行相砥礪。凌給諫義渠、林太史可任悉屏騶從往訪，曰劉先生門無雜賓，弗以僕御溷高士廬也。崇禎壬午中順天舉人。甲申南歸，抗節不仕。有《添學草》、《悟山草》等集。（《復社姓氏傳略》卷八、《楚風補》卷三十四）

太原，一作太元，名未詳，或亦江夏人。與元春交厚。（《鵠灣
集》卷五〈柳母序〉、《未刻詩》卷九〈祝柳太元〉）

有〈與聲禮兩弟入九峰山讀書〉（《嶽歸堂》卷八）並三十一首九峰山
詩，皆五言絕句。（《嶽歸堂》卷八〈上山〉、〈下山〉、〈禮學公塔〉、〈穀
雨前三日催僧採茶〉、〈看造茶〉、〈嘗茶〉、〈松柴〉、〈拾松枝婦人〉、〈長
廊〉、〈勸山僧工課〉、〈頭茶〉、〈二茶〉、〈三茶〉、〈同誕先坐池上〉、〈同
遠韻服膺坐泉橋〉、〈各攜一卷上山選密陰處怪石坐之〉、〈晨起觀浴佛〉、〈納
涼於廊〉、〈食筍〉、〈開佛殿仍反鎖之與諸子寂然坐地或任意繞行〉、〈客至〉、
〈出谷〉、〈飲山中人家〉、〈由缽盂峰行遍九峰取徑下於寺〉、〈寺田〉、〈與
劉濟甫柳太原樓宿〉、〈晨起開樓看諸嶺松色〉、〈月下看松〉、〈遍上僧樓看松〉、
〈同舍弟默坐小塔上察山間秋色一人禮塔不言周視而去予怪焉尋跡之無異也〉、〈夜
別九峰〉）

作〈九峰靜業序〉。（《鵠灣集》卷四）

龍塽自京師寄書來，示以近作，為作〈龍夢先長安近藝序〉。（《未
刻古文》卷一）

有茶並詩寄朱之臣。（《嶽歸堂》卷五〈采九峰茶寄無易〉）歸前，復有
詩答之臣。（《嶽歸堂》卷五〈將離九峰答無易〉）

先是，四月間，家人傳蔡復一書至，有「簡交以得己，斂名以厚實」
所規語，元春以為要藥。（《鵠灣集》卷八〈奏記蔡清憲公前後箋札〉三）

有書與蔡復一，求序母五十文並《寒河集》。（《鵠灣集》卷八〈奏記
蔡清憲公前後箋札〉七）

據是書，謂「道路阻遠，莫或詣謝」，知時尚未有赴辰州見蔡
復一事；又謂「初息林陰，……與弟曹參詣」，當此間情景，
故繫於此。

前此，黃汝亨以《廉吏傳》相寄，元春以為良佳。（《鵠灣集》卷八〈奏記蔡清憲公前後箋札〉七）又嘗有〈寄黃貞父先生兼懷湯臨川〉詩。（《嶽歸堂》卷三）

> 汝亨，字貞父，浙之仁和人。萬曆戊戌進士，拜進賢令。累官至江西布政司參議。遷湖西備兵，因齎捧過家，擇南屏之麓，營寓林老焉，遂不復出。天啟丙寅，年六十九卒。有《史海淘珍》、《古奏議》、《廉吏傳》、《正始編》行世。晚年合舊刻及《白門草》、《山遊草》梓之，得詩六卷、文三十二卷，曰《寓林集》。（康熙《仁和縣志》卷十八、《啟禎野乘》卷七、王介錫《明朝百家小傳》本傳，《隱秀軒集》文晨集有〈黃貞父白門集序〉）

七月，周嘉謨改督兩廣，奉命即赴。元春有〈送周明卿中丞撫兩廣〉詩。（《嶽歸堂》卷五）

> 《明督撫年表》卷五「兩廣」萬曆四十三年條引《明實錄》：「四十三年七月丁卯，總督兩廣南刑部尚書張鳴岡奏候代已久，旨周嘉謨即赴兩廣交代。」
>
> 嘉謨，字明卿，號敬松，漢川人。隆慶五年進士，除戶部主事。累官至吏部尚書，加太子太保。兩朝顧命，以正色立朝。崇禎二年卒於官，年八十四。（《明史》列傳第一百二十九、康熙《景陵縣志》卷十〈人物志〉）

八月，宜都劉芳節卒。（袁中道《遊居柿錄》卷十）

閏八月，鍾惺典黔試畢返京，途辰州，與蔡復一晤三日。旋遇元春於安陸，遞復一與元春書及〈駢語〉等。（《鵠灣集》卷八〈奏記蔡清憲公前後箋札〉三）時元春出赴鄉試，有〈伯敬典黔試過家還京與予遇于安陸以詩三首〉。（《嶽歸堂》卷三）案：參拙著《鍾惺年譜》是年譜。

與鍾惺別安陸。歸家夜途中遇蔡復一所遣使，再得一書，邀赴辰州，問鄉試消息，又索魯鐸墨蹟。元春馬上即成三詩，隨箋奉答，且告將贈予魯鐸書陶淵明詩集。（《鵠灣集》卷八〈奏記蔡清憲公前後箋札〉三、《嶽歸堂》卷五〈月夜鄖歸道中得蔡敬夫先生札子約至辰州且問入成均消息蓋公曾有夢予詩又索魯文恪墨蹟將以所書陶集歸之綴其事于馬上成三首隨箋奉答〉）

鄉試又不第，「場卷點抹皆無，如未以手觸者然」。（《鵠灣集》卷八〈奏記蔡清憲公前後箋札〉三）有詩答寄朱之臣。（《嶽歸堂》卷五〈下第後答寄無易〉）

退家湖上，搜審住九峰之作，凡五言絕句三十二章，為集《退尋詩》，並撰題記。（《嶽歸堂》「諸稿自題輯錄」〈題退尋詩三十二章記〉）

冬，蔡復一有〈答別鍾伯敬兼及譚友夏〉詩三首。（《遯庵詩集》卷一）

> 是詩其一有「念會三月前」句，指與鍾惺閏八月在辰州會晤事，則作此答別詩時當已入冬。

歸安吳夢暘卒，年七十一。

五月，梃擊案起。神宗不朝已二十五年，因此案涉貴妃、太子，始召見廷臣一次。御史劉光復出對，下詔獄。時大小衙門各官俱為光復乞恩求宥。八月，大學士方從哲、吳道南陳用人切要數事，不報。是歲，李三才被劾盜皇木造私宅諸事，落職為民。

萬曆四十四年丙辰（一六一六）　三十一歲

春初，作〈奉答大參蔡公敬夫札子二首〉。（《嶽歸堂》卷五）

> 是詩其一謂「雪光分院鶴，春氣著湖鵑」，當春初作；謂「境內所當謁，公兼嶜上山」，指今年將赴辰州謁蔡復一及與鍾惺約遊嶜山二事。又其二有「一札先微士，三年仗我公」句，復

一先致書元春在萬曆甲寅，至今年恰可稱三年。

發竟陵，有〈新歲赴蔡使君辰州〉詩。（《嶽歸堂》卷五）

過江陵，有〈荊州早春〉詩。（《嶽歸堂》卷五）

宿紫竹庵，僧導之遊十方庵，亦有詩。（《嶽歸堂》卷三〈愛紫竹庵路徑因宿其中〉、〈紫竹庵僧導予尋十方庵〉）

至沙市，晤袁彭年、王啟茂，有詩紀之。（《嶽歸堂》卷五〈沙市逢袁述之王天根〉）

據《嶽歸堂》「諸稿自題輯錄」〈客心草自序〉，元春此行「自竟陵歷郊、郢，過江陵、公安，至於澧」。又是詩有「雨雪沙中期」、「春色何曾滿」句，為早春節候。《譚友夏合集》卷四〈沙市尋袁述之〉有「過市風煙十載情」句，詩為天啟五年作，至今已十載，亦可為證。

彭年，字述之，公安人。袁宏道子。崇禎甲戌進士，授淮安推官，遷禮部主事。召對，改禮科給事中。弘光時，上疏陳三案始末，又諫復東廠，阮大鋮銜之。謫浙江按察司照磨。後入閩，轉至粵，起為廣東督學，累轉布政使。年六十四，卒於家。（《復社姓氏傳略》卷八、民國《湖北通志》卷百三十七）

啟茂，字天庚，石首人。有《渚宮集》。（《楚風補》卷二十七）

經澧州、武陵，達辰州，見蔡復一。（《嶽歸堂》「諸稿自題輯錄」〈客心草自序〉）有〈至辰州呈蔡敬夫使君〉詩。（《嶽歸堂》卷七）復一有〈喜譚友夏至辰陽用見投韻〉。（《遯庵詩集》卷四）

在辰州，與蔡復一詩酒酬和，日相過從。（《嶽歸堂》卷三〈敬夫先生相飲于虎溪山予先往後宿垂詩見問率有此答〉、卷五〈敬夫先生折玉蘭花見貽〉、〈敬夫又見示齋中桃信〉、卷六〈移住虎溪僧樓〉，《遯庵詩集》卷一〈飲友夏于虎溪

山友夏留宿詩往問之〉，並是時作）

遊西山諸勝，復一送之入，並有詩。（《嶽歸堂》卷三〈玉華洞〉、〈大
西洞〉、〈玉田洞〉、卷五〈玉田洞和敬夫見送〉，《遯庵詩集》卷三〈送友夏尋
西山諸勝〉）於舟中嘗閱復一文稿並鍾惺詩。（《鵠灣集》卷八〈奏記蔡清
憲公前後箋札〉五）

遊畢，返僧舍，即致書復一，以所作遊詩呈教。（《鵠灣集》卷八〈奏
記蔡清憲公前後箋札〉五）

三月，欲之衡山。（《鵠灣集》卷一〈遊南嶽記〉）偕復一泛舟登塔即別。
臨行，復一贈以犀杯。亦並有詩。（《嶽歸堂》卷三〈從敬夫先生泛舟登
塔至別日作〉、〈將發答蔡敬夫貽犀杯詩〉，《遯庵詩集》卷一〈與友夏舟覽即別〉、
〈貽友夏犀杯〉）元春旋有書謝其寄贈犀杯詩、黃字跋。（《鵠灣集》卷
八〈奏記蔡清憲公前後箋札〉六）

泛桃川，宿桃源，尋桃花源。有〈宿桃源縣水樓〉、〈行桃川道中
憩於桃花源二首〉、〈穿石二首〉諸詩。（《嶽歸堂》卷五、卷十）

得弟元聲書，有詩紀之。（《嶽歸堂》卷五〈得舍弟元聲書〉）

至武陵，遊漁仙寺、德山，有詩紀之。（《嶽歸堂》卷六〈德山〉、卷七
〈漁仙寺〉）

與楊嗣昌遊處，臨別答以詩。（《嶽歸堂》卷三〈自武陵往衡山答別楊文弱〉）
嗣昌，字文弱，武陵人。楊鶴子。萬曆三十八年進士，改除杭
州府教授，遷南京國子監博士，累進戶部郎中。天啟初，引疾
歸。崇禎元年起河南副使，七年，拜兵部右侍郎兼右僉都御史，
總督宣、大、山西軍務。十四年張獻忠陷襄陽，上疏請死。俄
聞洛陽陷，福王遇害，遂不食而死，年五十四。（《明史》列傳
第一百四十）

途龍陽,有〈過龍陽二湖〉詩。(《嶽歸堂》卷五)

旅中忽病,作〈舟病〉詩紀之。(《嶽歸堂》卷五)

至湘潭,與周楷、夏君憲等遊處數日,有詩紀之。(《嶽歸堂》卷五〈坐周伯孔北園〉、〈素豔樓別夏君憲周伯孔〉)

> 楷,字伯孔,湘潭人。為童子即稱詩,鍾惺賞之,而才自清迥,時有佳句。為人負氣嫚罵,所如不合。年五十,死賊中。(《列朝詩集小傳》丁集下〈周秀才楷〉、《隱秀軒集》文晨集〈周伯孔詩序〉)

> 君憲,以字行,湘潭文學。(《楚風補》卷二十九、《沅湘耆舊集》卷四十二)

舟經淥口忽雨,有〈淥口雨憂〉詩。(《嶽歸堂》卷五)

抵衡山,偕周楷作六日遊。有諸詩紀勝。(《嶽歸堂》卷三〈將至嶽同伯孔舟望〉、〈由絡絲潭至觀音岩〉、〈兜率庵閣上聽泉對天柱峰〉、〈飛昇石禮魏元君〉、〈出嶽路〉、卷四〈逢終南老僧歌〉、〈觀水簾歌〉、〈登祝融峰頂歌〉、卷五〈過伯孔舊齋有僧住靜室中〉、〈晴夕宿華嚴庵〉、〈方廣〉、〈廟雨〉、〈宿上封寺〉、卷六〈方廣路〉、卷七〈嶽路〉、〈出方廣路〉、卷八〈戀響台〉)

有詩贈同行僧寶珠。(《嶽歸堂》卷五〈贈同行僧〉)

> 寶珠,從元春遊衡山者,復隨之至寒河。元春以為慧樸。(《楚風補》卷二十六鍾惺〈丙辰八月逢寶珠上人于寒河上人即從友夏游南嶽者也歌以贈之〉)

作〈游南嶽記〉。(《鵠灣集》卷一)

夏初,別周楷於長沙,有詩贈之。(《嶽歸堂》卷三〈別伯孔于長沙〉)

遊嶽麓山,作詩寄示蔡復一。(《嶽歸堂》卷三〈游嶽麓寄敬夫先生〉)

赴洞庭以為歸路。至岳州,遊君山、岳陽樓。並有詩。(《嶽歸堂》卷五〈洞庭湖〉、〈君山〉、卷八〈汲君山柳毅井水試茶於岳陽樓下〉、卷九〈月

泊洞庭〉、卷十〈出洞庭〉）

是遊所作結集為《客心草》、《遊首集》。《客心草》收自竟陵達辰窮酉及泛桃川、溯蒸湘沿途諸作，斷自〈漁仙寺〉以上詩；《游首集》收遊衡嶽、洞庭諸作，以山首南嶽、波首洞庭，喻賴斯遊而以其詩文首諸稿之義。各有自序。（《嶽歸堂》「諸稿自題輯錄」〈客心草自序〉、〈自序遊首集〉）

歸家，得朱之臣書，時朱刻《退尋詩》於北京，元春有詩報之。（《嶽歸堂》卷三〈南嶽歸得無易先生書兼蒙刻退尋詩於都門〉）

六月，蔡復一自醴陵寄書至，遞為譚母所作五十文並〈寒河集序〉。（《鵝灣集》卷八〈奏記蔡清憲公前後箋札〉八）

八月，見弟元聲、元禮作詩有成，賦詩勉而贈之。（《鵝灣集》卷八〈奏記蔡清憲公前後箋札〉八、《嶽歸堂》卷三〈見弟遠韻服膺詩勉而贈之〉）

鍾悻夜至寒河，有詩紀之。（《嶽歸堂》卷七〈叔靜月夜舟至寒河〉）。悻有歌贈僧寶珠。（《楚風補》卷二十六鍾悻〈丙辰八月逢寶珠上人于寒河上人即從友夏游南嶽者也歌以贈之〉）

九月，得鍾惺書，申前遊嵾約。與悻同赴襄陽待惺。（《鵝灣集》卷八〈奏記蔡清憲公前後箋札〉八）案：《嶽歸堂》「諸稿自題輯錄」〈自題仙室草〉記作丁巳，誤。有〈問伯敬泰和遊期〉詩。（《嶽歸堂》卷五）

襄陽途中，元春有〈秋深途月詞〉（《嶽歸堂》卷三），悻同賦。（《楚風補》卷二十六鍾悻〈秋深明月詞同友夏襄陽路中〉）

惺未至，悻亦病，罷歸。（《嶽歸堂》「諸稿自題輯錄」〈自題仙室草〉）

十二月，得鍾惺遊岱信與詩、記，以為一快。（《鵝灣集》卷八〈奏記蔡清憲公前後箋札〉八、《隱秀軒集》文往集〈與譚友夏〉）旋以《遊首集》與鍾惺《舟嶽集》合刻之。（《隱秀軒集》文晨集〈舟嶽集自序〉）

是月，朱之臣觀察楚中。訪寒河。元春有〈掃除候朱觀察將枉寒河居〉、〈無易先生下訪寒河談至月出始去〉、〈望白兆八章送朱公也〉諸詩。（《嶽歸堂》卷三、卷七、卷一）

之臣序刻元春〈寒河集〉，又為其母作五十壽序。（《譚友夏合集》卷二十三〈寒河集序〉）元春獻友人女繡觀音一軸，並作頌以謝。（《鵠灣集》「雜著」〈繡觀音頌〉）

是年，作〈求母氏五十文說〉。（《鵠灣集》卷三）時蔡、鍾、張、朱四君子為譚母作五十文。（《鵠灣集》卷五〈柳母序〉）案：張，當為張師繹。

作〈袁中郎先生續集序〉。（《鵠灣集》卷三）

> 是序云：「公安袁述之行其先中郎《續集》，而屬予序。」又曰己「受稿於裝，歷辰湘湖岳殆遍」，知袁彭年乞序當在是年元春過晤沙市時，序則辰湘湖岳遊畢後作。

弟元暉補諸生。（《鵠灣集》卷六〈家仲氏墓誌〉）

臨川湯顯祖卒，年六十七。

正月，努爾哈赤稱尊號，國號金，建元天命。八月，皇太子出閣講學，中外大悅，然輟講已十二年矣。群臣請講學者幾百疏，閣臣無慮數十疏。僅開講一次，於是復輟。

萬曆四十五年丁巳（一六一七）　三十二歲

二月，朱之臣招至江夏西庵讀書。（《鵠灣集》卷八〈奏記蔡清憲公前後箋札〉八）

在西庵，日與文上人遊。（《鵠灣集》卷三〈洪山四面佛庵建藏經閣募疏〉）

> 文上人，江夏僧，北人。積十餘年之功，鑄四面佛像於洪山，

天啟七年始成。嘗一再請元春撰碑。卒崇禎元年。（同上）

三月，得從朱之臣側聞蔡復一黔中口業與臺司不平之言，為之一歎。

越十日，閩使遞蔡復一書至。（《鵝灣集》卷八〈奏記蔡清憲公前後箋札〉
八）

> 案：蔡復一自萬曆辛亥赴湖廣參政任，分司荊、岳（參拙著《鍾惺年譜》萬
> 曆三十八年譜）。時方有事貴州，黔撫議剿，復一獨言撫。不聽，坐免。參
> 見《明史》列傳第一百三十七、雍正《福建通志》卷四十五蔡本傳。

旋有書報復一。謂自南嶽回，作詩絕少。又告前有書與鍾惺，於詩
文商其進步；於曹學佺言己輩清新而未融，則頗欲質之。（《鵝灣集》
卷八〈奏記蔡清憲公前後箋札〉八）

> 案：元春此與鍾惺書，為答其〈與譚友夏〉（《隱秀軒集》文往集）而作，
> 可參看。時鍾惺僦居金陵。參拙著《鍾惺年譜》萬曆四十四、四十五年譜。

四月，命工鑄寒河鐘於西庵，由大江載至寒河亭子。（《鵝灣集》「雜
著」〈寒河鐘銘〉）

在江夏日，與徐日久遊。嘗偕劉敷仁夜至黃鶴樓，觀日久所制太白
堂及移置湧月臺諸跡，有詩紀之，並呈朱之臣。（《嶽歸堂》卷三〈劉
濟甫指余看黃鶴樓旁石上湧月臺三字〉、〈黃鶴樓下觀徐子卿明府所制太白堂及移
置湧月臺諸跡呈成都朱公〉）

> 《嶽歸堂》卷四〈江夏送徐子卿先生〉云：「我在西庵日，言
> 笑寡嫌跡。曾共登岡坐亂草，忽聞騎馬過夾柏。如此敏妙經綸
> 手，當時上海猶被謫。一片次山春陵情，君雖不言我歎息。歎
> 息上高樓，黃鶴散空碧。靜夜徒侶稀，磯聲鳴磔磔。樓所未納
> 君作堂，能使山川歸李白。江臺湧月月湧波，初照千古苔蘚石。」
> 所言即此際事。徐日久以萬曆庚戌進士，授上海縣令。後謫官

楚之藩幕，署江夏事。時在江夏令任上。

日久，字子卿，西安人。萬曆庚戌進士，授上海令。以漕事被劾，謫官楚之藩幕，署江夏事。令江夏，多有政績。乙卯分校文闈，所得皆名士。秩滿，稍遷為水部郎，以艱歸。家居數年，出補兵部。（同治《江夏縣志》卷二〈職官〉、雍正《湖廣通志》卷四十三〈名宦〉）鍾惺天啟三年客寓江夏，嘗為作〈江夏紀事小引〉。（《鍾伯敬先生遺稿》卷二）元春與日久交亦厚，其長子卒，嘗作〈哭西安徐無疾子卿先生長公也〉；（《嶽歸堂》卷七）後日久歸家，有〈江夏送徐子卿先生〉。（《嶽歸堂》卷四）

為朱之臣作〈繁川莊記〉，並〈繁川莊為無易詠〉六絕句。（《鵠灣集》卷一、《嶽歸堂》卷八）

五月，自江夏歸寒河。（《鵠灣集》卷八〈答張夢澤〉）

是月，常德知府張師繹兩遣僧遞書至，以選國朝名家詩文，索承天一府文集。元春書答之，薦魯鐸、王格、李維楨、鍾惺並己諸家。（《鵠灣集》卷八〈答張夢澤〉）

　　案：師繹萬曆丙辰出知常德府。（張師繹《月鹿堂集》卷首黃嘉譽撰〈明江西按察使司按察使夢澤張公傳〉）

有書答袁彭年，辯所以不掩中郎疵纇，益成其靈奇者，為真愛之。（《鵠灣集》卷九〈答袁述之〉）

十月二十五日，撰〈詩歸序〉。（閔振業刻《古詩歸》卷首譚元春序）

是年，築寒河莊，難邵氏之塚，有婿向姓者移祔焉，作〈寒河遷藏無祀銘〉。（《鵠灣集》「雜著」）

正月，大學士方從哲、吳道南以京察日期未下，復申請，不報。二月，兵科給事中吳亮嗣奏廢弛諸狀，諸如大僚不補，小吏弗敘，用

永錮以塞陞除之路，設長流以待異等之臣。留中。三月，京察，盡
斥東林。七月，貴州苗人起事，潰敗。大學士方從哲復請補考選散
館科道諸臣，不報。

萬曆四十六年戊午（一六一八）　三十三歲

春夏，黃正色來寒河，與元春兄弟讀書河上。（《嶽歸堂》卷三〈憶今
年春夏黃美中與予兄弟讀書河上近聞其客浠川〉）

六月，弟元聲生雙子。（《嶽歸堂》卷四〈迎浦兒詞〉）

秋試前，袁彭年嘗過訪寒河園中，並言王輅知元春事。輅有書托致，
彭年忘置笥中，惟道其款款，倍於得書。元春旋有書寄輅。（《鵠灣
集》卷八〈與王以明〉）

> 《譚友夏合集》卷四〈喜袁述之過園中〉云：「古交相訪十年
> 誠，曾啟園扉看水明。」此為十年後彭年再訪寒河園居時，元
> 春所憶其初訪情景。寒河莊為去年所築，則彭年初訪當去歲以
> 來事。是書云：「湯臨川曾寄〈譚子五篇序〉，竟未報書，湯
> 先生亦死。」亦可佐證，湯顯祖卒於萬曆四十四年。然觀元春
> 去歲夏後與彭年書，尚未涉彭年來訪消息，而此與王輅書云：
> 「不肖即今番復下第，亦不可謂不遇於當時矣。」為赴鄉試前
> 口吻，當去年秋冬至今年秋試前事，姑繫於此。又，是書所述，
> 為初答王輅之作，天啟辛酉，元春應周燦召重出應試，嘗另有
> 一書與輅，此亦可證其為今年秋試前作。
>
> 輅，字以明，公安人。黎平知府格次子。十歲能屬文，甫二十
> 即知法要，頗契無生之旨。袁宏道、中道兩先生少肄業門下，
> 一時如李贄、陶望齡、袁宗道諸先生，俱為性命交。年四十，

以貢授陝西鳳翔別駕。棄官歸茂林著書，以高逸自處。著有《法華》、《般若》諸經解，《小竹林集》詩文若干卷。（同治《公安縣志》卷六）

秋，入郡應鄉試。元春為楚督學葛寅亮所拔，卻坐以文不可解。朝中人彈葛寅亮衡文不正。（《鵠灣集》卷七〈唁葛師讀禮文〉、卷八〈答何綱卿〉）

> 寅亮，字屺瞻，錢塘人，萬曆辛丑進士。督楚學政，杜絕請謁，衡文有精鑒。（雍正《湖廣通志》卷四十一〈名宦〉）

辭別朱之臣。之臣子履、婿張子元出與相見。（《嶽歸堂》卷三〈己未呈無易先生〉）

> 履，字仲素，之臣第二子。最好元春詩。元春又嘗有〈寄送朱仲素〉詩。（《嶽歸堂》卷五）
>
> 子元，名未詳。

嘗見禧公於鍾祥。（《鵠灣集》「雜著」〈跋白兆山桃花岩詩為禧公募藏〉）

> 禧公，楚僧。募《北藏》，歷十五年，汲汲苦行不休。（《鵠灣集》「雜著」〈跋白兆山桃花岩詩為禧公募藏〉、〈自跋禧公卷〉）

十月乙丑，禮部奏：「湖廣提學副使葛寅亮所取士文字乖異，宜將黃中道等降青衣，待歲考定奪。其已中者罰壓二科會試。本官應下吏部議處。」上從之。（《神宗實錄》卷五七五）元春與劉侗、何閎中並在降等之列。（《麻城縣志》「人物志」〈劉侗傳〉）元春遂自謝其諸生。（《鵠灣集》卷七〈先母墓誌銘〉、卷八〈答何綱卿〉）

> 侗，字同人，麻城人。崇禎甲戌進士。客都門，著《帝京景物略》行世。後之吳縣任，卒於維揚舟次。又有《龍井崖詩》、《雉草》、《韜光三十二義》。（雍正《湖廣通志》卷五十七〈人物

志〉、光緒《麻城縣志》「文苑傳」）

周楷有〈聞譚友夏消息〉詩慰問。（《楚風補》卷四十）

有詩答劉敷仁、黃正色、陳沂、龍臨霈四友見憶，述憤激之情。（《嶽
歸堂》卷七〈答劉濟甫黃美中陳沂公龍朗伯四子見憶〉）

沂，字沂公，江夏人。（《復社姓氏傳略》卷八）

時黃正色走避浠川，元春又作〈憶今年春夏黃美中與予兄弟讀書河
上近聞其客浠川〉詩，有「萬曆戊午秋，奇士墜崇岡。是時黃子恐，
鳳啄四海瘡」句。（《嶽歸堂》卷三）

十二月五日，母誕辰，迎元聲子浦兒為子。有〈迎浦兒詞〉。（《嶽
歸堂》卷四）

是年，鍾惺生父鍾一貫補武進縣訓導，為作〈送鍾廣文公任武進文〉。
（《鵠灣集》卷五、《鍾伯敬先生遺稿》卷四〈家傳〉）

一貫，號魯庵。生嘉靖庚戌。諸生，以貢官武進縣訓導。卒天
啟壬戌九月，年七十三。（《鍾伯敬先生遺稿》卷四〈家傳〉、康熙《安
陵府志》卷二十三〈懿行列傳〉、康熙《景陵縣志》卷十一〈人物志〉）

有書致楊鶴父子。（《鵠灣集》卷二〈雲眠居士小傳〉）復有〈寄楊修齡
廷尉〉詩。（《嶽歸堂》卷六）

鶴，字修齡，武陵人。萬曆甲辰進士，授雒南知縣。萬曆四十
年擢御史，尋出督兩淮鹽法，巡按貴州。崇禎元年召拜左僉都
御史，二年，進兵部右侍郎，總督陝西三邊軍務。御史吳牲奏
鶴主撫誤國，帝怒，逮下獄，戍袁州卒。（《明史》列傳第一百四
十八）

僧覺岸卒辰陽。（《鵠灣集》卷六〈岸和尚壙銘〉）

據是銘，覺岸，竟陵僧。有術行，善取予。二年募得《南藏》

歸。欲建閣藏經,歷辰沅溪洞中,採木販之,中疫而死。

四月,金帝以七大恨告天,起兵反明,取撫順。閏四月,命楊鎬經略遼東。六月,工部主事鄒之麟奏群臣謀國不忠,語侵閣部、督臣及言官。台臣交章論之。炒花犯遼東,開、鐵危急。七月,金陷清河等堡,遼東屏障皆失。十二月,吏部奏鄒之麟出位妄言,擅自離任,應革職閑住。

萬曆四十七年己未(一六一九) 三十四歲

二月,偕王時揚、僧凡公遊嵾山。計山中五日,在路十五日。有諸詩紀勝。(《嶽歸堂》「諸稿自題輯錄」〈自題仙室草〉。《嶽歸堂》卷一〈恭謁七章禮玄嶽也〉、卷三〈將至仁威觀復過觀十餘里作〉、〈登太子岩晴望〉、卷四〈虎耳岩山池取藕歌〉、〈觀南岩一帶奇岩歌〉、卷五〈赴嵾示王明甫〉、〈橋上聽青羊澗〉、〈中瓊臺夕思〉、〈從澗上玉虛岩作〉、〈出嵾示王明甫〉、卷六〈自蠟燭以下諸澗趨九渡澗八韻〉、卷七〈上嵾頂〉、〈從頂下澗作〉、卷十〈行嵾中絕句〉,並是時作)

遊畢,有〈與舍弟談山中事〉諸詩。(《嶽歸堂》卷五)旋又有詩寄報蔡復一、朱之臣。(《嶽歸堂》卷三〈衡嵾同異寄報蔡敬夫朱無易二公〉)

居家閑十日,始作〈游玄嶽記〉(《鵠灣集》卷一)。營度又五日,始定稿。(《嶽歸堂》「諸稿自題輯錄」〈自題仙室草〉)

嵾遊所作,結集為〈仙室草〉,有自題。(《嶽歸堂》「諸稿自題輯錄」〈自題仙室草〉)

夏初,泊江夏,與陳翼飛訂交,有詩紀之。(《嶽歸堂》卷三〈江夏晤陳元朋〉)別去,復以詩答贈。(《嶽歸堂》卷八〈發舟答別陳元朋〉)

翼飛,字元朋,平和人。萬曆三十八年進士,宜興知縣。(《千

頃堂書目》卷二十六）

至蘄水，與黃正色、童平寓、王三知、孟登、官撫辰、撫邦兄弟、金甌諸友同遊龍潭，亦有詩。（《嶽歸堂》卷三〈龍潭尋蘇端明所書擊空明石（同黃美中童平寓王五嶽孟誕先官凝之綏之金卜公諸君子）〉）

> 平寓，名未詳，當亦蘄水人。其子鼿命娶黃耳鼎女。鼿命初冠時，從耳鼎讀書寒河園中，時平寓已卒，元春有〈童平寓亡後其子鼿命從婦翁黃以實讀書吾園賀其初冠〉詩紀之。（《未刻詩》卷五）

> 三知，字五嶽，蘄水人。（《復社姓氏傳略》卷八）

> 撫辰，字凝之，蘄水人。應震子。天啟某年貢生，官徐州知州。致仕後飄然物外，號智劍道人。（同上）

> 撫邦，字綏之。順治某年貢生。（同上）

> 甌，字卜公，蘄水人。崇禎壬午舉人。（同上）

尋陸羽泉，有詩留別黃正色、金甌、官撫邦。（《嶽歸堂》卷五〈舟出南溪尋鴻漸第三泉留別美中卜公綏之〉）

循江東下，抵南京。夜訪林古度，有詩志感。（《嶽歸堂》卷五〈夜過茂之病中〉）

> 是詩有「小階沿月入，桐影八年春」句。萬曆辛亥冬，元春抵南京即尋訪古度宅，至今恰值八春。

與鍾惺相見，喜賦詩。（《嶽歸堂》卷五〈南京與伯敬相見〉）惺有詩答之。（《隱秀軒集》詩黃集〈在白門喜譚友夏至相見有詩感答其意〉）案：參拙著《鍾惺年譜》是年譜。

周楷亦至南京，元春與鍾惺各有詩志喜。（《隱秀軒集》詩地集〈己未白門喜周伯孔至讀其詩記前會在己酉歲〉、《嶽歸堂》卷七〈喜周伯孔至白門〉）

五月五日，茅元儀與鍾惺、潘之恒、吳鼎芳、元春等倡秦淮大社，
分賦〈投詩贈汨羅〉。（茅元儀《石民四十集》卷十三〈秦淮大社集序〉、
《嶽歸堂》卷六〈秦淮五日詩賦得投詩贈汨羅〉）元春先有〈贈茅止生〉詩。
（《嶽歸堂》卷三）

> 元儀，字止生，歸安人。坤孫。有大志，好譚兵。崇禎初，以
> 薦授翰林院待詔。尋參孫承宗軍務，改授副總兵官，守覺華島，
> 旋以兵嘩論戍。為詩文，才氣蜂湧，搖筆數千言，倚待立就。
> 有《西峰》、《又峴》諸集。（《列朝詩集小傳》丁集下〈茅待詔元
> 儀〉、《靜志居詩話》卷十九）

> 鼎芳，字凝父，吳縣人。世居西洞庭，為詩蕭閑簡遠，有出塵
> 之致。與范汭刻意宗唐，刊落凡近，有《披襟唱和集》行世。
> 後為高僧（名大香）以終。（《列朝詩集小傳》丁集下〈吳居士鼎芳〉、
> 《靜志居詩話》卷十八）

六月十二夜，吳惟明招泛秦淮，元春同鍾惺諸子分賦。（《嶽歸堂》
卷七〈吳康虞招泛月中得非字〉、《隱秀軒集》詩字集〈六月十二夜吳康虞要泛秦
淮同諸子分賦得舟字〉）

十五日，偕鍾惺、林古度、周楷遊牛首山。（《隱秀軒集》詩玄集〈禮
牛首畫祖像歌〉）有〈牛首閱祖像及鍾子所書各祖始末八十餘軸歌〉、
〈月夜牛首往返作〉諸詩。（《嶽歸堂》卷四、卷七）

十七日，偕宗侯朱睿㷫舟訪其兄朱睿熺水榭。鍾惺同赴，並有詩。
（《隱秀軒集》詩字集〈六月十七日泛溪就青海宗侯水榭看蔣山令弟渤海具舟要
往〉、《嶽歸堂》卷七〈過青海王孫水榭同其令弟渤海舟還〉）

> 青海，當即朱睿熺，字虹漪，封鎮國將軍。弟睿㷫，字渤海，
> 工詩畫。（《金陵通傳》卷六十七〈齊宗朱氏傳〉）

十八日，雨。吳中彥來寓處，冒愈昌同坐。有詩紀之。（《嶽歸堂》卷五〈六月十八日喜雨（彥先攜具過寺與冒伯麟同坐）〉）

> 愈昌，字伯麐，如皋人。為學官弟子，有時名。為怨家所中，浪跡吳楚間。作詩敏捷，游王世貞、吳國倫之門，奉二公為祖禰。有《綠蕉館》等二十餘集。（《列朝詩集小傳》丁集下〈冒秀才愈昌〉、《明詩紀事》庚籤卷七下）

是月，周嘉謨留飲並示以新詩，元春有詩奉贈。（《嶽歸堂》卷五〈周大司農明卿留飲示以新詩奉贈〉）

是夏，與鍾惺過從最密，屢有唱和。嘗偕鍾惺訪王宇、郭天中；又同赴王野招，夜泛秦淮，並有詩。（《隱秀軒集》詩黃集〈出通濟門訪郭聖僕與友夏同往〉、〈過王永啟小閣同友夏時永啟病後〉、〈和友夏拜客觸暑就茂之舍休焉忽伯敬亦至之作〉、〈月夜王太古要泛秦淮同友夏〉、宙集〈訪友夏不值自朝坐至暮始歸〉，《嶽歸堂》卷五〈過王永啟病後閣望〉、〈訪郭聖僕同伯敬〉、〈拜客暑甚就茂之舍休焉忽鍾伯敬周伯孔亦至〉、〈偶出寺伯敬坐至暮留三詩於壁而去〉、〈王太古招同伯敬兄弟舟泛新月〉，並是時作）

> 宇，字永啟，閩縣人。萬曆庚戌進士。官南京武選郎，旋改山東督學參議，又入為戶部郎。著有《經說》、《烏衣集》行世。（雍正《福建通志》卷五十一〈文苑〉、光緒《閩縣鄉土志》敘一〈耆舊錄〉、《千頃堂書目》卷二十六）

> 天中，字聖僕，先世莆田人。其祖以避寇徙秣陵。早失父，性至孝，孤情絕照，迥出流俗。購畜古法書名畫，不事生產，專精篆隸之學，晚年隸書益進。卒，其弟聖胎葬之雨花台右，譚元春題其墓曰郭異人。（《列朝詩集小傳》丁集中〈郭布衣天中〉、陳衍《大江草堂二集》卷十〈郭聖僕傳〉）

野,字太古,歙人。從祖仲房,以稱詩有聞。太古兒時習為詩;稍長,棄博士業,從其兄賈江淮間。兄死,入吳,悅梁溪土風,家於鴻山下。久之,詩益有名,游於金陵,不輕謁人。自選刻其詩一卷。晚年詩頗為竟陵薰染。(《列朝詩集小傳》丁集下〈王山人野〉)

遊雞鳴寺,尋訪徐牟父,有詩贈之。(《嶽歸堂》卷三〈雞鳴寺贈徐牟父〉)

牟父,名未詳,嘉興人。年少有奇情。是年卒,傅汝舟有〈哭徐牟父少年四首〉。(《傅遠度集·箜篌集》卷二)

同唐時、茅元儀、徐牟父集傅汝舟水閣,有詩紀之。(《嶽歸堂》卷五〈傅遠度水閣柳下作(同唐宜之茅止生徐牟父)〉)

汝舟,字遠度,江寧人。國子生。幼孤,負至性,奇崛好古,詩以怪誕著。有《七幅庵》、《唾心集》、《步天集》、《英雄失路集》、《拔劍集》、《箜篌集》、《藏樓集》各一卷。

(《千頃堂書目》卷二十六、《列朝詩集小傳》丁集下〈傅秀才汝舟〉)

同吳惟明、林古度兄弟、吳中彥、鍾快集俞伯彭芥圃,亦有詩。(《嶽歸堂》卷七〈俞伯彭芥圃作(同康虞子丘彥先茂之居易)〉)

伯彭,名未詳,上元人。俞彥伯兄。

同林懋、古度兄弟再過朱睿熺林塘,有詩紀之。(《嶽歸堂》卷五〈又過青海林塘(同子丘茂之)〉)

七月一日,宿天界寺。有〈七月初一夜宿天界寺觀老僧登座施食懺度亡遼將士春亦附薦先魂稽首悲感為之篇〉。(《嶽歸堂》卷三)

三日,初遊茅元儀烏龍潭新居,同遊者宋獻、傅汝舟及茅元儀。有〈烏龍潭閣上看潭中人舟泛二首(同宋獻孺傅遠度茅止生)〉。(《嶽歸堂》卷十)並與元儀各撰〈初游烏龍潭記〉。(《鵝灣集》卷一、茅元

儀《石民四十集》卷二十三）

　　獻，字獻孺，溧陽人。布衣。與茅元儀交好，嘗從孫承宗行邊。
（馬之駿《妙遠堂集》詩黃集卷首署「瀨水宋獻獻孺閱」，茅元儀《石民四
十集》卷二十二〈宋母吳太孺人壽序〉）

七夕，赴吳鼎芳招，再遊烏龍潭，同遊者冒愈昌、許延祖、宋獻、
洪寬、茅元儀。有〈吳凝父七夕招泛烏龍潭尋雨至就泊茅止生森閣
（同冒伯麟許無念宋獻孺洪仲韋）〉。（《嶽歸堂》卷五）與元儀各撰
〈再游烏龍潭記〉。（《鶴灣集》卷一、茅元儀《石民四十集》卷二十三）

　　延祖，字無念，餘未詳。（《文心雕龍》梅慶生刻本卷首「音注校讎姓
氏」）

　　寬，字仲韋，莆田人。萬曆中布衣。（《全閩明詩傳》卷三十五）

十二夜，赴宋獻招，三遊烏龍潭，同遊者潘之恒、林懋、林古度、
鍾惺、茅元儀。有〈七月十二日夜宋獻孺招泛烏龍潭（同景升伯敬
止生子丘茂之）〉詩。（《嶽歸堂》卷七）與元儀各撰〈三游烏龍潭記〉。
（《鶴灣集》卷一、茅元儀《石民四十集》卷二十三）

八月一日，書《簡遠堂詩》自序。（《嶽歸堂》卷首）

十五日，同吳鼎芳、王一翥、茅元儀、張育葵諸友赴棲霞山，有詩。
（《嶽歸堂》卷五〈攝山道中（止生招凝甫子雲同往）〉、卷七〈中秋棲霞作（同
吳凝甫王子雲茅止生張午卿）〉）

　　一翥，字子雲，黃岡人。天啟時負才游京師，魏璫屬趙鳴陽邀
為記室。翥一夕棄其僕，從間道歸。崇禎庚午舉於鄉，後隱廬
山智林十餘載。晚歸黃岡卒。（雍正《湖廣通志》卷五十二〈人物〉、
《楚風補》卷三十，范景文《文忠集》卷五有〈王子雲留響草序〉）

　　育葵，字午卿，江陰人。崇禎戊辰進士，曲江令。有《露園》

詩、文二稿。（《江上詩鈔》卷四七）

是秋，有〈生日柬伯敬茂之〉詩。（《嶽歸堂》卷五）

與范迁結交，互有贈答。（《嶽歸堂》卷五〈茂之席上逢范漫翁〉、卷四〈范漫翁贈予五詩三畫感答其意〉）。嘗為之作〈范漫翁題畫詩引〉。（《未刻古文》卷一）

迁，詳下。

赴俞彥招，同遊者潘之恒、范迁、林懋、林古度、鍾惺、陸顯德，各賦詩。（《嶽歸堂》卷四〈俞仲茅瀋池隔雨聽鼓吹歌〉、《隱秀軒集》詩玄集〈隔雨聽鼓吹歌宴俞仲茅駕部水榭作〉，潘之恒《涉遊草》卷三「己未」有〈俞仲茅司馬席上隔雨聽鼓吹與范漫翁鍾伯敬林子丘茂之譚友夏陸懋孚各賦短歌紀之〉，並附范迁、林古度、陸顯德同詠之作）

彥，字仲茅，上元人。萬曆辛丑進士。性至孝，甫登第即疏乞終養，恬修承志者十六年。母終，授兵部車馬司主事，累官光祿寺少卿。所居容園，水石幽勝。感憤時事，每托詼諧，嘗擬古樂府以寓憂憫。（康熙《江寧府志》卷二十二〈人物〉、道光《上元縣志》卷十九〈仕跡〉、《靜志居詩話》卷十六）

迁，字漫翁，吳興人。（見潘之恒所錄其同詠之作前小傳）

顯德，字懋孚，嘉禾人。（同上）

赴宋珏招，上結霞閣秋望，亦有詩。（《嶽歸堂》卷五〈宋比玉招上結霞閣〉）

珏，字比玉，莆田人。長身玉立，神情軒舉。年三十入太學，僑居武林、金陵間，遍交吳越知名士，以詩歌書畫名於時。尤喜隸書，規橅漢法。後客死吳門。（雍正《福建通志》卷五十一〈文苑〉、錢謙益《初學集》卷六十六〈宋比玉墓表〉、《列朝詩集小傳》丁集

下〈宋秀才珏〉）

王宇將歸閩，與鍾惺並有詩送行；惺並畫古木寒泉，命元春題詩，托寄董應舉。（《隱秀軒集》詩黃集〈送王永啟歸省兼示董崇相〉、《嶽歸堂》卷三〈送王學憲永啟還閩因懷錢塘葛師〉、〈伯敬畫古木寒泉寄董崇相廷尉令予題之〉）

> 應舉，字崇相，閩縣人。萬曆戊戌進士，除南京國子博士，擢吏部文選郎中，陞南京大理寺，歷太常少卿、太僕卿，以工部右侍郎乞歸。年八十三卒於家。有《崇相集》。（《崇相集》卷首所錄《福建通志》本傳、《明史》列傳第一百三十）

有詩寄曹學佺。（《嶽歸堂》卷六〈寄曹能始閩中〉）是冬，學佺有詩答寄閩中。（《石倉詩稿》卷二十六「夜光堂」〈寄答譚友夏〉）

> 學佺，字能始，侯官人。萬曆乙未進士，授戶部主事，量移南大理寺正。累遷南京戶部郎中，四川右參政、按察使，廣西右參政。家居二十年，著書石倉園，有《石倉十二代詩選》盛行於世。唐王立閩中，起授太常卿，遷禮部右侍郎兼侍講學士，進尚書，加太子太保。及事敗，走入山中，投繯而死，年七十四。所著詩文，總名《石倉集》。（《明史》列傳第一百七十六〈文苑〉四、《列朝詩集小傳》丁集下〈曹南宮學佺〉）

為余大成選夢庵題詩。（《嶽歸堂》卷四〈選夢庵為余集生題〉）

> 是詩「不然何以炙手場，把予一篇嗟沉淪」句，當指元春去歲鄉試文字乖異之篇。

> 大成，字集生，江寧人。萬曆三十五年進士。巡撫山東，都御史。（《千頃堂書目》卷二十六）

鍾快歸竟陵，有〈送居易歸迎太公就武進教職因托省家中〉詩。（《嶽

歸堂》卷五）

周楷客揚州，有詩寄懷。（《嶽歸堂》卷五〈伯孔客廣陵寄懷〉）復有詩贈其還家。（《嶽歸堂》卷五〈送伯孔還湘潭〉）

出遊前，與葛一龍相見，有詩答贈。（《嶽歸堂》卷四〈答贈葛震甫〉）一龍先有詩寄元春。（《葛震甫詩集》「新綠齋」〈寄譚友夏〉）

> 一龍，字震甫，吳之洞庭人。由貲生選授雲南布政司理問。卒崇禎庚辰，年七十四。詩有盛名，有《尺木齋》、《修竹編》、《築語》等集。（《列朝詩集小傳》丁集下〈葛理問一龍〉、《靜志居詩話》卷十九、《明詩紀事》庚簽卷二十五）

又有詩答贈魏士前。（《嶽歸堂》卷七〈答贈魏定如儀部〉）

> 案：參萬曆三十九年譜。

夏秋在南京日，文翔鳳嘗往訪寓所，元春作歌贈之。（《嶽歸堂》卷四〈文天瑞見枉寺中作歌為贈〉）

> 翔鳳，字天瑞，三水人。萬曆庚戌進士，除萊陽知縣，調伊縣，遷南京吏部主事。以副使提學山西，入為光祿少卿，不赴，卒於家。有《南極》、《皇極》、《東極》等篇五十卷。（《列朝詩集小傳》丁集下〈文少卿翔鳳〉、《千頃堂書目》卷二十六）鍾惺嘗為作〈文天瑞詩義序〉。（《隱秀軒集》文晨集）

同潘之恒、冒愈昌、洪寬夜泛秦淮分賦。（《嶽歸堂》卷五〈夜泛秦淮得愁字（同潘景升冒伯麟洪仲韋）〉）

過吳惟明宅，同袁素亮等談，有歌。（《嶽歸堂》卷四〈吳康虞宅同袁公寧及李少文談乃歌之〉）

> 袁素亮是年在南京，二月間嘗偕鍾惺、吳惟明、林古度兄弟、范迂赴靈谷探梅。（《隱秀軒集》詩黃集〈雨後靈谷看梅花（同康虞漫

翁子丘茂之袁公寧在二月初八〉〉）案：參拙著《鍾惺年譜》是年譜。

　　素亮，字公寧，世振子，蘄州人。歲貢生。少磊砢不羈，詩文古文詞援筆數千言。與同郡王一翥、吳亮思、曹大聲、易道暹、馮雲路、汪陛延、詹謹之、劉侗，俱有名復社。值寇亂，不屈死。詩文多散佚。（光緒《黃州府志》卷十九、《復社姓氏傳略》卷八）

有詩送岳父還里。（《嶽歸堂》卷三〈送妻父劉悅翁自淮上還里〉）

　　是詩云：「泊情我白門，敝裝夏雲起。鑿翁太古心，誘之遊淮水。」言己是夏來南京而誘翁遊秦淮事。又云：「請翁回嬾婄，數往視吾子。吾子弟所生，奚必綴腹裏。」元春迎弟元聲子浦兒為子見去歲譜，亦可證此為今年事。

出遊吳越。

途丹徒，有〈京口雨進〉詩。（《嶽歸堂》卷五）

泊武進，有〈舟夜寄伯敬〉詩。（《嶽歸堂》卷五）

至無錫，訪尤時純。有〈將至錫山望尤時純〉、〈住尤時純家別去作歌〉。（《嶽歸堂》卷十、卷四）是夏，先有詩寄告。（《嶽歸堂》卷四〈與尤時純別八年矣入秋將過訪錫山先成數語寄之〉）

在時純家，得朱本洽寄書，有詩志感。（《嶽歸堂》卷五〈時純處得朱叔熙寄書朱時守真定〉）

　　本洽，字叔熙，號詠白，大韻從孫。上海人。萬曆癸丑進士，歷官真定知府，永平副使等。（《松風餘韻》卷八）

過蘇州，有〈姑蘇舟中〉詩。（《嶽歸堂》卷五）

泊嘉興，有〈徐牟父曾約同舟訪之嘉興死去二十日矣解纜傷懷而去〉詩。（《嶽歸堂》卷五）

九月五日抵杭州，三旬有五日而後返。（《鵠灣集》「諸稿自題輯錄」〈自

題湖霜草〉）

入西湖，有〈初至西湖〉、〈喜王永啟尚在西湖〉諸詩。（《嶽歸堂》
卷七、卷五）

謁葛寅亮，囑為其父葛大成作傳，累年始成。（《鵠灣集》卷二〈封郎
中葛太公傳〉）

九日，偕王宇遊山，自龍井至十八澗，有詩紀之。（《嶽歸堂》卷三〈九
日同王永啟自龍井尋新庵及十八澗〉、卷五〈遊十八澗贈佛石僧〉）

十五夜，同王宇、聞啟祥、嚴武順、鄒之嶧宿法相寺。又以葛寅亮
招，同王宇諸子淹數日待月。並有詩。（《嶽歸堂》卷五〈九月十五夜宿
法相寺〉、〈月坐法相寺門〉、〈鄒孟陽移具法相宿月（同王永啟聞子將嚴忍公）〉、
〈法相待月（屺瞻師招同王永啟柴文伯湯躋敬鄭士弘僧西生）〉〉

> 啟祥，字子將，錢塘人。萬曆壬子舉於南雍。嘗與李流芳偕計
> 吏入京師，已至國門，忽意不自得，徑趣車返。後屢以薦被徵，
> 悉辭不赴。雲棲標淨土法門，子將篤信之，外服儒風，內修禪
> 律。年五十八卒。有《自娛齋稿》。（雍正《浙江通志》卷一百七十
> 八〈文苑〉、錢謙益《初學集》卷五十四〈聞子將墓誌銘〉、《靜志居詩話》
> 卷二十一）

> 武順，字忍公，嚴調御仲弟，詳下。

> 之嶧，字孟陽，其先世元末鎮撫海寧，四傳徙錢塘，以貲雄里
> 中。孟陽讀書好修，為知名士。不事生產，老而貧困以死。卒
> 崇禎癸未六月，年七十。（《初學集》卷六十〈鄒孟陽墓誌銘〉）

是月，嘗偕王宇自靈隱寺上韜光山眺遠，有詩紀之。（《嶽歸堂》卷
七〈自靈隱寺上韜光秋望（同王永啟）〉）

秋末，西湖逢韓敬，有詩紀之。（《嶽歸堂》卷七〈秋盡逢韓求仲〉）

敬，字簡興，別字求仲，浙之歸安人。萬曆庚戌進士第一，授
修撰。未幾，讁為南行人副。退而校一代之文，為世宗風。（崇
禎《烏程縣志》「文苑」、雍正《浙江通志》卷一百七十九〈文苑〉、《啟
禎野乘》卷七、《明朝百家小傳》本傳）

李流芳復來錢塘，買舟西湖，留連十日，飽看兩山紅葉而歸。（李
流芳《檀園集》卷十二〈題畫冊〉戊午）在西湖喜遇元春。十年神交，一
朝相得，因感而賦贈，並約太湖看梅。（《檀園集》卷一〈西湖喜遇譚友
夏賦贈〉）元春有〈喜李長蘅至〉詩答之。（《嶽歸堂》卷四）

流芳，字長蘅，嘉定人。萬曆三十四年舉於鄉。天啟壬戌上公
車，見瑠焰方張，遂絕意進取。卒崇禎二年，年五十五。工詩
善書，尤精繪事。有《檀園集》行世。（《明史》列傳第一百七十
六〈文苑〉四、康熙《蘇州府志》卷七十〈文學〉、《初學集》卷五十四〈李
長蘅墓誌銘〉）

李流芳此行攜江南三弦客同至，元春為作〈聽李長蘅所攜客弦索
歌〉。（《嶽歸堂》卷四）

時元春宿裏湖，僦舟為屋，日泛西湖之上，出段橋、入西泠，隨興
遊止，前後得詩甚多。（《嶽歸堂》卷五〈近西陵橋邊息舟〉、〈泊堤夜至
昭慶寺〉、〈移宿段橋〉、〈一日兩上孤山作〉、〈鄰舟詩贈鄒孟陽李緇仲〉、〈後
鄰舟詩贈葉行可陸嗣端諸子〉、〈泊舟尋南屏靜室（同西生必慧方平三沙門）〉、
〈夜同慧公過宿南屏衡公〉、〈與永啟移宿裏湖〉等，並是時作）

鄭圭、韓敬、王宇春、嚴調御、鄒之嶧、聞啟祥諸友嘗將小舟尋至，
有詩紀之。（《嶽歸堂》卷三〈裏湖午眠適鄭孔肩韓求仲王季和嚴印持鄒孟陽聞
子將小舟尋至〉）

圭，字孔肩，錢塘人。以明經入官，為令及守，皆在西粵。老

於逢掖,牽率應酬,不能以暇日餘年,竟其修辭居業之志。(《初學集》卷三十二〈鄭孔肩文集序〉)

宇春,字季和,山東參政之麟子。通經汲古,束修厲行。中更家難,事蓮池和尚於雲棲,稱幅巾弟子。卒天啟乙丑,年四十□。(《初學集》卷五十五〈王季和墓誌銘〉)

調御,字印持,餘杭人。太常卿大紀長子。諸生。博雅好古,能琴善書。晚味禪悅,多方外遊。仲弟武順,季弟敕(案:字無敕),亦有名,時號三嚴。有《作朋集》。(《復社姓氏傳略》卷五、《明詩紀事》辛籤卷十七)

有詩感答嚴武順、敕兄弟。(《嶽歸堂》卷五〈答嚴忍公無敕兄弟〉二首)

立冬日,賦〈又聽長蘅所攜客摑鼓歌〉。(《嶽歸堂》卷四)

冬初,同鄒之嶧入靈隱寺看紅葉,有詩紀之。(《嶽歸堂》卷三〈入靈隱寺看紅葉同孟陽〉)在杭日,之嶧嘗遣家僮隨侍,元春有〈戲贈孟陽家僮名綠綺者〉詩。(《嶽歸堂》卷五、《未刻古文》卷二〈寄湖上諸兄〉)

同李流芳、嚴敕過聞啟祥山居,亦有詩。(《嶽歸堂》卷三〈子將山居幽甚是宋人方圓庵遺址與李長蘅嚴無敕同過〉、卷五〈同李長蘅尋聞子將龍井山齋〉二首)

歸前,與李流芳舟寓一日,幽獨共處,有詩感賦。(《嶽歸堂》卷三〈與李長蘅舟寓詩〉二首)

過葛寅亮辭別,有〈別葛師屺瞻〉詩。(《嶽歸堂》卷三)

與王宇再別,有〈重送永啟還閩予亦從湖上西歸〉詩。(《嶽歸堂》卷四)

時嚴、聞、鄒、李諸兄弟有月會,元春緩歸入焉,並賦詩呈別李流芳、王宇春、嚴調御、陳亦因、鄒之嶧、聞啟祥、嚴敕諸友。(《嶽

歸堂》卷六〈入月會詩呈別李長蘅王季和嚴印持陳亦因鄒孟陽聞子將嚴無敕諸兄弟兼懷嚴家忍公往餘杭吾家諸弟在寒河〉）諸友復同過林天素月下聽琴，李流芳有詩紀之。（《檀園集》卷一〈別友夏同孟陽無敕亦因修之君長過林女郎天素月下聽天素彈琴琵琶因索余詩走筆紀事〉）

亦因，待詳。

天素，杭州名妓，莆田人。能詩，有士女風。董其昌謂山居荏苒幾三十年，乃聞閨秀之能畫史者一再出，又皆著於武林之西湖，初為林天素，繼為王友雲。天素秀絕，友雲澹宕，特饒骨韻。（徐沁《明畫錄》卷五、《御定佩文齋書畫譜》卷五十八）

遣使入閩，問候蔡復一，並有詩寄懷。時頗憂於邊患。（《嶽歸堂》卷三〈遣使入閩候蔡敬夫先生寄懷一章〉）

返，過湖州，窮苕雪。與韓敬、俞廷諤、王微、黃令則等遊處，有詩紀之。（《嶽歸堂》卷三〈復留吳興與俞彥直同遊〉、〈泛苕水至夾山漾回舟（同求仲令則）〉、〈自夾山漾泛至草蕩漾（同求仲彥直令則延平諸子）〉、卷五〈過韓求仲同出城看吳興山水〉、〈酬黃令則〉、〈過王修微山莊〉、卷八〈題伯敬畫贈俞彥直〉）

廷諤，字彥直，華亭人。天啟甲子舉人，以博雅稱於時。陳繼儒修郡志，廷諤實佐之。（《復社姓氏傳略》卷三）

微，字修微，廣陵人。常轉舟載書，往來五湖間。自傷七歲父見背，致飄落無所依。先歸茅元儀，後歸許譽卿。詩娟秀幽妍，著《遠遊篇》、《閑草》、《期山草》行世。（《名媛詩歸》卷三十六、《靜志居詩話》卷二十三、《陳眉公先生全集》卷二十二〈微道人生壙記〉）

令則，待詳。

王微出一詩草，囑元春刪定。為作〈期山草小引〉。（《鵠灣集》卷五）臨別，答詩六章。（《嶽歸堂》卷八〈在錢塘吳興間皆逢王修微女冠每用詩詞見贈臨別答以六章〉）

復經無錫，過鄒迪光，有〈訪鄒彥吉先生山莊談宴兩日夜作〉。（《嶽歸堂》卷三）時鍾惺偕林古度遊吳越亦在無錫，歡晤而別，各有詩。

（《隱秀軒集》詩黃集〈譚友夏自越歸晤別於錫山〉，《嶽歸堂》卷三〈梁溪遇伯敬越遊予別去西歸〉、卷五〈無錫答茂之見懷即以為別〉、〈泰伯里與伯敬別〉）

案：參拙著《鍾惺年譜》是年譜。

> 迪光，字彥吉，無錫人。萬曆甲戌進士，授工部主事。累官至湖廣提學僉事。以吏議罷，治園亭於惠麓，與當世名公卿文士遊宴其中，極聲伎觸詠之樂垂三十年。年七十餘乃卒。有集數種，合三百餘卷。（光緒《無錫金匱縣志》卷二十二〈文苑〉、《列朝詩集小傳》丁集中〈鄒提學迪光〉、《靜志居詩話》卷十五）

返南京。作〈又客白門賦得欲歸翻旅遊〉（《嶽歸堂》卷六），葛一龍同賦。（《葛震甫詩集》「新綠齋」〈欲歸翻旅遊為友夏賦同用明字〉）

十一月十一日，與沈春澤初見於蔣樹。春澤舉顧繡尊者一幅為贈，元春作長歌贊之。（《嶽歸堂》卷四〈上海顧繡女中針神也己未十一月十一日與雨若相見蔣樹適有貼尊者二幅舉一為贈時地風日往來授受皆不知為今生相顧歎息乃為歌識於二幅上〉）時又與冒愈昌、宋玨、林懋同集蔣樹分賦。（《嶽歸堂》卷五〈過沈雨若蔣樹得觀字（同伯麟比玉子丘）〉）

> 春澤，字雨若，常熟人。福建參政應科之孫。能詩，善草書、畫竹，折節勝流，輸寫肝膽，遂為吳下名士。大父歿後，不得志於里閈，移家居白門，治園亭，潔酒饌，招延結納，交遊翕集。故有羸疾，發病而死。鍾惺官南都，雨若深所慕好，鄭重

請其詩集，序而刻之。（《列朝詩集小傳》丁集上〈沈秀才春澤〉、《隱
秀軒集》文晟集〈沈雨若時義序〉）

冬至日，同郭天中、沈春澤、宋珏、汪闇夫、寇湄等餞集蔣樹告別，
兼送葛一龍歸洞庭，有詩同賦。（《嶽歸堂》卷七〈長至日蔣樹餞集留別郭
聖僕沈雨若宋比玉汪闇夫寇五姬兼送葛震甫歸洞庭〉、《葛震甫詩集》「新綠齋」
〈長至日沈雨若社集郭聖僕宋比玉譚友夏葉肇禧汪闇夫諸子寇貞秀王慧生蔣子芳
三麗人送友夏還楚予還吳中（同用飛字）〉）

闇夫，名未詳，楚中名士。閉門讀書十餘年，與元春交好。元
春為作〈汪子戊己詩序〉、〈汪闇夫時文序〉（《鵝灣集》卷四）。
又嘗訪其家。其卒，與劉侗同往赤山哭焉。（《嶽歸堂》卷五〈雨
過汪闇夫山庵〉、卷十〈與同人赤山哭汪闇夫〉）案：赤山，疑即黃岡城外
之赤壁山，則闇夫與劉侗同為黃州人。

寇五姬，即寇白門，金陵名妓，名湄，貞秀其字。（葉衍蘭《秦
淮八豔圖詠》）妹瞕如，字貞素，工詩。（徐樹敏、錢岳《眾香詞》）
先是，逢汪闇夫於桃葉渡頭。時闇夫方至南京，出新詩見示，元春
以詩贈之。（《嶽歸堂》卷三〈桃葉渡頭逢汪四闇夫出新詩見示用其二語作起句
贈之〉）〈汪子戊己詩序〉即為闇夫所示新詩作。（《鵝灣集》卷四）
是冬，又嘗同葛一龍、郭天中、宋珏、沈春澤、葉肇禧諸子集朱睿
燇溪園分賦。（《葛震甫詩集》「新綠齋」〈冬夜期聖僕比玉雨若友夏肇禧集
渤海王孫溪園同用溪字〉）

肇禧，待詳。

同吳惟明、宋獻諸子夜集李客星伯仲宅聽侍姬徵曲，有詩紀之。（《嶽
歸堂》卷四〈集李客星伯仲宅隔簾聽侍姬徵曲（同康虞獻孺諸子）〉）

客星兄弟，當為金陵人。餘未詳。

為鍾惺妾吳孟子作〈畫蘭詩〉。葛一龍亦有同賦。（《嶽歸堂》卷十〈畫蘭詩為伯敬姬人作〉、《葛震甫詩集》「新綠齋」〈畫蘭詩為伯敬姬人作〉）先是，十月初六夜，鍾惺在武進夢與吳姬同種五色蘭，以為男子之祥。吳姬許圖之。（《隱秀軒集》詩玄集〈五色蘭卷歌序〉）惺有〈又題畫蘭〉詩詠其事。（《隱秀軒集》詩黃集）

與方應祥晤別南京，有詩贈之。（《嶽歸堂》卷三〈贈方孟旋兵部〉）

　　應祥，字孟旋，西安人。萬曆丙辰進士，授南兵部職方司主事。天啟初，轉祠部郎。歷陞提督山東學政。奉母喪歸，除服而卒，為崇禎戊辰六月，年六十八。發明性學，從學者踵相接。所著有《青來閣初集》、《二集》行世。（雍正《浙江通志》卷一百七十七〈儒林〉、錢謙益《有學集》卷二十九〈孟旋先生墓誌銘〉）

偕宋玨過張可仕園看月，有詩紀之。（《嶽歸堂》卷七〈過張文寺園看月（同宋比玉）〉）

　　可仕，字文峙，以字行，自稱紫淀老人，應天人。都督可大弟。隱居博學，順治甲午病死。所著《紫淀老人編年稿》五十卷，又選《宋元詩》十卷、《明布衣詩》百卷。（《明史》列傳第一百五十八〈張可大傳〉、《千頃堂書目》卷二十八、《明詩紀事》辛籤卷十七）

同潘之恒、冒愈昌、范汪重集俞彥芥圃，亦有詩。（《嶽歸堂》卷五〈重集俞仲茅芥圃（同景升伯麟漫翁）〉）

歸家前，嘗托宋獻代致一書與茅元儀。（茅元儀《石民四十集》卷七十七〈與譚友夏書一（庚申）〉、《鵠灣集》卷九〈與茅止生書〉）

有詩送丘坦還楚。（《嶽歸堂》卷五〈送丘長孺還麻城〉）

　　坦，字長孺，麻城人。萬曆三十四年舉武鄉試第一，官至海州參將。旋棄官歸。坦善詩，工書，極似米顛，與梅之煥、李長

庚、劉侗時相唱和。所著有《南北遊稿》、《楚邱集》、《度
遼集》諸詩。（同治《麻城縣志》卷二十）

又有詩贈別潘之恒。（《嶽歸堂》卷五〈將歸送潘景升〉）為作〈潘景升
戊己新集序〉。（《鵠灣集》卷四）

郭天中送之舟，囑為金、周二老所貽二杖著說以明己意，乃作〈二
杖說〉。（《鵠灣集》「雜著」）

與唐汝詢結識當是年在南京日，汝詢為友索詩，元春異而賦贈二子。
（《嶽歸堂》卷三〈唐仲言為其友籍隱生索詩仲言盲而好書亦異事也因並贈二子〉）

> 汝詢萬曆丙辰始寓金陵，詳其《編蓬後集》。萬曆丁巳，先已
> 與鍾惺晤金陵，惺為作〈贈唐仲言序〉。（《翠娛閣鍾伯敬先生合
> 集》卷二）案：參拙著《鍾惺年譜》萬曆四十五年譜。

> 汝詢，字仲言，雲間人。五歲而瞽，父兄抱膝上，授以《三百
> 篇》及唐詩，無不成誦。旁通經史，能為諸體詩。箋注唐詩，
> 援據該博。（《列朝詩集小傳》丁集中〈唐瞽者汝詢〉）

元春歸家後，寇湄嘗遙寄〈處去詩〉，葛一龍、宋玨有和篇。（《萬
震甫詩集》「新綠齋」〈處去詩同比玉和貞秀遙寄友夏于竟陵〉）

游吳越詩結集作《湖霜草》、《秋冬之際草》，有自題。（《嶽歸堂》
「諸稿自題輯錄」〈自題湖霜草〉、〈自題秋冬之際草〉）

除夕，同王時揚及諸弟守歲寒河，有詩。（《嶽歸堂》卷六〈己未除夕王
明甫留寒河與予兄弟守歲〉）

是年，有詩呈朱之臣，敘次交誼。（《嶽歸堂》卷三〈己未歲呈無易先生〉）

為邑人楊居士作〈重修寶峰山觀音寺碑記〉。（《鵠灣集》卷一）

為僧覺岸作〈岸和尚壙銘〉。（《鵠灣集》卷六）

吳門王留卒。時鍾惺為作〈吳門悼王亦房〉。（《隱秀軒集》詩宙集）

三月，楊鎬所督西路兵與金兵戰於薩爾滸，大敗，總兵官杜松死。
時科臣趙興邦、亓詩教及吏科張延登、御史房壯麗等交章劾夏嘉遇，
借東事發端，黨邪害正，而御史唐濟時等助嘉遇。三黨之勢衰。六
月，金陷開原，總兵官馬林死，改命熊廷弼經略遼東。七月，金陷
鐵嶺。八月，楊鎬下獄論死。九月，百官再伏文華門請臨朝聽政，
諭退之。

萬曆四十八年 泰昌元年庚申（一六二〇） 三十五歲

正月，表兄李純元傳承天知府葉官徵及元春行藏，因致書葉官，謝
其相念相援之意，述己進取之興已敗。（《鵠灣集》卷九〈奉郡尊葉公玉
壺書〉）又作〈承郡使君葉公玉壺徵及近狀寄謝十二韻〉。（《嶽歸堂》
卷六）

> 官，字讓卿，一字玉壺，金華人。萬曆庚戌進士。自刑部主事
> 出守承天三年；政成，擢三楚督學，以父老歸養。後以清望起
> 為荊西道，再晉山東大參，赴任，卒於濟南。（康熙《金華縣志》
> 卷三〈選舉〉）

春，徐惕來。（《嶽歸堂》卷三〈夢徐九〉）適吳中彥亦至，有詩紀之。
（《嶽歸堂》卷三〈杜翁餘徐乾之舟訪適南都吳彥先至〉）

> 惕，字乾之，竟陵太學生。父成位官中丞。生長豪華，而有畸
> 人野客之因。善書，名馳鄉國，鼎彝圖史，摩挲搜討。常鬻田
> 廬供四方人衣食。一日，竹輿遍過親知，夜飲朱氏園亭，歸，
> 未達曙而逝。（康熙《安陸府志》卷二十七〈高雅列傳〉）

有詩答寄王微。（《嶽歸堂》卷十〈答修微女史〉）

出遊江陵，訪江陵縣令夏啟昌不遇，因之公安，有詩紀之。（《嶽歸

堂》卷七〈過江陵訪夏明府不遇因之公安〉）

　　案：檢光緒《荊州府志》卷三十二〈職官志〉，明江陵知縣夏姓唯啟昌一人。

　　啟昌，雲南臨安衛籍，鄉貫江西上饒，萬曆四十四年進士。（《明
　　清進士題名碑錄》）

至公安，訪袁彭年、袁祈年，有詩贈答。（《嶽歸堂》卷三〈公安過袁述
之青蓮庵〉、〈竹谷中答袁未央〉、卷七〈過袁未央竹谷作〉）

　　元春萬曆丙辰赴辰州見蔡復一，亦嘗途江陵、公安，然在早春
　　（其時夏啟昌尚在京應試）；而此諸詩所紀，已見春盛，當今
　　年作。又元春〈過袁未央竹谷作〉有「因思昨夜形神向，相失
　　金陵見頗難」句，亦可證為南京遊歸後作。

歸前，集劉繩之宅，有詩留別公安諸子。（《嶽歸堂》卷五〈集劉繩之宅
留別公安諸子〉）

　　繩之，公安人。與袁宏道、中道交善。

返荊州，時王輅待元春荊州者彌月，入承天寺訪之，贈以詩。（《嶽
歸堂》卷三〈王叟以明待予荊州者彌月入承天寺贈之〉）

舊學師陸公舟酒相送，有詩紀之。（《嶽歸堂》卷七〈別荊州舊學師陸公
舟酒相送過其旁園亭數處〉）

四月，得鍾惺書，謂弟鍾怪嘔血盈升斗，勢將不起。（《鵠灣集》卷
七〈祭鍾叔靜文〉）

五月五日，鍾怪卒於南京。作〈聞鍾叔靜卒于伯敬南邸傷心賦此〉
詩。（《嶽歸堂》卷五）

六月，有程山人投鍾怪所寄二月之書。（《鵠灣集》卷七〈祭鍾叔靜文〉）

三伏日，作〈祭鍾叔靜文〉告怪之靈。（《鵠灣集》卷七）

七月，友徐惕卒。卒前方使使至寒河，貽元春書與筆。（《鵠灣集》

卷七〈哭徐乾之文〉)

二十二日，同王時揚並五弟致祭，有〈哭徐乾之文〉。(《鵠灣集》
卷七)

二十九日，迎鍾怪柩於竟陵，並獲鍾惺書。旋作書答之，語多感慨。
(《鵠灣集》卷九〈答鍾伯敬書〉)

是秋，有詩送魏士前還南京。(《嶽歸堂》卷五〈送魏定如還南儀曹與伯敬
同部〉)

> 是詩云：「官況值茲日，客心方欲秋。地天新主禮，霜露故臣
> 愁。」光宗即位，在今年八月；次月，熹宗嗣位，詩中所言當
> 即是秋事。時鍾惺已授南禮部儀制司主事(參拙著《鍾惺年譜》是
> 年譜)。又〈熹宗實錄〉卷七：「天啟元年閏二月，……陞南京
> 禮部郎中魏士前為河南布政使右參政。」亦可證士前還南儀曹
> 與鍾惺同部唯是秋可能。案：鍾惺嘗為士前作〈陪郎草序〉(《隱秀軒
> 集》文戌集)，當亦在是年秋冬至明年閏二月間。

十月，有夢徐惕詩。(《嶽歸堂》卷三〈夢徐九〉)

十一月十二日，使弟入郢弔唁姨母，作〈傷曹姨母文〉。(《鵠灣集》
卷七)

十二月十八日，始雪。(《嶽歸堂》卷四〈天啟元年隔歲久雪各示譚訥庵〉)

是年秋冬，鍾惺在南京病困，作畫為藥，有書並〈寒河圖〉、〈題
畫〉詩寄示元春。(《鍾伯敬先生遺稿》卷三〈家畫跋〉、《隱秀軒集》詩月
集〈題畫引〉)元春有〈得伯敬南中書作三詩記其新事〉答之。(《嶽
歸堂》卷五)

是年，有弟自黃岡歸，遞何閎中書至，作書答之。(《鵠灣集》卷八〈答
何綱卿書〉)

是書敘萬曆戊午秋闈中去為孝廉、己自謝其諸生事，復道兩年來人以君子視闈中，「因惟恐世之議吾文者，不能遂與綱卿同毀譽也」，知為今年作。又書末敘到西湖與葛寅亮晤言事，則當吳越遊歸不久作。

有詩懷楊鶴。（《嶽歸堂》卷七〈懷楊修齡先生〉）鶴父楊時芳卒是年八月前，元春為作〈雲眠居士小傳〉。（《鵠灣集》卷二）

是詩云：「一詩曾寄到園林，三載懷中未報音。」元春前次寄詩楊鶴在萬曆戊午，至今為三載。又云：「閑卻此人邊事急，明君何可但無心。」知鶴時賦閑在家。

據〈雲眠居士小傳〉，萬曆四十七年，遼陽事壞，楊時芳嘗偕鶴上京，疏七上，以為引用當世膽智公忠之人，則其虜自退。尋鶴中人言，拂衣去。時芳抵家病革而逝。〈傳〉中敘此事稱「今上四十七年」，則當作於泰昌改元前。

時芳，字中行，自號眠雲子。以子鶴封贈侍御。（陳繼儒《陳眉公先生全集》卷四十二〈武陵中行楊公傳〉）鍾惺萬曆乙卯游武陵，嘗贈以詩。（《隱秀軒集》詩宙集〈贈楊太公〉）

寄書周楷，直言規勸其當和性抑躁。（《鵠灣集》卷八〈寄周伯孔書〉）

茅元儀有書寄至，以元春為勝友。（茅元儀《石民四十集》卷七十七〈與譚友夏書一（庚申）〉）元春書答之，復以增損內外、而後為古文盡其說。（《鵠灣集》卷九〈與茅止生書〉）

江寧焦竑卒，年八十。

正月，金兵侵朝鮮，朝鮮請援。御史劉光復獲釋。五月，金略花嶺。七月，金又略王大人屯。神宗死，太子常洛以遺詔罷礦稅、榷稅及稅監。八月，光宗即位。金略蒲河、懿路，敗瀋陽兵。九月，光宗

死,皇長子朱由校即位為熹宗;紅丸案、移宮案起。是歲,賜太監
魏進忠世蔭,旋陞司禮監秉筆太監,改名忠賢。

天啓元年辛酉(一六二一) 三十六歲

歲初,雪未已。

元日,過弟元聲新成之帆閣,有詩紀之。(《嶽歸堂》卷五〈元日雪不已
登四弟遠韻帆閣〉)先是,帆閣落成時,嘗為作〈弟遠韻帆閣成〉詩。
(《嶽歸堂》卷三)

初七,又雪,作〈人日以後又雪歌〉。(《嶽歸堂》卷四)

與譚學遊處,有〈天啟元年隔歲久雪歌示譚訥庵〉、〈雪夜與譚訥
庵同宿〉諸詩。(《嶽歸堂》卷四、卷五)〈譚叟詩引〉即為譚學作。

> 據是引,學,未有字,或呼為訥庵,竟陵人。教童子村中,喜
> 作詩。(《鵠灣集》卷五。傳又見乾隆《天門縣志》卷十七、《楚風補》卷
> 四十三)

攜弟元方赴江、黃,有詩紀之。(《嶽歸堂》卷五〈久雪後同弟正則發舟江
黃〉)

至江夏,有〈泊江夏晤諸故人作〉。(《嶽歸堂》卷六)

> 是詩云:「兩年離此地,一泊見深情。」元春前次泊江夏在萬
> 曆己未夏,故詩當今年作。

至武昌,過訪孟登,有〈孟誕先冷光亭看西山殘雪〉詩。(《嶽歸堂》
卷七)

> 是詩有「春初雪事動精靈」句。去冬今春之雪,為近年來罕見,
> 鍾惺在南京,亦有「雪無暘于庚、辛之冬春者」(《隱秀軒集》
> 詩地集〈五看雪詩引〉)之歎,故元春雖嘗數過武昌,是詩所記當

今年事。

又嘗與禧公相見。（《鵠灣集》「雜著」〈跋白兆山桃花岩詩為禧公募藏〉）

雨過汪闇夫山庵，有詩紀之。（《嶽歸堂》卷五〈雨過汪闇夫山庵〉）

是詩其一云：「只疑白門住，猶未與君還。」當指萬曆己未歲暮與闇夫同在南京事，距今春未遠。又其二云：「欲來非一年，偶泊亦成專。」知為初訪。疑闇夫家在黃岡之赤壁山，元春赴蘄水恰順道經過。（參萬曆四十七年譜闇夫小傳案語）

至蘄水，訪黃正色新居，亦有詩。（《嶽歸堂》卷七〈至黃美中浠川新居〉）

是詩亦有「雪不離晴七百里」、「雨雪無傷高士圃」句。

宿恒度上人庵，有詩贈王三知。（《嶽歸堂》卷五〈宿恒度上人庵中兼贈王五嶽〉）

上引〈至黃美中浠川新居〉有「鄰家況接故人庵」句，其句下小注曰：「王五嶽庵在西鄰。」則元春訪三知庵當與訪正色新居同時。又是詩有「游息嚴冰日，窗開細雨天」句，節候亦合。

暮春，在南京。

與馬士英、林古度遊處，有〈過馬沖然部齋水亭〉、〈尋林茂之新巷答其詩〉。（《嶽歸堂》卷五）

馬士英是年在南京戶部任上，政暇日從鍾惺論文。案：參拙著《鍾惺年譜》是年譜。

馬沖然，即馬士英，貴陽人。萬曆四十三年鄉試，為鍾惺所拔士。次年中會試，又三年，成進士，授南京戶部主事。（《明史》列傳一百九十六、《翠娛閣評選鍾伯敬先生合集》卷三〈壽馬太公序〉）

〈尋林茂之新巷答其詩〉云：「十載過君舍，常靄苔竹痕。不知人已易，仍叩舊時門。」元春自萬曆辛亥冬末抵南京首訪林

古度宅，至今恰有十載。

有詩懷寄商家梅閩中。（《嶽歸堂》卷五〈寄商孟和〉）

是詩云：「忘是何年別，又殘淮水春。」知當在南京作。元春
與家梅別在萬曆壬子冬，時家梅自竟陵從鍾惺入燕。後偕馬之
駿之吳門，復居閩。萬曆己未，元春嘗再赴南京，然夏始發舟
江夏，故當是春作。

與徐波失之交臂，波嘗冒雨追元春至上新河。（《鍾伯敬先生遺稿》附
徐波〈遙祭竟陵鍾伯敬先生文〉）案：參拙著《鍾惺年譜》是年譜。徐波旋有書
至，元春作〈得蘇州徐元歎書〉詩報之。（《嶽歸堂》卷五）

是詩有「書來惟一恨，追我昔江頭」句。

波，字元歎，長洲諸生。棄而為詩人，才思清妙，鍾惺、譚元
春極賞其詩。刻有《證簫堂集》。晚居竺塢，構落木庵。無子，
施為僧院。（康熙《蘇州府志》卷七十四〈隱逸〉）

至無錫，有詩哭尤時純。（《嶽歸堂》卷七〈過無錫哭尤時純〉）

是詩有「梁溪再到即酸然」、「春月茫茫送客船」句，元春前
次到無錫住時純家在萬曆己未秋，是春為再過。

訪鄒迪光，有〈重過鄒彥吉先生惠山園〉詩。（《嶽歸堂》卷六）

返經丹陽，與賀世壽遊處，有詩。（《嶽歸堂》卷五〈丹陽夜步逢賀氏諸
仲〉、〈賀函伯邀尋玉乳泉入小惠山望練湖作〉）

〈賀函伯邀尋玉乳泉入小惠山望練湖作〉有「復從來徑出，步
趾綠芊芊」句，知為春日作。元春自南京赴無錫，惟萬曆己未
與今年，然前遊在秋冬，故當今年事。

世壽，字函伯，丹陽人。萬曆三十八年進士。其父學仁，字知
忍，以鄉貢謁選，授文華殿中書舍人。（光緒《丹陽縣志》卷十九、

〈東林黨籍考〉列傳第三十五）

四月十一日，西還。（《鍾伯敬先生遺稿》附徐波〈遙祭竟陵鍾伯敬先生文〉）

七月十日，友柳太元母八裘，為作〈柳母序〉。（《鵠灣集》卷五）

是秋，閩周爛督楚學，百計致元春入闈，起而應召赴試。（《鵠灣集》卷六〈先母墓誌銘〉）有〈天啟元年復出應試呈莆田周學使者二首〉。（《嶽歸堂》卷三）

> 爛，字鉉吉，號聚九，莆田人。萬曆末提學湖廣，繼葛寅亮之後，品藻精朗，所刻有《方泳錄》、《南華》二編。（雍正《湖廣通志》卷四十一〈名宦〉）

不第，有〈秋菊詩下第後呈周鉉吉督學師〉。（《嶽歸堂》卷五）

有書與王輅。謂冬間欲選刻鍾惺古文。（《鵠灣集》卷八〈與王以明〉二）

時輅近集《遊戲三昧》已刻成，元春為序或即在是際。（《鵠灣集》卷四〈遊戲三昧序〉、《隱秀軒集》文往集〈與王以明〉）

冬，有詩重寄陸夢龍江西。（《嶽歸堂》卷七〈寄九江陸君啟使君詩未達重有此寄〉）時夢龍出為九江道。案：參拙著《鍾惺年譜》天啟二年譜。先是，有〈聞陸君啟使君量移吾郢尋復為九江留鎮悵然有寄〉詩。（《嶽歸堂》卷六）

> 夢龍，字君啟，山陰人。萬曆庚戌進士，授刑部主事。出為九江道，調黔中，累有戰功。歷兗東固原道。崇禎七年，流寇自豫入秦，與賀奇勳、石崇德俱遇害。贈太僕寺卿，諡忠烈。（《明史》列傳第一百二十九、雍正《浙江通志》卷一百六十四）

除夕，為侄篤作〈雨兒除夕撾鼓歌〉。（《嶽歸堂》卷四）

> 是詩有「不知已過十年事」句，雨兒生萬曆壬子十月，至今恰為十年。

是年，有詩為夏乾守備虔州贈行。（《嶽歸堂》卷三〈送夏乾（乾守備虔州）〉）

是詩云：「前年道士磯，送我上越舫。」當指萬曆己未出遊吳越事。既曰「前年」，詩當今年作。

有詩寄懷王宇。（《嶽歸堂》卷五〈寄懷王永啟〉）

是詩云：「未向西湖歷，看君猶眾人。」知為吳越遊歸後所作。

又云：「念予不得已，重浣硯邊塵。」當指今年復出應鄉試事。弟元禮選韓文，閱之，略有損益。（《未刻古文》卷一〈閱兩弟選韓文序〉）二月，日暈見於遼陽。言者請究梃擊、紅丸、移宮三案。三月，金陷瀋陽、遼陽，總兵官賀世賢、石砫土司秦邦屏等戰死，袁應泰自殺。四月，固原、寧夏兵援遼者先後潰於臨銘、三河。六月，以王化貞巡撫廣寧，復命熊廷弼經略遼東。二人不和。九月，永寧土司奢崇明起事，據重慶，破瀘州、遵義。十月，圍成都，建號大梁。秦良玉統兵擊之。是歲，鄒元標入朝，任吏部左侍郎，改左都御史。請召用高攀龍、趙南星等。葉向高再任首輔。

天啓二年壬戌（一六二二）　三十七歲

正月，奢崇明亂成都粗蕩平，元春有感時詩寄蔡復一，並憶朱之臣。（《嶽歸堂》卷三〈天啟壬戌歲感時寄敬夫先生〉）

案：時朱之臣已解井陘兵備職還成都。元春先嘗有〈聞朱無易先生解井陘兵備還成都寄之〉。（《嶽歸堂》卷三）

王輅有書至，旋作〈答王以明遠訊三首〉。（《嶽歸堂》卷九）

是詩有「蜀山兵定人靜，老友天寒信來」句，知書至當是際。二月初，鍾惺自南京歸竟陵。（《鍾伯敬先生遺稿》卷三〈家畫跋〉）元

春作〈喜伯敬自白門到家〉詩。（《嶽歸堂》卷五）

> 是詩有「白下七年人」句，鍾惺自萬曆丙辰歲末僦居金陵，至
> 今可稱七年。

惺旋過訪寒河，元春又有〈伯敬過園中〉詩。（《嶽歸堂》卷七）

> 是詩云：「且坐春風簾影內，七年魂夢正如斯」。當亦今春作。

三月，鍾惺入閩赴福建按察司僉事提督學政任，元春送之黃州。（《鍾
伯敬先生遺稿》卷四〈家傳〉、《嶽歸堂》卷五〈官舟紀夢序〉）有〈送伯敬督
學閩中〉、〈再送伯敬入閩兼寄蔡敬夫先生〉詩。（《嶽歸堂》卷五）
案：參拙著《鍾惺年譜》是年譜。

途江夏，逢賀中男，有〈江夏逢賀可上送之黃州〉詩。（《嶽歸堂》
卷五）時中男將從鍾惺之閩署。（《鍾伯敬先生遺稿》卷一「七言律」〈賀
可上居士曾為予說楞嚴大義癸亥從予閩署重為披剃予出按部歸遂爾言別感賦一
首〉）

> 中男，字可上，永新人。幼穎敏，年十二鄉試第一。及長，博
> 綜群書。談古今治亂，當世要務，目營指畫，立可施行。所著
> 《憂內集稿》佚，行世者《經濟名臣錄》、《楞嚴如說》。（光
> 緒《吉安府志》卷三十三〈文苑〉）

至黃州，偕鍾惺舟泊赤壁，其情景仿佛往歲所夢；惺臨發將別，友
王一翥（字子雲）忽投刺，又與夢中見子雲碑同名。元春因作〈官
舟紀夢〉詩述異。（《嶽歸堂》卷五）

四月八日，過武昌，與孟登住寒溪寺累日。（《鵠灣集》卷五〈孟誕先
母六十文〉）梓武昌舊令陳治安留壁六詩，有詩紀之。（《嶽歸堂》卷三
〈與孟誕先住寒溪寺中見武昌舊令陳鏡清留詩六首中有三鹿魚課之篇讀之感人風
雅之遺也題句紀異約知我者賞之〉）又作〈陳武昌寒溪寺留壁六詩記〉。

（《鵠灣集》卷一）

治安，字鏡清，號汝道，會稽人。萬曆丁巳為武昌令，天啟壬戌補新化令。乙丑，改教豫章之德興。（《鵠灣集》卷六〈廣西古田縣桐木鎮巡簡陳公墓誌銘〉）

返經團風，與劉侗晤別，有〈團風別同人兼寄黃美中〉。（《嶽歸堂》卷十）

是詩有「建奴未死蜀先課」句，指遼警與奢崇明圍成都作亂事，故當是年所作。團風，在武昌與江夏間。

是夏，有詩答寄朱之臣蜀中，慰問亂離之苦。先是，成都圍解後，謝奇舉自蜀歸，遞之臣蜀未噪時所致書。（《嶽歸堂》卷三〈成都圍解後什邡令謝彥甫歸致朱菊水先生書蓋蜀未噪時寄也答懷一章用寫歎聲〉）

是詩有「繁莊竹檻陰，在否知何如」、「忝住靜遠鄉，得使菱芡舒」等句，知為夏日作。

王輅來訪寒河，信宿而還。元春旋有書致之。（《鵠灣集》卷八〈與王以明〉三）

是書謂「近從一古寺榛莽中得一詩人」，即指發現陳治安武昌寒溪寺留壁六詩事，當今年作。又謂「辱翁遠道至，止信宿于竹陰磬聲之中」，亦為夏時光景。

九月二十六日，鍾惺父鍾一貫卒於家。（《鍾伯敬先生遺稿》卷四〈家傳〉）為作〈騷唁詞〉。（《鵠灣集》卷七）

冬，楚督學周爛卒於楚，元春率弟元聲、元禮雨雪走郢門哭焉。有悼詩二首。（《嶽歸堂》卷五〈哭舊督學師周鉉吉先生終於吾郢分司二首〉、《鵠灣集》卷七〈送莆田周師舟櫬文〉）

是年，弟元聲復選韓文於客齋，為作〈閱兩弟選韓文序〉。（《未刻

古文》卷一）

孟登母湯氏六十壽辰，為作〈孟誕先母六十序〉。（《鵠灣集》卷五）
禧公募藏過寒河，元春為書李白〈安陸白兆山桃花岩寄劉侍御綰〉
詩，並作〈跋白兆山桃花岩詩為禧公募藏〉。（《鵠灣集》「雜著」）
僧德清寄《老莊影響論》至，有詩答之。（《嶽歸堂》卷五〈答憨山師寄
老莊影響論〉）

> 是詩有「憨公七十七，貽我一編餘」句，德清生嘉靖二十五年
> 十月十二日，年七十七當在今年。（福善記錄、福徵述疏《憨山老人
> 年譜自敘實錄疏》）

> 德清，字澄印，全椒人。族姓蔡氏。年十二，辭親入報恩寺，
> 與雪浪恩公並事無極法師。北上參遍融、笑岩二老，偕妙峰登
> 公樓北臺之龍門。慈聖皇太后建祈儲道場於五臺，德清與妙峰
> 實主其事。光宗應期降誕，乃棲東海之牢山。十三年而黃冠之
> 難作，坐私造寺院，遣戍雷陽。居五年，住錫曹溪。甲寅，慈
> 聖賓天，詔至，乃慟哭披剃，返初服。於是東游吳越，赴紫柏
> 之葬於雙徑，弔蓮池於雲棲，結庵廬山五乳峰下，效遠公六時
> 刻漏，專修淨業。居四年，復往曹溪，示微疾，沐浴焚香，集
> 眾告別，危坐而逝，天啟三年之十月也。師化之次年，弟子居
> 廬山者，奉全身歸五乳，塔而藏焉。（《列朝詩集小傳》閏集〈憨山
> 大師清公〉）

李維楨起南京太常寺卿，元春為賦八韻。（《嶽歸堂》卷六〈李本寧太史
之任南太常八韻〉）

> 據錢謙益《初學集》卷五十一〈南京禮部尚書贈太子少保李公
> 墓誌銘〉，天啟初，纂修《神宗實錄》，朝議謂宜以李維楨專

領史局，當國者格其議不果行。久之，起南京太常寺卿，稍遷
南京禮部右侍郎，陞尚書。又據《明史》列傳一百七十六本傳，
維楨召為南禮部右侍郎在天啟四年四月，甫三月進尚書。則其
起南太常或在是年前後，姑繫於此。

華亭宋懋澄卒，年五十一。

正月，金入廣寧，又陷義州。河套部犯延綏。奢崇明圍成都百餘日，
至是以內變解圍走瀘州。二月，水西土目安邦彥起應奢崇明，號羅
甸大王，陷畢節，圍貴陽。下王化貞、熊廷弼於獄，論死。五月，
追復張居正官職。顧秉謙因依附魏忠賢，得任禮部尚書。鄒元標在
京師建首善書院，與高攀龍等講學，遂被劾。以趙南星代鄒元標為
左都御史。山東白蓮教首領徐鴻儒起事於鉅野。七月，奢崇明又陷
遵義。八月，命孫承宗督師經略薊遼，復進守寧遠。

天啟三年癸亥（一六二三）　三十八歲

家居。

三月，周燝子、弟來楚迎喪，元春待之江上，為作〈送莆田周師舟
櫬文〉。（《鵠灣集》卷七）

六月初七，鍾惺自閩中歸。（《鍾伯敬先生遺稿》卷三〈與徐元歎〉）遞曹
學佺、王宇、商家梅、徐波各一書，元春因各題一絕句，懷以紀之。
（《嶽歸堂》卷十〈伯敬閩歸得閩中曹能始王永啟商孟和蘇州徐元歎四書各題一絕
句〉）

鍾惺家居日，作〈家傳〉，甫脫稿，輒令童子疾馳送覽。元春於一
幅之中未嘗不乙數字。（《鵠灣集》卷〈環草小引〉）有詩題其傳後。（《嶽
歸堂》卷五〈鍾伯敬作家傳每一傳成令童子越村二十里送觀觀已復持去予因感歎題

其傳後〉）案：參拙著《鍾惺年譜》是年譜。

十月十五日，鍾惺在寒河，別去江夏，有詩二首贈元春。時已知元春以恩貢將北上應京兆試。（《鍾伯敬先生遺稿》卷一「七言律」〈闈歸屢過寒河始有此贈（十月十五夜作）〉）元春旋作和詩二首。（《嶽歸堂》卷七〈伯敬闈歸屢至寒河別去江夏寄贈二詩乃有此和〉）

是月，僧德清卒，年七十八。（參去歲譜）

是年，有書答王啟茂，相約明年遊京師，同往西山尋幽。書由僧海栖代致。（《未刻古文》卷二〈又答王天庚〉）

> 海栖，號寒碧，住白竹寺。披剃公安，飛錫寒河，與譚元春兄弟遊。（康熙《景陵縣志》卷十二〈人物志（仙釋）〉）

常熟瞿汝說卒，年五十九。

正月，安邦彥敗援貴州官兵。二月，御史周宗建疏詆司禮秉筆太監魏忠賢，於是黨禍萌。五月，四川官兵及秦良玉大破奢崇明，崇明走依安邦彥。七月，《光宗實錄》成。閏十月，貴州巡撫王三善大破安邦彥。十二月，始命朝鮮王李倧暫統國事。命魏忠賢提督東廠。

天啟四年甲子（一六二四）　三十九歲

春初，譚學過寒河，示以新作，元春有〈喜譚訥庵持新詩見過予將別之入都〉詩。（《譚友夏合集》卷二）

鍾惺有〈送友夏里選北上應京兆試〉詩贈行。（《鍾伯敬先生遺稿》卷一「五言律」）

蔡復一開府鄖陽，招元春至承天府治鍾祥。（《嶽歸堂》「諸稿自題輯錄」〈自題拭桐草〉）元春有〈蔡先生開府鄖陽遣信招至承天相見作〉詩。（《嶽歸堂》卷五）復一有〈花朝喜譚友夏至鄖〉。（《遯庵詩集》

卷二）

復一先嘗有〈為譚友夏贈寒河即韻之〉詩相寄。（《遯庵詩集》卷一）
元春作〈蔡敬夫先生賦寒河二詩見寄奉答二首又和其來韻二首用呈
懷抱〉報之。（《譚友夏合集》卷一）復一又作〈和譚友夏寒河詩用韻〉。
（《遯庵詩集》卷一）

或是際有詩送葉秉敬遷職去郢。（《譚友夏合集》卷一〈送葉敬君憲副〉）

  是詩云：「西安葉夫子，憲郡二三年。」「今聞君去郢，始一
  摳衣前。」據雍正《湖廣通志》卷四十一〈名宦志〉，天啟初，
  葉秉敬以進士分守荊西。既曰「憲郡二三年」，則其由荊西任
  量移南瑞，當在今年前後。以元春時在鍾祥，姑繫於此。

  秉敬，字寅陽，一字敬君，浙江西安人。弱冠擢省魁，萬曆辛
  丑成進士。榷荊關，有寬政。守大梁，督學中州，士民稱之。
  參江藩，以憂歸。天啟初分守荊西，才識宏遠，博雅好文，公
  餘手不釋卷，與諸生講學，寒暑不輟。尋移南瑞，未行卒。（雍
  正《湖廣通志》卷四十一〈名宦志〉、雍正《浙江通志》卷一百七十七）

二月二十九日，元春抵郢陽。時復一奉命撫黔，偷閒與元春作兩夕
靜談。（《鵠灣集》卷八〈與舍弟五人書〉）

先是，元春有〈寄贈蔡仁夫〉詩。（《譚友夏合集》卷三）時復一作〈代
仁夫弟答友夏和韻〉。（《遯庵詩集》卷三）元春復作〈寄懷仁夫詩蔡
先生得之郢陽代和四首再奉和答二首〉。（《譚友夏合集》卷三）

  仁夫，蔡復一弟，餘未詳。

與復一執別於郢署，作〈以三小物別元履師撫黔各詠以一詩〉。（《譚
友夏合集》卷三）

復一索元春古文稿刻之郢陽，以為過於詩，會督黔不果。（《未刻古

文》卷二〈與劉簡齋總河〉）

三月六日，舟返襄中，北上赴京師。友胡自牧同行。（《鵠灣集》卷八〈與舍弟五人書〉）

自牧，字用涉，武昌人。天啟貢生。（《復社姓氏傳略》卷八）

舟中批完《詩經》之〈商頌〉、〈魯頌〉，擬到京再增減一過，與鍾惺、蔡復一二評同刻，題曰《詩觸》。（《鵠灣集》卷八〈與舍弟五人書〉）

途光化，念母，有〈光化舟中春熱奉懷老母夫人寄六弟元禮〉詩。（《譚友夏合集》卷五、《鵠灣集》卷八〈與舍弟五人書〉）

至均州，不及重登嵾嶺，只閑行到淨樂宮，謁玄后座。（《鵠灣集》卷八〈與舍弟五人書〉）

得諸弟科考信，作〈與舍弟五人書〉，並有書寄鍾惺。（《鵠灣集》卷八）

是春，於《莊子》又看得諸家注，並參訂郭注，始自信為不謬不僻，因名此五六年苦心得趣之書曰《遇莊》，以為《莊子》不可注，或可遇耳。（《鵠灣集》卷八〈與舍弟五人書〉）

輯萬曆庚申至天啟癸亥家居之詩為《拭桐草》，有自題。（《嶽歸堂》「諸稿自題輯錄」〈自題拭桐草〉）

過湯陰，謁嵇紹墓，有詩紀之。（《譚友夏合集》卷五〈湯陰過嵇紹墓〉）

過臨漳，作〈鄴中歌追和鍾伯敬〉。（《譚友夏合集》卷二）

過沙河，有〈沙河過佛圖澄洗腸處〉詩。（《譚友夏合集》卷五）

五月，抵京。（《萬震甫詩集》「築語」〈歌送譚友夏〉）

寓萬福寺，名其堂曰柏鸞堂。與胡自牧、金聲朝夕談文字。（《未刻古文》卷一〈柏鸞堂合藝序〉）

聲，字正希，休寧人。好學，工舉子業，名傾一時。崇禎元年
進士，授庶吉士。改御史。福王立於南京，擢聲左僉都御史，
堅不起。清兵破南京，聲糾集士民保績溪、黃山，被執至江寧
而死。唐王贈聲禮部尚書，諡文毅。（《明史》列傳第一百六十五）

六月六日，馬是隱招集七枝庵看荷花，與熊師旦、傅良選、徐永周
諸友同赴。有詩紀之。（《人琴集》有〈甲子六月六日七枝庵馬是隱招同熊
于侯傅陵九陳無名徐公穆看荷花〉）元春又有〈席上贈馬是隱〉詩。（《譚
友夏合集》卷三）

> 是隱，名未詳，蜀人。時當任京城兵馬指揮職。（《譚友夏合集》
> 卷三〈席上贈馬是隱〉）

> 師旦，字于侯，富順人。萬曆丙辰進士。博洽經史，尤工古文
> 詞，著《晉言全刻》。（雍正《四川通志》卷八〈人物〉）

> 傅陵九，即傅良選，雅州人。萬曆四十七年進士，提刑按察副
> 使，又分守上湖南道（駐永州）。（雍正《湖廣通志》卷二十八〈職
> 官〉、《明清進士題名碑錄》）

> 永周，字公穆，閬中人。崇禎貢生，入清。（《蜀詩》卷十二、《劍
> 閣芳華集》卷十五）

是夏，葛一龍嘗過寺，有〈訪譚友夏于萬福寺〉詩。（《葛震甫詩集》
「築語」）元春亦嘗往訪一龍客舍，並同賦〈見紫薇心動〉詩。（《譚
友夏合集》卷五〈過葛震父客舍見紫薇心動各題二絕句〉、《葛震甫詩集》「築語」
〈見庭中紫薇心動同友夏作〉）

有書答袁彭年，述京中觀感，以為人物仍舊，而破舟漏屋之氣行於
其中，不可結構。又邀其過寒河。（《鵠灣集》卷九〈甲子夏答袁述之書〉）

弟有書報平安，為賦詩二首志喜。（《譚友夏合集》卷三〈得舍弟書自老

母晨昏外惟報園中竹筍荷花喜賦二首〉）

與錢麟翔、張爾葆、馬文治、惲本初、袁祈年、李長科、徐永周集
城東，作〈長安古意社序〉記其事。（《鵷灣集》卷四）

> 是序云：「予來京師，僦居城外寺。……暇則如退院僧，不常
> 接城中人，書亦罕至。自以為雖非學問所得，然躁心名根退去
> 四五，往往有不負師友處。」所言為閉門修養之情狀，非如秋
> 試後酬接日繁、出遊日頻，當試前作。

> 麟翔，字仲遠，桐鄉人。友於元春。（《靜志居詩話》卷十八「譚元
> 春」）

> 爾葆，字葆生，會稽人。大理寺丞汝霖子。官揚州府同知。婿
> 陳洪綬頗得其傳。（《米家四奇詩》卷三）

> 文治，字遠之，平湖人。游京師三十年不遇，歸家杜門。以賢
> 良徵，不赴。乙酉沒於難。（《檇李詩系》卷二十二）

> 本初，字道生，號香山，武進人。諸生，以例貢國子監，居京
> 師三十年不遇。崇禎甲申，舉賢良方正，除內閣中書。棄官歸，
> 更名向。工山水，學董、巨二家法，有《畫旨》四卷。（《復社
> 姓氏傳略》卷三）

> 長科，字小有（一作筱有），江南興化人。崇禎辛巳貢生，懷
> 集知縣。（《皇清詩選》卷十二、《金陵詩徵》卷三十）

八月初六日，竟陵吳文企卒寧夏。（《鵷灣集》卷六〈觀察使吳公白雪墓
誌銘〉）

是月，秋試不第。有詩呈分考傅朝佑。（《譚友夏合集》卷三〈乙榜詩呈
分考傅公右君〉）

> 朝佑，字右君，臨川人。天啟二年進士。刑科都給事中。（《千

頃堂書目》卷二十七）

秋分乍過，同袁祈年、周永年、郭天親等夜過葛一龍，一龍有詩紀之。（《葛震甫詩集》「築語」〈友夏田祖安期聖胎骨侯夜過〉）元春與祈年、永年、天親皆為舊識，此間嘗先後有詩贈答祈年、永年，又嘗過天親齋中，亦有詩。（《譚友夏合集》卷二〈同袁田祖客燕贈之以歌並懷令弟述之〉、卷三〈彌陀寺答周安期〉、卷五〈郭聖胎齋中有石似佛骨詠之〉）

> 永年，字安期，吳江人。少負才名，海內咸以通人目之。晚而扼腕時事，講求掌故，思以桑榆自奮。遭亂坎坷，卜居吳中西山，未幾而歿。所著詩累萬首，又有《虎丘‧鄧尉山志》、《中吳志餘》、《吳都法乘》。（《列朝詩集小傳》丁集下〈周秀才永年〉、康熙《蘇州府志》卷七十〈文學〉）

> 天親，字聖胎，莆田人。郭天中弟。萬曆中國子監生。（《明詩紀事》庚簽卷八）案：《明詩紀事》庚簽卷八郭天中小傳以天中為天親弟，誤，當從陳衍〈郭聖僕傳〉（《大江草堂二集》卷十）所記。

九月九日，與葛一龍、周永年、張爾葆、于燕芳、王約、凌濛初、茅培等集茅維邸中，同賦八韻。（《葛震甫詩集》「築語」〈甲子九日集茅孝若邸中同賦八韻〉、茅維《十賚堂丙集》詩部卷五〈甲子重九日集葛震甫于皍先王開美周安期譚友夏程應止葆生沈定之沈不傾凌初成任厚之都姬月娟邸中限賦八韻分得深字〉）先是，茅維有〈喜逢譚友夏並讀其近集先貽十律〉（《十賚堂丙集》詩部卷三），元春作〈答茅孝若〉二首。（《譚友夏合集》卷三）

> 維，字孝若，歸安人。坤子。不得志於科舉，以經世自負。嘗詣闕上書，不報。與同郡臧懋循、吳稼竳、吳夢暘並稱四子。有《十賚堂集》數十卷。（《列朝詩集小傳》丁集下〈茅太學維〉）

> 燕芳，字皍先，華亭人。夏嘉遇周親。以遼警北上，在京有《燕

市雜詩》。（《松風餘韻》卷八）鍾惺遷閩學前，嘗有〈于訏先北
上過白門持同年夏祠部正甫書相訪策遼事賦此贈行〉。（《隱秀
軒集》詩地集）

約，字開美，昆山人。天啟六年五月客死京師。（張大復《梅花
草堂集》卷八〈王開美祭文〉、卷十五〈哭社友王開美約客死長安〉，《葉
天寥自撰年譜》附《別記》「天啟乙丑四月」條）

濛初，字玄房，號初成，烏程人。稚隆子。為人豪爽俊逸，交
與遍寰區。四中鄉試副榜，時在京謁選。崇禎七年，授上海縣
丞。十五年，擢徐州通判。十七年，李自成薄徐境，濛初已病，
誓與百姓死守，大呼而卒，年六十五。有《雞講齋詩文》、《國
門集》等。（乾隆《烏程縣志》卷六〈人物〉、嘉慶《凌氏宗譜》附〈別
駕初成公墓誌銘〉）泰昌元年，濛初嘗為鍾惺序刻所評《詩經》。
（凌刻《詩經四卷小序一卷》卷首）

培，字厚之，會稽人。工蘭竹。（《明畫錄》卷六）

十九夜，再過茅維邸呈四韻。時將出都。（《十賚堂丙集》詩部卷三〈月
夜讀書邸中友夏再呈四韻時友夏將先出都是夕九月十九日也〉）

秋杪，為葛一龍題詩幽閨人所畫野草。（《譚友夏合集》卷一〈為葛震甫
題幽閨人所畫野草〉）

立冬日，自京發，還楚。登車時，行人楊心湄贈以綿，有詩志感。
（《譚友夏合集》卷五〈登車時楊心湄大行送綿〉）

　　心湄，待詳。

先一日，與馬之駿等集茅維邸，同賦六韻，兼為送行。（《人琴集》
有〈茅孝若社集馬仲良諸君子見送同賦六韻〉、茅維《十賚堂丙集》詩部卷五〈社
集張聖標馬仲良譚友夏于寓邸限賦六韻明日立冬兼送友夏明發得銷字〉）茅維又

有〈甲子京邸贈別譚友夏還楚〉詩。（《十賚堂丙集》詩部卷二）

之駿，字仲良，新野人。萬曆庚戌進士，除戶部主事。歷員外郎中，降廣德州同知，陞應天府通判，調順天。尋復官戶部主事。天啟乙丑，卒於官，年三十八。兄之騏，並有時名，而之駿尤為秀發，與鍾惺同時稱詩。有《妙遠堂集》。（《列朝詩集小傳》丁集下〈馬主事之駿〉、《靜志居詩話》卷十七、乾隆《新野縣志》卷五〈人物（鄉賢）〉）

是秋，赴于奕正招，入西山作數日遊，遂訂交。（《鵝灣集》卷五〈樸草引〉）有諸詩紀勝。譚貞默、袁祈年同遊。（《詩慰初集》于奕正《樸草選》有〈秋游西山同譚友夏譚梁生袁田祖〉。《譚友夏合集》卷一〈觀裂帛湖〉、〈于司直邀入西山紀贈〉，卷二〈香山碧雲寺施朱魚歌〉，卷三〈廣慧庵同譚梁生袁田祖雨宿于司直舊齋〉、〈太和庵前坐泉〉、〈碧雲寺麗甚題之〉、〈煙磬閣夕望贈澹公〉，卷四〈坐來青軒〉，卷五〈入西山〉、〈入水源〉、〈由香山上洪光尋徑〉。《帝京景物略》卷六「西山上」載譚貞默〈來青軒次友夏韻〉、〈到碧雲〉、〈碧雲感懷〉、〈娑羅樹歌〉、〈水源〉，袁祈年〈來青軒〉、〈碧雲寺〉、〈娑羅樹〉，于奕正〈來青軒〉、〈娑羅樹歌〉、〈太和庵前聽泉〉；卷七「西山下」譚貞默〈裂帛湖〉，袁祈年〈裂帛湖〉，于奕正〈觀裂帛湖〉，當皆一時同作。）

奕正，初名繼魯，字司直，宛平縣學生。性好古，嘗集《天下金石志》。其詩名《樸草》。（《靜志居詩話》卷二十一）

貞默，字梁生，嘉興人。崇禎元年進士。（《千頃堂書目》卷二十八）

在京與譚貞默鄰寓。元春五年前在西湖與之初識，此為重逢，有詩紀之。貞默秋試中式。（《譚友夏合集》卷一〈與譚梁生鄰寓詩〉）

先是，入西山日，馬之駿已嘗邀晤，未赴。有詩紀之。（《譚友夏合

集》卷一〈西山道中念馬仲良邀晤今日〉）西山遊返，之駿復以詩見簡。元
春作詩答寄。（《譚友夏合集》卷一〈西山還馬仲良以詩見簡復寄數句〉）

同周永年、陶公亮、陳梁、趙玉成、胡自牧、金聲夜集柏鸞堂看月，
有詩紀之。（《譚友夏合集》卷三〈秋夕集周安期陶公亮陳則梁趙彥琢胡用涉金
正希柏鸞堂看月〉）

> 公亮，太學生。（乾隆《震澤縣志》卷二十四〈人物〉）

> 陳梁，字則梁，初名昌應，字夢張，慕狄梁公為人，因更名字。
> 海鹽人。給事中所學第五子。少入太學，游京師，與魏大中定
> 交。大中被逮，裹糧從之，預為經理後事。喜揚雄、司馬家言，
> 詩文不肯苟下筆。晚歲僧服茹葷，治生壙於郭外，結屋三楹覆
> 之，曰此亳社遺意也。暇輒召客縱飲壙前。有《易疑》、《詩
> 疑》、《个亭集》、《莧園集》。（《靜志居詩話》卷二十一、《復
> 社姓氏傳略》卷五）

> 玉成，字彥琢，號介存，崇禎十年進士。除知長沙縣。（《吳江
> 詩粹》卷十三）

偕袁祈年、張爾葆夜過茅維邸劇談，茅維有詩紀之。（《十賚堂丙集》
詩部卷三〈夜坐空邸友夏偕田祖葆生踏月過尋劇談小飲丙夜別去〉）

獲陳治安四月間寄竟陵書，有詩二首並書報之。（《譚友夏合集》卷一
〈新化令陳鏡清予所刻寒溪六詩者也都門得書感寄二首〉、《鵠灣集》卷八〈寄陳
玄晏書〉）

弟元方鄉試中式，有〈得五弟元方登楚錄信〉詩。（《譚友夏合集》卷
三）時鍾惺亦有〈聞友夏下第喜其第五弟正則薦鄉書〉詩。（《鍾伯
敬先生遺稿》卷一）

久不獲鍾惺音書，有〈懷鍾伯敬久無書至〉詩。（《譚友夏合集》卷四）

惺嘗畫林岩見貽。（《譚友夏合集》卷五〈伯敬畫林岩見貽予兩住司直園舉以為贈因題二絕〉）

兩住于奕正園。嘗同葛一龍、周永年等集奕正園中，各有詩。（《譚友夏合集》卷三〈秋日同震甫安期集于司直園作〉、《葛震甫詩集》「築語」〈于司直雲上閣同安期友夏良季公亮彥琢〉）臨別，舉鍾惺所畫林岩贈奕正，並題五絕二首。（《譚友夏合集》卷五〈伯敬畫林岩見貽予兩住司直園舉以為贈因題二絕〉）

周永年、趙韓、陳梁先後別去，並有詩紀之。（《譚友夏合集》卷二〈周安期忽忽辭去〉、卷三〈趙退之陳則梁夜半叩門告以明日別去〉）

　　韓，字退之，初名京翰，字右翰，平湖人。父刑部郎中維寀，文名動海內。韓復繼起，有大許小許之目。萬曆壬子貢入成均，晚年自號欖生，著有《欖言》、《蠟言》、《蔗言》。（《復社姓氏傳略》卷五）

歸前，馬之駿邀餞，茅維與席，有詩同賦。（《譚友夏合集》卷一〈馬仲良邀餞同茅孝若賦亭皋木葉下〉、《十賚堂丙集》詩部卷二〈贈得亭皋木葉下于馬仲良京兆席送譚友夏還楚〉）元春旋有〈再答馬仲良〉詩。（《譚友夏合集》卷三）

惲本初以畫贈行，有〈惲道生以畫見送並出張葆生顧青霞畫同觀〉詩。（《譚友夏合集》卷二）先已有〈題張葆生贈畫〉。（《譚友夏合集》卷五）

有詩留別葛一龍、張爾葆、馬文治、錢麟翔、惲本初、徐永周、俞廷諤、金聲、陶公亮、于奕正及同邑陳所學、謝奇舉、劉必達、王鳴玉諸友。（《譚友夏合集》卷一〈留歎詩別王六瑞作〉、卷二〈葛震甫洞庭詩人索米久不遂將別感賦〉、卷三〈別張葆生〉、〈留別馬遠之錢仲遠惲道生徐公穆〉、

〈留別謝彥甫劉士徽王六瑞同里諸君〉、〈與俞彥直別五年矣至是又別〉、〈金正希留燕讀書柏鸞堂中念其夏秋間情事殊不易別因有此贈〉、〈奉別陳正甫侍郎〉、卷五〈報國寺看松留別陶公亮于司直〉）

　　鳴玉，字六瑞，竟陵人。天啟壬戌進士，歷給事中，出為陝西參政。有《環草》。（《明詩紀事》辛籤卷十八）元春嘗為作〈環草小引〉。（《鵠灣集》卷五）

　　必達，字士徽，竟陵人。天啟壬戌進士第一，授編修起居注，管誥敕，纂修國史，晉侍講。《神宗實錄》告成，賜金帛，陞春坊右中允，因母老請歸終養，卒於家。服官十餘年，以清正著。（雍正《湖廣通志》卷五十三〈人物〉）

　　所學，字正甫，號志寰，竟陵人。萬曆庚辰進士。初授刑部主事。嘗奉命撫山西，提督雁門等關。旋任總督南京糧儲戶部右侍郎，轉北京戶部左侍郎。歷官至戶部尚書。值楊漣糾劾逆璫事，遂乞歸。隱松石園中，究心內典。行年八十二。有《松石園集》、《會心草》。（康熙《景陵縣志》卷十）元春嘗為作〈松石園歌〉。（《嶽歸堂》卷四）

葛一龍、于奕正等於報國寺送別元春。（《譚友夏合集》卷五〈報國寺看松留別陶公亮于司直〉、《葛震甫詩集》「客雪吟」卷上〈報國寺送譚友夏後盤桓松下同于司直鄔舜五倪不滿得先字〉）一龍有〈歌送譚友夏〉。（《葛震甫詩集》「築語」）元春〈天監七章為報國寺二松賦也〉當是時作。（《譚友夏合集》卷十五）

在京日，嘗過訪羅喻義，有詩贈之。（《譚友夏合集》卷一〈贈羅少司成師莫江〉）

　　羅莫江，即羅喻義，字湘中，益陽人。萬曆四十一年進士。改

庶吉士，授檢討。請假歸。天啟初還朝，歷官諭德，直經筵。六年擢南京國子祭酒。崇禎初，召拜禮部右侍郎，協理詹事府。尋充日講官，教習庶吉士。為溫體仁所傾，家居十年，卒。(《明史》列傳第一百四)

得徐波詩。波友顧凝遠歸吳門，元春有詩托寄並送行。（《譚友夏合集》卷一〈長安得徐元歎詩有寄因送顧青霞還吳門〉)

凝遠，號青霞居士，長洲人。工詩畫，著有《蟋蟀在堂草》一卷、《畫引》三卷。(張慧劍《明清江蘇文人年表》)

為葛一龍作〈題築吟〉。(《鵠灣集》卷九)

池顯方托洪爾蕃致書並《玉屏》、《南參》諸集，草數字答之，仍付爾蕃，旋失。(《鵠灣集》卷九〈答池直夫〉)

顯方，字直夫，同安人。天啟甲子舉人。(《復社姓氏傳略》七)

爾蕃，閩人。有《白雪山樓初集》。(《明文海》卷二百五十一何喬遠〈洪生白雪山樓初集序〉)

同趙鳴陽、周永年、陳梁過利西泰墓弔之，有詩(《譚友夏合集》卷四〈過利西泰墓而弔之（同趙伯雝周安期陳則梁）〉)。

趙鳴陽，字伯邕，號新盤，萬曆四十四年進士。(《吳江詩粹》卷十)

有詩呈贈兵部尚書熊廷弼。時廷弼下獄論死，元春以「明君執政俱無意，自是龍泉有匣時」相慰。(《譚友夏合集》卷五〈贈熊尚書非所〉)

廷弼，字飛百，一作非白，江夏人。萬曆二十六年進士，授保定推官，擢御史。三十六年巡按遼東，繕核軍實，風紀大振。督學南畿，嚴明有聲，旋以事罷。四十七年起大理寺丞兼河南道御史，宣慰遼東。擢兵部右侍郎兼右僉都御史，代楊鎬經略。

　　天啟元年進兵部尚書，兼右副都御史，駐山海關。與巡撫王化
　　貞隙，廷臣多右化貞。化貞兵敗，二年與廷弼並論死。五年八
　　月棄市，傳首九邊。（《明史》列傳第一百四十七）

出城，途長店，有〈夜宿長店書付倪不離還京〉詩。（《譚友夏合集》
卷五）

　　不離，待詳。其還京後，即得與葛一龍、于奕正等盤桓報國寺
　　松下分賦。元春所付書或即與一龍、奕正諸友。（《葛震甫詩集》
　　「客雪吟」卷上〈報國寺送譚友夏後盤桓松下同于司直鄒舜五倪不滿得先字〉）

真定道上，有詩懷朱之臣。（《譚友夏合集》卷四〈真定道上懷舊井陘使君
朱無易先生〉）

十月，過河南汶水，有〈贈同行僧香公〉詩。（《譚友夏合集》卷三）

歸家次日，鍾惺偕弟快、賀中男過訪寒河。有詩紀之。（《譚友夏合
集》卷四〈燕歸明日伯敬同賀可上令弟居易過訪時諸弟他出〉）

弟元方赴京師，有〈送五弟正則會試〉詩。（《譚友夏合集》卷二）

歲暮，鍾惺作七言排律一首感憤時事。（《未刻古文》卷一〈鍾退谷藏詩
跋〉）

除夕，元春有〈甲子除夕和伯敬歲暮感懷之作因示弟輩〉。（《譚友
夏合集》卷四）

正月，貴州巡撫王三善攻安邦彥，遇伏死。尋以蔡復一兼貴州巡撫。
六月，左副都御史楊漣劾魏忠賢二十四罪。台諫黃尊素、李應昇、
魏大中相繼論列，且及客氏。南北臺省攻忠賢疏紛至。國子監祭酒
蔡毅中又率監生千餘人請究魏罪，傳旨切責；工部侍郎萬燝劾魏，
被廷杖死。十月，吏部尚書趙南星、左都御史高攀龍以忤魏罷歸。
十一月，吏部侍郎陳于廷、左副都御史楊漣、左僉都御史左光斗，

皆以忤魏，削職為民。是歲，閹黨王紹徽以東林一百零八人編成《點將錄》。太倉人張溥、張采在常熟組成應社。

天啓五年乙丑（一六二五） 四十歲

春夏際，弟元方下第歸，有〈喜五弟北還〉詩。（《譚友夏合集》卷三）

六月十八日，作〈糶米詩〉二首歎凶歲。（《譚友夏合集》卷一〈糶米詩乙丑六月十八日作〉）

二十一日，鍾惺卒。有〈告亡友文〉。（《鵠灣集》卷七）又漫筆作〈喪友詩三十首〉，告其柩焉。（《譚友夏合集》卷五）

先是，元春嘗過皂市探鍾惺病，有〈皂市問伯敬病勸予究心楞嚴〉詩。（《譚友夏合集》卷四）

是夏，海栖至，有〈喜碧僧再至園中同舍弟遠韻服膺作〉。（《譚友夏合集》卷三）

> 是詩有「已經鶯筍後，相住稻苗辰」、「涼宵收曠野，饑歲樂閑身」句，當是夏事。

僧留數月返，元春復有〈送寒碧還公安〉詩。（《譚友夏合集》卷三）

秋，過沙市，訪袁祈年、袁彭年諸友。有諸詩紀其事。（《譚友夏合集》卷三〈喜袁田祖就晤沙市〉、〈病足沙頭徐銓部嵋雲垂問〉、卷四〈沙市尋袁述之〉、卷五〈病中隔壁聞袁郎與諸女兒歌笑〉）

> 元春〈沙市尋袁述之〉「莫為友朋傷脆弱」句下有小注：「時伯敬新逝。」知此過沙市為今秋事。

八月十五夜，同祈年、彭年及宗室朱其勤宴集，有詩紀之。（《譚友夏合集》卷四〈十五夜月食張樓同朱其勤袁田祖述之之宴集〉）

> 其勤，或即元春〈武陵三遊詩〉中之荊王孫。（《楚風補》卷二十

七有王啟茂〈與袁田祖別二年矣偶同其勤王孫于武陵相值話舊感賦時有遼左
黔蜀之警〉）

十月四日，蔡復一以病終於平越。元春待其櫬於武陵，作〈送少司
馬蔡師閩櫬文〉並詩五首。（《鵠灣集》卷七、《譚友夏合集》卷四〈武陵
待少司馬中丞師蔡公黔櫬五首〉）

客武陵，訪楊鶴父子。有〈武陵舟寓贈楊弱水先生〉詩。（《譚友夏
合集》卷一）又為鶴作〈先隱園題門說〉。（《鵠灣集》「雜著」）

十日，為楊鶴作〈楊修齡先生生日歌〉。（《譚友夏合集》卷二）

遇陸夢龍，時夢龍調黔中，有〈武陵逢陸君啟使君黔還〉詩。（《譚
友夏合集》卷三）

楊嗣昌自桃源歸，示〈舟遊即事〉八首，有詩和答。（《譚友夏合集》
卷三〈楊文弱桃源歸示予以舟遊即事八首和答其意〉）

夢龍、嗣昌及荊王孫各偕之遊德山、梁山、河洑山，有〈武陵三遊
詩〉。（《譚友夏合集》卷三）

識秋水，為詠〈巷中七詩〉。（《譚友夏合集》卷五〈巷中七詩為武陵姬秋
水詠（有引）〉）

　　秋水，武陵姬。旋卒，元春為之傷懷。（同上）

歸家，楊鶴父子等舟送郊外，元春作詩三首留別。（《譚友夏合集》卷
三〈武陵別楊修齡先生同天岳文弱海運及雨諸君扁舟相送郊外遊集遂不成發留詩三
首〉）

十一月二十二日，舅魏良玉卒，為作〈三十四舅氏墓誌銘〉。（《鵠
灣集》卷六）

是月，陳治安遣使來，為祖秀、父爻取銘。元春自為作〈廣西古田
縣桐木鎮巡簡陳公墓誌銘〉，代鍾惺撰成〈將仕郎思野陳公墓誌銘〉。

（《鵠灣集》卷六）

有詩答陳治安書，感鍾、蔡二知己連亡。（《譚友夏合集》卷二〈喪鍾蔡二公得陳鏡清書感答之〉）

除夕，有〈乙丑歲除夕感蔡敬夫鍾伯敬二公之亡賦十二韻示弟〉。

（《譚友夏合集》卷四）

新野馬之駿卒，年三十八。

武林王宇春卒，年四十□。

正月，金破旅順城，旋退。二月，翰林院檢討丁乾學等八人以譏魏，削職為民。三月，金遷都瀋陽。四月，重修《光宗實錄》。六月，下楊漣、左光斗、魏大中、袁化中、周朝瑞、顧大章於獄，誣以受楊鎬、熊廷弼賄。尋皆死。趙南星、李三才、顧憲成等均被削籍。八月，毀天下書院。九月，贈魏忠賢「顧命元臣」印。十月，孫承宗以忤魏罷職，高第代為經略。

天啟六年丙寅（一六二六）　四十一歲

春初，出遊。

途漳鄉，與鮑男卿訂交。臨別，贈以詩，兼寄懷劉侗。（《譚友夏合集》卷一〈別鮑男卿寄懷劉同人〉）

> 是詩有「劉生五年別」句，元春前次與劉侗別團風，在天啟壬戌，距今為五載。

> 男卿，或漳鄉人。餘未詳。

至當陽，遊玉泉、青溪，有諸詩紀之。（《譚友夏合集》卷二〈青溪春雪引〉、〈將到青溪同周汝璞雨宿山家〉、卷三〈青溪寺雪中作〉、〈遊青溪寺觀溫泉上石洞洞為龍女聽法處〉、卷四〈玉泉間步覆舟山響水潭憶同伯敬舊遊〉、卷五

〈客樓〉）

與栗仲芳諸子遊處，有詩題其閣，並贈詩別。（《譚友夏合集》卷三〈為栗仲芳題初月閣〉、卷四〈別栗仲芳諸子〉）

仲芳，當為當陽人。餘未詳。

遊前及遊歸，皆有詩贈當陽令胡汝濟。（《譚友夏合集》卷一〈玉泉歸贈胡汝濟明府〉、卷三〈將往玉泉青溪別胡汝濟明府〉）

案：檢同治《當陽縣志》卷十〈令佐表〉，天啟間任知縣有胡汝川，安居歲貢，當即其人。

過僧無跡，有詩紀之。（《譚友夏合集》卷三〈度門過無跡時公已八十二矣〉）

無跡，當陽度門寺僧。與袁宏道、中道皆交好。其新建玉泉寺，宏道嘗為經理其事。（袁中道《遊居柿錄》四七三條，《珂雪齋近集》卷一〈鬻玉泉松桂庵記〉、袁宏道《瀟碧堂集》卷三〈人日同度門發足上玉泉〉、〈示度門〉）又《遊居柿錄》一○二一條（萬曆四十三年）記曰：「得無跡書，中云：『不肖年七十一……』」。知生於嘉靖二十四年。

有詩寄懷文安之。（《譚友夏合集》卷二〈寄懷文汝止〉）

安之，字汝止，夷陵人。天啟二年進士，改庶吉士，授檢討。遷南司業。崇禎中，就遷祭酒，削籍歸。福王時，起詹事；唐王立，召拜禮部尚書，皆不赴。桂王立，拜東閣大學士，加太子太保，兼吏、兵二部尚書。桂王入緬甸，鬱鬱而卒。有《鐵庵集》。（《明史》列傳第一百六十七、《千頃堂書目》卷二十七、《明詩紀事》辛籤卷十八）

與徐有聲遊。有聲自當陽歸南京，元春有詩贈別。（《譚友夏合集》卷五〈送徐聞復自當陽還金陵〉）

有聲，字聞復，金壇人。登鄉薦，崇禎十三年特擢戶部主事，
歷員外郎、郎中。督餉大同，城陷，被執不屈死。福王時贈太
僕少卿。（《明史》列傳第一百五十四）

家居。

先後得蔡復一弟、婿書問，各有詩感答其意。（《譚友夏合集》卷一〈蔡
師亡後令弟仁夫遺問感答其意〉、卷三〈蔡師亡後得林觀曾書問〉）

　　元春〈蔡師亡後得林觀曾書問〉有「萬里心常苦，鶯聲滿索居」
　　句，知當是春作。

　　林觀曾，名未詳，復一婿。後為復一搜其文而梓之。（《鵠灣集》
　　卷三〈蔡清憲公全集序〉）

閩使旋又遞池顯方書至，有書並詩答寄。（《鵠灣集》卷九〈答池直夫〉、
《譚友夏合集》卷一〈甲子京師得池直夫丙寅家居得書與贈詩因寄之海上〉）

鍾快過寒河園中，有〈居易過小園志感〉、〈園中贈居易〉詩。（《譚
友夏合集》卷三）

　　前詩有「失侶空愁歎，君來暫豁悲」、「饞問堂邊筍，涼添戶
　　下竹」句，後一首有「雖因花事到，兄友固難忘」、「何處同
　　悲切，鐘聲自草堂」句，當鍾惺逝後不久作。惺卒於去夏，而
　　詩中所紀歲時在晚春，應為今年事。

閏六月，京山李維楨卒於家，年八十。（錢謙益《初學集》卷五十一〈南
京禮部尚書贈太子少保李公墓誌銘〉）

秋，徐永周舟訪寒河。有〈喜閩中徐公穆遠訪二首〉。（《譚友夏合
集》卷三）

相與遊晴川、夏口，往來江港數十日夜。與談詩，並為作〈渚宮草
序〉。（《鵠灣集》卷四）永周歸，有長歌贈別。（《譚友夏合集》卷二〈徐

公穆過訪後南遊不果復同舟自夏口至漁洋淥始別作歌紀之〉）

冬，有詩寄答張同甫。（《譚友夏合集》卷一〈潁川張同甫曾訪予都門萬福寺投詩不值而去丙寅冬日閒居有懷始寄答此章〉）

同甫，潁川人。餘未詳。

是年，袁彭年嘗過寒河相訪，元春有詩志喜。（《譚友夏合集》卷四〈喜袁述之過園中〉）

案：參萬曆四十六年譜。

陸夢龍以所作平苗紀事詩十六首見寄索和，元春作歌壯之。（《譚友夏合集》卷二〈監軍沅州使君陸公景郢三山搗苗以紀事十六首見寄索和壯之〉）

是詩云：「前年戰，蔣義寨；今年戰，馬鞍坡。」據《明史》陸夢龍本傳及《明通鑑》，天啟四年，夢龍以總督蔡復一薦，改貴州右參政，監軍討安邦彥。時安邦彥犯普定，夢龍偕總兵黃鉞大敗之蔣義寨。所載三山苗叛，思州告急，夢龍夜遣中軍吳家相進搗其巢，撾苗鼓，聲振山谷，則當今年事。

有詩贈表兄李純元。純元時任陝西布政司左參議。（《譚友夏合集》卷四〈贈表兄李長叔參議〉）

是詩云：「六旬鬢黑四旬斑，自是輸君淡與閑。」知元春年已四十，姑繫於此。

無錫鄒迪光卒，年七十七。

仁和黃汝亨卒，年六十九。

正月，命纂《三朝要典》。金圍寧遠。二月，以袁崇煥為僉都御史，專理軍務，駐寧遠。提督蘇杭織造太監李實，誣劾前應天巡撫周起元及前左都御史高攀龍、吏部員外郎周順昌、諭德繆昌期、御史李應昇、周宗建、黃尊素等，皆遣緹騎逮之。相繼而卒。三月，安邦

彥犯貴州，總理川貴、湖廣軍務魯欽死之。七月，以禮部侍郎施鳳來、張瑞圖、詹事李國楷為禮部尚書兼東閣大學士，預機務。八月，首輔顧秉謙乞歸。九月，皇太極即位。十月，進魏忠賢爵上公。時忠賢復矯旨諭廠衛等訪奸徒，自是民間偶語，或觸忠賢，輒被禽戮，道路以目。

天啓七年丁卯（一六二七）　四十二歲

是年春夏，一再過江夏。（《鵠灣集》卷三〈洪山四面佛庵建藏經閣募疏〉）

與傅良選遊處，有〈鄂城呈傅陵九郡伯話舊〉詩。（《譚友夏合集》卷二）良選四十壽辰，作〈鄂城贈傅陵九郡尊初度〉詩。（《譚友夏合集》卷一）

良選囑選《呂春秋》付塾師，因節錄之，題作《呂蠡》，有〈小引〉。（《未刻古文》卷一〈呂蠡小引〉）

劉敷仁赴竟陵讀書授徒，元春送之入鄉里，主人以雙鶴相贈。並有詩。（《譚友夏合集》卷二〈劉濟甫自江夏至吾里讀書授徒與舍弟遠韻師席相望予身送之主人以二鶴見送濟甫有詩予亦和歌〉、卷三〈送濟甫〉）又作〈友人送雙鶴置之窗間喜題數句〉、〈鶴吟四首〉。（《譚友夏合集》卷四、卷五）

以璫網告密，作〈丁卯夏日有感〉詩。（《譚友夏合集》卷五）

獲李純元手書，書以報之，述己近日野夫行徑。（《鵠灣集》卷九〈答李長叔表兄〉）

　　是書云：「昨偶作六言詩云：『家添鶴鹿三口，僧與琴書半船。問古人中孰比？野夫行徑多偏。』」所言當是年春夏事。案：是詩見《譚友夏合集》卷五，題作〈答俗人〉。

八月，在江夏。

中鄉試第一名。試畢，偕主考官李明睿登黃鶴樓，詩以奉和。（《譚友夏合集》卷二〈奉和座主李太虛翰林黃鶴樓放歌〉）又有詩贈主考官李魯生。（《譚友夏合集》卷一〈贈李都諫座主〉）

> 案：據《熹宗實錄》卷八十四，是年五月辛卯，禮部題各省直考官：簡討李明睿、給事中李魯生湖廣。

> 明睿，字太虛，南昌人。萬曆四十一年進士，授侍講。崇禎中，官中允。順治初仕禮部侍郎，年九十卒。有《四部集》。（《明史》列傳第一百五十三〈李邦華傳〉、《江西詩徵》卷六十五）

> 魯生，沾化人。萬曆四十一年進士，知邢臺、邯鄲、儀封、祥符四縣，擢兵科給事中。由座主魏廣微通於魏忠賢。遷左給事中，典試湖廣，發策詆楊漣。進太僕少卿。崇禎初罷去。（《明史》列傳第一百九十四、《明清進士題名碑錄》）

秋場前一日，戲送夏儀草鞋，有詩紀之，兼寄其舅韓敬。（《譚友夏合集》卷一〈丁卯秋場前一日看童子買草鞋戲送夏長卿兼寄韓求仲太史〉）

> 儀，字長卿，廣德州人。登崇禎辛未進士，授中書科舍人。韓敬甥。嘗佐敬治《文在》、《文閑》二則。其自運制義，獨森然存先正之典則。（《復社姓氏傳略》卷四、馬之駿《妙遠堂集》文霜集〈夏長卿俟草題辭〉）

傅良選觀省還鄂，攜家抵湖南觀察任，元春有詩贈行。（《譚友夏合集》卷四〈傅陵九郡伯入覲單騎歸省秋復還鄂攜家抵湖南觀察任〉）

九月十七日，母魏氏卒弟元禮家。（《鵠灣集》卷六〈先母墓誌銘〉）自江夏奔還。（《譚友夏合集》卷二〈後迎匯兒詞〉引）

十月八日，母柩遷，告廟迎匯為子。匯與前迎元聲之子浦為孿生，

因命匯名笈，字只負；浦名籍，字只收。作〈後迎匯兒詞〉。（《譚友夏合集》卷二）

十八日，鍾惺葬於笑城南。（《鵠灣集》卷六〈退谷先生墓誌銘〉）

廿八日，葬母，祔父白竹臺之墓。（《譚友夏合集》卷三〈丁卯仲冬夜拜伯敬墓訖過其五弟居易家四首〉其二詩注）書李明睿為作壽譚母六十文以告。（《鵠灣集》卷八〈上座主李太虛太史箋〉）

作〈上座主李太虛太史箋〉致謝。（《鵠灣集》卷八）

十一月，嘗夜祭鍾惺墓，投鍾快家，有詩四首志感。（《譚友夏合集》卷三〈丁卯仲冬夜拜伯敬墓訖過其五弟居易家四首〉）

有書答林古度，並錄拜鍾惺墓詩三首以寄。（《未刻古文》卷二〈與林茂之〉）

鍾快有書至，求為兄誌墓，並贄以倪雲林畫。旋作書答之。（《鵠灣集》卷九〈與鍾居易〉）

獲陳梁書，時浙中友人韓敬、嚴調御、聞啟祥、馮振宗等皆相唁，有詩紀之。（《譚友夏合集》卷三〈得海鹽陳則梁書〉）

暮冬，湖廣巡撫姚宗文、巡按溫皋謨垂唁，有詩感賦。（《譚友夏合集》卷四〈中丞姚公直指溫公垂唁感賦（予是年出二公門下）〉）

> 中丞姚公，即姚宗文，慈溪人。萬曆癸未進士。擢太常少卿，坐劾熊廷弼除名，天啟五年復故官，七年擢右僉巡撫湖廣，加右都御史。崇禎初，劾罷。（《明督撫年表》卷五引〈明史稿〉本傳）
> 直指溫公，當即溫皋謨，東莞人。萬曆四十一年進士。熹宗時任湖廣巡按。（光緒《湖南通志》卷一百二十〈職官志〉、《明清進士題名碑錄》）

除夕，同諸弟及妹婿魏繩理、僧真風守歲母塋，感賦十二韻。（《譚

友夏合集》卷四〈丁卯除夕同諸弟及妹婿魏繩老僧真公守歲先慈堂上十二韻〉）時繩理自山中歸，元春有〈妹婿魏木從自山中過住〉詩。（《譚友夏合集》卷四）

> 繩理，字木從，京山魏象先子。娶元春小妹。（《鵲灣集》卷六〈先府君志銘〉）元春於字妹日，嘗作〈妹婿魏繩吾友魏太易子也贈勉二章〉。（《嶽歸堂》卷三）

是年秋冬，作歌寄閩中蔡仁夫，以復一諡清憲、賜祭葬後未即入閩展拜致意。（《譚友夏合集》卷二〈敬夫師易名祭葬後未即入閩展拜傷懷作歌寄仁夫兄〉）

> 是詩有「自公逝矣吾潦倒」、「名未及成萱先槁」句，當指鄉試中式而母卒，憂居未得計偕事。

四月，下前刑部侍郎王之寀詔獄。五月，監生陸萬齡請以魏忠賢配孔子，從之。時天下望風建忠賢生祠。金圍錦州，攻寧遠。七月，罷巡撫袁崇煥。八月，熹宗死，信王朱由檢立。十一月，安置魏忠賢於鳳陽。罷各邊鎮守中官。榜忠賢罪示天下，忠賢自縊死。十二月，以南京吏部侍郎錢龍錫等為禮部尚書兼東閣大學士，預機務。

崇禎元年戊辰（一六二八）　四十三歲

憂居未得計偕。

春，孟登在京應試，不第，元春有書寄其燕邸慰問。（《未刻古文》卷二〈與孟誕先〉其三、其四）

時孟登為蘭陽廣文，與元春屢有書信往來。（同上其一、二、五）又值登五十生辰，元春有〈寄孟誕先初度時在蘭陽〉詩。（《譚友夏合集》卷二。參《楚風補》卷二十五孟登〈壽譚友夏初度五十〉）

暮春，僧崇端過訪，有詩贈之。（《譚友夏合集》卷三〈僧開子過訪贈之〉）

> 崇端，字開子。馬氏子，父隸湘陰郡王校籍。幼捨入天皇寺，長而兼通儒典，一時薦紳多與之遊。有《等庵詩集》，詩沖夷淡遠。（《湖北詩徵傳略》卷三十二〈江陵〉）

仲夏，郭正域妻畢氏六十壽辰，為作〈郭太夫人序〉。（《鵠灣集》卷五）

> 正域，字美命，號明龍，江夏人。萬曆十一年進士，授編修，歷禮部侍郎。以建議奪黃光昇、許論、呂本諡，不果行，遂乞歸。妖書事起，或引正域，將置之死，舉朝不平，事得寢。卒於家，年五十九。光宗即位，追諡文毅。有《批點考工記》、《明典禮志》、《韓文杜律》。（《明史》列傳第一百十四、李維楨《大泌山房集》卷一百九〈郭公神道碑〉、錢謙益《初學集》卷五十一〈郭公改葬墓誌銘〉）

六月初一日，方應祥卒，年六十八。（錢謙益《有學集》卷二十九〈孟旋先生墓誌銘〉）

是夏，與劉敷仁、僧崇端、海栖、諸弟泛舟，有詩紀之。（《譚友夏合集》卷三〈倪航再泛（同友濟甫僧開子寒碧弟遠韻服膺）〉、卷四〈移航至河同劉濟甫僧開子寒碧弟遠韻擬陶月泛〉）

〈退谷先生墓誌銘〉撰成。（《鵠灣集》卷五）

> 據是銘，鍾惺既葬，其弟快乞銘。（參去歲譜）居數月，惺嗣子陔夏復以母黃氏命申焉。則元春撰成是銘，至遲當在今夏。

七月，作〈先母墓誌銘〉。（《鵠灣集》卷五）

弟元禮得湖廣左布政閔宗德館聘，送之入江夏。有〈廬居悲感送六弟服膺入鄂應左伯閔公館聘〉詩。（《譚友夏合集》卷四）

宗德，字景宗，號紈弦，烏程人。萬曆丁未進士。歷官刑部郎、

汝寧守、兵備南贛，晉河南大參，遷湖廣左布政。崇禎二年卒

於藩司之官舍，年五十二。（《鵠灣集》卷六〈湖廣布政司左布政閔公

墓表〉）

八月十五日，值宗德壽辰，招元春、元禮飲署中，元春有詩贈之。

（《鵠灣集》卷六〈閔左伯紈弦中秋初度予與舍弟元禮飲署中因贈〉）

是秋，督學虞公合刻楚中錄科卷、選士卷等，為作〈楚才錄序〉。

（《鵠灣集》卷三）

　　據是序，虞公，金壇人，來典楚科歲二試。事畢，已擢為吾卿。

　　案：疑此虞公即虞德隆，金壇人，萬曆三十五進士，萬曆四十六年由南吏部

　　文選司除補禮部主客司主事，歷員外郎、郎中。（《禮部志稿》卷四十二、

　　四十三）今年十月乙巳，擢南京太僕寺少卿。（《崇禎實錄》卷二）

冬，於先丘古白龍寺建坊金閣，資祖父母冥福。鬻義河庵助閣資，

延僧點雪為閣主。（《未刻詩》卷九〈贈坊金閣雪公〉）點雪曾庵居義河

上一年。（同上）先是，元春有〈義河邊別業欲改作庵訂點雪師弟來

居〉詩。（《譚友夏合集》卷三）

　　雪公，即點雪，楚僧。海栖、海若、寂初為其眷屬。（《未刻詩》

　　卷九〈贈坊金閣雪公〉）年五十，元春有詩為壽。（《未刻詩》卷四〈贈

　　點雪五十〉）

是年，有書寄徐波，譽其祭伯敬文，又謂欲以伯敬寶愛之倪元鎮畫

作倪、鍾二公祠，時以香煙作供，名曰「祠畫」，作〈祠畫記〉，

以繼行鍾、徐之茶訊。（《未刻古文》卷二〈寄徐元歎〉）

復有書與鍾快，言將作〈雲林畫記〉；又制「倪航」，日來飯罷便

上航，夜丙始還岸。時僧海栖居帆閣前後。（《未刻古文》卷二〈與鍾

居易〉其一）

沈惟燿遷洧川令，有詩送行。（《譚友夏合集》卷四〈送沈滄洲令洧川〉）
並作〈題卷送沈洧川序〉。（《鵠灣集》卷五）先是，惟燿為竟陵教諭，
嘗攜第五子永過訪寒河，乞為母遷葬作墓誌銘，並示其弟沈惟炳給
諫書問。元春諾而志之，亦有詩。（《譚友夏合集》卷四〈沈滄洲攜五郎
過訪並示令弟炎洲給諫書問〉，《鵠灣集》卷六〈沈母改葬志銘〉）

> 據是序，惟燿，字滄洲，孝感人。惟炳伯兄。武學教授。嘗潛
> 為楊漣經紀其喪。補改竟陵教諭。莊烈帝即位，由資格遷河南
> 洧川令。
>
> 惟炳，字炎洲，孝感人。萬曆丙辰進士，授香河令。考選刑科
> 給事，會紅丸、移宮二案下廷議，朝士有謀為李選侍翻案者，
> 炳上書力爭；諸黨人欲借熊廷弼株連楚人，炳再疏切言之。又
> 一疏入，而魏璫立枷之法始廢，又爭魏大中、夏嘉遇等不應降
> 級，魏忠賢怒下中旨，降級調外。楊漣死，炳鬻產得數百金以
> 贍其母，梁孟環劾其黨邪害正，削籍。崇禎初起刑科右給事，
> 累遷吏部左侍郎。順治初仍以左侍郎掌部事，尋謝政歸，卒。
>
> （雍正《湖廣通志》卷四十七〈鄉賢志〉）

代丁卯鄉試中式九十六人，為李明睿師作壽序。（《鵠灣集》卷五〈大
座主李翰林公帳序〉）明睿大悅，報之以詩。時明睿四十四初度。（《未
刻古文》卷一〈補壽李老師五十序〉）

有書寄羅喻義。喻義為李明睿房師。（《鵠灣集》卷八〈寄太史羅公萸江
啟〉）

有書並詩奉寄房師陳奎瞻，告明年春夏際，當尋師於嶽麓。（《鵠灣
集》卷八〈奉房師陳奎瞻先生箋〉、《譚友夏合集》卷四〈寄陳湘潭房師〉）

奎瞻，蜀人。（見上〈奉房師陳奎瞻先生箋〉）湘潭縣令。（《沅湘耆舊集》卷二十六謝璜（湘潭貢生）〈同諸弟登萬樓有懷包儀甫陳奎瞻兩明府分得封字〉）案：檢乾隆《湘潭縣志》卷十五〈官師〉，明縣令有包鴻逵（萬曆辛亥年任），同志卷十六〈名宦〉其傳謂「建高峰塔及萬樓以攬形勝」；又有陳文耀，四川人，乙丑進士，崇禎戊辰年任。可據以推知奎瞻當即陳文耀。

有書答韓敬，敘十年之別情。（《鵝灣集》卷九〈答韓求仲書〉）

弟元暉四十初度，有〈小米弟四十感懷成詩〉。（《譚友夏合集》卷一）

廬居之暇，常攜《稼軒長短句》以讀，頗欲下批點。後辛氏後裔重梓，為作〈辛稼軒長短句序〉。（《未刻古文》卷一）

合舊刊己之制藝，重下圈點、評騭，並作〈自訂制藝序〉。（《鵝灣集》卷四）

有白門客來，持元春評訂之金聲文稿與自訂制藝往，為作〈柏鸞堂合藝序〉。（《未刻古文》卷一）

〈弔忠錄〉刻成，因為書序。（《鵝灣集》卷三）

江夏文上人示寂。（《鵝灣集》卷三〈洪山四面佛庵建藏經閣募疏〉）

正月，戮魏忠賢及其黨崔呈秀屍。大計天下吏。時元兇雖殂，其黨徒猶盛。編修倪元璐上疏為東林正名，清議漸明。三月，閣臣施鳳來、張瑞圖罷。贈卹楊漣等冤陷諸臣。四月，以袁崇煥為兵部尚書，督師薊遼。五月，毀《三朝要典》。是夏，戶科給事中瞿式耜請賜諡楊漣、魏大中、周順昌，從之。七月，鄭芝龍降。寧遠兵變。十一月，陝西民眾起事。詔會推閣臣，溫體仁疏訐錢謙益，謙益罷官。十二月，韓爌復入閣為首輔。固原兵變。

崇禎二年己巳（一六二九）　四十四歲

正月二十三日，吳文企葬於竟陵北郭香稻園。其子寅、驥乞銘於元春，為作〈觀察使吳公白雪墓誌銘〉。（《鵠灣集》卷六）

> 據是銘，文企，字幼如，號白雪，竟陵人。萬曆戊戌進士，除南戶部主事。後六年，出守寧波。尋丁母憂去職，家居五年，始補湖州。秩滿，遷江西副使，不赴。偃仰八年，始起家秦中，備兵關西。調寧夏兵糧，兼督學政，卒於官，年六十一。

是月，嘉定李流芳卒，年五十五。（錢謙益《初學集》卷五十四〈李長蘅墓誌銘〉）

二月二十七日，閔宗德卒官舍，年五十二。（《鵠灣集》卷六〈湖廣布政司左布政閔公墓表〉）

是春，有詩贈僧點雪。（《未刻詩》卷九〈贈坊金閣雪公〉）時弟元聲舉憨僕贈雪公，並有詩紀其事，元春有〈遠韻弟施憨僕與雪公有詩和之〉。（《未刻詩》卷四）

> 據元春〈贈坊金閣雪公引〉，點雪去冬為坊金閣主，裹足不出山，「山地荒固，鋤鋘為命，井畫畦畖，雨灌交青，桐亦初有陰蔭」，當入閣不久事。〈遠韻弟施憨僕與雪公有詩和之〉又有「夜春僧盡力，春牧主同心」、「鋤存原上草，漑致圃邊陰」等句，為同一景象。

出遊湘潭，四月初始返。

> 《鵠灣集》「雜著」〈題周氏遊宴詩後〉云：「予再過潭中周伯孔帆園，尋十四年前竹樓草亭，已不可得。」元春前游湘潭在萬曆乙卯，距今為十四年。

過嘉魚，訪金聲家，其仲弟招飲。有詩紀之，並寄聲京師。時聲得

選庶吉士。（《譚友夏合集》卷四〈金正希學道人也新官庶常貽書相迪舟過其家仲氏招飲因寫寄燕中〉）

過岳陽、洞庭，皆有詩。（《譚友夏合集》卷五〈趁風過岳陽示僧寒碧〉、〈重過洞庭〉、〈洞庭舟中示琴伴涂客之〉）

至湘潭，先後過周楷、周侯家，各有詩。（《譚友夏合集》卷三〈湘岸過周伯孔〉、〈湘潭客周宜一齋中〉）

> 侯，字宜一，號乳庵，湘潭人。嘗以薦仕教諭。（《沅湘耆舊集》卷三十九、《楚風補》卷四十三）

未赴傅良選永州約，有〈負傅陵九觀察永州約至湘寄之〉詩。（《譚友夏合集》卷一）

謁陳奎瞻師，有詩紀之。（《譚友夏合集》卷四〈湘潭謁陳闇然房師〉）與其鄉程子飲署中，作〈湘署跋程子小文〉。（《鵠灣集》「雜著」）

結識易貞吉，有詩贈之。（《譚友夏合集》卷三〈贈易順之〉）

> 貞吉，字順之，武陵人。崇禎貢生。（《復社姓氏傳略》卷八）

賦詩八韻贈李騰芳。（《譚友夏合集》卷四〈湘潭贈李宗伯八韻〉）

> 騰芳，字子實，湘潭人。萬曆二十年進士，選庶吉士，屢遷左諭德。與昆山顧天埈善，先後投劾歸，時遂有顧黨李黨之目。貶太常博士。光宗立，擢少詹事，署南京翰林院。旋拜禮部右侍郎。天啟初，以故官協理詹事府，尋改吏部左侍郎。崇禎初，以禮部尚書協理詹事府。有《李湘州集》。（《明史》列傳第一百四、〈啟禎野乘〉卷一）

赴周楷招，與周聖權、周侯、謝璜等同集湖岳堂，泛舟湖蕩，泊萬樓，分韻賦詩。（《譚友夏合集》卷一〈周伯孔移家湖岳堂招集兄弟友朋歌姬觀湘漲因具舟泛遍歷湖蕩諸處下泊萬樓鼓吹大作分韻記事得原字〉、《沅湘耆舊集》

卷三十九周聖權〈己巳春日同譚友夏謝仲玉伯孔兄宜一弟秋若侄游萬樓分韻得流字〉〉並有〈題周氏遊宴詩後〉記其事。（《鵠灣集》「雜著」）

　　聖權，字仲辰，周（聖）楷弟。（《沅湘耆舊集》卷三十九）

　　璜，字仲玉，湘潭明經。有《此園詩》、《益楚初集》、《燹餘集》。（《楚風補》卷三十七、《沅湘耆舊集》卷二十六）

作〈湘雨歎二首〉（《譚友夏合集》卷五），周楷和之。（《楚風補》卷四十周楷〈和友夏湘雨歎〉）

歸，有〈潭發留別謝仲玉易順之周伯孔宜一仲辰秋若諸子返棹湖岳堂作〉。（《譚友夏合集》卷五）另有詩贈別謝璜。（《譚友夏合集》卷三〈別謝仲玉〉）

遊昭山，有詩。（《譚友夏合集》卷五〈登覽昭山〉）

過長沙，有〈岳麓山下送周宜一還棹〉詩。（《譚友夏合集》卷五）

四月八日，復過洞庭，有詩紀之。（《譚友夏合集》卷五〈四月八日過洞庭湖〉）

歸家後，作〈祝釐篇送傅陵九觀察進表〉。（《譚友夏合集》卷一）

八月，弟元暉卒，年四十一。（《鵠灣集》卷六〈家仲氏墓誌〉）

九月九日，省視仲弟櫬畢，同鍾快、李仲含、點雪等夜飲塔閣，有詩紀之。（《未刻詩》卷四〈重九省視仲弟櫬畢同居易仲含雪公師弟塔閣飲月下作〉〉）

　　仲含，與兄伯澄俱師事元春，當為江夏人。元春嘗有〈為友人李伯澄仲含贈其家隱君〉（《未刻詩》卷三）。據此詩，伯仲或即元春〈為二李觸其尊公文〉（《鵠灣集》卷五）之李潑、李瀾，諸生。

又有〈秋夜作示李仲含〉三首，傷仲弟逝。（《人琴集》）

是秋，劉侗、黃城、龍臨霽過訪竟陵，夜登帆閣，有詩紀之。（《譚友夏合集》卷三〈劉同人龍朗伯黃宗之見訪夜上帆閣〉）旋歸，有〈園中送劉子侗黃子城龍子臨霽歸舟〉詩贈別。（《譚友夏合集》卷一）

由上詩，知臨霽，字朗伯；城，字宗之。

孟登寄書、儀並挽元暉詩至，有書感答之。（《未刻古文》卷二〈與孟誕先〉其六）

十月十日，楊鶴六十誕辰，元春有詩寄壽。時鶴以左副都御史兼兵部右侍郎總督陝西三邊軍務。（《譚友夏合集》卷二〈十月十日篇寄壽楊修齡先生六秩時巡撫三邊〉）

十一月十四日，元暉百日祭，作〈百日詩哭仲弟小米作〉三首。（《譚友夏合集》卷一）

是冬，李明睿歸省南昌，作詩四首呈寄。（《譚友夏合集》卷三〈李師奉旨歸省南昌呈寄四首〉）並有書寄之南昌。（《未刻古文》卷二〈寄李太師座師〉一）

是年，鍾惺逝五載，有告其妻黃氏文。（《鵠灣集》卷七〈告鍾嫂黃宜人文〉）

友聞啟祥喪母憂居，遺書囑為母傳。作〈聞母傳〉。（《鵠灣集》卷二）

漢川周嘉謨卒，年八十四。

正月，詔定逆案。三月，薊州兵變。以左副都御史楊鶴總督三邊。六月，薊遼總督袁崇煥殺總兵毛文龍。八月，總督雲貴、川廣軍務朱燮元討水西，平之。十一月，金攻遵化，京師戒嚴。召前大學士孫承宗復為兵部尚書兼中極殿大學士，視師通州。十二月，下袁崇煥錦衣衛獄。以周延儒、何如寵、錢象坤並為禮部尚書兼東閣大學

士，預機務。

崇禎三年庚午（一六三○）　四十五歲

春初，過江夏，拜洪山四面佛庵。（《鵠灣集》卷三〈洪山四面佛庵建藏經閣募疏〉）

邀劉德徵來園看桃花，與李仲含、弟元聲、元亮集花下。德徵出所作文示之，為作〈劉德徵二十義序〉。（《未刻古文》卷一）德徵歸，有〈桃花下送德徵過訪歸家即之吳越〉詩。（《未刻詩》卷二）

　　德徵，當為江夏人，餘未詳。

暮春，置竹鵲亭。李仲含將歸，有詩送行。（《譚友夏合集》卷一〈置竹鵲亭將竟送李仲含歸〉）先是，仲含嘗代元春刪園中竹，亦有詩紀之。（《譚友夏合集》卷三〈仲含代予刪竹〉）

仲夏，禧公募藏復來過，一夕別去。作〈自跋禧公卷〉記其事。（《鵠灣集》「雜著」）又寫一書與黃城。（同上）

秋，弟元聲、元禮赴江夏應鄉試，有詩送行。（《未刻詩》卷九〈送四弟六弟秋試〉）弟元方附舟同行，亦有詩戲示。（《未刻詩》卷九〈諸弟省試五弟亦附舟入鄂戲示〉）

有書寄弟元聲、元禮江夏，言及朱花閣成。時胡恒、龔兩皆歸竟陵，龔兩泊宿寒河園中。（《未刻古文》卷二〈寄四弟六弟江城〉）

　　恒，字公占，竟陵人。萬曆乙卯舉人，官川南道。兄懷（字公遠），官戶部郎。（《楚風補》卷二十六）恒與元春交善，其教諭江夏，元春有詩送之。（《未刻詩》卷四〈送胡公占諭江夏〉）

　　龔君路，即龔兩。（參詳崇禎八年譜）

元禮鄉試中式。（雍正《湖廣通志》卷三十五〈選舉志〉「崇禎三年庚午鄉試

榜」）時黃景昉為主考官，因過江夏與晤，贈以詩。（《未刻詩》卷五
〈黃可遠太史典試得六弟元禮因有晤贈〉）

> 案：據《崇禎長編》卷三十四，是年五月丙午，遣編修黃景昉、吏科給事中
> 鍾炌主考湖廣。
>
> 是詩有「才聞棘撤吾帆掛，秋蟹秋鯿漢水長」句，知是年秋闈
> 後即過江夏。
>
> 景昉，字太稚，晉江人。天啟五年進士，由庶吉士歷官庶子，
> 直日講。尋進少詹事。崇禎十五年，與蔣德璟、吳甡並相。明
> 年加太子少保，改戶部尚書、文淵閣大學士。引歸。唐王時，
> 召入直，復告歸。國變後，家居十數年始卒。（《明史》列傳第一
> 百三十九）

友李士傑卒江夏，年五十。（《鵠灣集》卷六〈李朱實壙銘〉）

> 據是銘，士傑，字朱實，竟陵人。邑廩生。教其弟子侄，元春
> 弟元禮、元亮亦皆出其門。投誠釋氏。以是年秋同長子權應鄉
> 試，卒於江夏，年五十。女一，許字元春次子籍。

時有〈夢李朱實〉詩哭之。（《未刻詩》卷二）

冬末，偕元方、元聲赴京應試，有〈偕正則服膺兩弟公車答別遠韻
擬陶兩弟〉詩。（《未刻詩》卷九）

時葉官復起家荊西分司，元春喜用前贈十二韻寄呈。（《未刻詩》卷
六〈葉玉壺使君守郢時有奉贈十二韻歸臥十年復起家荊西分司喜用前韻寄呈〉）

> 元春前次贈葉官十二韻，在泰昌元年，歸臥十年，復起為荊西
> 道。是詩又云：「所行燕雨雪，厥念越江湖。」前句當指元春
> 冬末赴京師，後句謂葉官家居金華，故乃是際作。

是年，劉侗北學而燕遊，元春賦長歌一篇送行。（《譚友夏合集》卷一

〈送劉同人北學四十二句〉）

《帝京景物略》卷首劉侗〈敘〉云：「侗北學而燕遊者五年……」

〈敘〉作於崇禎八年冬至後二日，可推知其入太學在今年。

正月，大學士韓爌罷。兵部侍郎劉之綸敗績於遵化，死之。賜一祭半葬，任一子。時京東列城多失守。六月，詔以洪承疇巡撫延綏，杜文煥為總兵官討賊。以禮部尚書溫體仁、吳宗達並兼東閣大學士，預機務。十二月，逮故輔錢龍錫下獄。

崇禎四年辛未（一六三一） 四十六歲

春初，途呂堰鎮，有〈呂堰雨〉詩。（《未刻詩》卷九）

過新野，有詩弔馬之駿。（《未刻詩》卷四〈新野弔馬仲良〉）

過鄭州，有〈雨中鄭州〉詩。（《未刻詩》卷九）

抵京師，寓于奕正園，有詩紀之。（《未刻詩》卷二〈到京寓故人于司直七丈園〉）

會試不第，有〈榜下詩〉。（《未刻詩》卷九）

弟元禮同于奕正、劉侗作〈長安即事六賣詩〉（《楚風補》卷三十錄有譚元禮〈賣衣〉一首），元春和之。（《未刻詩》卷四〈弟服膺與友人司直同人作長安即事六賣詩愛而和之〉）

時元禮中進士。（《鵠灣集》卷六〈家仲氏墓誌〉）元方僅中乙榜。（《未刻詩》卷九〈報國寺中列五六弟〉）

侍李明睿師於京邸，為釋夢，勸其「韜光」。（《未刻古文》卷一〈補壽李老師五十序〉）

友胡自牧卒，有詩三首悼之於京。（《未刻詩》卷二〈悲胡子用涉〉）

與黃震象識面，甚快。（《未刻古文》二〈答黃交侯〉）

震象，字交侯，廬陵人。崇禎庚午舉人。（《復社姓氏傳略》卷六）

歸，元方、元禮並諸友送別報國寺，元春有〈報國寺中別五六弟〉、〈報國寺留別諸友〉諸詩。（《未刻詩》卷九）又有〈出京詠報國寺松〉詩。（同上）

與周寧爾相逢河朔道上，語及其母賢。旋有文紀之。（《鵠灣集》卷五〈紀大冶周子河朔道中語表其節母〉）

> 據是文，周無畏，大冶人。天啟甲子舉人。檢《湖廣通志》卷三十五〈選舉志〉「天啟四年甲子鄉試榜」，唯周寧爾為大冶人。

夏，家居。有詩寄元方、元禮京中。（《未刻詩》卷五〈寄五弟第六弟京中〉）又有詩寄于奕正。（同上〈歸息林居寄于司直〉）

秋，弟元聲四十壽辰，有詩紀之。（《未刻詩》卷五〈遠韻第四十〉）

> 是詩「呼君作仲即含悽」句，謂仲弟元暉已卒，元韻為仲；「將文角弟易金閨」句，謂令其弟元方、元禮應試京師換取朝官。故當今年作。

不數日，逢己生辰，有詩示四弟元聲。（《未刻詩》卷九〈生日示四弟〉）

家居日，邑友王鳴玉由給事中謫江右，有二詩送行。（《未刻詩》卷四〈送王六瑞給事謫江右〉、〈送遷客（再贈六瑞）〉，《鵠灣集》卷三〈廬山西林寺修佛殿文〉）

> 〈送遷客〉云：「昨逢京國老，頗有念君人。」知元春當自京師返不久。

是年，弟元禮給假歸里，葬兄元暉，而後之官，元春作〈家仲氏墓誌〉。（《鵠灣集》卷六）

李維楨、周嘉謨同時卹典，作〈二祭葬詩〉。（《未刻詩》卷五〈二祭

葬詩一為京山禮部尚書李公維楨一為吾邑吏部尚書周公嘉謨二公年德可述又卹典
同時春曾被知獎作詩志之二首〉）

> 錢謙益《初學集》卷五十一〈南京禮部尚書贈太子少保李公墓
> 誌銘〉云：「今上四年辛未，其孤國子生營易詣闕請卹於朝，
> 贈太子少保，賜祭葬如令甲。」

從姊丈胡觀光卒。（《鵠灣集》卷六〈從姊丈墓誌銘〉）

> 據是銘，觀光，字太華，竟陵人。萬曆辛亥（案：當作「辛丑」），
> 與元春同補博士弟子。癸卯，試楚闈。是年卒，享年六十有幾。
> 有四子。

正月，命御史吳甡巡按陝西。四月，以久雨禱旱。敕廷臣修省，極
言時政得失。八月，金圍大凌城。大學士何如寵罷。九月，遣中官
王應朝、鄧希詔等監視關、寧、薊鎮兵糧及各邊撫賞。逮楊鶴下獄。
以巡撫洪承疇總督三邊軍務。尋又遣中官王坤等監視宣府、大同、
山西兵餉。時中璫勢復大振。十一月，大學士孫承宗罷。

崇禎五年壬申（一六三二）　四十七歲

正月，弟元禮起身赴吳興任，有詩贈行。（《未刻古文》卷二〈寄五弟正
則〉、《未刻詩》卷二〈古詩二首送弟服廬〉）

十二日，元春發江西之棹。（見上〈寄五弟正則〉）

入鄱陽湖，有詩紀之。（《未刻詩》卷五〈入彭蠡〉）

在南昌盤桓兩月，與陳際泰、萬時華兄弟、徐世溥、喻全禩父子、
余正垣、劉斯陛、熊人霖、朱謀㙔、陳宏緒、蘇桓、朱健等遊處，
屢有社集。有詩紀之。（《未刻詩》卷二〈三洲蔬圃同陳大士萬茂先起先徐
巨源集喻仲延京孟父子齋中〉、〈送余小星之廬陵時同坐劉士雲泛閣作〉、〈答熊

伯甘〉、卷三〈劉士雲園亭醉歌〉、卷四〈朱禹卿深柳居同彭汝嘉萬茂先陳士業〉
（案：〈詩慰〉本「萬茂先」下有「熊伯甘」）、〈送蘇武子客維揚〉、〈龍沙寺
同陳大士萬茂先朱子強劉士業萬起先〉、卷五〈滕王閣是日見招者文士二十
人〉、卷六〈夕佳樓茂先起先邀士雲武子同坐〉）

際泰，字大士，號方城，臨川人。與艾南英輩以時文名天下。
崇禎庚午舉於鄉。又四年甲戌成進士，年六十有八矣。又三年，
除行人。居四年，護故相蔡國用喪南行，卒於道。有《易經說
意》、《周易翼簡捷解》、《五經讀》、《四書讀》、《太乙
山房集》、《己吾集》等。（《明史》列傳第一百七十六、《啟禎野乘》
卷七）

時華，字茂先，南昌人。工詩古文詞，負海內重名幾四十年。
崇禎中，保舉守令詔下，布政使朱之臣薦於朝，應徵北上，抵
維揚，輒病不起。有《溉園》初、二集，《園居》、《田居》、
《東湖集》。又《詩經偶箋》，習毛、鄭者宗之。（《復社氏傳
略》卷六）元春為作〈萬茂先詩序〉。（《鵠灣集》卷四）

弟時升，字起先。《復社姓氏傳略》卷六載：「萬摶，字風後，
時華弟。」或即其人。

世溥，字巨源，號榆溪，新建人。好學能文，時艾南英以時文
奔走天下，聞世溥名，與約為兄弟，江南諸名士無不以枓斗歸
之。鼎革後，匿影杜門。所著有《榆溪集》、《外集》及《易
繫》。（《復社姓氏傳略》卷六）

全禩，字仲延，南昌人。有詩名。元春此來南昌，適徐世溥自
金陵歸，全禩招往湖上三洲亭，同陳際泰、萬時華、時升及子
周七人為詩會，各成五古一首。世溥作〈三洲唱和序〉，謂勝

金谷、西園云。（光緒《南昌縣志》卷三十八〈人物志〉）

子周，字京孟。順治丙戌舉人，官恭城縣知縣。（《復社姓氏傳略》卷六）元春以全禔為「奇古」，周為「深婉」。（《未刻古文》二〈與喻京孟〉）

正垣，字小星，有《昔耶園集》。（《復社姓氏傳略》卷六）

斯陞，字士雲，南昌人。給諫一爌子。弱冠補弟子員，盡發遺書讀之。時海內壇坫蔚興，斯陞與里中萬曰佳、陳宏緒、徐世溥、甘元鼎、李奇、鄧履古、余正垣狎主齊盟，四方名俊莫不望走其門，諸文宗至江右必與之上下議論，交若等夷。數試不得志，病消渴卒，年三十六。（《復社姓氏傳略》卷六）

人霖，字伯甘，進賢人。兵部尚書明遇子。崇禎丁丑進士，授義烏令。壬午，遷工部主事。卒。（《復社姓氏傳略》卷六）元春為作〈序操縵草〉，表彰其能習古體。（《鵠灣集》卷四）

謀垔，字禹卿，宗室。能為五、七言近體，有《深柳居》、《種園》諸草。（同治《新建縣志》卷六十六「勝蹟」）熊明遇嘗為作〈禹卿宗侯詩集序〉。（《文直行書》「文選」卷四）

宏緒，字士業，新建人。兵部尚書道亨子。以蔭生薦授晉州守。謫湖州府經歷，署長興、孝豐二縣事。尋為巡按劾罷。後屢薦不起，移居章江，輯《宋遺民錄》以見志。有《周易備考》、《尚書廣錄》、《詩經群義》、《石莊集》、《恒山存稿》、《寒夜集》。（《復社姓氏傳略》卷六）

桓，字武子，工古文，早卒。江寧顧夢遊鑴其稿行世。（《復社姓氏傳略》卷六）

健，字子強，進賢人。天啟元年鄉舉，仕邵武推官，有《蒼崖

　　子》、《古今治平略》。（《江西詩徵》卷六十二）

朱徽自京師歸，僅得一見。（《未刻古文》二〈答朱子美〉）

　　徽，字子美，一字遂初，朱健弟。崇禎四年進士，授行人，歷
　　仕吏科給事中、固原兵備道副使。與兄並期以著作名當世。（《復
　　社姓氏傳略》卷六）

出自訂時文稿示陳際泰。又示所作古文數百板，際泰為序之。（《鵠
灣集》卷首〈序〉）

閱萬時華詩。（《未刻詩》卷四〈夜靜閱茂先詩〉）時華十年前即有〈見
懷詩〉，感而和之。（《未刻詩》卷五〈萬茂先見懷詩是十年前作感和之〉）

李光倬示楚遊舊詩，有詩答之。（《未刻詩》卷四〈答李仲章示楚遊舊詩〉）

　　光倬，字仲章，進賢人。萬曆乙卯舉人，官工部郎中。（《復社
　　姓氏傳略》卷八）

有詩投贈學使陳懋德。（《未刻詩》卷二〈陳雲怡督學相聞投詩為贈〉）

　　懋德，初姓陳，後追復本姓蔡，字維立，號雲怡，昆山人。萬
　　曆四十七年進士，授杭州推官。歷禮部儀制主事、祠祭員外郎。
　　崇禎初出為江西提學副使，遷浙江右參政。十四年，擢右僉都
　　御史，巡撫山西。十七年，李自成陷太原，死之。（《明史》列
　　傳第一百五十一、湯來賀《內省齋文集》卷九〈蔡雲怡先生學政傳〉）

拜謁李明睿父。（《鵠灣集》卷二〈孝義李太公傳〉）

李明睿滯揚州未回，有〈待太虛師不至留詩五首〉。（《未刻詩》卷
三，《未刻古文》卷二〈寄五弟正則〉一）

游新建西山，同戴國士雨宿嗣昭園，有詩紀之。（《未刻詩》卷四〈雨
夜同戴初士宿嗣昭園〉）

　　國士，字初士。新建人，孝廉。（《明詩平論二集》卷十八、《滕王

閣續集》卷十四）

臨歸，病心火炎熾，江西醫者鄧思濟數劑而愈。（《未刻古文》卷二〈寄五弟正則〉一、〈與茂先起先〉一）

病中有數書與徐世溥。（《未刻古文》卷二〈與徐巨源〉其一、其二、其三）

暮春，復取道鄱陽湖歸，途左蠡、南康，有〈南康學中見朱晦翁所書明倫堂〉。（《未刻詩》卷四）又有〈病坐九江舟中望山四首〉。（《未刻詩》卷九）

先是，在南昌聞山東之亂，以弟元方在高苑為令，眠食倉皇。及泊漢口，鄉人傳寇盜秋毫無犯消息，甚為喜慰。（《未刻古文》卷二〈寄五弟正則〉一）

米助國遞元方書至，作〈壬申春月山東登州兵變米民和明府致五弟高苑平安信餉酒相樂喜作〉詩。（《未刻詩》卷四）

> 助國，字民和，辰溪人。天啟五年進士。官南昌知縣，擢福建道御史。（《小腆紀傳》卷五十六）

有書答黃震象。（《未刻古文》二〈答黃交侯〉）

四月十二日抵家。（《未刻古文》卷二〈寄五弟正則〉）

十九日，弟元禮回。（同上）

二十日，弟元亮回。（同上）

有書報元方，述南昌之行，並謂近來於舉業十分留心。（《未刻古文》卷二〈寄五弟正則〉一）

孟夏，病臥琵琶亭下。廬山僧慈航、石照初募成《五乳寺八十八祖畫像香燈買田礲碑》，求元春為記，諾之。（《鵠灣集》卷一〈廬山五乳寺供養畫像碑記〉）

有書寄曾文饒廬陵。前赴南昌，與文饒相失。（《未刻古文》卷二〈與

曾堯臣〉一）

　　文饒，字堯臣。泰和人。（《復社姓氏傳略》卷六）

李明睿父卒。為李明睿作先傳成，附書寄之。（《未刻古文》卷二〈寄李太虛座師〉其二、《鵠灣集》卷二〈孝義李太公傳〉）

秋，有書總寄萬時華兄弟，以慰江西諸友遠懷。謂己涉夏經秋，斷醇酒，遠婦人，少思寡欲，始得自存；諾仇璜諸友作〈豫章社序〉，諾劉斯陛作〈制義序〉，皆不得踐。（《未刻古文》卷二〈與茂先起先〉其二）

　　璜，字聲之，南昌人。天啟甲子舉人。（《復社姓氏傳略》卷六）

弟元禮寄詩德清署中，有詩懷答。（《譚友夏合集》卷三〈得六弟服膺藩署寄詩有懷三首〉）

九月，有故人招入襄。秋冬之際，遊峴首、鹿門、隆中之間，多有新詩。臨歸，於龍渦得一奇石，於大堤得一女郎剪剪。結集作《剪石草》。（《未刻古文》卷二〈與茂先起先〉一、〈與曾堯臣〉二）（《未刻詩》卷二〈坐隆中小泓橋作〉、〈坐萬山頂石上作〉、〈習池別襄陽諸友〉，卷三〈龐居洞歌〉、〈喜蘄上黃以實南漳魯爾章在襄約入山水間〉、〈由習家池至谷隱寺歌〉，卷四〈答仲平病署志喜〉、〈從峴石登頂復取道甘泉寺〉、卷五〈贈襄李江仲平君有苦住軒詩與家弟同籍〉，卷六〈謝岩李公受明府招〉，卷八〈題襄陽主人壁〉、卷九〈出隆中宿廣德寺〉、〈羅彥白自光化來郡就晤于習池贈之〉、〈鹿門寺泉〉等，並是時作）

九日，襄陽知府唐顯悅招登仲宣樓望襄樊山水，有詩紀之。（《未刻詩》卷五〈九日子安太守招同荊司理劉公元洲吳興馮公薈登仲宣樓望襄樊山水〉）

先是，有〈到襄陽呈唐子安郡伯〉。（《未刻詩》卷五）

　　唐顯悅，字子安，一字梅臣，仙遊人。天啟二年進士，兵部左

侍郎。有《息園集》。（《全閩明詩傳》卷四十四）

時又有詩壽顯悅尊人。（《未刻詩》卷五〈為唐郡伯壽其封公自新先生時年六十有六〉）

十七、十八日，以父母雙忌，再入檀溪，請僧無著誦經，有詩和唐顯悅韻，贈以志感。（《未刻詩》卷五〈九月十七十八日以先父母雙忌再入檀溪請沙門無著誦經齋宿藏經樓日對晉柏和子安太守韻贈以志感〉）

作〈彼檀四章禮檀溪晉柏也〉。（《未刻詩》卷一）

歸經宜城，作〈移龍渦石贈宜城屈母文〉。（《鵠灣集》卷五）

有書與馮公矞，附《謝岩詩錄》呈正，並為作〈竟思堂詩序〉。（《未刻古文》卷一，《未刻古文》卷二〈與馮公矞〉其一、其二）

　　據是序，公矞為唐顯悅門人，吳興人。

作書答曾文饒，傷劉斯陞之亡；又言為曾房仲序詩，並寄《峴草》一冊。（《未刻古文》卷二〈與曾堯臣〉二）

　　房仲，泰和人。曾汝召（號棠苧）子。（《初學集》卷三十二〈曾房仲詩敘〉）

復有書與萬時華兄弟，兼告陳宏緒、余正垣、徐世溥、鄧履古、喻全襸、王猷定、喻周、戴國士、熊人霖及朱健諸君子，述秋冬際入襄事，附《剪石草》，並致一奠一詩於劉斯陞。（《未刻古文》卷二〈與茂先起先〉一）

　　履古，字左之，新建人。（《復社姓氏傳略》卷六）

　　猷定，字于一，號軫石，新建人。太僕卿止敬子，選貢生。為人倜儻自豪，善古文，書法亦擅名一時，後客死西湖。有《四照堂集》。（同上）

有書寄杭州聞啟祥、鄒之嶧、嚴調御、嚴武順、嚴敕諸友，並寄觀

《剪石草》。（《未刻古文》卷二〈寄湖上諸兄〉）

是年，唐暉即任湖廣巡撫，作〈感時上中丞唐公〉詩。（《未刻詩》卷二）

> 案：唐暉崇禎五年至八年四月在湖廣巡撫任。（《明督撫年表》卷五）
>
> 暉，號中楫，歙縣人。萬曆三十八年進士，授武昌司理。入為吏部郎，以忤璫落籍。崇禎初起太常卿，遷湖廣巡撫，伐平水寇高士等，而以失糾舉屬吏免歸，卒。（《金正希文集輯略》卷八〈唐中丞傳〉）

為林增志作〈膏露說〉。（《未刻古文》卷一）

> 增志，字可任，瑞安人。懷宗戊辰會魁。知蒲圻，留心愛養，慎刑賑饑，築堤防，纂邑志，修學課士，一時獲雋者多出其門。
>
> （雍正《湖廣通志》卷四十三〈名宦志〉）

金聲書來，屬為劉之綸傳。（《鵝灣集》卷二〈劉侍郎傳〉）

永新賀中男卒。（《未刻古文》卷二〈與曾堯臣〉）

南昌劉斯陛卒，年三十六。

武進張師繹卒，年五十八。

正月，叛將孔有德入登州。二月，圍萊州。三月，命兵部侍郎劉宇烈督理山東軍務，討孔有德。五月，以參政朱大典為僉都御史，巡撫山東。以禮部尚書鄭以為、徐光啟並兼東閣大學士，預機務。劉宇烈下獄。八月，萊州圍始解。是秋，高迎祥、羅汝才、張獻忠等陷山西州縣。冬，官軍圍登州。

崇禎六年癸酉（一六三三）　四十八歲

正月十五日，遣使入南昌，唁李明睿，作〈南昌弔唁詞〉奠李父之

靈。（《鵠灣集》卷七）

是日，江夏友人魏廷謨襄陽遊返，過寒河，元春酌以斗酒，並為作〈慷慨詩贈魏溟一襄陽往返十絕〉及〈引〉。（《未刻詩》卷八，《未刻古文》卷一〈贈魏溟一襄陽往返十絕引〉）

> 廷謨，字溟一，江夏諸生。高才健筆，意氣豪放，談論古今，往往義形於色，義所不投則不能強。張獻忠將至，奏記當事捍禦甚備，不能用。隱居著述，癸未徵修省志，辭不讓，年九十一卒。（雍正《湖廣通志》卷五十八〈人物（隱逸）〉）

十六日，弟元方四十生辰，宴集侄籍庭中，有詩懷寄，兼致元禮。（《未刻詩》卷二〈正月十六日籍侄宴集遙祝高苑弟四旬生辰醉後懷德清六弟因兩寄之〉）

三月，費尚伊卒。不逾歲而葬。其長子之巽來乞銘，為作〈觀察費公墓誌銘〉。（《鵠灣集》卷六）

是月，從姊攜子胡泓來，為夫胡觀光乞墓誌，作〈從姊丈墓誌銘〉。（《鵠灣集》卷六）

春夏間，築花時在家堂於朱花閣旁，與黃耳鼎閒居，有詩述贈。（《未刻詩》卷二〈癸酉春夏間又于朱花閣旁構一小堂顏曰花時在家堂同黃以實閒居述贈以實〉）

> 耳鼎，字以實，號淡岩，蘄水人。幼好學。崇禎丙子應順天鄉試，道逢老人，為鄰里株連，鬻其女，耳鼎紆途三日，傾囊贖女以歸之，因後試期。會棘闈火，改期，再試遂中式。丁丑會試第三，授中書，秩滿擢廣西道御史。巡按陝西，值李自成破城，遂奔赴江南。尋卒。（雍正《湖廣通志》卷五十二〈人物志〉、《復社姓氏傳略》卷八）

夏初，自序其新刻詩。（《譚友夏合集》卷首〈自序〉）

盛夏，先後有書致弟元禮、元方。（《未刻古文》卷二〈寄五弟正則〉其二）

初秋，張澤序刻《譚友夏合集》。（《譚友夏合集》卷首）

> 澤，字草臣，吳江諸生。（《復社姓氏傳略》卷二、《明詩紀事》辛籤卷二十二）

八月十七日，發洞庭之使，為李明睿致書益陽羅喻義處。時明睿選刻元春之稿。（《未刻古文》卷二〈寄李太虛座師〉其三、其五）

是秋，三昧律師見過，入西塔寺說戒，有詩二首感贈。元春時將赴北。（《未刻詩》卷四〈秋日承三昧律師見過因入邑西塔寺說戒有感將赴北請送以二詩昧公曾在金陵寶塔禮懺求見塔光光現句有五日〉）

> 三昧寂光，律師。住東林，自萬曆乙卯至庚申六載，闡揚淨土，四方學者來歸，不下二千指。師後弘法江淮，於金陵預定時日，端坐而逝。（《廬山志》卷十二上〈山川分紀〉）

家居日，僧慈航復身為請記，作〈廬山五乳寺供養畫像碑記〉。（《鵠灣集》卷一）

送弟元聲赴江夏應鄉試，有〈送四弟癸酉鄉試時八弟亮與簡筍二侄俱入闈〉詩。（《未刻詩》卷九）

在江夏，門人李大年索題其稿，為作〈李敬身雪柏草引〉。（《未刻古文》卷一）

> 是引云：「李子默然師友于寒河者，亦十六年間不衰，而今乃得稍稍一伸於癸酉之秋……」又曰：「予由吳而越，而燕，過鄂城，視李子，李子索題其稿。」當今秋事。元春應即由江夏發舟赴東南。

據是引，敬身，江夏人。從譚元春學，中崇禎癸酉鄉試。檢雍正《湖廣通志》卷三十五〈選舉志〉「崇禎六年癸酉鄉試榜」有李大年，江夏人，當即其人。

九月十二日，開東南之舟，由吳而越，以北之燕。過視元禮於越、元方於齊。（《未刻古文》卷二〈寄李太盧座師〉其五）

十月，至德清，視弟元禮衙齋，十日別去，有詩紀之。（《未刻詩》卷四〈視服膺弟武源衙齋十日別去〉）

逢徐波於武源官舍，因憶亡友鍾惺，有詩志感。（《未刻詩》卷五〈與元歎遇武源官舍因憶亡友伯敬〉）與徐波同寓元禮署中，名其齋為落木庵，並書以擘窠大字。（王士禛《漁洋詩話》卷中引徐波〈落木庵記〉）又有詩贈答。（《未刻詩》卷三〈答徐元歎〉）

由德清返吳，途歸安，韓敬招飲，舟中多十五年前舊識；恰許經自燕中至。（《未刻古文》卷二〈京口舟中寄弟服膺〉一）

　　案：元春萬曆己未嘗訪韓敬於湖州，距今恰十五載。

　　經，字令則，華亭人。陳繼儒弟子。詩多俳體，時能作才子語。

　　（《明詩紀事》庚簽卷二十九）

遊吳門，與顧凝遠會。（顧凝遠《蟋蟀在堂草》）

　　案：參張慧劍《明清江蘇文人年表》是年譜。

在吳江，與徐波、弟元聲登周永年小閣，有詩紀之。（《未刻詩》卷七〈出吳江城外同徐元歎遠韻弟登周安期小閣望太湖吳門諸山〉）

至澝墅，席間有詩贈許豸。（《未刻詩》卷四〈過澝墅席間贈許玉史戶部〉）

與徐波、弟元聲別。（《未刻古文》卷二〈京口舟中寄弟服膺〉二）

　　許豸，字玉史，侯官人。崇禎辛未進士，歷戶部郎。榷澝墅關，以羨鏹築塘，民德之。後擢寧紹道，增築郡城，殲海寇陳奇老

等。改督本省學政。時有權璫鎮浙，豸抗不為禮，士有迎璫者立撻之。所著有《倉儲》、《彙核》、《膚籌》諸集。（雍正《福建通志》卷四十三〈人物〉）豸為鍾惺督學閩中所拔士。（參詳拙著《鍾惺年譜》天啟三年譜）

過丹徒，有書寄弟元禮，言及於舟中批閱其《黃葉軒文》一過，譽以「真是我文」，並謂遇閶門書林當付刻焉。（《未刻古文》卷二〈京口舟中寄弟服膺〉）

北上過任城，有〈任城風雪舊登樓〉詩。（《未刻詩》卷五）

途歷城，觀趵突泉，有詩紀之。（《未刻詩》卷九〈雪中觀歷城趵突泉〉）

至高苑，訪弟元方縣署，喜賦二詩。（《未刻詩》卷四〈又到五弟正則高苑縣署喜作二首〉）時又寄酒器沾化候座師李魯生，並作詩呈懷。（《未刻詩》卷四〈高苑距沾化二百里寄酒器候座師李雲許先生因以呈懷〉）

> 案：天啟七年，主湖廣鄉試者為李明睿、李魯生二人（參該年譜）。李雲許，即李魯生，字尊尼，雲許其號，霑化人。（梁雲構《豹陵集》卷二十〈儀封令李公去思碑記〉）

過滄州，有詩詠鐵獅子。（《未刻詩》卷九〈過舊滄州有鐵獅子丈餘獨立田間腹中曾捕得十八賊聞其鐵入火即飛故為冶人所棄〉）

抵京，與朱之臣、馮振宗等故人快聚，並有詩紀之。（《未刻詩》卷五〈長安會朱無易先生〉、卷九〈與馮宗之故人快聚都門〉）

> 元春前一首有「公來執玉吾羔雁，遲拙同成計孝人」句，後一首有「場入少年翻不讓，與君休數訂交年」句，當皆會試前作。

有書寄江西慰問李明睿師，並書去歲三詩呈覽。時明睿服喪家居。（《未刻古文》卷二〈寄李太虛座師書〉其三、其五）

是冬，邑友李士傑葬，元春以北之京師，不能與焉，悲而代以作〈李

朱實壙銘〉。（《鵠灣集》卷六）

除夕，與劉侗守歲于奕正園，賦十二韻。（《未刻詩》卷七〈癸酉客司直園中同劉子同人除夕守歲十二韻〉）

昆山王志堅官武昌卒，年五十八。

如皋冒愈昌卒。

五月，河套部犯寧夏。孔有德等降金。六月，周延儒罷，溫體仁遂為首輔。七月，金取旅順。九月，以南京禮部侍郎錢士升為禮部尚書兼東閣大學士，預機務。十月，大學士徐光啟卒。十一月，以禮部侍郎王應熊、何吾騶俱進尚書兼東閣大學士，預機務。詔保定、河南、山西三巡撫會兵討賊。

崇禎七年甲戌（一六三四）　四十九歲

正月十五日前後，赴李長科招，同陳函輝、韓霖、鄭元勳、李令晳、萬壽祺、張學曾等社友雅集燈樓。（陳函輝《小寒山子集》有〈李小有招同譚友夏韓雨公鄭超宗程大來李端木周粲甫萬年少張爾唯諸同社燈樓雅集〉）

> 案：是條及下函輝偕楊文驄訪元春諸友條，參見曾肖《復社與文學新探》未刊稿第118頁（南京大學2005年博士學位論文，指導教授：曹虹）。
>
> 萬壽祺《隰西草堂集》附〈萬年少先生年譜〉「甲戌七年」條記曰：「是年春，先生居京應會試。正月，李小有招先生與同社陳木叔、譚友夏、韓雨公、鄭超宗、程大來、李端木、周燦甫、張爾唯雅集燈樓。」鄭元勳《媚幽閣文娛二集》卷二錄韓霖〈烋園雜咏序〉，末自識曰：「雨公，礧然俠丈夫。甲戌上元，譚友夏、李小友、張爾唯、陳木叔、李子木諸君開社長安燈市，拉余入，乃與定交，氣誼甚合。」

函輝，原名煒，字木叔，號寒椒道人，又號小寒山子，臨海人。
崇禎七年進士，授靖江知縣，為御史劾罷。北都陷，倡義勤王。
後歸魯王，擢禮部右侍郎。從王航海，已而相失，入雲峰山，
作〈絕命詞〉十章，投水死。（《明史》卷二百七十六）

韓霖，字雨伯，絳州人。天啟辛酉舉人。（《復社姓氏傳略》卷十）

元勳，字超宗，先歙人，家江都。崇禎癸未進士，以母老家居。
甲申三月，聞變痛哭，出家貲募勇俠。福王立，與平伯高傑鎮
揚州，揚民亂而及於難。（同上卷四）

令晳，字端木，歸安人。崇禎庚辰進士，歷官至兵部主事。（同
上卷五）

壽祺，字年少，徐州人。由選貢中崇禎庚午舉人，五上公車不
第。築室袁公浦，明曆法，通禪理，吟詠無虛日，有《隰田》、
《內景》諸集。書畫俱精工絕倫。申、酉後，儒衣僧帽，往來
吳越間。（同上卷四）

學曾，字爾唯，會稽人。官中書舍人，歷蘇州知府。自幼好書
畫，重交遊。（乾隆《紹興府志》卷七十〈人物志〉）

與劉侗再客于弈正園中，有詩紀之，並憶及三年前與二弟同住此園。
（《未刻詩》卷九〈甲戌春再客司直園中同人在焉而兩家弟去為今〉）

是詩有「兩人交語星光下，只可名成一揖歸」句，當試前作。
場前與楊廷樞、陳子龍、夏允彝、吳昌時邸舍同巷，有詩紀之。（《未
刻詩》卷九〈場前與楊維斗陳臥子夏彝仲吳來之邸舍同巷〉）

楊廷樞，字維斗，長洲人。舉崇禎三年鄉試第一。時復社諸生
氣甚盛，廷樞與徐汧等尤相契。南都既破，避鄧尉山中。久之，
為當事者所執，被害。有《古柏軒詩集》。（《明史》列傳第一百

五十五〈徐汧傳〉、《復社姓氏傳略》卷二）

陳子龍，字人中，更字臥子，松江華亭人。崇禎十年進士，選
紹興推官。以定亂功，擢兵科給事中。命甫下而京師陷，乃事
福王於南京。以時事不可為，乞終養去。南都失，遁為僧。尋
以受魯王部院職銜，結太湖兵，欲舉事。事露被獲，乘間投水
死。（《明史》列傳第一百六十五）

夏允彝，字彝仲，松江華亭人。弱冠舉於鄉。與陳子龍等結幾
社。崇禎十年成進士，授長樂知縣，善決疑獄。北都變聞，走
謁史可法，與謀興復。聞福王立，乃還。其年五月，擢吏部考
功司主事。疏請終制，不赴。南都失，彷徨山澤間，欲有所為，
聞友人侯峒曾、黃淳耀、徐汧等皆死，賦〈絕命辭〉，自投深
淵以死。（《明史》列傳第一百六十五〈陳子龍傳〉）

吳昌時，字來之，嘉興人。有才幹，頗為東林效奔走。崇禎甲
戌進士，為文選郎中。周延儒相，極信用昌時。延儒敗，昌時
棄市。（《明史》列傳第一百九十六〈周延儒傳〉）

與漢上謝淳培以會試相見於都門，淳培不待揭曉即歸。（《未刻古文》
卷一〈謝母熊孺人墓誌銘〉）

淳培，字應侯，江夏人。天啟甲子舉人，任知縣，歸。博學能
文，著述繁富。崇禎十六年李自成陷城，被執，不屈死。（同
治《江夏縣志》卷六〈人物〉、《復社姓氏傳略》卷八）

春闈不第。有書與弟元方，略述此榜名士。（《未刻古文》卷二〈寄五
弟正則〉其四）

徐波自湖州附周仲馳寄書並新詩京師，有詩懷答。（《未刻詩》卷四〈徐
元歎自古彰附周彝仲寄書京師得盡讀新詩懷答二首〉）

仲璉，字彝仲，湖州長興人。崇禎甲戌進士。授太倉知州，歷
官至禮部郎中。（《復社姓氏傳略》卷五）

在京日，與池顯方晤，顯方有〈燕中再晤譚友夏〉詩。（池顯方《晃
嚴集》卷九）

詩曰：「問君別後有何奇，云添一石一歌姬。而予三載悠悠爾，
惟結一茅在水湄。」元春游襄陽獲奇石并女郎剪剪，在崇禎五
年秋，則崇禎四年顯方嘗與元春晤京師，《帝京景物略》卷五
「慈慧寺」錄「公安袁彭年辛未榜後同池直夫譚友夏遊慈慧寺」
詩亦可證。三年後得再晤於京。

陳函輝嘗偕楊文驄訪元春諸友，各出近藝相示。（陳函輝《小寒山子集》
有〈同龍友走訪譚友夏章爰發錢彥林諸兄各出近藝相示〉）

文驄，字龍友，貴陽人。萬曆末，舉於鄉。崇禎時，官江寧知
縣。福王立南京，文驄戚馬士英當國，起兵部主事，歷員外郎、
郎中，皆監軍京口。明年遷兵備副使，擢右僉都御史。唐王立
福州，拜兵部右侍郎兼右僉都御史。清兵至，不能禦，被執，
不降死，年四十九。（《明史》列傳第一百六十五）

秦鑣有書寄京師，嘗約元春過訪汝南西峰；元春以己取道山東，作
詩愧答之。（《未刻詩》卷九〈汝州秦京七十有四矣寄書都門且作詩云舟車若到
必嚴冬路入山原辛未衝一騎亂流趨北磧數椽寒雨在西峰指示居止而予取道山東殊
愧詩人之約〉）

秦鑣，字京，汝南人。為諸生，家貧，讀古人書，力耕以養父
母。久之，棄制舉之業，刻意為詩，奚囊布袍，歷覽名勝。有
《頭責齋詩》，袁中道為序。（《列朝詩集小傳》丁集下〈秦秀才鑣〉）

離京，有〈上馬出永定門往五弟高苑〉詩。（《未刻詩》卷九）

再至高苑，有詩贈別。（《未刻詩》卷九〈別高苑〉）

過鄒平，有〈長白〉詩。（《未刻詩》卷九）

過濟寧，有詩呈贈劉榮嗣。（《未刻詩》卷五〈過濟寧呈贈劉簡齋中丞二首〉）

　　劉簡齋，當即劉榮嗣。（見下）

過開封，遇任弘震、喬年父子，同行，有詩紀之。（《未刻詩》卷九〈汴梁逢任淡公父子同行〉）

　　　任弘震，字淡公，嘉魚人。早慧，八歲詠梅詩，有「殘雪休競
　　　豔，看君和鼎時」之句。懷宗庚午，與長子喬年同舉於鄉，庚
　　　辰成進士，筮仕戶部郎，立品清高，古道自立。（雍正《湖廣通
　　　志》卷五十一〈人物〉、《復社姓氏傳略》卷八）

　　　喬年，字仙孟。崇禎庚午舉人。（《復社姓氏傳略》卷八）

又有〈汴梁遇鄉人作〉。（《未刻詩》卷九）

經朱仙鎮，謁岳祠，亦有詩。（《未刻詩》卷九〈朱仙鎮謁岳祠〉）

到家，有書答元方。（《未刻古文》卷二〈寄五弟正則〉其五）

時李明睿遭暗揭，謂其講筵宿醒、父喪不奔，因罷官。明睿遣元春
上書鳴冤，元春先後寄書葛寅亮，問計於葛，又乞寅亮一力主持。
（《未刻古文》卷二〈寄葛屺瞻老師〉其一、二）

　　　是書其一云：「春也落而侗也收。」乃元春告春闈消息，劉侗
　　　今年中進士。又謂「今已閉戶不出矣」，當歸家後作。

夏，避暑西山大小泂中。又驅車九峰山，禮學公塔。（《鵠灣集》卷
六〈馮居士妻熊氏壙銘〉）

黃岡友人馮君卿葬亡妻於九峰山南，元春往弔，並為作〈馮居士妻
熊氏壙銘〉。（同上）

　　　君卿，名未詳，與妻同修西方氏之教。（同上）

八月十三日，同胡去飛夜泊南湖蒿墩，有詩紀之。（《未刻詩》卷九〈同去飛八月十三夜泊蒿墩〉）旋移寓胡去飛葛莊，亦有詩。（《未刻詩》卷四〈秋日移寓胡五去飛葛莊〉）

　　去飛，待詳。元春時又有〈雨泊寒溪懷去飛西塞舟中〉詩。（《未刻詩》卷四）

十四夜，赴武昌縣令汪承詔招，有詩紀之。（《未刻詩》卷四〈十四夜汪明府招上江樓〉）頃承詔以三年報政，元春又為作〈始作汪武昌奏績文〉。（《鵠灣集》卷三）

　　案：檢光緒《武昌縣志》卷十二〈官師〉，汪承詔，崇禎四年至十年任武昌知縣，當即其人。

　　承詔，南直隸寧國進士，崇禎知縣。擢監察御史，巡按湖廣。邑人建祠於報恩寺前祀之。（見上）

十五日，孟登招泛南湖，元春亦有詩紀之。（《未刻詩》卷四〈中秋南湖誕先招泛〉）是秋又嘗與孟登遊九峰故讀書處。有詩紀之。（《未刻詩》卷四〈九峰與誕先復寓乙卯讀書處〉）

是日，為朱之臣六十壽辰撰文，授廬山僧往粵東。（《鵠灣集》卷五〈甲戌九月三日為朱師菊先生生辰八月十五日授匡僧往粵東文〉）

在武昌日，為楊接公母作五十壽序。（《未刻古文》卷一〈楊接公母五十序〉）

　　據是序，接公，武昌人。欲師事元春。

是秋，舟居西塞。有〈過西塞舟趁諸子〉詩。（《未刻詩》卷四）先有詩寄唐顯悅。顯悅時以江防駐節蘄陽。（《未刻詩》卷三〈過西塞山先寄唐梅臣時以江防駐節蘄陽〉）

僧真風卒。（《鵠灣集》卷六〈寒河真公塔銘〉）

與同年蔡仕、馮之圖會於葛山，執筆作〈補壽李老師五十序〉。（《未刻古文》卷一）時又有〈葛山逢馮書先假還〉詩。（《未刻詩》卷九）

> 仕，字士田，武昌人。天啟丁卯舉人，官某縣知縣。（《復社姓氏傳略》卷八）其赴江陵教諭任，元春有詩贈行。（《未刻詩》卷五〈送蔡士田之江陵廣文〉）

> 之圖，字書先，一字密庵，興國人。崇禎甲戌進士，以戶部郎任漳南參議，風節矯矯。歸里，講學於武、黃間，坐臥一小庵，丹鉛輯錄，几案牆壁皆滿。屢經薦舉不起，自號鹿耳山老樵。尤邃於《易》，有《易老堂集》，卒年八十四。（雍正《湖廣通志》卷四十七〈鄉賢志〉、《楚風補》卷三十二）

自蘄陽歸至江夏，有詩別劉德徵。（《未刻詩》卷四〈自蘄陽歸至鄂別德徵〉）

孟冬，作〈西塞疏〉。（《未刻古文》卷一）

除夕，在家守歲。有〈甲戌除夕雷雨守歲明朝五十矣〉、〈甲戌除夕家園守歲雷雨大作十二韻〉。（《未刻詩》卷四、卷七）

有書寄總河尚書劉榮嗣，述己近狀，以友袁彭年、龔奭、弟元方求庇，並乞序《鵠灣集》。（《未刻古文》卷二〈與劉簡齋總河〉）

> 榮嗣，字敬仲，曲周人。萬曆四十四年進士，歷官工部尚書。有《半舫集》。（《啟禎野乘》卷六）崇禎八年九月，得罪，父子皆瘐死。榮嗣以駱馬湖運道潰淤，創挽河之議，起宿遷至徐州，別鑿新河，分黃水注其中，以通漕運。（《明史》志第六十〈河渠二〉）

是年，為劉之綸作〈劉侍郎傳〉。（《鵠灣集》卷二）

> 據是傳，之綸，字元誠，別號與鷗，宜賓人。崇禎戊辰進士，

選庶吉士，官兵部右侍郎。清兵陷遵化，據永平，援軍皆觀望，
獨之綸奮前，軍娘娘山，終因寡不敵眾，身被二矢而死。

督學陳懋德寄書既至，委以先傳。作書答之，並附詩集一部、未刻
成古文數卷呈教。（《未刻古文》卷二〈寄答陳雲怡督學〉）傳成，復有詩
題贈。（《未刻詩》卷二〈陳雲怡學使自豫章貽書徵其先公傳傳成題贈〉）

有書寄喻周。（《未刻古文》卷二〈與喻京孟〉其一）

是書云：「而兩歲來，吳、越、鄒、魯、燕、趙之遊，遂有倦
意。」當指去歲九月由吳越而北赴京師，今夏始還。

山陰陸夢龍卒。

正月，張獻忠等自鄖陽渡漢，薄穀城。又犯襄陽。六月，總督陳奇
瑜圍李自成於車箱峽。七月，金兵入上方堡，至宣府。京師戒嚴。
時沿邊城堡多失守。閏八月，李自成陷隆德，薄靜寧州。固原參政
陸夢龍率遊擊賀奇勳、都司石崇德禦之，與二將俱戰死。金克萬全
左衛。

崇禎八年乙亥（一六三五）　五十歲

元日，書宋方岳「能官不如歸，能詩不如睡」二語於堂聯示志。（《未
刻古文》卷二〈與王安生太史書〉）

二月十四日，獲戴國士書，喜得萬時華生男報。（《未刻古文》卷二〈與
萬茂先〉）

四月，有書與萬時華，賀其得子，並寄《遇莊》一冊。（同上）

是夏，有書寄李明睿江西，述及傳王用予欲薦為人才事。（《未刻古
文》卷二〈寄李太虛座師書〉其四）

著《遇莊總論》，匆匆不遑印。（《未刻古文》卷二〈答潘昭度中丞書〉其

一）撰〈遇莊序〉。（《鵠灣集》附《遇莊》卷首）

七月二十日，待羅喻義書至。（《未刻古文》卷二〈寄李太盧座師書〉其六）

二十四日發廬山之舟。先有書寄至李明睿山中。（《未刻古文》卷二〈寄李太盧座師書〉其六）又有〈寄李太盧座師〉、〈寄二西廬山〉詩。（《未刻詩》卷五、卷九）

朱徽有書與約盟，並以《池河新詩》附寄，元春答之，稱其《新詩》直逼唐音。（《未刻古文》二〈答朱子美〉）

至九江，有詩寄劉侗南京。（《未刻詩》卷四〈柴桑橋寄劉同人白門〉）

初入山，有詩寄別于奕正。時奕正游吳越後北歸。（《未刻詩》卷九〈初入匡山寄別于司直〉）

游西林，有〈初入西林〉詩。（《未刻詩》卷九）拜新修西林塔下，作〈廬山西林寺修佛殿文〉。（《鵠灣集》卷三）

八月十二日，於西林塔下作書寄劉侗，請代求南雍牒。並寄《遇莊》五冊。（《未刻古文》卷二〈寄劉同人〉）

雨滯西林，為鄉僧以白書卷。（《未刻古文》卷一〈書以白卷〉）

在廬山日，與李明睿夜則連床，晝則接席。步屧三峽橋邊、九奇峰頂，往來天池、白樂天草堂、東西二林諸處。（《未刻詩》卷首李明睿〈譚友夏遺集序〉）有諸詩紀之。（《未刻詩》卷二〈同李師遊遺愛寺尋草堂遺跡師出山錢授僧修公復之欲常居其中〉、〈石門因尋小徑出天池〉、〈贈匡雲上人同李師作〉、卷五〈登趙彥清新閣同李太盧老師〉）

值五十生辰，有詩寄諸弟。（《未刻詩》卷二〈五十初度遊廬山寄家中四弟八弟官五弟六弟〉）時孟登為作〈壽譚友夏初度五十〉。（《楚風補》卷二十五）

有〈山中有憶〉詩。（《未刻詩》卷九）

與游廬山者李仲含。（《未刻古文》卷二〈寄劉同人〉）有〈歸舟贈山侶李仲含〉詩。（《未刻詩》卷四）

歸，廬山性淳、照真諸僧送之出九江，有詩紀之。（《未刻詩》卷九〈九奇匡雲西林一如開先送予出九江〉）

性淳，南昌人，俗姓王氏。七歲出家，十六而後發念參方，聞法於京都之一雨禪師，領戒具足，名之曰性淳，別號匡雲，皈廬阜也。其工詩如貫休、齊己。生於萬曆戊寅，寂於順治丙申八月十二日。（黎元寬《進賢堂稿》卷二十三〈九奇峰匡雲禪師無作塔銘〉）

照真，號一如，竟陵人，姓尹氏。受具於三昧光公，住西林。年六十坐脫。（《廬山志》卷十二下〈山川分紀〉）

歸訪孟登，作千里遊。（《未刻古文》卷二〈答潘昭度中丞書〉其一）

九月十八、十九日，與孟登、易道暹、劉德徵、劉敷仁同宿雷山，為亡親禮佛，時孟道一設齋，有詩感賦。（《未刻詩》卷五〈九月十七十八兩日為先忌禮佛雷山孟萬生設齋而誕先曦侯德徵濟甫皆同宿山中感賦〉）

道一，字萬生，武昌人。鍾惺、譚元春稱其有秦漢羽儀。（光緒《武昌縣志》卷二十〈人物〉）

道暹，字曦侯，黃岡人。諸生。好學尚氣節，積書滿家。崇禎十六年，為賊所殺。（《復社姓氏傳略》卷八）

先是，在武昌，孟道一邀上江閣，元春亦有詩紀之。（《未刻詩》卷九孟萬生邀上江閣重尋蘇公石上字時為秋漲所沒〉）

初冬，孟登侄代來過訪，投詩數十首，因為作〈孟代來詩引〉寄登。（《未刻古文》卷一）

十一月二十九日，為閔宗德作成〈湖廣布政使左布政閔公墓表〉。（《鵝灣集》卷六）

是月始聞楊鶴訃。鶴九月卒於家。（《未刻古文》卷一〈遣奠楊弱水先生哀詞〉）

十二月，獲楊鶴病中書。（同上）

臘八日，為僧真風火葬，作〈寒河真公塔銘〉。（《鵠灣集》卷六）

廬山歸後，致書凌義渠，乞為李明睿護持身名。（《未刻古文》卷二〈寄凌茗柯〉）

> 凌茗柯，即凌義渠，字駿甫，烏程人。天啟五年進士，崇禎三年授禮科給事中，三遷兵科都給事中。居諫垣九年，建白多。出為福建參政，尋遷按察使，擢山東右布政使，所至有清操。十六年入為大理卿。京師陷，自縊而死，年五十二。贈刑部尚書，諡忠清，清諡忠介。有《湘煙錄》、《凌忠介集》。（《明史》列傳第一百五十三、《啟禎野乘》卷十一）

作書答南贛巡撫潘曾紘，謂己獨好思古人。（《未刻古文》卷二〈答潘昭度中丞書〉其一）又有〈寄潘昭度中丞〉詩。（《未刻詩》卷五）

> 案：潘曾紘崇禎六年十月巡撫南、贛，至九年，勤王，以疾卒軍中。（《明督撫年表》卷四）

> 曾紘，字昭度，烏程人。萬曆四十四年進士，僉都御史，巡撫南、贛。（《千頃堂書目》卷二十六）之前嘗督學河、洛，觀察閩中，元春為作〈河洛人文序〉。（《鵠灣集》卷三）

先後有二書與王啟茂。一以答石首劉長慶（字子修）問所閱書相告：言欲刻韓、柳、歐、陳之文，又謂敬愛王安石、曾鞏文，欲以次詳閱，黃庭堅、秦觀、謝翱、方岳之屬，皆閱一過。一述廬山遊歸，養疴杜門。（《未刻古文》卷二〈與王天庚〉其一、其二）

> 二書皆述及楊鶴以身徇疆事，當十一月後作。

是年，復有書寄徐鑛，乞為明睿一力主持。（《未刻古文》卷二〈寄徐眉雲〉）

> 鑛，號眉雲，入籍楚中。萬曆癸丑進士。（同治《蘇州府志》卷四十九〈冢墓〉）與袁彭年交善。天啟五年給假歸，嘗與元春見於沙市。時當仍在吏部任上。（《譚友夏合集》卷三〈病足沙頭徐銓部眉雲垂問〉）

天子行薦舉法，編修王用予以元春名上。作〈與王安生太史書〉，辭不就。（《未刻古文》卷二）

> 用予，字安生，黃岡人。崇禎戊辰進士，授淮安推官。捐造文起書院，每月親臨課士；歲荒賑饑，全活南北流民以萬計；復捐貲為築三壩，淮新舊兩城獲全。六載舉最，為翰林檢討。（雍正《湖廣通志》卷五十二〈人物志〉）

友謝淳培為母乞墓誌，為作〈謝母熊孺人墓誌銘〉。（《未刻古文》卷一）

為邑先達劉于磐作〈劉小鴻詩引〉。（《鵠灣集》卷四）

> 據是引，于磐名號與前賢陸子正同，竟陵人。曾為和平令。元春童子時，已從父晚立與之遊。其解組後，嘗過寒河，元春有〈劉翁于磐明府解組後見過〉詩紀贈。（《未刻詩》卷五）
>
> 案：檢道光《廣東通志》卷三十二〈職官表〉，明和平縣知縣有劉漸，竟陵人，天啟五年任。當即其人。

友王時揚卒辰陽，作〈哀王明甫詞〉哭之。（《鵠灣集》卷七）

曲周劉榮嗣卒。

正月，詔總督洪承疇出潼關討河南賊，與山東巡撫朱大典協剿。張一川等陷鳳陽，焚皇陵樓殿。四月，張獻忠由麻城入陝，與高迎祥、

李自成復合。七月，以少詹事文震孟、刑部侍郎張至發俱禮部侍郎兼東閣大學士，預機務。八月，李自成陷咸陽、永壽。命盧象昇總理直隸、河南、山東、湖廣、四川軍務。十一月，大學士文震孟、何吾騶罷。下庶吉士鄭鄤於獄。

崇禎九年丙子（一六三六）　五十一歲

正月，遣僕赴武陵悼楊鶴，作〈遣奠楊弱水先生哀辭〉。（《未刻古文》卷一）

夏，有詩懷寄李長科金陵。（《未刻詩》卷九〈甲戌燈市別李小有南還丙子夏寄之白門二首〉）

耿汝志侄過訪，請壽汝志六十，為作〈耿九克勵六十序〉。（《未刻古文》卷一）

> 汝志，字克勵，黃安人。耿定向、定理兄弟之後，親承指授，校讎纂述，幾與身等。與元春深交。（同上、《復社姓氏傳略》卷八）
>
> 元春嘗為作〈耿克勵衰喜草序〉。（《未刻古文》卷一）

時築妙老堂。（《未刻古文》卷一〈耿九克勵六十序〉）

家居日，為吳門沈啟元作〈沈長君墓誌銘〉。（《未刻古文》卷一）

> 據是銘，啟元字端伯，世為吳門都亭里人。父遣入南雍受業，因以樓止金陵。獨好佳山水，嘗一再還吳。年二十三卒。

又有書寄潘曾紘，述不願試以吏事之志，並附所刻《遇莊》一冊呈教。（《未刻古文》卷二〈答潘昭度中丞書〉其二）

> 是書有「年來雖未離竹籬茆舍一步」句，當去秋遊廬山後至今年春夏家居之謂，則書為今年在家時作。

北上過南京，與邢昉等會於鄒典節霞閣。（邢昉《石臼前集》卷四）鄒

典作〈白日掩荊扉〉詩，徵傅汝舟、邢昉、葛一龍、萬壽祺、文從簡、僧讀徹、元春等同作。（讀徹《南來堂詩集》補編卷二，《嶽歸堂》卷十〈白日掩荊扉為鄒滿字題〉、葛一龍《萬震甫詩集》「新綠齋」〈白日掩荊扉為鄒滿字題〉、萬壽祺《隰西草堂集》詩集卷二〈賦得白日掩荊扉為鄒大典〉、邢昉《石臼前集》卷四〈為鄒滿字賦白日掩荊扉〉）

> 案：此條及以下二條所繫，參見張慧劍〈明清江蘇文人年表〉是年譜。
>
> 邢昉，字孟貞，高淳人。崇禎諸生。有《石臼前集》九卷、《後集》七卷。人以為明季布衣詩第一。（《明詩紀事》辛籤卷十）
>
> 鄒典，字滿字，金陵人。（《金陵詩徵》卷三十一）
>
> 文從簡，字彥可，長洲人。元善子，貢生。卒順治五年，年七十五。嘗作詩貽馮夢龍。有《枕煙詩存》、《塞北事實》。（《疑年錄彙編》卷八、《啟禎兩朝遺詩》卷八）
>
> 讀徹，字蒼雪，滇南趙氏子。年十九遠遊，叩楞嚴於天衣，受十戒於雲棲，受滿分戒於古心律師。聞雪浪晚棲望亭，往參焉。浪沒，嘗聽巢松開講甘露寺，又依一雨潤公於鐵山，為入室弟子。博涉內外典，賦詩多新警句。住中峰，建殿買田，伽藍一新。示化寶華，實丙申閏五月廿二日，世壽七十。（錢謙益《有學集》卷三十六〈中峰蒼雪法師塔銘〉）

在南京日，與阮大鋮交接。（阮大鋮《詠懷堂丙子詩》卷下〈晤譚友夏〉）

> 大鋮，字集之，懷寧人。自華之從孫。萬曆丙辰進士，天啟間官吏科給事中。坐奄黨，禁錮。弘光登極，召拜兵部尚書，督兵江上。亂後不知所終。（《列朝詩集小傳》丁集下〈阮邵武自華〉附）

冬，過淮安，與劉侗、于奕正、萬壽祺等集張致中符山堂。（張致中《符山堂詩》）元春時有〈淮上逢劉同人〉詩。（《未刻詩》卷五）

致中，字性符，號眉尹，山陽人。制藝典雅嚴密，不失前人矩度；尤好畋漁百氏詩古文，醞釀醇厚，裒然為一方名宿。家藏鼎盉碑版之文頗富，精於字學，辨體審音，釐正謬誤，尤為學者宗仰。崇禎八年以經明行修舉，未授官而卒。有《眉尹文集》。（《復社姓氏傳略》卷四）

經江北桃源，與龔奭遊處，有〈過桃源坐龔昔庵棠舫題贈其上〉、〈君路署中贈熊子牙〉諸詩。（《未刻詩》卷四、卷九）時奭在桃源令任上。

奭，字君路，竟陵人。由乙榜任豐縣學博。（光緒《豐縣志》卷四〈職官〉）崇禎四年任桃源縣知縣。（乾隆《淮安府志》卷十一〈職官表〉）又，據《明清進士題名碑錄》，奭為崇禎四年進士。其赴任桃源縣令日，元春有〈江北桃源行送君路〉詩贈行。（《未刻詩》卷三）

熊子牙，待詳。與元春交善，多有書信往來。（《未刻古文》卷二〈與熊子牙〉其一至其五）

是年，雙子同冠，有〈喜笈籍兩兒同冠〉詩。（《未刻詩》卷四）又次子籍先成婚，有詩志喜。（《未刻詩》卷四〈喜次兒籍先成婚〉）

督學副使水佳胤以鍾惺入祀鄉賢，有〈謝學使水公檄退谷鄉賢啟〉。（康熙《景陵縣志》卷七〈享祀志〉、《鵠灣集》卷八）案：是啟僅存目。佳胤即任楚督學以來，元春嘗有〈贈水督學向若〉、〈贈學憲水公前為侍御抗疏〉諸詩致敬。（《未刻詩》卷二、卷四）

水佳胤，字向若，寧波進士，懷宗時任湖廣學道，端方清慎，憐才樂善，取士文行具備，傳為典型。（雍正《湖廣通志》卷四十一〈名宦志〉）

吳縣吳鼎芳卒，年五十五。

宛平于奕正卒金陵客舍，年四十三。

吳江潘一桂卒，年四十五。

烏程潘曾紘卒。

正月，盧象昇大會諸將於鳳陽。前禮部侍郎林釬以原官兼東閣大學士，預機務。四月，大學士錢士升罷。皇太極建國號大清。六月，林釬卒，以吏部侍郎孔貞運、禮部尚書賀逢聖、黃士俊俱禮部尚書兼東閣大學士，預機務。七月，清兵入昌平。巡撫陝西都御史孫傳庭擒高迎祥。八月，盧象昇入援，師次真定。唐王聿鍵起兵勤王。九月，改盧象昇總督宣大、山西軍務。十月，工部侍郎劉宗周削籍。張獻忠陷襄陽。起楊嗣昌為兵部尚書。十二月，洪承疇敗李自成於隴州。

崇禎十年丁丑（一六三七） 五十二歲

春初，入京應試。

行至長店，時夜半，猶讀《左傳》。平明攝衣起，一晌逝。（《未刻詩》卷首李明睿〈譚友夏遺集序〉）

孟春，劉侗有詩哭於細柳道中。（《楚風補》卷三十一劉侗〈丁丑孟春哭譚子友夏于細柳道中二首〉）

劉侗赴吳縣知縣任，途中卒。

正月，張獻忠、羅汝才自襄陽犯安慶。二月，朝鮮降清。三月，楊嗣昌至京師，召對，上以為能。四月，召熊文燦為兵部尚書，總理南畿、河南、山陝、川湖軍務。五月，李自成奔秦州。都給事中傅朝佑疏論溫體仁六大罪，下獄。踰月，體仁亦免。時體仁方招奸人

搆東林、復社之獄。七月，以史可法為右僉都御史，巡撫安慶。八月，以吏部侍郎劉宇亮、禮部侍郎傅冠俱禮部尚書，僉都御史薛國觀為禮部侍郎，並兼東閣大學士，預機務。十一月，以太監曹化淳提督京營。

崇禎十一年戊寅（一六三八）　歿後一年

九日，弟元聲作〈先兄未刻詩文小引〉於南昌客舍。元聲是年從侄笈、籍得元春手輯詩文稿若干，即赴江西，就章門師友商定，歷夏徂秋，始克付梓。（《未刻詩》卷首）

孟冬朔日，李明睿以元聲索，為作〈譚友夏遺集序〉。（《未刻詩》卷首）

是年，元禮卒。（《未刻詩》卷首〈先兄未刻詩文小引〉）

崇禎十二年己卯（一六三九）　歿後二年

仲夏望後五日，曾文饒以元聲索，為作〈嶽歸堂遺集序〉。（《未刻詩》卷首）

崇禎十四年辛巳（一六四一）　歿後四年

季秋，督學高世泰祀元春於學宮，作〈譚友夏先生鄉賢檄〉。（康熙《安陸府志》卷三十四〈藝文志〉）

世泰，字彙旃，無錫人。崇禎時由進士任湖廣提學。究心經史，崇尚理學，士習文風為之一張。凡先賢宜崇祀者，舉之；已載祀典，為文祭之。博徵名儒，讀書濂溪書院，以名節相砥礪，後多致顯官。所著有《三楚文獻錄》。（雍正《湖廣通志》卷四十一〈名宦志〉）

引用資料目

詩經四卷小序一卷　鍾惺批點，明凌氏朱墨印本

明史　張廷玉等撰，中華書局 1984 年版
清史列傳　清國史館撰，中華書局 1987 年版
明實錄　臺灣中央研究院歷史語言研究所影印本
國榷　談遷撰，中華書局 1988 年版
崇禎長編　汪楫撰，臺灣中央研究院歷史語言研究所影印本
明通鑒　夏燮撰，中華書局 1959 年版
啟禎野乘　鄒漪撰，臺灣文海出版社，《明清史料彙編》影印本
小腆紀傳　徐鼒撰，中華書局 1958 年版
東林黨籍考　李楨撰，人民出版社 1957 年版
復社姓氏傳略　吳山嘉撰，中國書店影印本
列朝詩集小傳　錢謙益撰，上海古籍出版社 1983 年版
明朝百家小傳　王介錫撰，北京大學圖書館藏善本影印本
國朝耆獻類徵　李桓輯，光緒十六年湘陰李氏刊本
憨山老人年譜自敘實錄疏　福善記錄、福徵述疏，《憨山老人夢游集》本
葉天寥自撰年譜一卷續譜一卷別記一卷　葉紹袁撰，民國二年嘉業堂叢書本
張溥年譜　蔣逸雪撰，商務印書館 1946 年版
疑年錄彙編　張惟驤輯，民國十四年張氏小雙寂庵精刻本
明清江蘇文人年表　張慧劍編，上海古籍出版社 1986 年版
歷代人物年里碑傳綜表　姜亮夫編，中華書局 1959 年版
明清進士題名碑錄索引　朱保炯、謝沛霖編，上海古籍出版社 1980 年版
遊居柿錄　袁中道撰，上海古籍出版社 1989 年版《珂雪齋集》
（雍正）湖廣通志　邁柱修，夏力恕纂，文淵閣四庫全書本
（雍正）福建通志　郝玉麟、盧焯等修，謝道承、劉敬與纂，文淵閣四庫全書本
（雍正）江西通志　謝旻等修，陶成、惲鶴生纂，文淵閣四庫全書本
（雍正）浙江通志　李衛、嵇曾筠等修，沈翼機、傅玉露等纂，文淵閣四庫全

書本

（雍正）四川通志　黃廷桂等修纂，文淵閣四庫全書本

（道光）廣東通志　阮元修，陳昌齊、劉彬華、江藩、謝蘭生纂，清道光二年刊本

（光緒）湖南通志　卞寶第、李瀚章修，曾國荃、郭嵩燾等纂，光緒十一年刊本

（民國）湖北通志　呂調元、劉承恩修，張仲炘、楊承僖纂，民國十年刊本

（康熙）安陸府志　張尊德修，王吉人、譚篆纂，清康熙八年刊本

（康熙）德安府志　傅鶴祥修，李士竑、萬年觀纂，清康熙二十四年刊本

（康熙）蘇州府志　寧雲鵬、盧騰龍等修，沈世奕、繆彤纂，清康熙三十年刊本

（康熙）江寧府志　陳開虞修，張怡纂，清嘉慶補刊本

（康熙）徽州府志　丁廷楗、盧詢修，趙吉士等纂，清康熙三十八年刊本

（乾隆）淮安府志　衛哲治等修，葉長揚、顧棟高等纂，乾隆十三年刊本

（乾隆）紹興府志　李亨特、平恕、徐嵩等修纂，清乾隆五十七年刊本

（同治）蘇州府志　李銘皖、譚鈞培修，馮桂芬纂，清光緒九年刊本

（光緒）黃州府志　英啟修，鄧琛纂，清光緒十年刊本

（光緒）荊州府志　倪文蔚等修，顧嘉蘅等纂，清光緒六年刊本

（光緒）吉安府志　定祥、特克紳布修，劉繹、周立瀛纂，清光緒二年刊本

（崇禎）烏程縣志　劉沂春修、徐守剛纂，明崇禎十年刊本

（康熙）景陵縣志　錢永修，戴祁纂，清康熙三十一年刊本

（康熙）金華縣志　王治國原纂，趙泰牲增修，清康熙三十四年增修本

（康熙）仁和縣志　趙世安修，清康熙二十六年刊本

（乾隆）天門縣志　胡翼修，章鑛、章學誠纂，清乾隆三十年刊本

（乾隆）湘潭縣志　呂正音修，歐陽正煥纂，清乾隆二十一年刊本

（乾隆）新野縣志　徐金位纂修，清乾隆十九年刊本

（乾隆）震澤縣志　陳和志修，倪師孟、沈彤纂，清乾隆十一年刊本

（同治）江夏縣志　王庭楨修，彭崧毓纂，清光緒七年重刊本

（同治）公安縣志　周承弼修，王慰纂，清同治十三年刊本

（同治）當陽縣志　阮恩光等修，王柏心等纂，民國二十四年重印本

（同治）新建縣志　承霈修，杜友棠、楊兆崧纂，清同治十年刊本

（道光）上元縣志　武念祖修，陳栻等纂，清道光四年刊本
（光緒）麻城縣志　陸祐勤、朱榮椿修，余士珩纂，清光緒八年刊本
（光緒）京山縣志　沈星標修，曾憲德、秦有鍠纂，清光緒八年刊本
（光緒）武昌縣志　鍾桐山等修，柯逢時、劉鳳華等纂，清光緒十一年刊本
（光緒）孝感縣志　朱希白主修，沈用增纂修，清光緒八年刊本
（光緒）南昌縣志　江召棠修，魏元曠等纂，民國二十四年重刊本
（光緒）閩縣鄉土志　呂渭英修，鄭祖庚等纂，清光緒二十九年刊本
（光緒）無錫金匱縣志　裴大中、倪咸生修，秦緗業等纂，清光緒七年刊本
（光緒）丹陽縣志　凌焯、劉誥等修，徐錫麟等纂，清光緒十一年刊本
（光緒）豐縣志　姚鴻杰纂修，清光緒二十年刊本
（光緒）金陵通傳　陳作霖纂，清光緒甲辰瑞華館刊本
廬山志　毛德琦撰，清康熙五十九年順德堂刊本
帝京景物略　劉侗、于奕正撰，北京古籍出版社 1980 年版
禮部志稿　林堯俞等纂修，俞汝楫等編撰，文淵閣四庫全書本
明督撫年表　吳廷燮撰，中華書局 1982 年版
譚氏宗譜　譚元方始纂，版本未詳
（嘉慶）凌氏宗譜（郡字號）　嘉慶十年增修本
千頃堂書目　黃虞稷撰，上海古籍出版社 1990 年版

明畫錄　徐沁撰，讀畫齋叢書本
御定佩文齋書畫譜　孫岳頒等奉敕撰，文淵閣四庫全書本
香祖筆記　王士禛撰，上海古籍出版社 1982 年版
說郛三種　陶宗儀等編，上海古籍出版社 1988 年版

大泌山房集　李維楨撰，明萬曆刊本
蒼霞草二十卷蒼霞草詩八卷蒼霞續草二十二卷蒼霞餘草十四卷綸扉奏草三十
　　卷續綸扉奏草十四卷後綸扉尺牘十卷　葉向高撰，明萬曆天啟間遞刊本
湯顯祖詩文集　湯顯祖撰，徐朔方箋校，上海古籍出版社 1982 年版
袁宏道集箋校　袁宏道撰，錢伯城箋校，上海古籍出版社 1981 年版

遯庵詩集　蔡復一撰，明天啟、崇禎間刊本

石倉詩稿　曹學佺撰，清乾隆十九年曹岱華刊本

崇相集　董應舉撰，明崇禎刊本

月鹿堂集　張師繹撰，清道光十二年蝶花樓刊本

文直行書　熊明遇撰，清順治十七年熊人霖刊本

檀園集　李流芳撰，清康熙己巳刊本

牧齋初學集　錢謙益撰，錢仲聯校點，上海古籍出版社 1985 年版

牧齋有學集　錢謙益撰，錢仲聯校點，上海古籍出版社 1996 年版

妙遠堂全集　馬之駿撰，明天啟七年刊本

隱秀軒集　鍾惺撰，明末書林近聖居刊本

鍾伯敬先生遺稿　鍾惺撰，明天啟七年徐波刊本

翠娛閣評選鍾伯敬先生合集　陸雲龍評，明崇禎間刊本

隱秀軒集　鍾惺撰，李先耕、崔重慶點校，上海古籍出版社 1992 年版

鍾惺集　鍾惺撰，陳廣宏整理，章培恒審閱，海南國際新聞出版中心 1995 年版

范文忠集　范景文撰，清康熙刊本

珂雪齋集　袁中道撰，錢伯城點校，上海古籍出版社 1989 年版

珂雪齋近集　袁中道撰，臺灣偉文圖書出版公司《明代論著叢刊》本

詠懷堂詩補遺（丙子詩卷下）　阮大鋮撰，國立中央大學國學圖書館 1929 年
　　　印行

十賚堂丙集　茅維撰，明萬曆間刊本

白雲集　陳昂撰，明萬曆四十六年刊本

謝耳伯先生初集十六卷全集八卷　謝兆申撰，明崇禎刊本

消暍集　夏樹芳撰，明崇禎元年刊本

傅遠度集　傅汝舟撰，明刊本

晃巖集　池顯方撰，明崇禎十四年自刊本

嶽歸堂合集　譚元春撰，明刊本

新刻譚友夏合集　譚元春撰，明崇禎六年張澤刊本

鵠灣集九卷遇莊一卷　譚元春撰，明末刊本

嶽歸堂未刻詩　譚元春撰，明崇禎河抱堂刊本

鵠灣未刻古文　譚元春撰，明末刊本

譚元春集　譚元春撰，陳杏珍點校，上海古籍出版社 2000 年版

譚元春集　譚元春撰，陳廣宏整理，章培恒審閱，海南國際新聞出版中心 1995
　　　年版

梅花草堂集　張大復撰，明崇禎刊本

大江草堂二集　陳衍撰，明弘光元年陳涓等刊本

金正希先生文集輯略　金聲撰，清初刊本

豹陵集　梁雲構撰，清順治十八年梁羽明刊本

進賢堂稿　黎元寬撰，清康熙刊本

隰西草堂集　萬壽祺撰，民國二十二年刊本

小寒山子集　陳函輝撰，明崇禎刊本

內省齋文集　湯來賀撰，清康熙刊本

石民四十集　茅元儀撰，明崇禎刊本

葛震甫詩集　葛一龍撰，明崇禎刊本

陳眉公先生全集　陳繼儒撰，明崇禎刊本

林茂之詩選　林古度撰，清康熙四十九年刊本

蟋蟀在堂草　顧凝遠撰，吳中文獻小叢書本

石臼前後集　邢昉撰，清乾隆刊本

符山堂詩　張致中撰，淮安丁氏鈔本

紫柏老人集　釋真可撰，明崇禎四年刊本

南來堂詩集四卷補編四卷附錄四卷　釋讀徹撰，民國二十九年上海校印本

人琴集　錢繼章編，清初刊本

詩慰初集　陳允衡編，清順治澄懷閣刊本

詩歸　鍾惺、譚元春輯，明崇禎刊本

古今名媛彙詩　鄭文昂輯，明泰昌元年張正岳刊本

名媛詩歸　題鍾惺輯，《四庫存目叢書》本

明詩平論二集　朱隗輯，明崇禎十七年刊本

米家四奇詩　米萬鍾輯，明刊本

列朝詩集　錢謙益輯，清順治九年毛氏汲古閣刊本

啟禎兩朝遺詩　陳濟生輯，清順治刊本

明詩紀事　陳田輯，上海古籍出版社 1993 年版

媚幽閣文娛二集　鄭元勳輯，明崇禎十二年刊本

明文海　黃宗羲輯，清涵芬樓鈔本

眾香詞　徐樹敏、錢岳選，清康熙二十九年刊本

秦淮八豔圖詠　張景祁撰，葉衍蘭繪圖，清光緒十八年刊本

皇清詩選　孫鋐輯，清康熙二十七年刊本

金陵詩徵　朱緒曾輯，明萬曆刊本

吳江詩粹　周延諤輯，清鈔本

松風餘韻　姚宏緒輯，清乾隆八年寶善堂刊本

江上詩鈔　顧季慈輯，1932 年陶社排印本

檇李詩系　沈季友輯，清康熙四十九年刊本

滕王閣續集　李嗣京輯，明崇禎七年刊本

江西詩徵　曾燠輯，清嘉慶九年刊本

劍閣芳華集　費經虞輯，清鈔本

蜀詩　費經虞輯，古棠書屋叢書本

全閩明詩傳　鄭杰輯，郭柏蒼補編，光緒十六年郭氏沁泉山館刊本

沅湘耆舊集　鄧顯鶴輯，清道光二十二年序刊本

楚風補　廖元度輯，乾隆十四年刊本

湖北詩徵傳略　丁宿章輯，清光緒七年孝感丁氏涇北草堂刊本

文心雕龍校證　劉勰撰，王利器校箋，上海古籍出版社 1980 年版

漁洋詩話　王士禎撰，清康熙間刊《王漁洋遺書》本

靜志居詩話　朱彝尊撰，人民文學出版社 1990 年版

鍾惺年譜　陳廣宏撰，復旦大學出版社 1993 年版

復社與文學新探　曾肖撰，南京大學 2005 年博士學位論文（指導教授：曹虹），
　　未刊稿

譚元春傳評　張業茂撰，載張國光、李心餘、歐陽隕主編《竟陵派文學研究論
　　集》，中國社會科學出版社 1990 年版

論文原刊出處一覽

◎說明：本書各篇論文曾先後刊登於國內外專業學術刊物（詳見以下一覽），今為議題主軸及書籍體例等計，於各文均作了局部修潤與必要改訂，已非論文初刊時原樣，謹此敬告讀者。

⊙〈關於明詩話整理的若干問題〉（與侯榮川合作），《復旦學報》2013年第 1 期，第 115-127 頁。

⊙〈早稻田大學圖書館藏朝鮮版裝《空際格致》版本及其價值初探〉（由伴俊典譯成日文），日本早稻田大學中國文學會編《中國文學研究》第38 期（2012,12），第 1-23 頁。

⊙〈《列朝詩集》閏集「香奩」撰集考〉，韓國中國語文學會編《中國語文學誌》第 39 輯（2012,06），第 1-32 頁。

⊙〈元明之際宗唐詩風傳播的一個側面：以「二藍」師法淵源為中心〉，《中華文史論叢》第 82 輯（上海古籍出版社，2006,06），第 281-305 頁。

⊙〈明初閩詩派與臺閣文學〉，《文學遺產》2007 年第 5 期，第 63-76 頁。

⊙〈王慎中與閩學傳統〉，《文學遺產》2009 年第 4 期，第 89-100 頁。

⊙〈竟陵派文學的發端及其早期文學思想趨向〉，《復旦學報》2007年第 1 期，第 96-108 頁。

⊙〈譚元春年譜簡編〉，復旦大學中國古代文學研究中心編《中國文學研究》第 7 輯（香港國際學術文化資訊出版公司，2005,05），第 260-373 頁。

國家圖書館出版品預行編目資料

文本、史案與實證：明代文學文獻考論

陳廣宏著. – 初版. – 臺北市：臺灣學生，2013.08
面；公分

ISBN 978-957-15-1591-5 (平裝)

1. 明代文學 2. 文學評論

820.906   102014131

文本、史案與實證：明代文學文獻考論

著　作　者：陳　　　　廣　　　　宏
出　版　者：臺 灣 學 生 書 局 有 限 公 司
發　行　人：楊　　　　雲　　　　龍
發　行　所：臺 灣 學 生 書 局 有 限 公 司
　　　　　　臺北市和平東路一段七十五巷十一號
　　　　　　郵 政 劃 撥 帳 號：00024668
　　　　　　電　話：(02)23928185
　　　　　　傳　眞：(02)23928105
　　　　　　E-mail：student.book@msa.hinet.net
　　　　　　http：//www.studentbook.com.tw
本 書 局 登
記 證 字 號：行政院新聞局局版北市業字第玖捌壹號

印　刷　所：長 欣 印 刷 企 業 社
　　　　　　新北市中和區中正路九八八巷十七號
　　　　　　電　話：(02)22268853

定價：新臺幣五二〇元

西 元 二 〇 一 三 年 八 月 初 版